CELLE QUE JE SUIS

Du même auteur

En ton âme et conscience..., Robert Laffont, 2018
Malgré nous..., Robert Laffont, 2019
Ces petits riens qui nous animent, Robert Laffont, 2020

Claire Norton

CELLE QUE JE SUIS

roman

Robert Laffont

ISBN : 978-2-221-25158-4
Dépôt légal : avril 2021
Éditions Robert Laffont, 92 avenue de France, 75013 Paris

Après le verbe aimer,
aider *est le plus beau verbe du monde.*

Bertha von Suttner

1.

Journal de Valentine

Le 6 mai

Nous ne sommes que le produit de notre histoire.

Et pour moi, cette dernière a mal commencé.

Je m'appelle Valentine.

Valentine Ravier, née Bazin.

Je suis née le 21 février 1986 à 7 h 15, à Verdun, un jour de froid glacial.

J'ai donc poussé mon premier cri précisément soixante-dix ans après le début de la bataille de Verdun, qui allait faire plus de 300 000 morts et 700 000 blessés. Comment ne pas voir dans cette concordance de dates un mauvais présage ?

Je vis dans une ville de province de taille moyenne. Le lieu précis ne présente guère d'intérêt. J'occupe un appartement dans une résidence de cinq étages. Mariée depuis seize ans, je suis maman d'un adorable petit garçon qui vient de souffler ses six bougies, Nathan. Il est la prunelle de mes yeux. Je l'ai longtemps espéré, attendu. Au fil des années, j'avais fini par croire que je ne serais jamais mère. Mais, un jour, il est arrivé et j'ai égoïstement béni le ciel pour cela. L'enfer est décidément pavé de bonnes intentions…

Depuis la naissance de mon fils, je travaille deux jours par semaine en tant que libraire pour une grande enseigne spécialisée. J'ai récemment quitté le rayon « polars » pour passer responsable du rayon « littérature ». Entre les étagères et les tables emplies de romans, je me sens dans mon élément.

Le reste de mon temps, je le consacre à Nathan.

Mon fils est ma seule lumière, mon unique bonheur. Lorsque je ne travaille pas et qu'il est à l'école, j'attends l'heure de le retrouver en m'évadant, encore et toujours, entre les pages noircies de ces histoires qui me font rêver, qui me transportent dans des lieux magiques. C'est ainsi que j'envisage le bonheur sur terre, en dehors de Nathan. Je n'ai pas d'autre option. Aucune autre distraction.

J'ai le sentiment de vivre derrière un miroir sans tain à travers lequel j'observe le monde autour de moi, tandis que je suffoque et manque d'air sans que personne ne le voie. Et je regarde avec effroi cette étincelle de lumière encore présente en moi vaciller jour après jour, inexorablement.

Tout du moins le croyais-je jusqu'au jour où une rencontre a changé ma vie.

Jusqu'à cet instant inoubliable où Suzette a croisé ma route… C'était il y a exactement quarante-deux jours.

Nous étions le jeudi 25 mars.

Comme tous les jeudis à 16 heures, Nathan allait bientôt sortir de l'école. J'attrapai donc son doudou – un âne en peluche baptisé Picotin –, et quittai l'appartement.

La porte palière opposée était grande ouverte. De nombreux cartons jonchaient le sol et des hommes vêtus de tee-shirts portant l'inscription « Déménag'Experts » s'affairaient à passer un immense matelas par l'encadrement. J'en déduisis que mes futurs voisins emménageaient, remplaçants d'un jeune couple parti trois mois plus tôt en raison de l'arrivée d'un bébé.

Je ne connaissais rien d'eux. Et c'était bien ainsi. Une vie comme la mienne vous apprend à devenir discrète. Voire transparente. Comme si vous n'existiez pas. Tout ce que vous devez savoir des autres va de pair avec ce que l'on doit savoir de vous. C'est-à-dire pas grand-chose. Et je crois finalement que cela arrange tout le monde.

Bref. En dévalant ce jour-là l'escalier aux marches noircies par les allées et venues des déménageurs, je croisai une dame d'une soixantaine d'années qui portait avec précaution un magnifique pot en céramique d'où s'élevaient de gigantesques orchidées blanches. Je n'avais jamais vu cette femme. Ses cheveux étaient sagement ramenés en un chignon élégant et il émanait des traits doux de son visage une impression de sérénité. Ses yeux vifs laissaient entrevoir une grande curiosité. J'ai immédiatement compris qu'il s'agissait de ma nouvelle voisine. Quand nos regards s'accrochèrent, le sien s'illumina subitement. Elle m'adressa un grand sourire, auquel je répondis par un salut furtif.

C'est à ce moment précis qu'elle trébucha sur une contremarche, la vue sans doute obstruée par sa charge. En perdant l'équilibre, elle fit vaciller le pot qu'elle tenta en vain de redresser tout en ayant le réflexe de se raccrocher à la seule ressource qui s'offrait à elle : moi. Déséquilibrée à mon tour, je me retins à la rampe fixée au mur, alors qu'un énorme fracas envahissait la cage d'escalier. Le pot en céramique venait de terminer sa chute sur le carrelage. Mais j'avais évité in extremis le même sort à ma future voisine.

Encore chancelante, elle laissa quelques instants sa main posée sur mon bras. Son enthousiasme était retombé d'un coup pour laisser place à un sourire fataliste. Je balayai la scène du regard, consternée par le spectacle des immenses branches déracinées qui jonchaient le sol couvert de terre et de débris de céramique. Sentant son regard perçant posé sur moi, je levai les yeux. Je l'entendis bafouiller un mot d'excuse et je la sentis très émue. J'imaginai ce qu'elle devait éprouver devant un tel gâchis. Je ne pouvais m'attarder davantage mais, m'agenouillant, j'entrepris malgré tout de l'aider en essayant, dans des gestes désordonnés, de rassembler les morceaux brisés. Je sens encore sa main presser mon bras nu avec une infinie douceur, tandis qu'elle me disait, de sa voix posée et apaisante :

— Laissez, je vais le faire. Le principal est que vous ne vous soyez pas blessée… Et heureusement que vous étiez là. Sinon, c'est moi qu'il aurait fallu ramasser…

Je tenais dans mes mains une tige d'au moins cinquante centimètres, terminée par un splendide phalaenopsis d'un blanc immaculé.

— Quel dommage, elles étaient si belles ! dis-je à voix basse.

— Et elles le seront encore longtemps… Regardez ! poursuivit-elle en désignant l'autre extrémité de la tige. Ce qui compte, ce sont les racines. Plus elles sont grandes, plus elles puisent

dans la terre la force qui les rendra vigoureuses. Le pot n'a guère d'importance : il se remplace.

Voilà comment j'ai rencontré ma voisine, Suzette Romard. Elle ne pouvait imaginer l'ébranlement que son court laïus sur les racines avait provoqué en moi.

Lorsque Nathan et moi avons regagné l'immeuble vingt minutes plus tard, l'escalier nettoyé ne conservait plus aucune trace de l'incident. Au deuxième étage, la porte d'en face était toujours grande ouverte. Je n'avais guère envie de faire la causette et m'engouffrai discrètement dans notre appartement.

Alors que Nathan se précipitait vers la cuisine pour prendre son goûter, j'observai par le judas les mouvements des nouveaux occupants, mue par une curiosité qui ne me ressemble pas.

Plusieurs fois, Suzette réapparut : sa joie débordait et se communiquait aux déménageurs qui allaient et venaient en riant bruyamment. Il ne faisait aucun doute qu'elle était heureuse de s'installer ici. Sans connaître son histoire, je pouvais comprendre ce qu'elle ressentait. L'illusion de repartir sur quelque chose de nouveau. De démarrer une nouvelle vie. Ce jour-là, je suis restée longtemps derrière la porte, à observer l'agitation dans la cage d'escalier…

Le lendemain, Suzette tapait à ma porte pour m'offrir de délicieux sablés. Le hasard faisant, nous nous sommes ensuite souvent retrouvées nez à nez lorsque je sortais. Puis elle m'a invitée à boire un café. La bienveillance et le sourire permanents de cette femme étaient réconfortants, rassurants. Ils chassaient toute méfiance. J'ai accepté une première fois.

Progressivement, nous nous sommes retrouvées plus longuement autour de ces cafés, pour finir par tisser des liens particuliers. Sans doute pourrais-je les qualifier d'amicaux. A priori, rien pour nous rapprocher, pourtant : Suzette a soixante-cinq ans, son mari est un monsieur adorable, très effacé, beaucoup plus âgé qu'elle, et qui se montre toujours attentionné. Contrairement à moi, Suzette a beaucoup travaillé, au point d'en être usée, malgré cette lumière intérieure qui l'irradie. Infirmière, elle n'a jamais connu d'interruption dans son activité, et veillé à conserver une totale indépendance. À ce titre, elle a épousé sur le tard l'homme qui partageait sa vie. Donc aucun lien, aucun sujet commun qui aurait pu tisser une passerelle entre elle et moi. Néanmoins... être à ses côtés m'apaise. Avec elle, je ne me sens ni jugée ni évaluée. C'est d'ailleurs elle qui, sans le savoir, m'a inspiré l'idée de ce cahier : depuis que je la connais, j'ai l'impression d'avoir enfin quelque chose de beau à raconter. Je le dissimulerai au fond du coffre à jouets, dans la chambre de Nathan. Son père, D, ne s'y rend jamais.

Je n'ai bien évidemment pas parlé à D de ce rapprochement avec la voisine. Il ne le tolérerait pas. Le droit à toute compagnie m'est interdit, même celle d'une voisine. Je dois me contenter de celle de mon ombre. Chose curieuse, lorsque Suzette croise mon mari dans l'escalier, elle le salue poliment mais reste distante. Comme si elle percevait qu'il fallait s'en tenir loin.

Ses dernières paroles, le jour de notre rencontre, tournent en boucle dans ma tête : « Ce qui compte, ce sont les racines. »

Pour moi qui, contrairement à cette orchidée éjectée de son pot, n'en ai aucune, ces mots ont un vrai sens, une réelle signification. J'aurais tant aimé pouvoir m'appuyer sur un socle maternel pour comprendre d'où je viens et me construire.

Un bruit de clef dans la serrure m'arrache à ma réflexion. Perdue dans mes pensées, je n'ai pas prêté attention à l'heure qui tournait.

Nathan s'est brusquement redressé sur sa chaise et sa main s'est crispée sur le crayon qui courait quelques secondes plus tôt sur une feuille de dessin, tandis que mon ventre se serre brutalement. Même Flocon, le hamster angora de Nathan, s'est subitement arrêté de tourner dans sa roue, avant de reprendre son activité de coureur frénétique.

C'est la fin de mon évasion.

Je ferme les yeux en priant de toutes mes forces pour que D ait passé une bonne journée. Pour que personne ne l'ait mis de mauvaise humeur. Son activité de directeur commercial est faite de contraintes et pressions. Il rentre souvent stressé, parfois même à cran lorsqu'il n'est pas sûr d'atteindre, voire de dépasser, les objectifs qui lui ont été fixés.

— Bonjour tout le monde ! entendons-nous du couloir.

Nathan descend de sa chaise et lui répond d'une petite voix : « Bonjour, papa... »

Je prends une profonde inspiration, écris ces derniers mots. Je vais fermer ce cahier, le cacher dans la chambre de Nathan.

Puis je rejoindrai D.

Mon mari.

Mon bourreau.

2.

Journal de Valentine

Lundi 11 mai

Je hais ces fins de semaine que tous assimilent au repos, mais qui me contraignent, moi, à endurer la présence permanente de D.

Heureusement, le samedi, mon travail me permet de m'extraire de cet environnement étouffant. Mais tous les week-ends comptent leur dimanche, et celui-ci n'a pas échappé à la règle. S'y est de plus ajoutée une autre particularité : vendredi était un jour férié. D était donc à la maison.

Cela n'a rien changé à ma journée puisque, là encore et comme chaque vendredi, je suis allée travailler. Seule différence : contrairement à d'habitude, où j'attends la fermeture du centre commercial pour m'engouffrer dans le bus et rentrer chez moi, j'ai pu utiliser la voiture. D consent à me la laisser lorsque lui-même ne s'en sert pas.

Ce soir-là, je suis rentrée vannée.

Cela peut sembler ridicule, mais revenir dans cet appartement lorsque D s'y trouve ne présente pas la même difficulté que lorsque c'est moi qui l'y attends. Aberrant, n'est-ce pas ? C'est pourtant la réalité. En semaine, quand je guette son retour, je suis en terrain connu. Mais lorsque je viens de l'extérieur, je dois activer toutes mes antennes pour prendre la température, mesurer le climat et l'état d'esprit de D. Tel un animal, j'ai besoin de retrouver mes repères, me réapproprier les lieux…

Par chance, une agréable surprise m'attendait en rentrant ce soir-là : D était d'humeur joviale. Assis dans le canapé avec Nathan à ses côtés, il riait devant un dessin animé qui passait à la télé.

Nathan ne bougeait pas. Il se contentait de fixer l'écran, un pâle sourire figé sur ses lèvres.

Un spectateur non averti aurait décrit la scène comme un tendre moment de complicité entre un papa et son fils. Je sais qu'il n'en était rien. Car Nathan, contrairement aux enfants de son âge, déteste regarder la télévision. Et tous ses efforts tendaient vers un seul et même objectif : ne pas décevoir son père.

Dès qu'il m'a entendue, son visage s'est illuminé et il s'est précipité dans mes bras. D m'a jeté un regard indéchiffrable lorsque je l'ai embrassé. Je lui ai demandé si sa journée avait été bonne, il s'est contenté de me répondre par l'affirmative en baissant le menton. J'allais repartir vers la cuisine quand j'ai senti sa main agripper mon poignet.

Une surprise chassant l'autre, mon cœur s'est aussitôt affolé.

— Mais toi, tu ne nous as pas dit comment s'était passée la tienne.

Il n'avait pas ce regard annonciateur d'une saute d'humeur inquiétante que je sais déceler chez lui.

— C'était calme, aujourd'hui. Mais j'étais pressée de rentrer…

Toute vérité n'est pas bonne à dire, dixit le proverbe.

Le reste de la soirée s'est déroulé sans heurt. Avec D, je ne sais jamais à quoi m'attendre…

Puis est arrivé le dimanche tant redouté. Il me paraît souvent interminable. Je fais en sorte de sortir le plus longtemps possible avec Nathan, que j'emmène sur une aire de jeux visible de la fenêtre de notre cuisine. C'est une manière de nous évader un peu. Pendant ce temps, Daniel s'adonne à ses deux hobbies préférés : me surveiller, et zapper entre toutes les chaînes de télé.

Quand la météo ne nous est pas favorable, nous n'avons d'autre choix que de rester enfermés. Et justement, hier, il pleuvait des cordes.

Nathan et moi nous sommes donc reportés sur nos activités favorites : lecture, Flocon et dessin.

J'ai commencé par lui lire un conte. Je crois lui avoir transmis ma passion : captivé, il guette sur mes lèvres les mots qui lui révéleront la suite du récit. Je n'aurai sans doute pas grand-chose à lui léguer à mon départ, mais cet amour pour la lecture est un bon début d'héritage.

Arrivés au terme de cette histoire, nous avons joué un long moment avec Flocon, pour qui nous avions privatisé le couloir.

Flocon, c'est le hamster angora que nous lui avons offert l'année dernière. Une grosse touffe de poils blancs vaporeux. D'où son nom. Nathan ne pouvant ni recevoir ni se rendre chez des copains, j'ai réussi à convaincre son père de prendre un petit animal qui n'occasionnerait pas beaucoup de contraintes.

Je n'oublierai jamais le bonheur dans ses yeux lorsqu'il a soulevé le drap de plage recouvrant la cage.

Nathan a ensuite souhaité dessiner, équipé d'une boîte de quarante-huit feutres, crayons, pastels, offrant une palette de couleurs toutes plus belles les unes que les autres. Je me suis assise à côté de lui, un roman à la main, en l'observant régulièrement du coin de l'œil, le cœur serré. Invariablement, Nathan n'utilise que les tons sombres, noir, gris, bleu foncé, marron… Y compris pour dessiner les fleurs. J'aimerais voir un soleil, histoire de vérifier si lui aussi serait dépourvu d'éclat, mais les rayons chauds de cette étoile ne doivent pas venir jusqu'à lui car il n'en dessine jamais.

Nathan n'est joyeux que lorsque son père n'est plus à portée de voix. Et de moi. Il aime ces moments qui n'appartiennent qu'à nous et qui nous soudent encore davantage. L'angoisse et la tristesse qui voilent souvent son regard s'effacent alors au profit de l'insouciance et de la gaieté propres à l'enfance. Je m'en veux de ne pas être capable de préserver cette innocence-là.

Bref, le dimanche s'est écoulé avec toute sa pesanteur habituelle. Et je suis soulagée d'avoir ce long week-end derrière moi. Dans de tels instants, je mesure l'importance que mes échanges avec Suzette ont pris dans ma vie. Les liens étranges qui se sont tissés dès le début entre nous se sont renforcés. Nos points communs aussi. Car Suzette souffre tout comme moi d'une addiction silencieuse à la lecture.

Aurait-elle, elle aussi, le besoin de fuir quelque chose en se plongeant dans d'autres histoires ?

Il y a trois semaines, de retour de l'école avec Nathan, Suzette nous attendait, la porte ouverte sur le palier. Elle avait confectionné des beignets aux pommes et nous invitait à venir en déguster quelques-uns tout chauds. Devant le regard implorant de Nathan, j'ai cédé. Nathan ne parle jamais de ces petites visites. Il sait quelles en seraient les conséquences.

J'ai également veillé à raconter une histoire à Suzette pour qu'elle ne révèle jamais à D que nous nous côtoyons. Je lui ai dit que nous étions proches des précédents occupants de leur appartement mais qu'une brouille avait rendu notre voisinage difficile. Et que, depuis, mon mari avait pris la décision de ne plus jamais entretenir de relations amicales avec nos voisins.

C'était évidemment un mensonge. Mais au moins il nous protège, Nathan et moi.

Maintenant, nous allons tous les jours chez Suzette. Ces moments d'évasion sont devenus un secret de plus entre nous.

J'y vais aussi très souvent prendre le café après déjeuner. Aujourd'hui, son mari, Guy, un homme replet au visage couronné de cheveux grisonnants, affublé de minuscules lunettes à monture d'écaille, n'était pas là. Il était parti pour une de ces longues marches qu'il affectionne, dans un bois proche de chez nous. Avant, il s'y rendait avec Suzette. Mais depuis notre rencontre, il se promène seul. Il ne semble pas m'en vouloir. Au contraire, lorsqu'il me voit arriver, il s'efface dans un sourire affectueux. Guy est quelqu'un dont la gentillesse est inversement proportionnelle à sa petite taille. Dès que je rentre de l'école avec Nathan, il s'occupe de mon fils : il joue avec lui, lui apprend des choses avec douceur et patience. Un simple coup d'œil suffit pour comprendre combien cet homme aime les enfants. Et je sais que Nathan l'apprécie beaucoup.

Cet après-midi, attablées chez Suzette devant notre café habituel, nous avons commencé par parler de sa lecture du moment : La Peau de chagrin.

Je me souviens avoir découvert ce livre à l'âge de seize ans. Tous mes rêves et mes espoirs en tête, j'avais été transportée par ce roman fantastique. Mais je n'avais pas été convaincue par l'une des thématiques centrales : pour moi, il n'y avait pas à choisir entre vivre plus intensément moins longtemps ou moins intensément plus longtemps. Le bonheur perpétuel était à portée de pas : derrière les frontières de Verdun. Une vie fulgurante m'y attendait.

Tout cela me semble si naïf aujourd'hui…

Le temps m'a appris à me focaliser davantage sur l'autre sujet de ce roman : faut-il chercher à satisfaire tous ses désirs pour être heureux ? Je sais désormais que le vrai secret de la félicité est d'apprendre à se contenter de peu pour être moins malheureux. Ainsi, je me sais condamnée à perpétuité, mais le bonheur resurgit dès que Nathan me tend les bras.

J'ai toujours été une lectrice inconditionnelle de Balzac. Il n'est pas une œuvre de La Comédie humaine *que je n'aie lue. Des* Études des mœurs *aux* Études analytiques *en passant par les* Études philosophiques, *nombre de personnages m'ont confrontée à toutes les grandes questions que pose la morale. Je suis bien placée pour mesurer combien les contradictions de la vie, les monstruosités du mal peuvent être omniprésentes dans nos existences…*

Quel plaisir de débattre avec Suzette des vices de tous ces personnages marquants et chahutés par leur triste destin.

Une occasion supplémentaire pour moi de me demander si elle ne fait pas partie elle aussi de ces cabossés de la vie, malgré le sourire lumineux qu'elle affiche en permanence. Je la trouve tellement... différente. Étonnante. Volubile et en même temps si secrète. Pourquoi a-t-elle décidé de devenir infirmière ? Pourquoi n'a-t-elle pas plutôt choisi un métier en lien avec les livres, elle qui les aime tant et en parle si bien ? Était-ce une réelle vocation ? Il est vrai que son besoin de s'occuper des autres semble viscéral. Mais alors pourquoi n'a-t-elle jamais eu d'enfant ? Cette femme m'intrigue. J'aimerais percer ses mystères. Mais ce serait prendre le risque de la voir essayer de percer le mien.

Bref, Suzette et moi n'avons pas vu passer l'heure et c'est en courant que je me suis rendue à l'école pour récupérer Nathan. Lorsque nous en sommes revenus, Suzette nous attendait avec de délicieuses crêpes fourrées dont elle seule a le secret, et dont Nathan raffole.

Et, tandis que Guy lisait à Nathan un poème de Prévert en s'appliquant dans ses intonations, donnant vie au texte avec force gestes, Suzette et moi sommes reparties dans une discussion à bâtons rompus jusqu'à l'heure de réintégrer l'appartement d'en face.

Voilà. « Une journée bien vide », se dirait un lecteur. Personne ne peut imaginer ce qu'elle représente de richesse pour moi.

Il est maintenant 18 h 40. D va rentrer. Je dois faire cuire mes pommes de terre.

Et espérer que tout se passera bien ce soir.

3.

Lundi 11 mai – 19 h 45

Valentine disposa les trois assiettes sur la table. Daniel discutait au téléphone avec Éric Zeitoun, le directeur régional de la région Grand-Est. Elle achevait de préparer une salade de tomates quand il apparut dans la cuisine.

— Je digère mal en ce moment. Ne mets pas d'oignon.

Puis :

— Zeitoun vient de m'avouer que Deborge cherchait à récupérer trois de mes gros clients. S'il veut jouer à tous les coups sont permis, il va vite savoir à qui il a affaire… Je l'appellerai après manger.

Valentine avait appris à repérer les tensions qui précédaient les cris, puis les coups. Des moments comme celui-ci. Elle s'empressa de terminer sa vinaigrette, y ajouta un brin de ciboulette et une échalote.

Elle veilla à ne rien oublier, ni la carafe d'eau, ni le sel, ni le poivre, posa la baguette de pain au centre de la table.

Sur le dos, surtout. Daniel ne supportait pas de la voir retournée. Et la moindre incartade pouvait devenir prétexte à dérapage...

Elle lui servit un verre de vin, disposa la salade de tomates à côté du pain.

— Le dîner est prêt.

Nathan arriva immédiatement et s'installa à sa place habituelle, sans bruit. Daniel l'imita un instant plus tard. Elle le vit serrer les mâchoires.

— Je te dis qu'en ce moment j'ai des remontées acides et qu'il ne faut pas me mettre d'oignon. Et toi, tu me colles des échalotes !

— Je suis désolée, Daniel, je n'ai pas fait le lien entre les deux, c'est vrai... Je vais t'enlever les morceaux d'échalote.

— « Je n'ai pas fait le lien », la singea-t-il avec outrance. Tu ne percutes jamais !

Un silence s'abattit sur la table.

Valentine s'empara d'une autre assiette et sentit le regard inquiet de Nathan posé sur elle. Qu'est-ce qui lui avait pris de mettre des échalotes ? Il allait maintenant falloir dépenser beaucoup d'énergie pour faire baisser la tension.

— Tiens, Daniel ! fit-elle en reposant la nouvelle assiette devant lui. Mais peut-être que tu préférerais que je te fasse autre chose. Même sans échalote, je ne suis pas sûre que des crudités soient idéales...

Nouveau silence. Daniel la regardait, semblant peser le pour et le contre :

— Non, il fait chaud. Ça me rafraîchira.

Chacun se pencha sur son assiette. Bruits de couverts qui se touchent.

— Ça ne se passe pas mieux, à ton travail ?

— Non, Deborge m'emmerde. Il sait que le poste de directeur commercial du groupe se jouera entre lui et moi. Alors il fait de la lèche au DG. Quel baltringue, ce type !

Valentine essaya de rester concentrée sur ses paroles, et réfléchit à toute vitesse pour lui apporter une réponse qui l'apaiserait :

— Ne te laisse pas impressionner. Seuls compteront les chiffres. Et tu m'as dit que les tiens étaient bons. Tu mérites ce poste.

Daniel hocha la tête, satisfait.

— C'est juste. Je dois rester confi…

Il s'était interrompu. Le temps aussi. Valentine, tous les sens en alerte, regarda immédiatement ce que les yeux de Daniel fixaient avec dégoût : un morceau d'échalote, glissé entre deux rondelles de tomate. Sans un mot, il tourna la tête vers elle, le regard dur.

À une vitesse fulgurante, Valentine ôta le condiment incriminé :

— Je suis désolée… Excuse-moi.

Un silence absolu de quelques secondes. L'instant où tout pouvait basculer.

Nathan gardait les yeux rivés sur son assiette.

Le vide oppressant fut subitement rompu par le bruit de la roue de Flocon.

— Qu'est-ce qu'il y a, après ? demanda Daniel, sur un ton agressif.

Par chance, Valentine avait préparé l'un de ses plats préférés.

— Confit de canard et purée..., se hâta-t-elle de répondre.

— Maison, la purée ?

— Oui, maison...

Il se détendit aussitôt, puis reprit la conversation comme si de rien n'était.

— Tu as raison : ce con n'est pas près d'avoir le job. Les ventes de mon équipe dépassent déjà les siennes de 30 K, rien que sur le premier trimestre !

Daniel partit alors dans la démonstration appuyée de sa réussite. Le reste du dîner se déroula sans autre incident, mais dans un climat tendu.

Lorsque Valentine eut achevé de débarrasser la table et faire la vaisselle, elle trouva Nathan dans le couloir de l'entrée, occupé à caresser Flocon. Elle jeta un œil rapide vers le canapé. Daniel était accaparé par le journal télévisé.

Elle savait repérer les signaux faibles, indicateurs d'une prompte montée d'irritabilité chez Daniel. Il était clair que tous viraient à présent au rouge.

Avec vivacité, elle fonça sur son fils, lui retira le hamster des mains.

— Ne lui fais pas de mal, maman..., la supplia-t-il à voix basse.

— Mais non, mon cœur. Pourquoi ferais-je du mal à Flocon ? Simplement, il vaut mieux que tu restes dans ta chambre, ce soir. Ton père est un peu fatigué…

Résigné, l'enfant déposa un baiser entre les deux oreilles de l'animal, s'empara de son âne en peluche, traversa le salon sans le moindre bruit tandis que son père demeurait absorbé par l'écran. Arrivé à la porte de sa chambre, il adressa un petit coucou à sa mère.

Valentine se sentit rassurée. Nathan n'étant plus dans le champ de vision de Daniel, il risquait moins de s'attirer ses foudres. Elle allait faire de même.

Elle se glissa dans la salle de bains, s'assit quelques instants sur le rebord de la baignoire. Puis elle se déshabilla. Elle s'apprêtait à passer sous la douche lorsque des éclats de voix lui parvinrent.

Elle attrapa le tee-shirt long qui lui servait de chemise de nuit, l'enfila à la hâte et se précipita dans le couloir. Elle éprouva un soulagement de courte durée lorsqu'elle vit la porte de la chambre de Nathan toujours entrebâillée. Mais Daniel tournait comme un lion en cage dans le salon, son portable collé contre l'oreille :

— Je me fous que ce soit un mec de ton équipe qui ait levé ce client ! Cette boutique est sur mon secteur, et donc le chiffre généré doit basculer chez moi. Tes commerciaux n'ont qu'à chasser sur leurs terres. Pas sur les miennes.

Silence.

— Eh bien, va le voir si ça te chante !

Valentine le vit couper l'appel. Furieux, il continua à arpenter la pièce, lâcha un juron. Deux. La petite tête de

Nathan apparut dans l'entrebâillement. Valentine lui ordonna de déguerpir d'un geste, ce qu'il fit immédiatement.

C'est le moment que Flocon choisit pour s'adonner à son occupation favorite : faire tourner sa roue avec frénésie. Valentine se rua sur la cage pour saisir l'animal. Elle en refermait le battant métallique quand elle perçut une présence dans son dos. Elle se retourna lentement. Daniel l'observait, un air mauvais sur le visage.

— Je t'avais dit que cette bête allait m'emmerder. Tous les soirs, c'est le même bordel ! Elle va finir par me faire péter un plomb !

Pour cette raison, Valentine s'appliquait à déplacer la cage du hamster toutes les nuits dans le salon, de sorte que Daniel n'entende rien de ses activités nocturnes. Et chaque matin, la petite maison grillagée regagnait le couloir.

Elle se hâta de retraverser le salon, Flocon dans les mains, pour aller coucher Nathan. Ce soir, il n'y aurait pas de brossage de dents. Ce n'était guère hygiénique. Mais bien plus prudent.

Elle vit Daniel se servir un verre de whisky. Son habituel recours à l'alcool quand il était énervé ne faisait pourtant qu'augmenter son irritabilité.

Valentine borda Nathan. Flocon avait entrepris de courir sur le lit, et elle n'eut pas le cœur de lui rappeler qu'il n'avait pas le droit de le laisser faire. Ce qui importait à présent était d'être le moins bruyant possible, pour ne pas attirer l'attention de Daniel. Elle se contenta donc de regarder la scène d'un œil indulgent, toute son attention tournée vers ce qui se passait derrière la cloison.

Jusqu'à ce qu'elle entende Daniel lâcher un énième juron puis ordonner :

— Rapplique ici !

Valentine bondit immédiatement et courut vers le salon, pendant que Nathan se réfugiait instinctivement sous sa couette. Elle nota de venir plus tard rechercher le hamster. Et ferma volontairement la porte derrière elle.

Son cœur cognait dans sa poitrine.

Daniel l'attendait, l'œil sombre, la bouteille de whisky vide a la main.

— Pas d'autre bouteille ?

Non, il n'y en avait pas. Chaque lundi, Valentine commandait ses courses en ligne et se faisait livrer le lendemain. Le mardi était également le seul jour où Daniel lui laissait la carte bleue pour les produits frais : viande, fruits et légumes… En dehors de cela, elle n'avait aucun moyen de paiement. Ni carte à elle ni carnet de chèques. Juste 50 euros en espèces déposés chaque semaine sur le chiffonnier de l'entrée, pour le pain ou les petits imprévus : cahier, stylo… Il ne lui aurait servi à rien de chercher à ouvrir un compte personnel à l'insu de Daniel : son mince salaire de la librairie était intégralement versé sur le compte joint, et elle n'avait aucune autre ressource pour l'approvisionner. Et il aurait suffi d'un relevé de compte, d'un appel du chargé de portefeuille sur son portable pour qu'elle soit découverte. Elle avait rapidement balayé l'idée d'un tel risque. Et se contentait de cette organisation. C'était aussi cela sa réalité.

Elle avait donc bien ajouté le whisky sur sa liste, mais il ne serait livré que le lendemain. Trop tard pour satisfaire la demande pressante de Daniel.

Il la foudroya du regard. Elle tâcha de le calmer :

— J'en ai commandé une pour demain. Mais j'ai mis quelques bières au frigo, si tu veux…

Il tendit l'oreille, feignant de l'avoir mal comprise, et lâcha la bouteille, qui vint heureusement s'échouer sur le canapé.

— Je te demande du whisky et tu me proposes de la bière ? articula-t-il en exagérant chaque syllabe et en avançant lentement vers elle. Tu te fous de ma gueule, Valentine ?

Il l'attrapa par le haut de son tee-shirt.

— Donc, si je résume, pour toi les oignons et les échalotes n'ont rien en commun, alors que t'hésites pas à proposer de la bière à ton mari quand il réclame du whisky ? Mais t'as vraiment rien dans le ciboulot, hein ?

Il s'empara violemment de son menton et l'obligea à relever la tête. Ses yeux lançaient des éclairs.

— C'est quand même pas compliqué de comprendre que la bière et le whisky sont deux choses différentes…

Il la poussa vers le mur.

— Daniel, je t'assure que j…

Il la fit taire d'un geste sec. Le dos de Valentine heurta brutalement la paroi de béton.

— Non ! Non, tu ne vas rien m'assurer du tout ! Moi, ce que je crois, c'est que tu te fous de ma gueule, exactement comme Deborge ! aboya-t-il.

Il fit glisser un regard de dégoût sur son corps, avant de revenir planter ses yeux dans les siens. Puis, d'un seul coup, il plaqua brutalement sa main gauche à plat contre la cloison, tout en lui enserrant violemment la gorge avec la droite. Terrorisée, Valentine ne cherchait pas à se débattre. Elle savait que cela ne ferait que décupler sa colère. Il suffisait de voir le vide dans son regard pour comprendre qu'elle ne parviendrait pas à le calmer. Le rapport de forces se résumait à trente centimètres et autant de kilos de moins.

— Donc, tu penses que je suis un minable ?

Il n'attendait aucune réponse. Elle n'aurait de toute manière pas pu en fournir, car elle commençait à étouffer. Sans lui lâcher la gorge, il rapprocha son visage du sien, comme pour mieux divulguer le sentiment de puissance qui l'habitait en cet instant précis.

— Mais, tu vois : la minable, c'est toi… Tu n'es rien. Juste rien. Je te tiens comme une merde dans une seule de mes mains. Tu sens comme tu es à ma merci ? Je serre un peu plus fort, j'attends quelques secondes supplémentaires : vingt, trente, peut-être et… plus de Valentine !

Elle pressentit qu'elle n'allait pas tarder à s'évanouir. Elle ne parvenait plus à réfléchir. Tout dansait dans sa tête. Elle gémit, le supplia du regard. Puis tenta de le repousser. Sans lâcher sa prise, il l'attrapa par les cheveux de sa main restée libre. Valentine put laisser entrer un filet d'air dans ses poumons.

— C'est moi seul qui décide, compris? C'est moi qui ramène l'argent à la maison. Toi, tu es là pour faire ce que je te demande et tu la fermes!

Enfin, il desserra son étreinte, fit un geste comme pour dépoussiérer sa chemise et ajouta d'un ton calme en repartant vers la télé :

— Et évite de te trimballer habillée comme une pute devant mon fils!

Sonnée, Valentine cherchait à ralentir son rythme cardiaque. Elle rejoignit l'entrée en titubant, puis se laissa tomber à l'autre bout du couloir. Alors, elle inhala le plus d'air possible. L'oxygénation lui provoqua immédiatement un vertige. Elle dut attendre deux bonnes minutes avant de retrouver une respiration normale.

Elle tourna la tête vers le miroir placé dans l'angle, à un mètre d'elle.

Ses veines jugulaires étaient pourpres, sa trachée douloureuse. Elle peinait à déglutir. Elle pouvait voir les empreintes de chacun des doigts de Daniel imprimées sur son cou.

Il a raison. Tu n'es rien.

Ou plutôt si.

Tu es misérable.

Elle retint le sanglot qui montait dans sa gorge meurtrie, se remit péniblement sur ses jambes et s'enferma dans la salle de bains.

Lorsqu'elle en ressortit vingt minutes plus tard, Daniel avait coupé télé et lumière du salon. Il l'attendait en lisant un journal dans le lit. Sans un mot, elle se glissa sous les draps en priant pour qu'il la laisse tranquille ce soir. Sa gorge la lançait au point de ne pouvoir avaler sa salive qu'avec difficulté.

Il se contenta finalement d'éteindre la lumière en marmonnant :

— Pense à mettre un foulard, demain.

4.

Journal de Valentine

Mardi 12 mai – 0 h 40

J'aime le silence de la nuit. Il est propice à l'introspection. Il m'apaise.

Certains redoutent de voir la lumière s'éteindre. Moi, je n'attends que cela. Même lorsque D éprouve l'envie de satisfaire ses pulsions sexuelles, la pièce doit rester éclairée. Il lui faut contempler ce qu'il possède et la manière dont il le possède. Je suis sa chose. Alors, évidemment, l'extinction des feux est toujours signe de liberté pour moi.

D a le sommeil profond. Une fois qu'il s'endort, je peux enfin vivre et faire ce que je veux : regarder la télé, lire. Ou simplement penser.

Ce soir, j'ai dû patienter un long moment avant d'entendre la respiration régulière m'indiquant que j'étais libre. Et que je pouvais récupérer Flocon.

Je me suis précipitée dans la chambre de Nathan, recroquevillé dans son lit. Sa taie d'oreiller encore humide témoignait des larmes qu'il a dû verser avant de s'endormir. Je sais qu'il a tout entendu de la scène de tout à l'heure. Il m'a fallu lutter contre mon désir de le prendre dans mes bras, de le câliner, de lui demander pardon. Je me suis contentée du dernier point à voix basse, pour ne pas le réveiller.

Puis je suis partie à la recherche de Flocon, à l'aide d'une mini-lampe torche. Dix bonnes minutes m'ont été nécessaires pour le retrouver coincé entre la commode et la plinthe, à côté d'une prise électrique sur laquelle était branchée une veilleuse. Le câble était rongé. Je n'imagine pas ce que j'aurais pu dire à Nathan si j'avais retrouvé Flocon électrocuté… En revanche, j'ai intérêt à racheter rapidement la même lampe. Si D voit les fils dans cet état, nul doute qu'il réagira mal.

Après avoir remis Flocon dans sa cage, j'ai ouvert le coffre à jouets et récupéré mon cahier.

Je suis restée un long moment à contempler mon fils endormi. Il tenait son doudou, son âne Picotin, serré contre lui. Nathan a pour habitude de mordiller les longues oreilles lorsqu'il est angoissé. La pointe de l'une d'elles logeait encore dans sa bouche entrouverte.

J'aimerais comprendre pourquoi je suis habitée par un sombre pressentiment.

Rien n'indique que je suis plus en danger qu'auparavant et je suis habituée à veiller particulièrement à ce que tout se passe bien pour ne pas déclencher sa colère lorsque D est à fleur de peau comme ce soir.

Mais quelque chose a bougé en moi.

Jusqu'à présent, l'anesthésie me protégeait. De la peur des dérapages. De la violence de ses raclées. Cette insensibilité a en partie disparu.

Des œufs trop cuits, de l'eau pas assez fraîche, une table mal dressée… le moindre détail peut le faire sortir de ses gonds. Me tenir sur mes gardes en permanence est incorporé à mon quotidien. Être plaquée par le cou contre un mur est monnaie courante pour moi. Je ne dirai pas que je me suis habituée à la douleur – peut-on vraiment s'y accoutumer ? –, mais j'avais intégré la souffrance dans ma vie courante. Je suppliais D du regard pour qu'il relâche la pression, tandis que je me laissais volontairement envahir par un engourdissement salvateur qui diminuait toutes les sensations.

Là, je suis à nouveau paralysée par une peur panique. Et cette peur a réveillé tous mes autres sens.

Ma gorge me brûle. Je me suis levée une première fois pour y poser des glaçons enroulés dans du linge. La douleur est lancinante. Le froid l'a rendue moins atroce. Pour quelques instants seulement.

Combien de fois aurai-je à supplier D de ne pas appuyer plus fort, plus longtemps ?

Combien de fois devrai-je voir ma propre mort dans ses yeux de dément ?

Combien de fois regarderai-je dans ce miroir une femme que je ne reconnais pas ?

Combien de fois pourrai-je encore protéger mon fils de ce cauchemar ?

Et combien de temps aurai-je encore la force de tenir, de me relever ?

Impossible d'oublier que ma vie oscille en permanence entre « Rêve » et « Crève ».

Je rêve quand je tiens entre mes mains ces histoires dans lesquelles mon esprit s'évade. Le grondement douloureux de mon cerveau et les battements pulsatiles dans ma gorge m'en empêchent ce soir. Ils me ressassent que ma vie ne tient qu'à bien peu de chose. Une lettre. Ma gorge me rappelle également à chaque déglutition que ma vie entière est dans la main de D.

Pour être honnête, j'ai longtemps espéré, pensé qu'il changerait. N'avons-nous pas tous une part d'ombre ?

J'expliquais la sienne par un manque d'amour ou de confiance dont je saurais un jour venir à bout. Je me convainquais, et sans doute je me convaincs encore parfois, que je réussirais à le sauver de ce manque, dont j'ai moi aussi souffert. Naïvement, je pensais que, comme en mathématiques, le produit de nos deux souffrances ne pourrait être que positif. Mais dans la vie, ça ne fonctionne pas toujours ainsi. Je l'ai appris à mes dépens.

Ceci peut expliquer cela.

Cela me ramène quelques années en arrière, et plus précisément à la période de ma grossesse.

Maladivement jaloux, D ne cessait de lorgner tous les hommes que je croisais. Au fur et à mesure que mon ventre s'arrondissait, les coups s'espaçaient. Je devenais à ses yeux moins attirante. Les risques se réduisaient donc d'autant.

J'ai compris que son désir de paternité n'était qu'un leurre pour mieux me ferrer. À ce moment-là, je me suis juré de ne plus jamais avoir d'enfant. Ces neuf mois sont ainsi devenus pour moi ceux de la désillusion. J'ai compris que rester auprès de D me condamnait à subir à jamais sa tyrannie et sa violence. Mais si je n'étais pas partie plus tôt, comment aurais-je pu le faire avec un nouveau-né ?

Depuis que D m'a prise sous son aile, il m'abîme, mais il me protège aussi. J'ai autant peur de ses coups que de vivre sans lui. D s'occupe de tout. Et s'il me traite comme ça, c'est souvent à juste titre. Car le fait est que, sortie de mes romans, je ne suis bonne à rien. Je n'ai jamais été autonome : je ne travaille qu'à temps partiel, je n'ai pas de compte en banque, je n'ai jamais eu à gérer le moindre papier administratif... Alors comment imaginer élever seule un enfant ?

J'ai honte de l'écrire, pourtant c'est la réalité : je suis vraiment minable. Le coup de l'oignon et des échalotes en est une belle démonstration.

Et puis, au plus profond de moi, j'ai bien plus peur de fuir D que de ses coups. Car, si je reste, il me frappera. Mais si je pars, il me tuera. Un jour, une semaine, un ou dix ans après ma fuite, il me retrouvera et m'assassinera comme on achève un animal.

D est intelligent. Malin. Enjôleur (et engeôleur...). En même temps que vicieux et narcissique. Il est aussi doué pour m'isoler que pour bien s'entourer. Son frère est policier. Il travaille pour la BAC. Nul doute qu'il serait vite informé s'il me venait la folle idée de porter plainte pour violences conjugales.

Tout cela je l'ai compris trop tard. Lorsque j'ai réalisé que D ne changerait pas, que me laisser déposséder de mes propres papiers me livrait à sa merci, que me laisser traiter comme une moins-que-rien m'avait plongée dans l'engrenage sans fin du manque de confiance, l'étau s'était définitivement refermé sur moi.

Il m'a fallu attendre la naissance de Nathan, puis le réveil de la jalousie compulsive de D pour m'en rendre compte. Tout d'abord intrigué par les yeux verts de son fils alors que les siens sont bruns, il y a trouvé la preuve irréfutable que cet enfant n'était pas de lui. Peu lui importait que la maman ait les mêmes. Il lui a fallu beaucoup de temps pour accepter l'idée que son enfant pouvait ne rien avoir de ses yeux et bien être le sien. Mais le doute resurgit parfois au détour d'un regard masculin un peu trop appuyé sur moi.

La naissance a été malgré tout source de répit. D a mis longtemps à me frapper devant Nathan. Comme si le regard de la chair de sa chair, même bébé, lui était insupportable. Mais ce n'était qu'une question de temps. Dès que Nathan a fait ses nuits, les coups ont recommencé à pleuvoir.

À la première occasion, j'ai consulté un gynécologue afin de ne plus courir le risque de tomber à nouveau enceinte.

La contraception est sans doute facile pour une femme libre. Pour moi, ce fut un véritable périple. Car je n'ai pas le droit de me faire examiner par un médecin sans que D le sache. Il garde ma carte Vitale. Cela peut paraître inimaginable. Une carte Vitale... Mais c'est cela ma réalité.

Je me suis donc rendue dans un planning familial. La gynécologue, douce et perspicace, n'a pas eu besoin de détails. Mon embarras devait être suffisamment révélateur. Elle m'a posé un stérilet. Je la revois tous les trois ans. Aucune trace écrite. Pas de papier compromettant. Juste au fond de moi l'assurance de ne jamais imposer cet enfer à un autre enfant. Celle aussi de *me faire traiter régulièrement de traînée stérile par D. Mais cela m'importe peu au regard du reste.*

Ce stérilet était mon premier secret vis-à-vis de D.

Suzette est le deuxième.

Ce cahier sera le troisième.

Nathan restera donc mon unique enfant. J'aurais pourtant aimé lui faire connaître la joie bruyante d'une famille nombreuse et solide, la protection d'un foyer soudé et apaisant – tout ce dont je rêvais moi-même quand j'étais petite. J'aurais voulu offrir à mon fils ces fameuses racines dont parlait Suzette. Celles qui vous font rester accroché fermement à la terre, quelle que soit la force du vent.

Je me contenterai d'attendre que Nathan parte, un jour, loin de ces cris, loin de cette peur, loin de ces coups. Et j'ai honte d'éprouver à la fois le bonheur de l'imaginer libéré et le chagrin de me retrouver définitivement privée de l'unique lumière qui illumine mes jours. Mais Nathan libéré, la seule mission qui me tienne à cœur aura été accomplie.

D'ici là, le chemin est long.

Je regarde le cadran clignotant du décodeur télé. Il est presque 2 heures.

Bientôt, le réveil sonnera et D se lèvera.

Un autre jour. Avant un autre demain. Et puis un autre.

Je vais ranger ce cahier, retourner me recoucher à ses côtés. Et espérer que le jour qui se lèvera bientôt sera différent du précédent. Le simple fait d'y croire me laisse quelques heures de répit.

Même si je sais que je ne fais que donner un sursis à mes illusions.

5.

Journal de Valentine

Le 12 mai – 12 h 45

Ce matin, je me suis réveillée avec une douleur sourde au niveau de la gorge. Chaque déglutition l'accentue. J'espère que cela va passer. J'ai vérifié l'absence de trace trop visible dans le miroir. Seule une tache ovale est incrustée sur ma peau, au niveau du larynx. Sans doute le souvenir du pouce de D.

Tandis que je faisais le café, D m'a demandé comment je me sentais. À l'époque des premiers coups, il me suppliait de lui pardonner, jurant qu'il ne recommencerait jamais plus. Je le croyais à chaque fois. Aujourd'hui, il ne prend même plus cette peine.

Dès son départ, je me suis attelée à mes activités habituelles : j'ai pris une douche, réveillé mon fils, déjeuné (et mis un foulard), puis Nathan et moi sommes partis pour l'école. Dans le hall, nous avons croisé la voisine du premier étage. Une femme sophistiquée. Grande, blonde, parfaitement manucurée, la coupe au carré, un tailleur toujours bien ajusté, des perles de culture aux oreilles : tout dans son allure traduit l'assurance et l'autorité. Mais lorsqu'elle me rencontre, il se passe quelque chose. Un changement, un malaise. Cela fait un peu paranoïaque mais je suis sûre de moi. Même si nous ne nous sommes jamais adressé la parole, à part un «bonjour» ou un «bonsoir» brièvement échangé dans la cage d'escalier ou sur le parking. Ce matin, comme à l'accoutumée, elle a baissé les yeux d'un air embarrassé à ma vue.

Je connais l'origine de son malaise.

Elle sait.

Et elle sait que je sais qu'elle sait.

Cela vaut également pour les voisins du troisième, un couple de quadras assez discrets avec un gamin d'une quinzaine d'années. D et moi entendons parfois des disputes entre la mère et l'adolescent. Elle élève fortement la voix. Lorsque D s'énerve, il hurle. Dès lors, comment pourraient-ils ne pas entendre les cris, les assiettes parfois projetées sur le carrelage de la cuisine, la résonance des coups sur les murs ?

Bref.

Ma voisine du dessous m'a donc adressé un sourire gêné, puis s'est décalée contre la rampe d'escalier, comme pour mettre le plus de distance possible entre nous. J'en ai éprouvé de la honte. Que pense-t-elle donc ? Que la pauvre fille que je suis n'a pas le cran de partir ? Que j'aime les coups ou que je les mérite, peut-être... ?

Je n'en ai aucune idée. Mais force est de constater qu'elle craint la contagiosité de « tout ça ».

D a toujours méprisé cette femme. Probablement pour ce qu'elle représente : une femme moderne, indépendante et déterminée, qui suit la ligne dictée par ses propres choix et règles, et assez forte pour se faire respecter de tous.

J'ai toujours éprouvé de l'admiration pour elle.

Pourtant, à ce moment précis, je l'ai moi aussi détestée.

Finalement, l'indifférence et le déni collectifs m'arrangent. Que pourrais-je répondre si l'on me demandait ce qui s'est passé, hier ou toutes ces autres fois où… ?

Nathan à l'école, je suis allée acheter la viande, les fruits et légumes frais de la semaine. En rentrant j'ai croisé Suzette qui descendait ses poubelles. Elle m'a adressé l'un de ses sourires radieux qui réchauffent le cœur. Mais j'ai immédiatement éprouvé l'impression qu'elle me regardait avec une insistance nouvelle. J'ai senti… comment dire ? Un embarras presque palpable. J'ai prétexté que j'attendais la livraison de mes courses et je me suis engouffrée dans l'appartement, ébranlée à mon tour.

Il m'a toujours paru évident que mes voisins du dessus et du dessous étaient aux premières loges pour assister aux dérapages de D. Mais je croyais naïvement que les bruits ne traversaient pas la cage d'escalier. Je réalise seulement maintenant la fragilité, voire l'absurdité de mon raisonnement.

Certes, quelqu'un venant à passer devant notre porte au moment où D crie ne pourrait qu'entendre. De là à imaginer qu'on puisse également tout percevoir de l'appartement d'en face…

Quoique.

J'ai un doute. Et il m'est insupportable.

L'idée que Suzette puisse entendre D m'affole. Elle est la seule avec qui je puisse entretenir une relation « normale ».

Que penserait-elle de moi si je persistais à dissimuler une vérité qu'elle connaîtrait déjà ? Ou si elle me jugeait en victime consentante ?

Ce doute m'obsède.

En fait, mon sujet n'est plus seulement de savoir si *Suzette est au courant, mais plutôt* quand *elle va le découvrir.*

Cela me rend malade. De peur. De honte. De tristesse.

Suzette ne me regarde pas comme une femme battue. Je ne veux pas lire un jour dans ses yeux l'air de commisération ou de dégoût que je devine dans le regard de mes autres voisins.

Ces questions ont tourné en boucle dans ma tête, tandis que je rangeais les courses qu'on venait de me livrer. Du coup, je n'ai rien pu avaler à midi. Pas même le reste de la salade d'hier, avec ses foutues échalotes.

L'idée de perdre l'amitié ou la considération de Suzette m'angoisse autant qu'elle me fait mal.

Je terminais d'écrire cette phrase lorsque Suzette a frappé à la porte. Je n'ai pas ouvert, feignant de sortir de la douche. La chaleur caniculaire rend cette excuse acceptable. Je ne pouvais pas prendre le risque d'ouvrir sans avoir remis mon foulard…

Elle vient de m'inviter à prendre le café. J'arrête donc ici mes divagations, et je me prépare pour la rejoindre.

Cette femme est vraiment un bol d'oxygène pour moi.

Je suis soulagée.

Tellement soulagée…

*

Valentine attrapa son foulard et se dirigea vers l'entrée. Elle se racla la gorge. Elle avait du mal à avaler, comme si un aliment était resté coincé à l'intérieur. Ce n'était plus aussi douloureux que cette nuit, mais ça restait très désagréable. Le miroir lui renvoya l'image d'une silhouette pas très grande, mais gracile et souple. Avec de longs cheveux châtain foncé aux reflets acajou attachés en queue-de-cheval, chevelure qui descendait en cascade dans son dos lorsqu'elle pouvait la laisser détachée, c'est-à-dire à la maison uniquement. Daniel refusait en effet d'« imaginer son épouse attiser les fantasmes de certains types en exhibant sa crinière ». Le teint pâle, des sourcils fins, les yeux verts légèrement teintés de marron doré qui lui donnaient un regard profond et chaleureux, un petit nez en trompette, une bouche bien dessinée et légèrement mutine qui rendait ses sourires pétillants. Elle ne s'en rendait pas compte, mais même sans artifice, il était indéniable que Valentine était ravissante et qu'elle dégageait quelque chose.

Comment avait-elle pu conserver ce côté espiègle malgré toutes les turpitudes et les douleurs ?

Elle inspira lentement, enroula l'étoffe autour de son cou, la noua. La trace du pouce de Daniel disparut sous la soie.

Elle soupira. Chaque fois qu'elle sortait avec ce foulard, elle avait l'impression que tout le monde en devinait la cause. C'était absurde.

Rassurée, elle quitta l'appartement pour frapper en face. Guy lui ouvrit la porte et l'invita d'un geste à rejoindre la cuisine. Suzette préparait une pâte à crêpes.

— J'ai cru comprendre que Nathan raffolait tout particulièrement de ce qui s'avère être ma spécialité ! se justifia-t-elle avec fierté.

— Ce n'est pas pour rien qu'on t'appelle Suzette, mon elfe ! lança affectueusement Guy en rejoignant le salon, où il s'adonnait à sa passion : le maquettisme.

Valentine aperçut une grande plaque en bois posée à même la table, sur laquelle se trouvaient de multiples pièces en plastique, mini-pots de peinture, décalcomanies… À bien les regarder tous deux, ils formaient décidément un couple aussi étonnant qu'évident.

Valentine revint vers Suzette, à présent affairée à remplir le réservoir de la cafetière, tandis que la bouilloire sifflait pour annoncer que l'eau de son thé était prête. Elle prit naturellement une chaise et s'assit. Deux minutes plus tard, son amie déposait face à elle une tasse de café accompagnée de deux madeleines encore tièdes, et d'un jus d'orange fraîchement pressé.

— Vous me gâtez beaucoup trop ! Je vais finir par m'y habituer…, dit-elle avec un petit sourire.

Suzette déplaça son mug de thé et une autre madeleine face à elle.

— J'ai toujours aimé faire de la pâtisserie. Mais Guy n'est pas gourmand. Alors je suis ravie de vous avoir trouvés, Nathan et vous, pour me donner une bonne raison de m'y remettre !

Elles se turent toutes les deux, savourant leurs gâteaux. Seul le bruit du cutter séparant les petites pièces de plastique de leur grappe leur parvenait du salon. Valentine sentit qu'elle se détendait enfin. Ici, le silence prenait un tout autre sens que dans l'appartement d'en face.

— On est bien, n'est-ce pas ?

— Oui, on est bien…, acquiesça-t-elle doucement.

À quand remontait la dernière fois où elle s'était sentie aussi bien en compagnie de quelqu'un ? Sans être à fleur de peau ? Sans avoir peur d'une réaction, d'un dérapage ?

Il va te falloir revenir bien longtemps en arrière…

Au temps où tu pensais que ce qui est devenu ta réalité quotidienne ne pouvait exister que dans les livres les plus sombres…

— Ça va, Valentine ?

Elle émergea de ses pensées. Le regard de Suzette semblait inquiet.

— Oui, excusez-moi. J'étais ailleurs. Mais tout va bien, merci !

Suzette hocha la tête.

— Tant mieux, Valentine, tant mieux…

Elle se tut, avant de reprendre à mi-voix :

— Mais s'il y avait quoi que ce soit…

Valentine se redressa, soudainement mal à l'aise. Elle ne s'était donc pas trompée ce matin : Suzette *savait.*

— Pourquoi dites-vous ça ? Je vous ai dit que tout allait très bien ! répliqua-t-elle d'une voix peu convaincante.

Elle sentit la main de Suzette se poser avec douceur sur la sienne :

— Excusez-moi, Valentine, je suis vraiment désolée. Simplement, votre regard était si triste…

La sensation de malaise grandit encore en Valentine.

— Eh bien non, je ne suis pas triste.

Suzette l'observa attentivement. C'est elle qui semblait abattue, maintenant.

— En tout cas, j'espère que si c'était le cas, vous me confieriez ce qui vous tracasse. Après tout, nous sommes devenues amies, n'est-ce pas ? Et des amies, ça partage les épreuves…

— Bien sûr, Suzette, répondit Valentine en tentant de contenir son émotion. Si j'étais soucieuse, je vous en parlerais. Mais ce n'est pas le cas, je vous assure.

Sa voix chevrota à la fin de la phrase, et Suzette baissa la tête d'un air pensif. Valentine sentit la panique l'envahir. Elle avait eu raison tout à l'heure : un foulard noué autour du cou par une telle chaleur ne pouvait qu'éveiller des soupçons. La voix de Suzette l'extirpa de ses pensées :

— Vous ne m'avez jamais parlé de votre enfance. Parlez-moi de vous, Valentine !

Que Suzette la questionne sur son passé et non sur son présent la rassura instantanément.

— Oh, vous savez, je n'aurais rien de bien intéressant à vous raconter…

— Détrompez-vous : c'est important de savoir comment une personne s'est construite… Par exemple, où avez-vous grandi ? Comment était votre mère ? Lui ressemblez-vous ? Avez-vous la même personnalité ?

Définitivement apaisée par la nature des questions de Suzette, Valentine tendit les paumes vers le ciel en signe d'impuissance.

— Je ne le saurai jamais. J'étais trop petite. Mais j'espère du fond du cœur ne lui ressembler en rien.

Ni physiquement, ni psychologiquement. Pour moi, ce serait une insulte.

Les yeux vifs de Suzette se voilèrent un bref instant.

— Oh… À ce point-là ?

— Je n'en serais sans doute pas là où j'en suis si elle s'était un tant soit peu occupée de moi. Si elle m'avait donné un minimum d'amour et d'attention.

— Peut-être aurait-elle eu une explication à vous fournir… Un coup dur. Une épreuve qui l'aurait tenue éloignée de vous…

Valentine ne put retenir un ricanement amer :

— Elle n'a jamais cherché à me donner la moindre explication. Et en tant que maman, je ne peux pardonner ce qu'elle a fait. Ou plutôt ce qu'elle n'a pas fait. Cela vous choque ?

Surprise, Suzette hésita une seconde avant de répondre, légèrement troublée :

— Je ne sais pas… Je suppose que vous avez vos raisons.

Elle porta une madeleine à ses lèvres mais la reposa aussitôt :

— Mais vous affirmez que vous n'en seriez pas là où vous en êtes. Qu'entendez-vous par là, Valentine ?

Instantanément, Valentine fut de nouveau sur ses gardes. Elle répliqua plus sèchement qu'elle ne l'aurait voulu :

— J'en suis vraisemblablement à parler d'une mère qui m'a abandonnée autour d'une madeleine et d'un café, alors qu'il y aurait bien d'autres sujets intéressants à évoquer !

Suzette pâlit.

— Je suis navrée, je ne voulais pas vous blesser. Ne m'en veuillez pas…

Elle baissa la tête et un silence pesant, qui n'avait plus rien à voir avec celui qu'elles avaient partagé quelques minutes plus tôt, s'abattit sur la table.

Suzette resta muette, le regard perdu dans la contemplation de son mug de thé, avant de relever lentement la tête et de planter ses yeux dans ceux de Valentine :

— Je suis alcoolique.

Sous le coup de la surprise, les yeux de Valentine s'écarquillèrent et elle s'arrêta net de mastiquer sa madeleine. Suzette fit mine de ne rien remarquer et reprit :

— La dépendance à l'alcool est d'autant plus dure à assumer lorsque vous êtes une femme. Un homme, quand il boit, on le dit viril, bon vivant. Tandis qu'une femme…

Elle dodelina doucement de la tête, avec une expression qui en disait long sur la manière dont on considérait ces femmes-là.

— Vous voyez, moi aussi j'ai mon lot de secrets que je dissimule mais que je continue à traîner derrière moi avec honte, regrets et parfois dégoût…

Valentine restait bouche bée. Elle ne s'attendait pas à une telle révélation. Et encore moins à une telle addiction chez une femme aussi lumineuse.

Cette honte et ce dégoût sont des choses qui te parlent plutôt bien, n'est-ce pas ?

La peur du dénigrement de ceux qui entourent…

La culpabilité qui ronge…

Le déni que l'on pense salvateur mais qui enferre davantage…

— J'avais une hygiène de vie irréprochable avant de basculer. Je travaillais en tant qu'infirmière dans une maison de retraite où j'étais respectée, et les résidents m'étaient très attachés. C'était réciproque, et je leur consacrais bien plus de temps que ne l'exigeait ma fonction. Je passais des heures à leur faire la lecture, y compris sur mes temps de repos. N'ayant aucune obligation familiale, aucun amoureux qui m'attendait, je voulais me sentir utile. Je rêvais de rencontrer l'Amour avec un grand A. J'ai été servie. Le problème, c'est qu'il s'est présenté avec le visage d'un ange alors qu'il s'agissait d'un démon.

À ces mots, Valentine serra instinctivement ses deux poings sur la table.

Toi aussi tu as appris à tes dépens que tout ce qui brillait n'était pas de l'or…

— Il était beau. Très beau. De ces hommes qu'on ne peut imaginer poser un jour leur regard sur vous. Et pourtant ça m'est arrivé…

Valentine songea que ce n'était pas ce qui s'était produit pour elle. Daniel, lui, avait été son sauveur. Celui qui l'avait emmenée loin de ce Grand-Est qui n'avait de grand que l'ennui. Quel qu'eût été son visage, elle en serait tombée amoureuse…

— Simon n'était pas que beau. Il était aussi intelligent et drôle. Son charisme était tel que tout le monde se taisait dès qu'il prenait la parole. Je l'ai rencontré alors qu'il rendait visite à sa tante dans la maison de retraite où j'étais employée. J'appréciais beaucoup cette dame. Je passais de longs moments à lui lire des classiques qu'elle aimait car elle était malvoyante. Seul Simon s'occupait d'elle. Je trouvais ça gentil de sa part. Tellement de personnes âgées sont abandonnées par leur famille...

Elle leva le mug de thé à ses lèvres et but une gorgée.

— J'aimais vraiment sa prestance, son humour. Mais ce qui m'a fait craquer, je crois, c'est la manière qu'il avait de me donner confiance en moi, alors que je doutais de tout. Être à son contact me permettait une assurance dont je ne pensais pas être capable. Un jour où je lisais une énième histoire à sa tante, il est arrivé et m'a invitée à une soirée organisée par l'un de ses amis. Trop heureuse, j'ai accepté. J'ai vite découvert qu'il se comportait ainsi avec beaucoup de filles naïves de mon genre. Il ne cherchait en fait qu'à agrandir sa cour. C'est le mot qui convient, croyez-moi...

Suzette soupira et ses épaules s'affaissèrent.

— J'ai vite découvert sa part d'ombre. Il fumait joint sur joint, et buvait un nombre incalculable de verres d'alcool par soirée. Mais il les tenait bien. Tout comme ces femmes qui s'agglutinaient autour de lui, comme les mouches l'auraient fait pour un pot de miel. Elles guettaient un sourire, un regard appuyé... Il le savait. Et il en jouait. Dire que j'ai fait partie de ces femmes-là...

Sa voix se brisa sur la dernière syllabe.

— Allez savoir pourquoi ce type dont tout le monde s'amourachait a jeté son dévolu sur moi... Pour ma plus grande joie. Et mon plus grand malheur !

Elle sembla émerger d'un long rêve.

— Je voulais être pour lui ce qu'il était pour moi. Mais on ne transforme pas une ânesse en jument de course. Alors, pour le garder, j'ai tenté de me faire apprécier de ses amis. Premier obstacle : l'alcool. Je n'en buvais pas une goutte car je détestais ça. L'odeur, le goût, les effets dévastateurs que je constatais sur les autres me répugnaient. Le problème, c'est que quand vous ne buvez pas une goutte d'alcool, vous passez pour un rabat-joie. Et ces buveurs invétérés prenaient très mal le fait que je ne trinque pas avec eux. Ils se sentaient « snobés ». Alors, pour ne plus subir leurs railleries permanentes, pour entrer dans leur clan, j'ai appris à me fondre dans leur conformité, et me suis donc forcée à boire. L'amour rend décidément bien stupide…

Oui. Et aveugle, songea Valentine.

— Je me suis donc forcée à goûter puis à ingurgiter des liquides qui portaient des noms différents mais qui avaient deux points communs : me brûler la gorge et me provoquer des haut-le-cœur. Ma technique de départ a été de boire cul sec les verres que l'on me tendait. Ça piquait peut-être fort sur le coup, mais j'atteignais mes objectifs : vider mes verres. Le problème, c'est que les quelques soirs où j'ai abusé de cette astuce, je me suis retrouvée à vomir, au mieux dans les toilettes, au pire sur le canapé des copains. Alors j'ai commencé à couper l'alcool avec des sodas ou des jus de fruits. Ça passait mieux. Mais progressivement, la proportion d'alcool a augmenté.

Elle se redressa sur son siège, considéra un instant Valentine qui la fixait avec bienveillance.

— Avec le temps, je suis parvenue à aimer ça. Un peu trop, reprit-elle, la voix voilée. J'ai fini par vraiment boire. Beaucoup. Souvent. Puis tout le temps.

Son regard se perdit au-delà des voilages de la cuisine.

— Un problème de santé m'a obligée à arrêter du jour au lendemain. Cette période de rémission a duré un an. Simon s'est éloigné de moi. Cela aurait pu me sauver. Mais il est revenu, et j'ai replongé. Quelques mois plus tard, je ne pouvais plus démarrer ma journée sans ma dose d'éthanol. Et quand elle se terminait, je n'étais plus en état de dire comment je m'appelais…

Suzette fronça les sourcils, ce qui creusa ses rides en deux profonds sillons.

— J'ai connu les réveils à 2 ou 4 heures du matin dans des lieux inconnus sans avoir le moindre souvenir de la façon dont je m'y étais rendue.

Valentine essayait, en vain, de trouver sur les traits de son amie les traces de ce passé. Comment une femme comme elle pouvait-elle avoir un jour plongé dans un tel enfer ?

— Simon m'a quittée du jour au lendemain pour une femme qui ressemblait en tout point à celle que j'avais été. J'avais trente-sept ans, elle vingt-cinq. Elle était joyeuse, naïve, amoureuse, et ne buvait pas la moindre goutte d'alcool. Cela m'a dévastée. Anéantie.

Valentine aperçut une larme couler sur la joue de Suzette. Par pudeur, elle baissa la tête.

— Mon chagrin débordait autant que mes verres. J'ai touché le fond.

Sa voix était à peine audible lorsqu'elle prononça le mot « fond ».

— Je n'étais plus en état d'aller travailler, ni de savoir quel jour on était. Je ne prévenais même plus mon boulot de mes absences. J'ignorais que j'étais la seule à prendre ma dépendance à l'alcool pour un secret. Je croyais conserver une dignité que j'avais pourtant perdue en chemin sans même m'en rendre compte.

Elle écarta les bras en signe d'impuissance.

— Je me suis donc fait virer.

Suzette avait confié à Valentine qu'elle avait toujours travaillé. Elle aussi avait donc dû apprendre à mentir pour cacher une vérité difficile. Valentine ne l'en aima que davantage. Elle se risqua à relever la tête.

— Je n'avais plus un sou alors que l'alcool coûte cher, ce qui m'a contrainte à me rabattre sur ce que je pouvais. Mon sujet n'était plus le plaisir de boire mais la nécessité vitale de me procurer ma dose.

Ses yeux se tournèrent vers le transistor posé sur la table. Et s'y ancrèrent, pour ne pas être distraite par l'émotion dorénavant visible de Valentine.

— Il m'est arrivé de boire de l'alcool à 90°, et même de l'éther lorsque je n'avais rien d'autre sous la main…

Valentine sentit également les larmes couler sur ses joues. Elle se reprocha son attitude agressive de tout à l'heure. Maladroitement, elle s'avança sur sa chaise et pressa brièvement la main de son amie.

— Je m'étais progressivement coupée du monde. La bouteille était devenue ma seule compagnie. Elle présentait l'avantage de recevoir toutes mes confidences sans rien en répéter. Elle me comprenait en silence…

« Et pourtant, je refusais de voir la réalité en face. Je refusais d'admettre que j'étais alcoolique. Jusqu'à ce fameux jour. Ou plutôt cette fameuse nuit…

Elle articulait maintenant avec peine.

— Cette nuit-là, on m'a retrouvée à 1 heure du matin, dans la rue, inconsciente, alors qu'il faisait -3 °C. Je ne portais qu'une simple nuisette.

Silence.

— Verdict : coma éthylique avec plus de deux grammes d'alcool dans le sang, et une hypothermie sévère.

Suzette ne pouvait plus détacher son regard de la petite radio.

— J'ai été hospitalisée. J'ai pris conscience de mon naufrage. Et de mon addiction.

Elle se racla la gorge.

— L'addictologue du service où j'ai été transférée était gentil. Patient. Attentionné. Chaleureux. Il m'a convaincue de me faire soigner.

Elle soupira.

— J'ai suivi une psychothérapie et une cure de désintoxication. Je ne sais de quoi il fallait que je me désintoxique le plus : de l'alcool ou de *lui*…

Elle tressaillit puis ajouta d'une voix étranglée :

— Ça a été dur. Très dur. Mais je voulais vraiment remonter la pente…

Un autre silence.

— J'étais gavée de Valium, de somnifères, sinon les nuits étaient insupportables. Aucune visite n'était autorisée. En même temps, je n'avais plus aucun ami... Les seuls êtres humains que je croisais étaient des soignants, que je n'avais pas envie de voir, et les zombies, comme moi.

Valentine tendit à nouveau le bras par-dessus la table et, dans un autre geste affectueux, posa doucement sa main sur celle de Suzette, qui releva enfin les yeux sur elle.

— Il est clair que vous ne ressortez pas indemne d'un tel séjour. Il y a quelque chose de cassé en vous. Et en même temps autre chose, qui ressemble à une renaissance, au sens propre du terme. Parce que vous êtes devenue quelqu'un d'autre.

« Ça a pris du temps, longtemps, mais je me suis relevée. J'ai repris mon destin en main. Pour commencer, j'ai cherché à remercier celui qui m'avait sauvé la vie. Il n'était plus mon médecin. Rien ne s'opposait à ce que nous puissions nous fréquenter à l'extérieur de l'hôpital. Il était doux, il me rassurait. Je me suis attachée à lui. Profondément. Puis j'ai ressenti pour lui un sentiment d'amour, de ceux qui se tissent lentement et qui vous font aimer l'existence sans vous rendre folle. J'ai fini par l'épouser..., ajouta-t-elle avec un éclat de reconnaissance dans le regard qu'elle tourna vers la pièce où Guy se trouvait. Même dans les gouffres les plus obscurs on peut trouver de belles étincelles. Il faut savoir les repérer.

Elle avait dit cela sur un ton presque joyeux. Mais l'expression de son visage restait grave.

— Guy m'a aidée à redonner un sens à ma vie. Il m'a réappris à vivre…

— C'était donc Guy… Et vous vous en êtes sortie…, balbutia Valentine.

— Malheureusement, les séquelles couvent toujours sous les apparences. Parce que lorsque vous êtes alcoolique, vous l'êtes pour toujours, Valentine. Ma guérison reposait et repose toujours sur une abstinence totale et définitive. Et donc, elle se jouait à chaque réveil, à chaque nouvelle journée. Même si chaque jour nouveau m'éloignait davantage du spectre de la bouteille. Cela m'a coûté ce que j'avais de plus cher…

Un silence.

— … c'est-à-dire de devenir maman.

Valentine repensa au moment où elle avait croisé Suzette pour la première fois et où elle s'était dit que pour être aussi souriante et lumineuse une telle femme avait dû être épargnée par la vie. Comme on pouvait se tromper sur les autres.

— C'est votre dépendance à l'alcool qui a affecté votre fertilité ? demanda-t-elle doucement.

Suzette répondit dans un murmure, en s'adressant à ses mains.

— Non. Biologiquement, tout allait bien. Mon problème, c'était mon incapacité à élever un enfant. Quand vous vous traînez comme une loque et que vos souvenirs se limitent à des trous noirs successifs, il vous suffit d'une once de conscience pour le comprendre…

— C'est beau, ce sacrifice…

Suzette eut un petit rire empli d'amertume. Face à la souffrance de son amie, Valentine fut rattrapée par le remords. Elle s'était mise à nu, alors qu'elle-même venait juste de refuser sa main tendue.

Tu veux vraiment lui raconter ce que tu vis ? Souviens-toi du regard qu'on pose sur toi. Es-tu prête à courir le risque de lire en elle, au pire du mépris, au mieux de la pitié ?

Non, ce n'était pas ce qu'elle souhaitait. Pourtant, elle n'avait jamais été si proche de se confier à quiconque, de partager son fardeau honteux, devenu trop lourd. Elle était tentée de passer à son tour aux confidences, comme on offrirait un bien de valeur en témoignage d'un lien précieux. Mais n'était-ce pas plutôt là un cadeau empoisonné ?

Valentine secoua la tête et saisit la tasse à café qu'elle fit tourner sur elle-même. Elle ne pouvait pas prendre le risque de tout gâcher… Elle se redressa, sans cesser de faire danser la tasse sur sa soucoupe. Son amie la dévisageait avec une expression à la fois inquiète et bienveillante. Valentine songea que la vie était décidément mal faite : cette femme aurait sans aucun doute fait une bonne mère et… La tasse stoppa sa danse.

Une idée venait de lui traverser l'esprit. Elle avait autre chose de lourd sur le cœur. Une chose désormais ancrée dans son passé, dans son ADN : l'histoire de ses racines, sa mère, Vincent.

On ne se débarrassait jamais d'une névrose d'abandon. Surtout si ce dernier mot prenait un *s* à la fin. Mais on pouvait partager la douleur qui en découlait.

— Si, croyez-moi, Suzette. Pour ma part, j'aurais préféré que ma mère raisonne comme vous. Cela m'aurait évité bien des souffrances.

Après un dernier regard en direction de Suzette, elle se lança à son tour :

— Ma mère a accouché dans un foyer dédié aux femmes dans sa situation : célibataires enceintes et sans un sou. Je crois y être restée les premiers mois de mon existence, avant d'être placée en institution dès l'âge de un an. Mes premiers souvenirs de ce centre remontent à mes quatre ans. Ils tournent tous autour des visites de ma mère. Et s'étalent sur deux ans.

Elle marqua une pause, et poursuivit à voix basse, comme si elle se parlait à elle-même.

— Elle venait me voir tous les mercredis après-midi. C'était l'unique plaisir de ma semaine. Lorsqu'il pleuvait, nous restions enfermées dans ma chambre et elle me lisait à voix haute le début du nouveau livre qu'elle m'apportait. Mais s'il faisait beau, nous quittions le bâtiment pour nous aventurer dans les champs qui le jouxtaient, à la recherche de ces fleurs que je pensais magiques et auxquelles j'avais donné le nom d'« étoiles ». Ma mère m'avait un jour confié que mes vœux se réaliseraient si je réussissais à faire s'envoler tout leur duvet d'ange en soufflant dessus…

« Nous énumérions nos rêves à voix haute avant de souffler sur les aigrettes qui s'envolaient. Pour chaque fleur, je m'assurais que le reste du capitule était bien nu. Et alors j'étais heureuse car je pensais, je sentais que mes rêves allaient prendre vie. Le plus beau de tous étant de passer le reste de ma vie auprès de ma mère.

«Je me souviens de ces moments-là comme des plus beaux de toute mon enfance. Voire de mon existence... Sinon, je n'ai plus aucun souvenir du visage de ma mère, ou de son parfum. C'est sans doute mieux ainsi.

Elle se passa une main dans les cheveux, se redressa.

— Et puis, d'un coup, alors que j'allais fêter mes six ans, ma mère n'est plus venue. Sans explication. Pendant cinq mois, je l'ai guettée par la fenêtre de ma chambre. Puis j'ai compris qu'elle m'avait tout simplement abandonnée.

« Cinq mois, c'est le temps qu'il a fallu pour me trouver une famille d'accueil. Une première famille peu agréable qui vivait au rythme de disputes permanentes et de périodes de chômage. Je ne me plains pas. J'ai découvert par la suite que certains étaient tombés sur bien pire. Je suis restée là-bas quatre ans. Quatre longues années durant lesquelles je cherchais dans tous les jardins les fameuses étoiles qui me permettraient de réaliser le seul vœu qui me tenait à cœur : revoir ma mère.

Elle écarta les bras en signe d'impuissance.

— Et puis un jour, pour une raison que j'ignore, l'assistante familiale a perdu son agrément. J'ai donc intégré une seconde famille, qui vivait à une vingtaine de kilomètres de Verdun. J'avais alors dix ans. Et à dix ans, vous ne posez pas de questions. On vous trimballe comme un simple colis et on vous colle dans une boîte aux lettres. Cette fois-ci, la boîte en question portait le nom de Moriel.

C'est dans cette boîte que j'ai rencontré mon meilleur ami, mon âme sœur : Vincent.

À cette étape de son histoire, Valentine éprouva le besoin de faire une pause. Cela n'échappa pas à Suzette qui, visiblement bouleversée, s'empressa de lui proposer un autre café. Valentine accepta un verre d'eau fraîche, et le rire de Vincent se substitua à celui de sa mère. Elle pouvait presque entendre encore leurs chuchotements, le soir tombé. Elle ferma les yeux, rattrapée par l'image de Vincent, face à elle, ses deux iris vert émeraude cerclés de gris plongés dans les siens. Son visage qui se rapproche, leurs lèvres qui se frôlent...

— Valentine, ça va ?

Suzette lui avait posé une main sur l'épaule et l'observait d'un air inquiet. Valentine sursauta.

— Oui, ça va aller ! J'ai longtemps pensé que Vincent était pour moi ce que j'étais pour lui : mon Autre. Je me suis trompée. Pour moi, il était différent de tous ceux que j'avais pu croiser : grand rêveur, éternel passionné de lecture au point de m'avoir un jour juré qu'il deviendrait libraire, d'une grande douceur dans sa manière d'être, de s'exprimer... Vincent était le fils unique des Moriel. Il n'avait que deux ans de plus que moi.

« Dès mon arrivée dans cette famille, qui avait exprimé le souhait de recueillir une petite fille, Vincent m'avait prise sous son aile, à la manière dont un frère aîné l'aurait fait pour sa petite sœur. Nous sommes vite devenus très proches. Au bout de quelques mois, nous n'avions plus aucun secret l'un pour l'autre.

Elle laissa échapper un petit rire triste.

— Je me souviens avec un pincement au cœur de ce soir où, en pleurs, je lui ai révélé notre secret, à ma mère et moi, de ces fleurs magiques en forme d'étoile. Il n'en connaissait pas l'existence, et nous étions dès le lendemain partis en chercher. Je revois encore l'expression consternée de son visage lorsque je lui ai fièrement mis sous le nez la fameuse fleur… « Mais, Val, ce sont des pissenlits ! De la mauvaise herbe, quoi ! » s'est-il exclamé en éclatant de rire. Moi, je suis restée pétrifiée. Mon monde s'écroulait.

Elle croisa le regard de Suzette, rougit et baissa la tête.

— Ça doit sembler stupide mais pour moi, c'était tellement important. Ce « secret » me liait à ma mère. C'était finalement cela sa vraie magie…

« Et parce que Vincent était tellement différent des autres, si sensible, il a compris. Il a repris son sérieux et ajouté d'un ton solennel qu'il n'aurait jamais imaginé que ces fleurs avaient un tel pouvoir. Il m'a même demandé de lui enseigner ce tour de magie et de ce jour-là, nous sommes allés régulièrement cueillir les étoiles. Nous égrenions nos rêves à haute voix. Et, le temps de cette récolte, je retrouvais l'époque révolue où ma mère m'aimait encore…

Un reniflement arracha Valentine à ses pensées : Suzette s'essuyait les yeux à l'aide d'une feuille d'essuie-tout.

— C'est une belle histoire, Valentine. Si émouvante. Je suis désolée…

— C'est gentil, Suzette. Cela aurait pu faire une très belle histoire, en effet. Malheureusement, le destin en a décidé autrement.

« Un après-midi d'hiver, c'était en février, alors que nous étions tous les deux assis à lire l'un à côté de l'autre, Vincent m'a prise dans ses bras et m'a embrassée. Je n'ai même pas été étonnée tant cela me semblait naturel… Sa mère a fait irruption dans la pièce et nous a surpris. Ce n'était qu'un baiser entre deux adolescents, mais elle est entrée dans une colère noire.

« Le soir même, les parents de Vincent se disputaient à mon sujet. Elle voyait en ce baiser quelque chose de malsain, quand son père n'y voyait qu'un truc de gamins. Le ton est monté entre eux. Je revois encore son père quitter la maison, furieux. Et Vincent lui courir après. Ils se sont engouffrés dans le break familial. Il avait abondamment neigé. Trois kilomètres plus loin, un conducteur perdait le contrôle de son véhicule et les heurtait de plein fouet. Le père de Vincent est décédé sur le coup. Vincent, gravement blessé, n'a jamais voulu me revoir. Il avait alors seize ans. Moi, pas tout à fait quinze.

Elle reprit une gorgée d'eau. Puis une autre.

— Deux semaines plus tard, je passais dans une autre famille d'accueil. Une autre boîte aux lettres.

« Dans cette énième famille, je n'ai pas trouvé le moindre bonheur, ni même un semblant d'affection, mais j'y vivais en paix. Je ne nourrissais qu'un seul et unique objectif : fuir Verdun et tous les souvenirs qui s'y rattachaient. Mon seul horizon se conjuguait au présent. Haïr Verdun me permettait d'espérer que la quitter signifierait fuir ma morne vie.

« Sans Vincent à mes côtés, je me sentais amputée de ma moitié. Mais il m'avait bel et bien abandonnée. Comme ma mère. J'ai commencé à me penser répugnante, pour être si peu digne de recevoir l'amour de ces deux êtres qui avaient tant compté pour moi.

« J'avais enfin assimilé que mes fameuses fleurs magiques n'étaient en réalité que de vulgaires pissenlits. Et compris que tout ce qui avait embelli ma vie n'avait été qu'imposture. Alors, je me suis plus que jamais réfugiée dans l'imaginaire. Et l'imaginaire m'a sauvée. Seule la littérature trouvait grâce à mes yeux. La littérature et l'amour. Ou plutôt, l'idée que je m'en faisais. Du haut de mes dix-sept ans, je n'aspirais qu'à une chose : rencontrer le grand amour.

« Quand on s'appelle Valentine, quoi de plus naturel ? Depuis, j'ai découvert une autre forme d'amour, puissant, inconditionnel, la seule qui me pousse à vivre : l'amour maternel. Mais je n'ai jamais plus cueilli de pissenlit après floraison. Et lorsque j'en croise au hasard de ma route, je détourne les yeux.

Les larmes coulaient à présent à profusion sur les joues de Valentine, qui ne cherchait même plus à les retenir. Elle ne sanglotait pas, sa voix était restée la même, les larmes coulaient, simplement.

Elle saisit de nouveau le verre d'eau, le termina lentement, par petites goulées. L'eau fraîche apaisa sa gorge encore douloureuse.

— C'était mon premier baiser. Vincent était mon premier amour. Notre histoire était belle. Pure. Et vous savez ce que c'est : aussi fugace soit-il, on n'oublie jamais son premier amour. Et encore moins une âme sœur perdue...

— Tant que cette personne est dans votre cœur, elle n'est pas perdue, murmura Suzette.

— Je ne sais pas, Suzette. Deux fois, j'ai été rejetée par les personnes auxquelles je tenais le plus au monde... Si ma mère m'avait gardée près d'elle, je n'aurais jamais rien connu de tout cela...

— Comment s'appelait-elle ?

— Qui ça ?

— Votre mère...

Un long silence régna avant que Valentine ne réponde.

— Marie. Elle s'appelait Marie... C'est joli, Marie, comme prénom, vous ne trouvez pas ?

Suzette scruta son visage puis acquiesça.

— Oui, c'est un bien joli prénom. Mais Valentine l'est plus encore...

Il y eut un autre moment de silence gêné que Suzette finit à son tour par briser.

— Vous la détestez ?

— Qui ça ?

— Votre mère. Vous lui en voulez beaucoup, n'est-ce pas ?

— Oui. Terriblement.

Valentine laissa passer un instant puis souffla :

— Et pourtant, si vous saviez combien je l'ai aimée et attendue. Rêvée, aussi...

Bouleversée par ces aveux, Suzette n'avait plus touché au thé ni au morceau de madeleine placé à côté de son mug.

— Je vous souhaite de lui pardonner un jour.

— Et qu'est-ce que ça changerait ?

— Il paraît qu'accorder son pardon libère. Peut-être irez-vous mieux, et... peut-être aussi comprendrez-vous que vous êtes quelqu'un de bien, Valentine...

— Oh, croyez-moi, la question du pardon, j'ai eu l'occasion de me la poser. Je n'ai pas été élevée dans la foi. Mais je peux vous dire, pour l'avoir expérimenté dans un autre contexte, que pardonner l'impardonnable condamne plus qu'il ne soulage.

Elle se revit pardonner Daniel, la première fois qu'il l'avait giflée. En serait-elle là si elle n'avait pas laissé passer ce premier acte de violence ? Sentant le regard scrutateur de Suzette, elle revint sur le sujet de sa mère.

— Je me suis longtemps accrochée à l'idée qu'un jour tout irait mieux. Mais comment croire en l'amour d'autrui lorsque votre propre mère n'en a pas été capable ?

Elle soupira.

— Mais tout va bien, ne vous inquiétez pas. Je pense être parvenue à me libérer de l'emprise de ces souvenirs pénibles.

Suzette n'avait pas l'air convaincue. Valentine se rendit soudain compte qu'il lui était peut-être difficile d'entendre de tels propos, elle qui avait rêvé d'avoir un enfant. Alors elle ajouta, dans un élan de totale sincérité :

— Mais croyez-moi, vous auriez fait une bien meilleure mère qu'elle, Suzette.

Puis :

— Moi, je crois que j'aurais préféré savoir la mienne morte.

Suzette blêmit sous la violence de cette déclaration, mais s'efforça de masquer son trouble.

— Nous n'avons peut-être pas vécu les mêmes souffrances, Valentine, mais lorsque la douleur est vive au point d'anéantir une partie de nous, elle est identique. C'est cette douleur que nous partageons. Et que nous avons peut-être devinée l'une en l'autre.

Elle s'était exprimée sans la quitter des yeux. Cette manière que Suzanne avait de soutenir son regard ébranlait Valentine, qui détourna la tête. La grande aiguille de l'horloge fixée sur le mur approchait des 4 heures. Valentine se leva précipitamment :

— Nathan va bientôt sortir…

Suzette se hissa à son tour en prenant appui sur la table, comme si toute force avait déserté ses jambes. Elle se contenta d'ajouter dans un murmure :

— Je ne sais si vous pardonnerez un jour votre mère. Mais la vie passe vite et nous apprend à n'en retenir que l'essentiel. Nous faisons tous des erreurs. Nous sommes tous si parfaitement imparfaits…

*

Lorsqu'elle revint trois quarts d'heure plus tard avec Nathan, Suzette les accueillit avec enthousiasme. Guy s'empressa de dégager la table du salon en déplaçant la large planche. Puis chacun prit place autour du plat central, débordant des fameuses crêpes encore tièdes.

Tous les quatre dégustèrent la spécialité de Suzette dans une humeur joyeuse, Guy faisant comme souvent le pitre pour amuser Nathan. Valentine dut intervenir pour freiner son fils qui engloutissait crêpe sur crêpe.

Quand il découvrit le début de maquette mis à l'écart, il demeura subjugué de longues secondes puis demanda à Guy de lui montrer «comment on faisait». Visiblement, Guy prenait un réel plaisir à partager avec le petit garçon sa passion du maquettisme, qu'il qualifiait «d'orfèvrerie de l'infiniment petit». Il lui expliqua les étapes de dégrappage, ponçage, montage et collage. Il termina par la peinture et la pose des décalcomanies avant de lui apporter une maquette d'avion terminée, un North American T-6 dont il lui raconta l'histoire. Devant les yeux émerveillés de Nathan, cette maquette semblait prendre vie. Guy lui demanda de réfléchir à ce qu'il aimerait reproduire en lui promettant de l'aider lorsqu'il aurait choisi. Valentine n'avait pas vu une telle joie dans les yeux de son fils depuis bien longtemps.

Une fois le copieux goûter achevé, Guy proposa à Nathan de l'aider à s'avancer sur ses devoirs. Ils s'isolèrent dans la cuisine, complices, tandis que Suzette et Valentine restaient dans le salon.

Valentine craignit un instant qu'une gêne ne s'installe entre elles, ou que Suzette ne revienne sur le sujet de sa mère. Au contraire, leurs confidences du début d'après-midi avaient renforcé leur affection réciproque. Aucune n'éprouva le besoin de meubler le silence entrecoupé des rires provenant de la cuisine. Chacune repensait aux révélations de l'autre. Elles se sentaient désormais liées par ces deux lourds secrets partagés, tandis qu'une brise légère s'engouffrait par la fenêtre laissée entrouverte.

Lorsque Valentine rappela Nathan, il était 18 heures. Ils s'éclipsèrent tous deux à regret pour regagner l'appartement d'en face. Dès qu'elle en referma la porte, Valentine constata le changement immédiat du comportement de Nathan : toute expression de gaieté avait quitté son regard.

6.

Assis par terre, Nathan avait improvisé un terrain de jeux pour Flocon. Mais celui-ci ne semblait guère enclin à s'aventurer dans le long couloir constitué de deux tubes de papier essuie-tout.

Le bruit d'un objet lourd heurtant le sol fit sursauter Nathan, qui souleva l'animal et le blottit contre sa poitrine dans un geste protecteur. Puis il tendit l'oreille.

Son père venait de rentrer. Sa voix ne paraissait contenir aucune colère. Elle semblait même joyeuse. Nathan se détendit lorsqu'il comprit que le boucan provenait de la chute involontaire d'une chaise.

Rassuré, il reposa le hamster.

Certes, cette fois-ci, c'était une fausse alerte. Mais, avec son père, on ne pouvait jamais anticiper ce qui allait se passer.

— Ne t'inquiète pas ! Personne ne te fera jamais de mal. Je suis là…

Nathan adorait Flocon et prenait très à cœur son rôle de maître. Il savait le hamster encore plus fragile que lui-même. Pour cette même raison, il ne tenait pas à ce que son père l'approche. Il voyait combien sa mère souffrait lorsque son père la tapait, alors une petite bête comme Flocon... Aussi souvent que possible, il l'emportait dans sa chambre. Il le mettait ainsi à l'abri des cris. Parce que les hurlements faisaient peur, et que la panique rendait également malheureux. Il en savait quelque chose et ne voulait pas que la petite boule de poils soit aussi triste que lui.

Flocon bien sûr ne parlait pas, mais Nathan était convaincu qu'il comprenait tout. D'ailleurs, avec lui, il partageait à voix basse ce qu'il lui était impossible de confier à quiconque. Son père l'avait prévenu des conséquences si l'idée lui prenait de vouloir raconter quoi que ce soit. Et Nathan n'avait pas eu besoin de demander de précision. Il savait très bien que cela signifiait que sa mère se ferait alors taper plus fort.

Donc, il se taisait. Comme elle. Normal, ils s'aimaient et se protégeaient mutuellement.

Mais parfois, il était difficile de garder tout ça pour lui. Il sentait bien que ce qu'il vivait n'était pas normal, et il en éprouvait autant de chagrin que de honte.

De même, bien que sa Mamoune, comme il appelait sa mère, ne lui ait jamais demandé de taire leurs petites escapades chez Suzette, il savait que son père ne devait surtout pas en être informé.

Suzette, c'était un secret de plus entre eux deux. Mais c'était aussi et avant tout le remède magique au visage triste de sa maman. Depuis Suzette, il n'avait jamais vu sa Mamoune si joyeuse.

Lui aussi aimait Suzette. Et Guy. Et voir sa mère heureuse.

Nathan jeta de nouveau un œil inquiet vers la porte de sa chambre et, face au silence, il soupira et déposa Flocon sur son lit.

Que faisait sa mère ? Il attendait avec impatience ces moments où elle le rejoignait dans sa chambre. Où ils étaient tous les trois, avec Flocon.

Il entreprit de faire jouer l'animal avec un rouleau de chatterton que Valentine lui avait laissé à cet effet. Il déposa l'adhésif face à lui de manière à ce qu'il représente un tunnel, qui serait ainsi plus large et plus court que le précédent, puis déposa quelques graines en son centre.

Le temps semblait s'éterniser pour Nathan. Il rêvait de grandir, de devenir un homme à son tour pour emmener sa mère loin d'ici, dans un ailleurs où il n'y aurait ni coups ni cris. Sans son père, sans la peur. Parce que lui-même serait devenu fort et capable de protéger sa Mamoune.

Son impuissance le rendait triste. Il était trop petit. Trop jeune. Trop maigre. Il était juste bon à protéger un hamster. Mais il ne pouvait rien faire *pour elle.*

— Qu'est-ce qu'il y a, mon cœur ?

Il sursauta. Perdu dans ses pensées, il n'avait pas entendu la porte s'ouvrir. Sa mère l'observait d'un air soucieux. Il détestait la voir contrariée. Il l'aimait tellement. Plus encore que Flocon.

Il chercha des mots pour la rassurer, mais ne trouva rien capable de lui rendre le sourire. Alors, il se précipita vers elle et s'accrocha à son cou. Valentine ne put retenir un petit gémissement. Mortifié, Nathan recula en s'excusant. Son regard glissa vers la marque sur sa gorge, minuscule tache d'un bleu violacé. Il en connaissait l'origine.

Avec une infinie douceur, il mit ses mains sur ses épaules, approcha son visage du sien et lui glissa dans le creux de l'oreille, comme il l'aurait fait pour un secret :

— Je t'aime, maman…

Il sentit les bras de sa mère se resserrer autour de lui.

— Oh, moi aussi, mon ange. Plus que tout…

L'espace d'un éclair, il crut voir ses yeux briller. Mais sa mère avait déjà relâché son étreinte.

— Tu viens ? Nous passons à table…

Nathan soupira puis hocha la tête. Déjà, en temps normal, il détestait les dîners. C'était même le pire moment de ses journées. Parce qu'à table, son père s'énervait souvent. Ce soir, ça le rebutait encore plus que d'habitude. Il se sentait incapable d'avaler quoi que ce soit, ayant encore en bouche le parfum d'orange des crêpes de Suzette…

Pourtant, s'il ne voulait pas déclencher la colère de son père, il avait intérêt à manger la totalité de son assiette.

Valentine lui donna une pichenette sur le bout du nez et quitta la chambre. À contrecœur, Nathan remit Flocon dans sa cage, déplacée dans le salon, puis rejoignit bon gré mal gré la cuisine.

— Ah ! Mon fils ! l'accueillit son père en lui ouvrant les bras.

Nathan s'y blottit timidement, tandis que Daniel demandait joyeusement :

— Val, tu lui as montré mon cadeau ?

— Non, je vais le chercher.

Satisfait, son père s'assit et le prit sur ses genoux.

Nathan songea que l'expression figée sur le visage de sa mère n'avait rien de commun avec celle de l'après-midi, lorsqu'elle parlait avec Suzette.

— Regarde, mon chéri. Ton papa vient de m'offrir un joli carré de soie…

Elle avait déployé l'étoffe sur sa main, pour mieux faire miroiter l'étonnant dégradé de couleurs.

— Tu as vu ? On dirait un magnifique arc-en-ciel…

Nathan chercha le regard de sa mère. D'un clignement d'œil imperceptible, elle lui fit comprendre qu'il devait s'enthousiasmer à son tour devant ce que lui ne voyait que comme un horrible fichu. Il détestait les foulards. Arc-en-ciel ou pas arc-en-ciel. Parce qu'il savait que tous ne servaient qu'à cacher d'autres couleurs plus sombres dessinées sur la peau de sa mère.

Il s'empressa de dire d'une petite voix :

— Il est beau…

Affichant un air satisfait, Daniel enchaîna :

— Parle-moi de ta journée, Val. Qu'as-tu fait en attendant Nathan ? Tu n'as vu personne ?

Instantanément, Valentine se raidit. Daniel soupçonnait-il quelque chose ? Elle jeta un œil vers Nathan. Impossible qu'il ait pu dire quoi que ce soit à son père. Malgré son jeune âge, son fils avait compris qu'il était dans leur intérêt commun de cacher leurs petites escapades. Alors, que répondre ? L'un des jeux favoris de Daniel était de prêcher le faux pour savoir le vrai.

— Comme d'habitude, fit-elle avec une nonchalance étudiée tout en déposant le plat fumant de courgettes sur la table. J'ai juste croisé la voisine du dessous ce matin. Elle était tirée à quatre épingles. C'est vraiment une belle femme…

— Tu parles ! Cette nana est insupportable, tout le voisinage le sait. Il n'y a que toi pour ne pas t'en rendre compte.

— Je trouve qu'elle a du charisme. Elle doit avoir de sacrées responsabilités dans sa vie professionnelle.

Avec un geste de mépris, Daniel répliqua :

— C'est sûr qu'elle n'est pas caissière à temps partiel dans un hypermarché, *elle* !

Faisait-il allusion à son activité ? Oui, sûrement. Il était inutile de lui remémorer qu'elle n'était pas caissière, ni qu'elle ne travaillait pas dans un hypermarché. Et quand bien même !

Elle ne jugea pas davantage nécessaire de lui rappeler qu'il l'avait toujours empêchée de travailler à temps plein.

Du salon leur parvint le grincement produit par la roue de Flocon.

— Je comprends que tu souffres d'avoir raté ta vie professionnelle, Valentine. Mais vu d'où tu es partie, il ne fallait pas t'attendre à mieux. C'est déjà un miracle que tu aies tout ce que tu as autour de toi aujourd'hui, conclut Daniel, en fronçant les sourcils pour faire abstraction du vacarme provenant de la cage.

Puis il tendit son assiette :

— Ça sent bien bon !

Nathan ne partageait pas cette idée. Il n'aimait pas les légumes, même quand il avait faim. Alors, ce soir… Rien que la vue des courgettes en gratin lui déclenchait des haut-le-cœur.

— Je n'ai pas très faim, maman…, marmonna-t-il d'une voix à peine audible.

— Comment ça, « pas très faim » ? s'exclama son père. Tu manges ce qu'on te donne, Nathan, s'il te plaît !

Avec une aversion non dissimulée, l'enfant poussa son assiette en direction du plat, tout en jetant à sa mère un regard implorant.

— Il va arrêter son raffut, le rongeur ? s'impatienta Daniel.

Nathan, lui, n'avait d'yeux que pour la part de gratin disposée devant lui. Comment allait-il pouvoir avaler la moindre cuillère sans régurgiter tout ce qu'il avait dans l'estomac ? Il s'imagina un instant vomir devant son père. Cette idée le pétrifia et il devint livide.

— Nathan ?

Sa mère le dévisageait avec inquiétude. Elle venait de comprendre : les crêpes…

— Qu'est-ce qu'il a ? interrogea Daniel.

Valentine improvisa :

— Il a mangé beaucoup de sablés au chocolat au goûter. Trop, vraisemblablement…

Daniel observa attentivement son fils, qui baissa la tête d'un air penaud.

— Tu retiendras la leçon pour la prochaine fois, Nathan ! Les légumes frais, c'est bien meilleur pour la santé que ces cochonneries industrielles bourrées d'additifs. Allez, dépêche-toi de manger !

Il décocha un regard réprobateur à Valentine. Nul besoin de se montrer plus explicite : son laxisme envers Nathan était établi.

Justement, ce dernier analysait toujours le contenu de son assiette. Il savait que ne pas l'avaler entraînerait des conséquences auxquelles il préférait ne pas songer.

À quelques mètres, dans le salon, la roue tournait, tournait…

Nathan attrapa sa fourchette, lança un regard vers sa mère, qui l'encouragea d'un léger battement de cils. En toile de fond, le bruit de ferraille persistait. Valentine pria intérieurement pour que Nathan porte une première bouchée à ses lèvres.

Le temps sembla s'arrêter. Même Flocon, au grand soulagement de Valentine, cessa de faire de l'exercice.

Valentine sentait Daniel perdre patience. Enfin, Nathan plongea sa fourchette dans le gratin, tandis que Flocon reprenait sa course dans un charivari épouvantable.

Un air mauvais sur le visage, Daniel se précipita vers le salon, Valentine sur les talons. Il s'approcha de la cage sur laquelle il aplatit violemment la paume de la main.

Le barouf produit par l'impact effraya le hamster qui se réfugia à l'intérieur de son abri en bois. Les barreaux de la cage vibrèrent longuement avant de laisser place à un silence monacal.

Terrorisé, Nathan avait rejoint ses parents et mordait son doudou à pleines dents. Du haut de ses cent vingt centimètres, il percevait intuitivement et mieux que quiconque les émotions comme la peine, la peur et le désarroi. Valentine affecta donc de paraître détendue.

— C'est pas trop tôt ! lâcha Daniel, triomphant.

Valentine prit Nathan par la main et regagna la cuisine, transféra discrètement une bonne moitié de son assiette dans la sienne à elle et lui indiqua par un froncement de sourcils de finir le reste.

Ils se rassirent tous les trois. Flocon ne faisait plus le moindre bruit. Satisfait, Daniel recommença à manger. Valentine et Nathan aussi, le ventre noué par l'angoisse. Le dîner allait leur sembler bien long.

— Quand même..., reprit Daniel en soupirant. Laisser un enfant de son âge se goinfrer de conneries au goûter, ce n'est vraiment pas malin.

Il la considéra avec cet air miséricordieux dont il usait souvent pour lui rappeler combien elle était chanceuse d'avoir un mari si patient. Et dans un élan de grande clémence, il conclut :

— Mais avec la mère que tu n'as pas eue, tu ne peux sans doute pas faire mieux que ça...

*

Valentine ne parvenait toujours pas à trouver le sommeil. Pour la seconde fois, elle se releva et s'éclipsa hors de la chambre.

Elle avait passé un long moment à écrire sur son cahier. Comme pour un carnet de bord, elle y avait détaillé toute sa journée, sans omettre l'incident du soir. Puis elle s'était recouchée, espérant que la fatigue la rattraperait.

Rien n'y avait fait.

Elle ferma la porte du salon derrière elle, s'approcha de Flocon qui avait retrouvé sa sérénité. Elle glissa une main dans la cage, sortit l'animal en douceur et le posa sur son bras.

Ses confidences à Suzette l'avaient replongée dans des souvenirs sagement occultés. Ils ressurgissaient désormais avec force.

Pourquoi avait-elle donc éprouvé le besoin de parler de tout ce qu'elle possédait autrefois mais qu'elle avait aujourd'hui perdu ? En réveillant ces temps anciens, elle avait ranimé et libéré des réminiscences douloureuses.

Pendant longtemps, la fuite en arrière avait été son seul réconfort, son seul exil autorisé. Elle en avait usé et abusé au point de revivre sa vie, de s'inventer d'autres trajectoires, des trajectoires qui incluaient Vincent. Aujourd'hui encore, elle restait convaincue que s'il n'avait pas décidé de sortir de son existence, elle aurait tracé un chemin différent de celui qui était désormais le sien.

Puis elle s'était dit que réécrire l'histoire n'était pas une bonne idée. À quoi bon rêver à ce qui avait été et ne serait plus ?

Elle s'était alors acharnée à chasser ces souvenirs qui la guettaient chaque soir quand elle allait se coucher, tels des prédateurs attendant la tombée de la nuit pour s'abattre sur leur proie. Elle avait progressivement appris à se rendre hermétique à certaines émotions. La tristesse en faisait partie. Encaisser les coups lui avait inculqué le détachement tant mental que physique, et elle était finalement parvenue à s'anesthésier peu à peu de tout…

« S'endurcir pour ne rien ressentir. » Combien de fois s'était-elle répété cette formule salvatrice comme un mantra ?

Et aujourd'hui, il avait suffi qu'une femme lui confie sa propre vulnérabilité et patatras ! Cette funeste boîte de Pandore s'était rouverte, laissant tous ses fantômes s'en échapper…

Tant d'années d'efforts balayées en un après-midi.

Tout se bousculait dans sa tête. Et elle ne se laissait pas juste chahuter par les vestiges d'un bonheur disparu, venant par hasard s'imposer à son esprit. Ce soir, elle-même cherchait par tous les moyens à faire resurgir des profondeurs de sa mémoire l'intonation d'une voix, une odeur de cheveux, la chaleur d'une main nouée à la sienne…

Elle laissa sa pensée s'envoler. Rien ne comptait plus en cet instant que la paix intérieure qui l'envahissait en revoyant les deux adolescents qu'elle et Vincent avaient été. Le souvenir de leur complicité lui était à la fois triste et doux.

À quoi bon revenir sur tout ça ? Vivre dans le passé ne changera rien à la réalité de ta vie. Cela te fera juste un peu plus de mal…

Sa mère. Vincent. Deux des trois personnes qu'elle avait viscéralement aimées l'avaient abandonnée. Nathan en ferait-il autant un jour ?

Elle soupira.

Elle devait au moins reconnaître cela à Daniel. Il avait croisé son chemin à un moment difficile de son existence. Même sans passion, elle l'avait aimé. Suffisamment pour croire qu'il pourrait la rendre heureuse. La chute avait été vertigineuse, et la prise de conscience difficile. Mais lui, au moins, ne l'avait jamais abandonnée. Et elle lui était au fond reconnaissante de la considérer comme unique à ses yeux, d'avoir peur de la perdre.

Nouveau soupir.

Elle caressait toujours Flocon, totalement indifférent aux dérives de l'âme humaine. Lui se contentait de plaisirs simples : grignoter quelques graines, se défouler dans sa roue… Pas de questions existentielles, pas d'émotions embarrassantes.

Elle posa ses lèvres sur la douce fourrure du rongeur, reposa délicatement l'animal dans sa cage et regagna sa chambre.

Flocon avait bien raison : ressentir était décidément bien une porte ouverte aux souffrances.

Mieux valait rester vide à l'intérieur.

7.

Son cartable déjà sur les épaules, Nathan s'assit sur le bord de son lit. Il posa Picotin, son doudou de toujours, sur ses genoux. Docile, le vieil âne semblait le regarder avec bienveillance.

Nathan lui avait confié tous ses secrets. Mais il le faisait un peu moins depuis que Flocon était entré dans sa vie…

À force d'avoir été triturée, caressée, mâchouillée, la peluche avait perdu son faste et son apparence des débuts. Sa longue queue élimée, ses grandes oreilles dont l'une ne tenait plus que grâce à deux gros fils de laine, son museau jauni par les câlins et les lavages successifs témoignaient de l'ancienneté de ce fidèle compagnon dans la vie de Nathan. Il ne s'en séparait jamais, sauf durant les heures d'école.

En dehors de Flocon et de sa mère, il était ce à quoi Nathan tenait le plus.

— On y va, mon cœur ?

Nathan glissa du lit et courut déposer Picotin là où il le retrouvait tous les soirs : sur le meuble de l'entrée. Il jeta un œil sur le cou de sa mère, drapé du même foulard que la veille : elle n'avait pas mis le soi-disant magnifique arc-en-ciel.

Nathan sourit. Il connaissait bien sa Mamoune. Il avait immédiatement senti que, tout comme lui, elle n'aimait pas ce nouveau foulard.

*

De retour de l'école, Nathan et Valentine allaient frapper chez Suzette lorsque la porte s'ouvrit en grand sur un Guy souriant jusqu'aux oreilles :

— Aujourd'hui, surprise ! Nous partons en balade…

Suzette surgit derrière lui en brandissant un panier au-dessus de sa tête.

— Goûter sur l'herbe avec cookies et jus de pomme maison ! annonça-t-elle, radieuse.

Nathan sauta de joie, tandis que Guy prenait sa petite main dans la sienne. Valentine n'eut pas le temps de réagir que tous deux dévalaient déjà les escaliers en se réjouissant de cette balade en forêt. Elle les suivit en s'efforçant de masquer sa contrariété.

Guy et Suzette avaient souhaité lui faire une surprise. C'était plutôt réussi, mais pas dans le bon sens du terme. Elle ne pouvait pas leur en vouloir. Comment auraient-ils pu imaginer qu'il lui était impossible d'emmener son fils en promenade ? Le ventre noué, Valentine arriva à leur voiture, stationnée à l'opposé de la place de Daniel.

Elle sentit la main de Suzette se poser sur son bras :

— Vous semblez contrariée... Vous préférez qu'on reste ici ?

Le regard implorant de Nathan ajouta au sentiment de culpabilité de Valentine.

Que risquait-elle ? Daniel ne rentrerait que ce soir. Et s'il l'appelait, elle avait son portable sur elle. Devait-elle tout gâcher au prétexte d'imprévus peu probables ?

Elle jeta un coup d'œil circulaire et, un peu rassurée, répondit :

— Du tout ! C'est juste que je dois être impérativement rentrée pour 18 heures car j'attends l'appel d'une amie à la maison...

— Nous ne sommes qu'à vingt minutes en voiture. Alors, soyez tranquille, nous serons rentrés sans problème à cette heure-là ! se réjouit Guy.

Ils s'installèrent dans le véhicule. Nathan était déjà surexcité. La bonne humeur collective gagna Valentine. Elle-même avait adoré ses balades dans la nature avec sa mère. Pourquoi en priverait-elle Nathan ?

Moins d'une demi-heure plus tard, ils étaient arrivés.

Elle observa avec gratitude son fils se dépenser sans compter. Heureux, il courait d'un arbre à l'autre, découvrait, sentait, touchait les feuilles, mousses et écorces dont Guy lui révélait le nom, tout en lui racontant de petites anecdotes sur la vie secrète des hôtes des forêts.

Suzette également observait Nathan. La timidité et la gentillesse de ce petit bonhomme la touchaient. Mais l'inquiétude qui flottait dans ses yeux la peinait.

— Je n'ai pas fréquenté beaucoup d'enfants, dit-elle, mais je n'en ai jamais vu d'aussi sages que Nathan. Même lorsqu'il joue, il ne fait pas de bruit.

Une ombre passa sur le visage de Valentine, qui ravala sa salive. Comment expliquer à Suzette que Nathan avait intégré tout petit que se faire remarquer pouvait être dangereux ?

— Oui, je n'ai pas à me plaindre, se contenta-t-elle de répondre.

Ce disant, comme pour mettre un terme à cette discussion, elle quitta le sentier forestier pour rejoindre Guy et Nathan.

Dix minutes plus tard, assis sous un chêne centenaire et entourés de chants d'oiseaux, ils savouraient le goûter préparé par Suzette.

Lorsque Guy sonna l'heure du départ, Valentine se leva à regret en songeant que tout enchantement était destiné à ne pas durer.

*

Daniel, très remonté, quitta la salle de réunion.

Il lui manquait au moins 5 % des commandes confirmées passées par ses équipes. Rien que ce sujet aurait suffi à l'agacer. Mais il avait en plus eu droit à un bonus : Deborge avait convaincu Vabert, le directeur général, de lui céder les deux clients qu'il convoitait, malgré leur rattachement géographique à son propre secteur. Impensable. D'autant que ces clients représentaient un sacré potentiel d'affaires.

Ce fumier de Deborge était vraiment un lèche-bottes de première. Et Vabert avait ouvertement donné raison à cette ordure ! Pensait-il vraiment que Daniel allait accepter ça sans réagir ? C'était carrément contraire aux termes de son contrat. Il ne se laisserait pas faire !

Quel minable lui aussi, ce Vabert. Un type même pas capable de désamorcer cette saloperie de conflit, larvé depuis plusieurs mois, carrément ouvert depuis la semaine dernière. Mais à quoi servait-il ?

Puisque cette enflure de Deborge continuait à empiéter sur ses clients, il allait lui concocter une surprise aux petits oignons. Il était plutôt bon dans ce domaine.

Il fallait commencer par le plus urgent : pointer précisément les commandes validées pour aller ensuite réclamer son dû avec des éléments factuels.

Mais il en aurait pour deux plombes et ne pourrait sans doute pas rentrer chez lui avant 21 heures.

Énervé, il appela Valentine.

*

La musique de son téléphone ramena subitement Valentine à la réalité.

Paniquée, elle jeta un œil désespéré vers le pare-brise : ils étaient à trois minutes de l'appartement. Mais si elle ne décrochait pas, Daniel appellerait à la maison…

— Excusez-moi, je dois décrocher, c'est un appel *important.*

Elle insista sur le mot « important » pour que chacun reste silencieux. Guy cessa immédiatement de taquiner Nathan.

— Allô ?

— Tu sais ce que cet enfoiré de Deborge vient de me faire ? entendit-elle glapir dans son oreille.

— Non…

— Eh bien il vient de m'en-tu-ber, Valentine ! Et en beauté ! Je peux te dire que ce salopard ne va pas l'emporter au paradis !

Il ahanait plus qu'il ne parlait. Comme s'il courait. Il devait être sacrément agité.

— Bref, en attendant, je vais devoir me taper le pointage de toutes les commandes passées par mes équipes. Du coup, je rentrerai tard. Fais donc dîner Nathan. Nous mangerons tous les deux à mon retour.

Une légère embardée du véhicule fut suivie d'un violent coup de klaxon. Puis la voix de Guy : « Désolé, mais un peu plus ce gars nous envoyait dans le décor ! »

— Pardon ? fit Daniel.

— Oui, chéri ?

Valentine s'était efforcée de prendre un ton badin mais sa voix avait légèrement tremblé sur la fin.

À l'autre bout du téléphone, il y eut un long silence. Daniel s'était tourné vers l'une des fenêtres du couloir, pour mieux se concentrer sur le haut-parleur de son appareil.

— Qui a parlé ?

— Je ne comprends pas…

— QUI vient de parler, Valentine ?

Le visage de Valentine se figea et elle blêmit. Elle vit Suzette échanger un regard avec Guy. Dans l'habitacle, on aurait entendu une mouche voler. Le véhicule s'engageait sur le parking. Valentine prit une lente inspiration :

— Mais, Daniel, je ne vois pas ce que tu v…

— Je viens d'entendre un coup de klaxon et un type parler juste après.

— Mais je t'assur…

— Où es-tu ?

— En bas de l'immeuble, sur le parking. Effectivement, une voiture a klaxonné mais aucun homme ne m'a parlé. J'étais avec la gardienne. J'ai égaré une boucle d'oreille et je suis descendue lui montrer l'autre au cas où elle la retrouverait en faisant l'escalier, improvisa-t-elle.

Sur les sièges avant, Guy et Suzette échangèrent un regard perplexe.

— Passe-la-moi ! cracha Daniel.

— Mais… Elle est repartie quand je t'ai répondu.

Nouveau silence. Valentine pouvait entendre son mari cogiter comme si elle était dans sa tête. Elle devait à tout prix empêcher que sa jalousie ou sa paranoïa ne prenne le dessus.

— Du coup, je remonte…

— Très bien, Valentine. Très bien…

L'écran de son smartphone lui indiqua qu'il avait raccroché. Guy venait de s'engager dans l'allée qui longeait leur bâtiment.

— Excusez-moi, cela vous dérangerait de nous déposer là ? demanda-t-elle, paniquée.

Guy s'arrêta aussitôt. Nathan et elle s'éjectèrent de la voiture, remercièrent à la hâte en s'excusant de ne pouvoir rester davantage et coururent vers le porche d'entrée de l'immeuble.

Tous deux savaient que Daniel allait immédiatement rappeler chez eux.

Dans la voiture, l'euphorie avait fait place à un lourd silence.

*

Daniel fit plusieurs allers-retours dans le couloir en tapant son portable contre sa paume de main.

Est-ce que cette histoire avec Deborge le rendait complètement parano ?

Il aurait juré que Valentine se trouvait en voiture. Il y avait comme un écho derrière elle. Et puis, cette voix masculine, il ne l'avait tout de même pas inventée même s'il n'avait pas réussi à comprendre ce que l'homme disait.

Alors quoi ? Valentine venait de lui raconter un bobard ?

Non, il devait se calmer.

Valentine ne lui avait jamais menti, il en aurait mis sa main au feu.

Alors…

Alors quoi ?

Eh bien, tous les cocus du monde sont convaincus de la loyauté de leur femme avant de se découvrir des cornes !

Il serra les poings.

Non. Pas Valentine. Elle n'oserait jamais…

Si tu as un doute, facile de vérifier.

Elle a dit qu'elle était sur le parking et qu'elle remontait…

Il composa le numéro de leur domicile. Deux sonneries plus tard, on décrocha.

— Valentine ?

— Oui !

Il ne put retenir un immense soupir de soulagement. Évidemment qu'il connaissait bien sa Valentine !

— Finalement, je vais rentrer comme d'habitude.

— Parfait ! Nous pourrons manger tous ensemble…

— Absolument ! se réjouit-il.

Il raccrocha sur un sourire. Qui ne dura pas : il aurait vraiment juré que Valentine était en voiture…

Finalement, non seulement ce pointage pouvait attendre, mais il allait même partir tout de suite. Il venait de trouver plus urgent à faire.

*

Lorsque Daniel déboula trois quarts d'heure plus tard, Valentine était affairée à la préparation d'une salade de fruits. Nathan jouait avec ses figurines de dinosaures dans le bain.

Sans même prendre le temps de déposer ses clefs sur le meuble de l'entrée, il fit irruption dans la cuisine et lui demanda froidement :

— Où étais-tu ?

Valentine avait eu le temps de se préparer à cette confrontation.

Après le coup de fil, elle avait remis le combiné à Nathan, qui caressait Flocon dans sa chambre en attendant que son bain ait fini de couler. Elle lui avait dit qu'elle devait s'absenter quelques minutes et donné la consigne de répondre, si son père appelait, qu'elle était sous la douche. Puis elle s'était précipitée à la loge de la gardienne : pourrait-elle la prévenir si jamais elle retrouvait la boucle d'oreille qu'elle avait dû égarer dans l'escalier ou vers les boîtes aux lettres ? lui avait-elle demandé en lui montrant l'autre boucle.

Là-dessus, elle était remontée en courant, avait dissimulé la seconde boucle sous le canapé. Un jour, elle ferait mine de l'avoir enfin retrouvée. D'ici là, elle aurait évité un drame en permettant à Mme Gardin de confirmer l'avoir vue au sujet d'une boucle d'oreille égarée.

Daniel n'ayant pas cherché à la rappeler, elle s'attendait à ce qu'il débarque rapidement.

Elle parvint à garder son sang-froid, le regarda droit dans les yeux et lui répondit avec toute la douceur et la sincérité dont elle était capable :

— Mais je te l'ai dit, Daniel…

Il l'attrapa par les bras. Valentine sentit ses muscles enserrés comme dans un étau. Il la dévisagea de son regard affûté, guettant le moindre tressaillement qui la trahirait. Puis il comprima davantage sa chair.

— Répète, parce que je n'ai pas bien compris ! riposta-t-il d'une voix glaciale.

Il lui broyait les bras à présent. Avec une grimace, Valentine bredouilla :

— Je suis descendue parce que je me suis aperçue que j'avais perdu une boucle d'oreille. En bas, j'ai croisé Mme Gardin. J'ai donc échangé brièvement avec elle, au cas où elle la retrouverait…

La pression était telle sur ses bras qu'elle avait l'impression que son sang ne circulait plus ; d'ailleurs, elle ne sentait presque plus ses mains.

L'air dubitatif, insensible à sa prière muette, Daniel continua de la scruter comme s'il cherchait à scanner l'intégralité de ses pensées.

Au bout d'un moment qui sembla interminable à Valentine, il se détendit enfin et elle sentit le garrot se desserrer. Il la poussa brutalement contre le mur et plaqua l'une des clefs de son trousseau sur sa carotide :

— Fais bien attention, Valentine… Parce que je te jure que si je te surprends un jour en train de me baratiner, tu me le paieras !

Il appuya un peu plus fort sur la clef avant de la faire glisser jusqu'à l'os de sa mâchoire inférieure. Malgré elle, un gémissement s'échappa de ses lèvres.

Enfin, il relâcha la pression sur sa gorge.

Sans un mot, Valentine remua ses doigts devenus blancs. Des millions de fourmis invisibles les envahirent. Puis elle se massa délicatement les bras, complètement engourdis. À voir la couleur déjà violacée qui marbrait l'endroit où Daniel avait appuyé, nul doute qu'elle allait avoir de sacrées ecchymoses le lendemain. Mais ce ne serait sans doute rien par rapport à sa gorge…

Elle se tourna lentement vers le saladier, attrapa la dernière banane. Daniel venait de quitter la cuisine. Elle entendit la porte de la salle de bains se refermer. Elle ferma les yeux et pria pour que Nathan ne révèle rien de leur escapade.

*

Lorsque Nathan vit son père entrer dans la salle de bains et en refermer la porte, il comprit qu'il allait à son tour passer à l'interrogatoire. Il avait entendu tout ce qui s'était passé dans la cuisine. Il avait même bien écouté, alors qu'il aurait préféré se boucher les oreilles et ne rien percevoir de cette nouvelle scène.

Il avait donc entendu le mensonge raconté à son père, alors que sa mère lui répétait constamment de ne jamais mentir.

— Salut mon garçon ! Tu as passé une bonne journée, dis-moi…

Nathan s'en voulut d'avoir été si heureux de la promenade en forêt avec Suzette et Guy. À cause de cette promenade, sa mère se faisait disputer. C'était donc de sa faute à lui, si sa Mamoune avait été obligée de mentir, de sa faute encore si son père était en colère. Mais cette colère n'était rien comparée à ce qu'elle deviendrait s'il lui prenait l'envie de dire la vérité.

Alors, il posa ses yeux remplis d'innocence sur son père et se mit à lui détailler sa journée d'école, inventa son retour à la maison, les devoirs, un jeu de société et un livre lu par Valentine.

— Ça racontait l'histoire d'un loup qui mangeait d…

— C'est bon, mon fils, c'est bon. Je n'ai pas besoin que tu me racontes l'histoire. Ce qui est important pour moi, c'est de savoir ce que tu fais avec maman, si vous vous promenez et tout ça… Tu comprends ? Tu me diras si jamais tu vas te balader avec maman, d'accord, fiston ?

Nathan acquiesça vigoureusement de la tête sans le quitter des yeux. Son père lui pinça affectueusement la joue et se leva.

— Tu as vraiment une petite gueule d'ange, toi, tu sais ?

Daniel se sentait définitivement rasséréné.

Pas Nathan.

8.

Tandis que Nathan finissait de se préparer, Valentine s'approcha du miroir. Comme elle l'avait craint, la couleur vermillon qui marquait déjà ses bras lorsque Daniel l'avait relâchée avait viré au bleu violacé. La voilà qui était repartie pour plusieurs jours à tenter tant bien que mal de dissimuler ses hématomes. Quant à sa gorge, elle était désormais ornée d'un sillon rougeâtre qui s'étendait jusqu'à l'angle de sa mâchoire. Le foulard ne monterait pas si haut. Il lui faudrait ajouter du fond de teint.

Consternée, Valentine se fit la remarque qu'il aurait été bien plus raisonnable d'éviter de voir Suzette : porter un tee-shirt à manches longues et un foulard quand la température extérieure avoisinait les 30° ne pouvait qu'attirer l'attention sur ces parties du corps qu'elle souhaitait rendre invisibles.

Mais elle n'arrivait pas à s'y résoudre. Discuter avec Suzette lui apportait tellement. Devait-elle donc se priver de tout contact humain au prétexte que son propre mari la traitait comme une bête ? Elle n'avait jamais eu d'amie femme avant elle. Désormais, elle aussi en avait une.

Ses yeux revinrent se poser sur le miroir et elle s'attela au maquillage en songeant que la griffure sous le menton allait être difficile à camoufler. Elle détestait cette saison. Les beaux jours lui compliquaient les choses : un tee-shirt à manches longues en pleine canicule l'exposait au risque de passer pour une originale, même si cela faisait bien longtemps qu'elle avait mis son mouchoir sur la moindre fierté.

Après avoir déposé Nathan, Valentine s'empressa de rentrer chez elle en se demandant comment elle allait justifier son départ précipité de la veille auprès de son amie. Elle espérait que Daniel avait levé l'ancre, mais à peine eut-elle le temps de refermer la porte qu'elle l'entendit rugir de la chambre :

— Valentine, où est ma chemise bleu pastel ? Celle avec le col Mao !

— Sur l'une des étagères de l'armoire…

Elle le rejoignit et souleva une à une les chemises repassées. Aucune trace de ladite chemise, malgré sa certitude de l'avoir rangée à cette place en début de semaine, juste après son repassage. Évidemment, Daniel avait décidé de mettre celle-ci et pas une autre. Connaissant par cœur son intolérance à la frustration, elle avait intérêt à la lui retrouver fissa.

Elle passa à l'étagère d'à côté. L'avait-elle mélangée par mégarde à ses polos ?

— Ne t'inquiète pas, elle n'est pas loin…

— Je ne m'inquiète pas mais je trouve délirant d'avoir à chercher partout où tu as pu coller cette foutue chemise !

Ça n'est quand même pas ta pseudo-activité professionnelle qui peut expliquer un tel bordel !

Valentine saisit un à un les vêtements soigneusement pliés dans l'armoire. L'angoisse la rendait maladroite.

— Bon, vire de là ! ordonna-t-il d'un ton excédé en la poussant brutalement sur le côté. On ne va pas y passer trois jours !

Ce disant, il prit la pile entière de polos et l'envoya valser sur le lit où les vêtements repassés vinrent s'échouer en un tas informe. Puis il passa à la pile de chemises.

— Putain, tu fais chier !!! hurla-t-il.

Il se tourna vers elle.

Valentine sut qu'il était trop tard, qu'elle ne pourrait éviter une « sanction ». Que les coups, peut-être un seul si elle avait de la chance, allaient tomber. Alors elle s'y prépara. Instinctivement, elle contracta ses muscles en prévision de la « punition ».

Elle tenta néanmoins un timide :

— Je suis désolée, Daniel…

Une première gifle cingla sa joue droite, tandis qu'une brûlure intense embrasait la moitié de son visage. Elle baissa les yeux.

— Tu es « désolée » ? Mais ça aussi ça fait partie du problème. Tu te contentes d'être « désolée ». Explique-moi donc ce que tu fous de tes journées pour ne pas avoir le temps de t'occuper correctement de la maison et d'éduquer ton gamin ?

Son ton était monté crescendo. Elle connaissait par cœur cette voix qu'il prenait quand il lui faisait la leçon.

Cela faisait partie du rituel. L'interrompre l'exposerait à une sanction bien plus virulente encore.

Il claqua violemment la porte de l'armoire.

— Comment tu réagirais si je foutais moi aussi le bordel dans tes fringues de merde ? vociféra-t-il en ouvrant le panneau de ses vêtements à elle, qu'il balança par terre.

En quelques secondes, toute sa garde-robe se trouva éparpillée au sol, dans le fracas des portemanteaux entrechoqués.

Écarlate, Daniel haletait comme s'il venait de courir un marathon. Il enjambait le tas de vêtements pour empoigner Valentine lorsque la sonnette retentit. Tous deux se figèrent.

— C'est qui ?

Valentine leva les mains au ciel pour lui signifier qu'elle n'en avait aucune idée. Daniel tourna sur ses talons et quitta la pièce.

Valentine expira lentement, soulagée d'avoir, peut-être, gagné les quelques secondes qui lui permettraient de remettre la main sur cette satanée chemise.

Oui, sauvée par le gong, mais pour combien de temps ?

Elle se remit à fouiller dans l'armoire du côté de Daniel. Mais une voix féminine la glaça littéralement :

— Bonjour, monsieur ! Je suis Suzette, votre voisine de palier. Je me permets de vous déranger car je n'ai plus du tout de paracétamol et mon mari souffre d'un mal de tête épouvantable ! Est-ce qu'il vous serait possible de me dépanner ?

Un blanc.

Pétrifiée, Valentine n'osait même plus respirer. Pourquoi Suzette venait-elle sonner à cette heure-ci ? Si jamais elle faisait la moindre allusion à leurs rencontres…

Mais pourquoi ne le ferait-elle pas ?

Tu ne lui as jamais dit quoi que ce soit !

Comment pourrait-elle deviner que ton propre mari n'est pas informé d'une chose qui serait totalement naturelle chez des gens normaux ?

— Ne bougez pas, je vais chercher ma femme ! répondit-il avec une amabilité exagérée.

Trois secondes plus tard, Daniel surgissait dans la chambre et reformulait à voix basse, sarcastique :

— Notre nouvelle voisine demande à ce qu'on la dépanne pour un mal de tête. Elle doit nous prendre pour une annexe de l'apothicaire !

Valentine haussa les sourcils, feignant la surprise, lui passa devant et se rendit directement dans la salle de bains, où se trouvait la boîte à pharmacie.

Face à Suzette, elle posa l'index sur ses lèvres tout en parlant suffisamment fort pour que Daniel l'entende :

— Bonjour, madame ! Vous avez de la chance, j'ai deux boîtes neuves de Doliprane. Tenez, je vous en donne une. Gardez-la. Vous m'en rapporterez une à l'occasion, il n'y a pas d'urgence.

Ignorant la stupéfaction de Suzette, Valentine se concentrait sur les bruits provenant de la chambre. Elle entendait Daniel ouvrir et refermer des tiroirs.

— Merci beaucoup… madame, lui répondit Suzette, visiblement déstabilisée par l'attitude de Valentine.

Celle-ci se contenta d'un «Je vous en prie! Bonne journée!» et referma la porte sur elle. Il serait toujours temps de trouver une explication à lui fournir plus tard.

Lorsqu'elle se retourna, Daniel l'avait rejointe et brandissait, un sourire radieux sur les lèvres, une chemise bleu pastel.

— Je l'avais posée sur le valet! Je l'avais prise avant-hier soir. Mais j'ai changé d'avis et j'en ai mis une autre. J'avais complètement zappé! En même temps, rien d'étonnant avec un boulot aussi stressant que le mien…

Sans un mot, elle regagna la chambre. Elle en avait pour plus d'une heure à remettre en ordre l'amoncellement de vêtements jetés en vrac. Elle se mit à la tâche en soupirant. Daniel surgit à nouveau.

— Tu vois, si tu étais un peu plus attentive, tu aurais pu remarquer que j'avais déplacé cette chemise et tu nous aurais évité tout ce charivari.

Il pivota sur ses talons pour repartir quand il s'arrêta net :

— Au fait, lorsque Miss Tick te rapportera cette boîte, fais-lui comprendre que nous ne sommes pas un supermarché. Il ne faudrait pas qu'elle prenne l'habitude de venir sonner ici dès qu'elle aura besoin d'un truc…

*

Daniel parti, Valentine attendit un quart d'heure avant d'aller à son tour frapper à la porte de Suzette. Elle n'en menait pas large. Sans un mot, son amie s'effaça pour l'inviter à entrer. Penaude, Valentine se lança :

— Suzette, je crois que je vous dois quelques explications, à vous et à Guy…

— Guy vient de partir faire des courses. Mais avant toute chose, Valentine, je vous présente toutes mes excuses. Je ne me serais jamais autorisée à frapper si tôt à votre porte si j'avais su que votre mari était présent. À cette heure-là, je pensais qu'il était au bureau…

Valentine se détendit un peu.

— Il est vrai que votre visite était plutôt inattendue. Daniel est assez…

Elle chercha le mot le plus adapté.

— … imprévisible. Et ses réactions peuvent surprendre.

Suzette ajouta avec douceur :

— J'ai plutôt été étonnée des vôtres, Valentine. Pour ma part, j'ai trouvé votre mari tout à fait charmant.

Rouge de honte, Valentine baissa la tête.

— Je suis désolée, je n'ai pas encore parlé à Daniel de notre rencontre. Je ne pouvais pas le lui apprendre de cette manière, juste parce que vous frappiez à notre porte…

Mal à l'aise, elle ne trouvait pas le courage de croiser le regard de Suzette.

— Vraiment, je suis désolée, Valentine, dit son amie en percevant sa gêne. Je vous pensais seule. Guy avait mal à la tête et je me suis dit que vous en auriez peut-être en attendant que j'aille dans une pharmacie. Je voulais également vous prévenir que je ne pourrai pas vous voir cet après-midi. Mais j'avoue que ce point-là m'est sorti de la tête lorsque vous êtes revenue avec la boîte…

Valentine essaya de masquer sa déception. Elle qui se faisait une joie de pouvoir papoter avec son amie après le déjeuner… Suzette ne cherchait-elle pas juste un prétexte pour ne plus la voir ?

— J'espère que ce n'est pas grave… Je veux dire, ce qui fait que vous vous absentez.

— Non. Guy et moi devons partir quelques jours, pour un impératif familial. C'est le moment idéal, juste après le week-end prolongé du 8 Mai. Nous éviterons les bouchons sur la route. Et nous reviendrons samedi soir.

Elle se pencha vers elle :

— Vous ne vous apercevrez quasiment pas de notre absence puisque vous allez travailler demain et samedi. N'est-ce pas ?

Valentine acquiesça lentement. Mais l'impression que Suzette s'inventait une excuse pour ne pas la voir cet après-midi la hantait. Elle n'avait sans doute pas apprécié son attitude de ce matin. Pas plus que celle de la veille d'ailleurs… Comment pourrait-elle lui en faire le reproche ?

Embarrassée, elle se tournait vers la porte, prête à repartir, lorsque Suzette la retint par le bras. Valentine ne put retenir un petit cri de douleur.

Suzette sursauta tout en s'excusant et resta interdite.

Dans un silence religieux, Valentine put voir, *vraiment* voir le cheminement de sa pensée. Jusqu'à son point d'arrivée, lorsque ses yeux s'arrimèrent au foulard.

— Désolée… Vous ne m'avez pas fait mal, je crois que c'était un réflexe…

Suzette hocha la tête, pas convaincue, absorbée par ce qu'elle venait de découvrir : la vilaine balafre qui dépassait du foulard rouge que Valentine avait noué autour de son cou. Malgré l'épaisse couche de fond de teint, on devinait l'auréole foncée de l'hématome qui entourait cette griffe.

De multiples détails auxquels elle n'avait pas fait attention jusqu'ici s'entrechoquaient dans sa tête : les arrivées et départs à heures précises et toujours identiques de Valentine, son embarras lorsqu'ils étaient allés se promener en forêt, sa réaction bizarre dans la voiture quand elle avait reçu un appel et son départ précipité. Même l'attitude si docile de Nathan prenait un autre sens. Autant d'indices qui la menaient à une même évidence.

Elles se tenaient l'une face à l'autre, soudain séparées par le poids d'un secret qui était en passe de ne plus le rester.

Sous le choc, Suzette s'adossa au mur, le visage bouleversé et grave.

— J'ai eu beaucoup de mal à trouver le sommeil, hier soir. Alors je me suis plongée dans un livre que j'avais lu il y a au moins deux décennies. *Le Vieil Homme et la mer.* J'ai toujours aimé Hemingway…

Les yeux dans le vide, elle parlait comme si elle s'adressait à elle-même. Puis son regard redevint perçant et se posa sur Valentine :

— C'est beau, cette parabole de la victoire dans la défaite, vous ne trouvez pas ?

Cette fois-ci, Suzette semblait attendre une réponse.

— Oui, c'est un beau roman sur le courage, l'espoir et la dignité…, crut bon de répondre Valentine.

— Exactement ! Et cela nous fait réfléchir sur les efforts que l'on fait pour braver et vaincre notre destinée…

— Vous allez bien, Suzette ? finit par s'inquiéter Valentine.

— Un jour, vous m'avez dit : « Notre rencontre est incroyable. Nous n'étions pas prédestinées à nous croiser et encore moins à nous rapprocher : nous n'avons rien en commun ! » Eh bien, je crois que nous avons beaucoup en commun. À commencer par le fait d'avoir eu à vivre dans l'enfermement, à être en permanence sur la défensive, à nous murer dans un déni salvateur, à ne plus vouloir ressentir d'émotions pour rester dans notre monde…

— Je ne comprends toujours pas où vous voulez en venir, Suzette.

— Moi, je crois que vous le savez très bien…

Elle esquissa un petit sourire triste.

— En même temps, je ne suis pas surprise. Je trouvais déjà anormal, même si je dois avouer que c'était pour mon plus grand plaisir, que vous passiez tout votre temps libre avec un vieux débris comme moi…

Un malaise insondable gagna Valentine.

— Et puis, il y a deux jours, je me suis mise à nu devant vous. Croyez-moi, cela ne fut pas chose facile…

Suzette éprouva subitement l'impression d'avancer sur des sables mouvants.

— Ce que vous m'avez confié après m'a fait penser que nous partagions beaucoup plus que ce que nous aurions pu croire.

Elle se tut un instant. Puis bredouilla :

— Avez-vous confiance en moi, Valentine ?

— Cessez de tourner autour du pot, Suzette..., répliqua Valentine d'une petite voix.

Toutes deux baissèrent la tête et gardèrent le silence de longues, longues secondes.

Au bout d'une éternité, Suzette se racla la gorge.

— Alors, racontez-moi, Valentine...

Valentine soupira, leva les yeux au ciel, comme pour y trouver une réponse.

Si tu lui racontes, elle va te demander pourquoi tu restes encore avec lui.

Et elle se dira peut-être en son for intérieur que, finalement, tu aimes prendre des coups...

Peut-être.

Mais pouvait-elle se défiler ? Et surtout le souhaitait-elle ?

Sans attendre l'invitation de Suzette, elle se dirigea vers la cuisine, se laissa tomber sur sa chaise habituelle. Et d'un trait, les yeux perdus dans le dessin des fleurs brodées sur la nappe, elle débita ce qu'elle cachait depuis plus de quinze ans comme une maladie honteuse, et toutes ces choses qu'elle pensait pourtant garder pour elle jusqu'à son tombeau.

— Lorsque Vincent n'a plus voulu me voir, j'étais désespérée. Je me sentais seule. Je n'aspirais qu'à fuir Verdun et mon passé. Le terrain était donc plutôt favorable quand le destin plaça Daniel sur mon chemin. À cette époque, le porte-à-porte se pratiquait encore. Daniel vendait des livres illustrés. Jacqueline, l'assistante familiale qui m'avait accueillie trois ans plus tôt, a fait entrer dans son salon ce jeune homme de vingt-cinq ans, joyeux et plein d'humour. Je me suis assise face à lui et je l'ai écouté vanter la qualité des livres qu'il proposait « aux chanceux dont il croisait la route ». Souvent ses yeux se posaient sur moi, ses lèvres esquissaient un sourire à mon intention. Nous avons échangé de nombreux regards. Daniel étant plus âgé que moi, il émanait de lui une maturité qui me rassurait. Il était presque écrit que je tomberais sous son charme… Et c'est bien ce qui s'est produit.

Valentine laissa échapper un soupir.

« Lorsque Daniel est reparti, deux heures plus tard, Jacqueline avait une pile de nouveaux livres sur les bras, moi un visage jusqu'alors inconnu gravé dans le cœur.

Lorsqu'il est repassé le lendemain au prétexte d'offrir à Jacqueline un livre pour la remercier de sa confiance, je n'ai pas été surprise. J'avais même espéré qu'il revienne. Et j'ai donc trouvé naturel qu'il me glisse discrètement son numéro de téléphone dans la main. Je l'ai recontacté une semaine après, nous nous sommes revus une première fois. Puis une seconde, une troisième… J'étais en admiration devant cet homme dont le métier était de vendre des histoires qui faisaient rêver. Il avait une manière de me regarder comme si j'étais la septième merveille du monde, il ne cessait de me répéter combien il me trouvait belle… Très vite j'ai vu en lui mon sauveur. J'aimais son rire, son aisance, sa virilité, et l'attention qu'il me portait. J'aimais son regard perçant, sa voix, cet ailleurs qu'il représentait. Quand il m'a proposé de m'envoler avec lui pour une grande ville, je n'ai pas hésité un instant…

Elle laissa passer un silence.

— Je n'oublierai jamais mon départ de Verdun. C'était le 20 mai 2003. J'ai laissé un petit mot sur mon lit expliquant que je partais me marier. Une semaine après, j'étais majeure, personne n'a cherché à me rattraper. La seule et dernière nouvelle que j'ai donnée à Jacqueline a été une photo de mon fils à sa naissance. Sans doute pour informer la seule personne issue de mon passé que moi aussi, j'avais désormais une vraie famille…

« En quittant Verdun, je pensais quitter l'ennui pour le bonheur, troquer mon désert contre un Éden. J'avais tort.

« Quelques semaines après notre arrivée, D m'offrait une bague. Simple, sans fioriture, sans valeur. Moi, je voyais en ses scintillements autant de promesses… À commencer par celle de combler mon avide besoin d'aimer. Daniel et moi nous sommes mariés trois semaines après notre arrivée ici, avec son frère et l'un de ses collègues de l'époque en guise de témoins. Daniel était alors prévenant, aux petits soins pour moi. Trop, sans doute.

Devant le mutisme de Suzette, Valentine poursuivit :

— Je me souviens comme si c'était hier du premier dérapage. Nous étions au cinéma. Un garçon s'est assis à côté de moi alors que Daniel était parti nous chercher des glaces. Il devait avoir mon âge. Au retour de Daniel, j'ai immédiatement capté son regard noir sur ce jeune homme, avant qu'il le pose plus longuement sur moi. Ça m'a surprise, mais je n'y ai pas accordé d'importance. Le soir même, il me traitait de traînée. J'ai mis ses propos sur le compte d'une saute d'humeur qui serait vite passée. Mais ses crises de jalousie se sont reproduites de plus en plus fréquemment, avec des manifestations de plus en plus explosives. Des broutilles suffisaient à déclencher de violents accès de colère.

Elle s'interrompit, avec la sensation oppressante que la pièce se refermait sur elle. Suzette lui adressa un petit signe d'encouragement.

— Curieusement, reprit-elle, je ne me souviens pas de la première gifle. Bizarre, n'est-ce pas ? Comment peut-on oublier un tel geste de la part de celui que l'on a épousé ? Il paraît pourtant que les premières fois ne s'oublient jamais. Je me rappelle juste de plates excuses formulées le lendemain. Excuses que j'ai volontiers acceptées, en me persuadant que cette claque impulsive était due à un débordement de possessivité amoureuse. J'ai rapidement appris à mes dépens que le premier pardon était souvent une erreur. Et que le deuxième signait un arrêt de mort à petit feu. Mais l'amour rend aveugle. Il force l'espoir. Et face à l'indicible, on commence par se mentir à soi, avant de mentir aux autres. Par honte. Par peur. Par désespoir.

Elle entremêla nerveusement ses doigts et fixa ses mains.

— Le premier coup de poing reste en revanche indélébile. Tout comme les premiers bleus qu'il m'a fallu dissimuler pour me rendre à mon travail de vendeuse que j'occupais alors à temps plein. Tout comme les excuses toujours plus confuses ajoutées à une promesse : celle de ne jamais recommencer. Mais l'Amour ne demandait naïvement qu'à y croire. Et j'y ai cru. Ensuite, ça a été l'engrenage. Ma stupeur s'est transformée en incompréhension puis en peur, tandis que les claques et les insultes ont évolué en coups et humiliations. Le temps de comprendre que la violence et la terreur abîmaient mon corps, mon cœur et mon âme, j'ai réalisé qu'une forteresse démoniaque s'était érigée tout autour de moi.

Elle leva les yeux : Suzette était blême. Valentine eut un sourire triste.

— Oui, cela paraît incroyable. Mais voilà « comment » j'en suis arrivée là. Voilà comment n'importe qui peut en arriver là. Je crois qu'il est impossible de se représenter ce que je vis sans l'avoir vécu. Quand j'entends autour de moi : « Si elles restent, c'est qu'elles aiment ça ! », je suis dévastée. Non, je ne prends aucun plaisir à recevoir des coups. Ni à être humiliée. Qui serait assez pitoyable pour souhaiter être traitée comme ça ? Les gens ignorent l'épaisseur des barreaux qui nous retiennent. Ces barreaux virtuels, bien plus solides que ceux qui ornent les fenêtres des prisons : ceux de la terreur, qui encerclent notre quotidien… Beaucoup imaginent que notre enfer se limite aux violences physiques. Ce sont simplement les seules qui se voient, quand on ne parvient pas à les dissimuler. On oublie les sévices psychologiques, qui ont pourtant un effet tout aussi dévastateur : je ne compte plus les insultes qui me rabaissent, Daniel contrôle en permanence ce que je fais, qui je vois, mes dépenses, les vêtements que je porte… Sa jalousie maladive est un bon engrais à sa colère.

Valentine avait perçu le tremblement de sa propre voix. Elle se racla la gorge.

— J'ai donc appris à me dérober aux regards des autres en attendant que les contusions les plus visibles puissent être dissimulées derrière une épaisse couche de fond de teint. Je suis devenue une ombre : personne ne me voit, ni ne m'entend. Je me suis isolée des autres. Pour mon bien. Et pour le leur. Cela m'évite d'avoir à lutter contre l'indifférence, et à eux la culpabilité de l'inaction.

«Je me terre. Et je m'enterre. Ma seule évasion, encore et toujours, ce sont les livres. Leurs héros supplantent mes malheurs, leurs fantômes m'habitent avec persistance une fois l'histoire terminée. Ils restent en moi et je m'accroche à leur courage, à leur destinée, à leurs pensées qu'il m'arrive de faire miennes pour me donner l'illusion d'être ce qu'ils sont et non plus ce que je suis moi. Les personnages sont devenus mes seuls amis. Les seuls que Daniel n'ait pu éloigner de moi.

Elle bredouilla quelque chose d'inaudible, se massa le front puis se redressa :

— Ces années de violence m'ont appris à annihiler mes émotions. Par instinct de survie, je crois, j'ai appris à me laisser envahir par un engourdissement du corps, puis de l'esprit. Même si je suis intimement persuadée que la mort sera ma seule issue de secours. Mon ultime délivrance. Je n'ai pourtant aucune envie de mourir. J'aime la vie. Mais je suis depuis longtemps convaincue qu'un jour je tomberai sous les coups de Daniel. En attendant le coup fatal, j'ai un devoir, une mission : faire grandir mon Nathan pour le pousser hors de cet enfer.

Un silence pétrifié accueillit ses dernières paroles. Valentine releva la tête et planta ses yeux dans ceux de son amie.

— J'ai fini par me résigner. C'est comme ça.

— « C'est comme ça », Valentine ? répéta Suzette d'une voix chargée de tendresse.

— Oh vous savez, Suzette, je fais partie de ces femmes qui ont un problème dans leur ménage. Croyez-moi, elles sont nombreuses !

Suzette la dévisagea longuement avant de reprendre, avec la même infinie douceur :

— Je crois que vous faites plus précisément partie de ces femmes que l'on appelle des victimes de violences conjugales, Valentine…

Blessée par ce qualificatif, la jeune femme ne put se contenir.

— Suzette, je vous aime beaucoup. Mais tout couple a ses problèmes. Et tout cela n'est finalement qu'une affaire privée…

— Non, Valentine. C'est un fléau qui devrait tous nous préoccuper ! Chaque témoin de ce type de situation devrait réagir.

Valentine se leva précipitamment.

— Cela reste mon problème. Je ne sais pas ce qui m'a pris de vous en parler !

— Je ne vous juge pas, Valentine…

Valentine sentit à nouveau le rouge lui monter aux joues, et elle baissa les yeux.

— Excusez-moi. Je suis désolée. Je me sens nerveuse…

Elle se rassit. Ses tempes bourdonnaient.

Suzette reprit, comme si elle se parlait à elle-même :

— Je ne sais si c'est pour moi ou pour vous que vous banalisez les faits…

Les mots de Suzette ébranlaient Valentine : elle-même se sentait souvent incapable de démêler ce qui était acceptable de ce qui ne l'était pas dans ce qu'elle vivait au quotidien.

— Suzette, croyez-moi, il y a pire ! rétorqua Valentine, de nouveau submergée par la panique de s'être confiée.

— Personne n'a jamais rien remarqué dans votre entourage, ou à votre travail ? la coupa Suzette.

Valentine ne put retenir un ricanement amer :

— Mon entourage se limite aux amis de Daniel, que je rencontre toujours en sa présence. Je dois jouer l'épouse parfaite et épanouie. Quant à mon travail… Mon précédent poste m'occupait à temps plein dans une bibliothèque. J'adorais ce boulot. Mes relations avec les gens n'étaient pas les mêmes. Je ne faisais pas que les conseiller dans le choix de tel ou tel livre. J'étais dans le partage. Nous échangions sur nos impressions de lecture. Le soir, j'en parlais à la maison. Ça ne plaisait pas à Daniel. Ses crises se sont rapprochées.

« C'était devenu trop compliqué de camoufler les coups, j'étais obligée de manquer de plus en plus souvent le travail en inventant des prétextes de plus en plus difficiles à imaginer. Daniel m'a obligée à démissionner avant que je me fasse licencier pour absentéisme. Je n'ai eu le droit de reprendre une activité professionnelle qu'à la suite d'une période particulièrement difficile… J'ai alors cherché un job à temps partiel. C'était plus simple, car j'avais des temps de « récupération » entre chaque crise. Et puis, ma relation avec Daniel s'en est trouvée apaisée.

— « Apaisée » ?!

Valentine soupira.

— Oui, il ne s'interroge plus chaque jour sur mes rencontres au travail. Il sait qu'il peut me joindre à tout moment. Il me sent plus disponible pour Nathan, aussi.

— C'est sûr… En fait, il vous a coupée de toute relation amicale, et même sociale, si l'on excepte les clients qui vous consultent pour l'achat d'un bouquin. Il vous a complètement isolée…, constata Suzette, le visage décomposé.

— Mais non, regardez, je vous ai vous ! Et puis, je me suis fait une raison, à la longue.

— Et Nathan ? L'amour que vous ressentez pour lui crève les yeux ! Vous ne vous posez pas la question de ce qu'il subit ?

— Daniel n'a jamais levé la main sur Nathan. Jamais. Tant que je reste avec lui, Nathan ne craint rien ! se récria Valentine, sur la défensive.

— Non mais vous vous entendez ? C'est complètement surréaliste…, ajouta Suzette en se prenant la tête dans les mains.

— Je vous assure que si j'avais su tout ça avant, je n'aurais jamais eu cet enfant, même si je l'aime plus que tout au monde ! Et croyez bien qu'il n'y en aura aucun autre. J'y veille.

Dans un réflexe, elle se toucha le ventre.

— Le problème, c'est que Daniel n'agit pas ainsi intentionnellement. Ses colères le dépassent...

— Vous arrivez à lui trouver encore des excuses..., murmura Suzette.

Elle était écartelée entre la sidération et la compassion.

— Non, Suzette, c'est la réalité. Daniel n'est pas le seul homme à se comporter ainsi, vous savez... Et moi, je ne désespère pas de le voir changer.

Suzette aurait eu envie de la secouer pour lui faire ouvrir les yeux, mais elle lut sur le visage de Valentine une tristesse qui la désarma.

— Heureusement, tous ne sont pas comme lui, Valentine...

— Certes, mais il y en a beaucoup plus que vous ne l'imaginez. Finalement, ma situation est banale...

Suzette baissa la tête. Elle n'aurait jamais imaginé être touchée de près par ce phénomène dont tout le monde parlait au travers des médias. Aujourd'hui, ce fléau prenait pour elle la forme d'un visage et s'immisçait dans sa propre vie, avec une question à laquelle toute personne dans sa situation était confrontée : que puis-je faire pour l'aider ? Elle ne parvenait pas à trouver les mots justes. Ceux qui pouvaient ouvrir les yeux sans blesser. Ceux qui réconfortaient sans pour autant nier la réalité. Elle s'en sentait tout simplement incapable.

Elle ne vit pas Valentine se lever sans bruit, soudain prise de remords. Qu'est-ce qui lui avait pris de mettre Suzette dans un tel embarras ?

— Suzette, je crois qu'il vaut mieux que je parte. Je suis désol…

— Non, Valentine, je vous en prie, restez ! C'est juste que j…

— Non, Suzette. Je crois que nous avons toutes les deux besoin de… de souffler un peu, termina-t-elle doucement en lui pressant affectueusement la main avant de s'éclipser.

*

Lise Faucheux observait discrètement Nathan tout en continuant d'arpenter la cour de l'école. Après la cantine, le petit garçon avait refusé de se joindre à ses camarades de classe pour une partie de foot. Il avait préféré s'isoler sous un arbre et raclait depuis près d'un quart d'heure le sol à l'aide d'un bout de branche tombé à terre. À quoi cet enfant pouvait-il bien songer ?

L'institutrice fit défiler ces derniers mois dans sa tête. Valentine Ravier avait témoigné de beaucoup de malchance, depuis le début de l'année scolaire. Elle-même avait intégré cette école à partir d'octobre, l'enseignante titulaire étant en congé parental. Et, depuis, la mère de Nathan avait cumulé un œil au beurre noir après s'être cognée contre une porte, une entorse à la cheville après une chute malencontreuse dans un escalier, une rage de dents avec un œdème au bas du visage durant plusieurs jours…

Lise Faucheux admettait que certains avaient beaucoup moins de bol que d'autres dans la vie, mais elle ne pouvait pas croire en une telle cascade de pépins en si peu de temps. Vraiment pas. D'autant qu'elle ne comptait pas dans son inventaire un ou deux hématomes qu'elle avait cru apercevoir sous une épaisse couche de maquillage.

Mais comment partager de tels soupçons avec ses collègues sans prendre le risque de passer pour une cinglée ? Mme Ravier était tellement souriante, pétillante même…

Discrètement, elle avait cherché à voir si le petit Nathan n'avait pas de traces de coups sur son corps, que des vêtements pouvaient facilement dissimuler. Mais elle n'avait jamais rien remarqué, ni sur ses bras ni sur son visage. Elle avait même profité de l'état fébrile de Nathan un jour où il s'était plaint de maux de ventre pour l'accompagner à l'infirmerie. Là, elle avait confié ses doutes à Mme Amary, infirmière en poste dans cette école depuis plus de trente ans. Mise dans la confidence, cette dernière avait demandé à Nathan de se mettre en slip pour « vérifier si ce n'était pas grave ». Puis elle avait soigneusement inspecté le petit corps. Aucun hématome. Pas même la moindre rougeur.

Lise était repartie rassurée. Tout du moins partiellement. Car il n'en demeurait pas moins que cet enfant semblait en permanence sur ses gardes, voire apeuré.

La sonnerie signalant la reprise de la classe retentit et la sortit de ses réflexions, tandis que Nathan se levait pour se mettre en rang dans le hall.

9.

Deux heures plus tard, Valentine sursauta en entendant trois petits coups frappés à la porte d'entrée. Bouleversée par ses aveux du matin, elle avait trouvé refuge dans la chambre de Nathan. Elle n'avait rien pu avaler au déjeuner.

Aussi inquiète que contrariée, elle jeta un œil au judas : c'était Suzette. Elle ouvrit la porte. Son amie lui tendit immédiatement une boîte d'antalgiques.

— Excusez-moi de vous déranger à nouveau, madame, clama-t-elle d'une voix forte, je reviens de la pharmacie et je vous rapporte donc une nouvelle boîte. Merci beauc…

— Il n'est pas là, Suzette…, la coupa doucement Valentine.

Son amie poussa un soupir de soulagement et ses épaules s'affaissèrent.

— Dieu soit loué ! Valentine, je ne voulais pas partir comme ça, sur notre dernier échange. Mais je n'étais pas certaine de vous trouver seule, alors…

Elle leva la boîte de comprimés à hauteur de ses yeux, puis posa un regard implorant sur Valentine.

— Vous pourriez venir avant d'aller chercher Nathan ? demanda-t-elle en désignant la porte d'en face du menton. Il faut absolument que je vous dise quelque chose…

Valentine hésita un instant. Elle oscillait entre le désir de profiter de la présence de son amie jusqu'au dernier instant, et son besoin de s'isoler pour ne plus penser à rien. Le premier l'emporta ; elle attrapa ses clefs et se faufila chez Suzette.

Une petite valise et un sac en bandoulière attendaient dans l'entrée. Très émue, Suzette lui prit aussitôt une main, qu'elle enserra dans les siennes.

— Je suis désolée pour ce matin. Je n'ai pas eu la bonne réaction. Mais je ne m'attendais tellement pas à entendre cela… J'ai été très maladroite, je n'ai pas su trouver les mots…

— Tout va bien, Suzette. Je ne vous en veux pas. Je n'aurais peut-être pas dû v…

— Mais si, Valentine ! Bien sûr que vous avez bien fait ! Et je compte bien vous aider, parce que je tiens beaucoup à vous…

Touchée, Valentine sentit ses yeux picoter. Ces quelques mots valaient plus que n'importe quel grand discours.

— Et puisque je tiens à vous, je dois vous dire que votre espoir de voir les choses s'arranger avec Daniel est illusoire…

— Garder l'espoir contre tout espoir me permet de tenir, Suzette…, murmura Valentine, fataliste, en se dirigeant naturellement vers la cuisine.

Tandis qu'elle s'asseyait à la même place que le matin, Suzette posa ses deux mains à plat.

— Non, Valentine ! Cet homme est dangereux. Vous devez partir !

— Daniel n'est pas un homme que l'on quitte. Si je fuis, il me retrouvera où que j'aille, coûte que coûte. Je suis son jouet, sa proie, sa chose, sa possession. Je suis à sa merci. Et je ne peux imaginer vivre en regardant constamment derrière mon épaule.

Suzette se laissa à son tour tomber sur une chaise.

— Prendre un risque hypothétique pour avoir le droit de vivre heureuse ne vaut-il pas mieux que de n'en prendre aucun pour mourir à petit feu ? Si ce n'est pour mourir tout court le jour où sa colère le surpassera…

— Peut-on vivre heureux avec l'angoisse permanente de voir surgir celui que vous fuyez ? En se retournant à chaque pas avec l'impression d'être suivie ? Cela ne vous est jamais arrivé d'avoir peur le soir, seule dans la rue ? D'accélérer le pas la peur au ventre pour rejoindre un endroit où il y a du monde, où vous pouvez vous mettre à l'abri ? Moi, cette peur-là, je la vivrai perpétuellement.

Elle se tut quelques instants, regarda autour d'elle.

— Si je le quitte, Daniel me pourchassera jusqu'au jour où il me retrouvera. Et ce jour-là, il me tuera.

— Il l'a déjà un peu fait, Valentine. Il vous considère comme une simple chose. Sa chose.

Le visage de Valentine resta impassible. Elle s'était renfermée dans sa coquille.

— Par des manipulations perverses, il est parvenu à vous faire croire que vous n'étiez rien sans lui. C'est incroyable et tellement faux ! cria Suzette d'une voix trop aiguë.

Elle se tut un instant avant de murmurer :

— Je ne sais pas comment vous faites pour supporter ça…

Valentine se raidit sur sa chaise.

— Je prends des forces dans les périodes d'accalmie. Il y en a. Il sait aussi se montrer charmant, même si le monstre qui sommeille en lui peut s'éveiller à tout moment…

— Valentine, reprit Suzette avec tendresse, il a réussi à vous faire perdre toute confiance en vous. Vous êtes sous son emprise et il le sait. Vous ne pourrez vous en libérer tant que vous n'aurez pas compris la réalité de cette situation. Laissez-moi vous y aider, je vous en prie…

Les épaules de Valentine semblaient à présent écrasées par le poids d'un autre fardeau invisible : le déni.

— Je ne sais pas, Suzette. Je ne sais plus.

Elle releva les yeux. Une immense détresse y flottait.

— J'espère que vous ne penserez pas, comme les autres, que je reste avec lui parce que je dois aimer les coups. Ou que je ne sais pas ce que je veux. Que je suis ambivalente. Pour ne pas dire confuse dans mes idées…

— Je suis certaine que votre réaction n'est que le fruit de ses agissements. Vraisemblablement, cet homme sait instiller en vous la juste dose de terreur pour vous empêcher de partir, et la juste dose de culpabilité pour vous considérer comme la responsable de tous les maux.

Elle aurait tellement aimé la secouer pour qu'elle se réveille, qu'elle sorte de cette forme de léthargie, d'anesthésie dans laquelle ce monstre l'avait sciemment plongée…

— Mais vous voyez bien que tout se répète à l'infini et même s'accélère avec le temps. Vos moments d'accalmie sont de plus en plus courts et ses démonstrations de violence sont de plus en plus fortes.

Elle se pencha sur la table et attrapa l'une des mains de Valentine.

— Vous devez vous échapper le plus vite possible, mon petit…

Valentine soupira.

— Vous sous-estimez la pugnacité de Daniel. Il n'hésiterait pas à me faire payer cher mon départ…

— Mais c'est ainsi qu'il vous tient. En vous faisant croire que c'est ou lui ou la mort ! Croyez-vous qu'il aurait envie de perdre tout ce qu'il a pour se retrouver en prison ?

— Chaque année, il y a entre cent et cent cinquante féminicides. Il faut poser cette question à tous ces types qui ont tué leur ex, Suzette.

Elle s'était exprimée d'un ton étonnamment posé, vu le sujet.

— La plupart sont d'anciens délinquants. Daniel ne fait que bluffer !

— Oh non, croyez-moi, il ne plaisante pas. Son frère est flic. Il travaille pour la BAC. Daniel ne manque pas de rappeler régulièrement qu'à la moindre main courante déposée, son frère en serait illico presto informé.

— Mais il cherche juste à vous faire peur. Et ça marche !

— Je peux aller dans n'importe quel commissariat, Suzette, et leur raconter ce que je subis, que Daniel saurait les convaincre que j'affabule. Je vous assure qu'il est très bon pour manipuler et mentir. Il n'est pas commercial pour rien… Et alors, après…

— Après, quoi ? Il sera noté quelque part qu'à la moindre récidive, il devr…

— Vous ne comprenez rien, Suzette ! cria soudainement Valentine.

Elle qui était parvenue à rester digne tout le long du récit de ce pèlerinage de la honte, elle sentait maintenant des picotements agressifs lui assaillir les yeux. Tout cela parce qu'elle se sentait incomprise par sa seule amie. Elle hissa les mains jusqu'à ses tempes, qu'elle massa le temps de remettre de l'ordre dans ses idées.

— Il y a deux ans, il s'est inscrit à un club de tir. Il s'est acheté un pistolet automatique, qu'il garde dans sa table de nuit. Il va régulièrement s'entraîner avec son frère. « C'est un sport comme un autre », clame-t-il. N'empêche qu'un soir, après une dispute, il m'a regardée droit dans les yeux et m'a dit : « Toi et moi on sait que je me fiche comme de ma première chemise du tir sportif. Ce que je veux, c'est pouvoir viser juste et vite une cible éventuelle avec une seule balle. » Il a posé son index entre mes deux yeux. Puis il a ajouté : « Mais nous n'en arriverons jamais là, n'est-ce pas, Valentine ? »

Ce simple souvenir lui provoqua la chair de poule.

— Trouvez-vous que cela ressemble à des paroles en l'air ?

La table de la cuisine, le visage de Suzette, tout commençait à se brouiller sérieusement.

— Et puis, Nathan finirait par m'en vouloir…

— Mais, Valentine…

Suzette se tut, brusquement envahie par un mauvais pressentiment, très sombre, de ceux qui n'amenaient que la mort. Un frisson lui parcourut l'échine. Elle tenta de chasser cette funeste intuition en se concentrant sur les mots de Valentine.

— J'ai longtemps pensé qu'être un mauvais mari ne signifiait pas être un mauvais père. Daniel n'a jamais touché Nathan. Ses actes de violence ne dépassent pas notre coupl…

Suzette ne put se retenir :

— Pardonnez-moi, je crois que le sujet touche tout autant Nathan. Voir son père tabasser sa mère, ça provoque obligatoirement des souffrances et des séquelles psychologiques.

Valentine baissa la tête, consciente de la fragilité de son raisonnement. Elle en ressentit de la honte, puis de l'impuissance.

— Il ne comprend pas tout…

— Il ne comprend pas encore, mais il voit et entend tout, Valentine. C'est une victime, comme vous. Et comment va-t-il grandir, dans une telle insécurité permanente ?

Valentine déglutit.

— Oui, bien sûr…

Murée dans sa culpabilité, elle aurait aimé que Suzette comprenne qu'elle pensait n'avoir agi que dans l'intérêt de son fils.

— Mais Nathan a malgré tout besoin d'un père. Je ne voudrais pas qu'il me reproche un jour de l'avoir éloigné de lui… Moi qui n'ai eu ni père ni mère, je connais la douleur de l'absence.

— Le genre de père qu'est votre mari ne peut pas aider un petit garçon à se construire, Valentine. Pensez-vous vraiment que voir sa maman se faire frapper au moindre écart lui apporte quoi que ce soit de bon ?

— Tant que je reste, Nathan ne craint rien. Le jour où je m'enfuis, Nathan deviendra sa cible, car il sait que je tiens à cet enfant plus que tout au monde. Nathan sera sa dernière arme contre moi. Il n'est pas question que je prenne le moindre risque pour mon fils.

— Vous savez à quoi il me fait penser ? Aux sadiques qui s'amusent à faire souffrir les animaux tout en veillant à ne pas les tuer car morts, ils ne seraient plus si divertissants. C'est bien plus réjouissant de maintenir leur proie en vie et de la soumettre à de multiples tortures, plus jouissif pour eux de sentir qu'ils détiennent le droit de vie ou de mort. C'est un peu à ce jeu-là que joue Daniel.

Révoltée, Suzette se pencha sur la table pour la regarder droit dans les yeux.

— Votre soumission flatte son ego et renforce encore son sentiment de toute-puissance et sa soif de domination !

— Vous savez, j'ai parfois l'impression de ne pas vivre ma propre existence, et que je vais finir par me réveiller.

Valentine sentit une première larme couler le long de sa joue. Elle ne chercha pas à la retenir.

— C'est tellement compliqué. D'un côté, il y a une réalité : il m'aime sincèrement, et lui au moins ne m'a jamais abandonnée. Je me dis aussi que, si je ne suis rien avec lui, je serais encore moins sans.

Elle plongea ses doigts dans ses cheveux :

— Tant de choses se mélangent dans ma tête. Il y a des jours où je n'arrive même plus à penser. D'autres où je suis d'accord avec lui lorsqu'il dit que je ne suis bonne à rien, que je suis incapable d'assumer quoi que ce soit toute seule. D'autres encore où je me dis que j'ai finalement de la chance d'avoir à mes côtés quelqu'un qui ne me quittera jamais bien que je ne vaille pas grand-chose. Parce que Daniel tient vraiment à moi. Ça va vous paraître ridicule, mais pour quelqu'un comme moi, c'est tellement rassurant…

Elle croisa le regard éberlué de Suzette.

— Cela va vous sembler absurde mais, sans lui, je me sens incapable de structurer ma pensée ou de prendre une décision. Bien sûr qu'il n'est pas concevable de rester avec quelqu'un qui vous frappe. Que supporter de tels coups, de telles violences, de telles humiliations sans chercher à les fuir dépasse l'entendement.

Elle pensait maintenant à voix haute sans pouvoir s'arrêter, comme si une boîte de Pandore s'était soudainement ouverte en elle.

— Mais c'est faire abstraction de tout le reste. De tout ce qui a fait que j'ai toléré au début, et de tout ce qui fait que je suis aujourd'hui prisonnière de cet enfer…

— Parce que ce n'est pas la même chose ?

— Non, justement. Pas du tout. La question n'est pas de savoir comment ça finit mais comment ça commence. Je me suis longtemps interrogée sur ce qui avait fait que je lui avais laissé le droit de lever la main puis le poing sur moi. Est-ce que c'est lié à mon enfance, à ma personnalité ? Je n'en sais rien. Je ne suis pas psychologue. Ce que je sais au fond de moi, c'est que je suis profondément reconnaissante envers Daniel de m'avoir sortie de ma vie d'avant. De ces pensées obsessionnelles qui me ramenaient à mon ami Vincent et à l'incompréhension de son rejet.

De la main, elle esquissa un geste las.

— Après l'abandon de Vincent, j'ai fini par intégrer définitivement que je n'étais pas assez gentille, pas assez intéressante, pas assez jolie, pas assez… tout pour être aimée.

Elle eut un sourire triste.

— Daniel, lui, m'a choisie alors que je n'étais rien. Et il est resté près de moi. Je peux ? demanda-t-elle en soulevant son verre vide et en désignant du menton la bouteille d'eau près de l'évier.

Suzette acquiesça de la tête, trop assommée par ce qu'elle entendait pour bouger.

— Mais, à défaut de partir, pourquoi n'avez-vous jamais cherché de l'aide autour de vous ? Ne serait-ce que pour vous soutenir ?

— Pour la même raison, je crois : j'ai toujours eu peur des conséquences…

Un silence.

— Je crois aussi que j'ai toujours eu peur du jugement des autres. Si vous imaginiez combien je me dégoûte, combien je me fais honte… Je m'en veux de ne pas être plus forte, de ne pas pouvoir faire face…

Elle chercha à nouveau le regard de Suzette, mais celle-ci avait la tête baissée.

— Vous ne savez pas quoi dire, n'est-ce pas ? Que pourriez-vous ajouter, de toute manière ?

Valentine laissa échapper un petit rire amer.

— Finalement, c'est normal que vous ne puissiez pas comprendre. Comment comprendre l'incompréhensible tant qu'on ne le vit pas de l'intérieur ?

Elle s'interrompit, se demandant effectivement comment Suzette aurait pu comprendre ce qu'elle ressentait sans avoir eu à le vivre…

— Cette peur ne nous quitte jamais, quoi que nous fassions. Par exemple : nous avons un ordinateur à la maison. Je ne vais jamais sur les sites qui abordent le sujet des violences conjugales. Je suis convaincue que Daniel pourrait retrouver la trace de ces visites, même si j'effaçais l'historique. Alors je surfe parfois sur le Net à mon travail. J'ai lu des témoignages conformes à mon quotidien. Je ne peux pas communiquer avec ces femmes, mais je me sens comprise au travers de leurs écrits. J'ai découvert que beaucoup de sites d'associations qui aident ces femmes à s'enfuir prévoient une touche d'urgence pour quitter le site sans que l'on puisse en retracer la visite sur l'historique. Je crois que cela démontre la gravité des risques que nous prenons quand nous ouvrons une fenêtre sur un rêve de liberté, et mieux encore la réalité de notre quotidien. Ces hommes-là savent à quel point nous sommes vulnérables…

— Mais justement, Valentine, pourquoi ne pas vous rendre dans l'une d'elles puisque vous-même reconnaissez qu'elles savent vous comprendre ? Ou pourquoi ne pas appeler le 3919, numéro que tout le monde connaît désormais ? J'avoue ne m'être jamais sentie concernée par ce sujet, mais il a été porté par de nombreux médias et il me semble qu'il y a eu beaucoup d'avancées ces dernières années, non ?

— C'est vrai. Mais pour moi Daniel n'est pas comme eux. Il le fait uniquement par peur de me perdre, ou parce qu'il est sous pression. Il ne me fait pas de mal pour me faire du m…

— Non mais vous entendez ce que vous me dites, Valentine ? ne put s'empêcher de la couper Suzette d'une voix un peu trop perchée.

Valentine reprit une gorgée d'eau.

— Il est vrai que nous avons naturellement tendance à croire que les types qui battent leur femme sont des psychopathes, des alcooliques ou que les violences conjugales ne s'exercent que dans les milieux défavorisés… Or nous savons maintenant que ceux qui cognent sont des hommes généralement bien insérés dans la société. Qu'ils peuvent aussi être cadres supérieurs. Et qu'ils jouissent souvent d'une belle respectabilité. Mais ce qui m'échappe totalement, c'est vous !

— C'est-à-dire ?

— J'avoue que je n'aurais jamais pensé que…

— Que… ?

Suzette allait pour reprendre la parole. Valentine l'invita à se taire d'un geste.

— Ne vous en faites pas, Suzette. Je ne vous en veux pas. Votre réaction explique aussi pourquoi je me suis tue toutes ces années. Finalement, je ferais mieux de me contenter d'écrire dans mon journal…

— Vous tenez un journal ?

Valentine rougit :

— C'est plutôt une sorte de… cahier que j'ai commencé il y a quelques jours.

— J'en ai commencé un juste après mon premier sevrage. Un véritable acte thérapeutique. Ça aide à formaliser ce que l'on a gardé sur le cœur.

— J'aime bien l'idée du témoignage aussi…

— Ah oui ? Pour qui, Valentine ?

Elle sembla réfléchir.

— J'avoue ne plus trop savoir si c'est pour Nathan ou pour moi…

— Et si Daniel le découvrait ?

— Oh non ! Ce cahier est bien caché dans la chambre de Nathan. Daniel n'y entre jamais. S'il m'arrivait quelque chose, je voudrais que Nathan puisse un jour comprendre qui était sa mère. Je ne voudrais pas qu'il s'imagine que j'étais une…

Elle ne parvint pas à terminer sa phrase.

— Moi, je crois plutôt que vous devriez l'écrire pour que toutes les femmes comprennent qu'elles ne doivent jamais pardonner la première gifle. Que ces femmes habitées par le même espoir de voir leur bourreau changer comprennent que rien de tel ne se produira et qu'il leur faut partir avant qu'il ne soit trop tard.

— Peut-être… Avant-hier, vous souhaitiez que je puisse un jour pardonner à ma mère. Et vous avez ajouté qu'accorder le pardon libérait.

— Oui, je m'en souviens très bien…

— Eh bien, c'est pour cette raison que je vous ai répondu que pardonner l'impardonnable condamnait plus qu'il ne soulageait. Parce que si j'avais eu la lucidité de ne pas accepter, de ne pas excuser les premiers coups, la première gifle, je n'en serais pas là aujourd'hui…

Le tremblement dans sa voix trahissait le sanglot qu'elle cherchait à refouler. Suzette garda le silence un long moment. Comment contrer un tel argument ? Que pouvait-elle trouver pour que l'incongruité de sa situation lui saute aux yeux ?

— Vous connaissez la parabole de la grenouille ?

— Pardon ? répondit Valentine.

— L'histoire de la grenouille.

Valentine la regarda avec des yeux ronds comme des billes.

— Une grenouille vivante est plongée dans une marmite d'eau froide. Elle s'y sent bien. Puis on allume le feu et l'eau se met à chauffer doucement. D'abord tiède ;

la grenouille y est toujours bien. La température continue de grimper. Puis chaude ; la grenouille se fatigue mais elle ne bouge pas. Puis brûlante ; la grenouille est alors trop affaiblie pour réagir. Et lorsque l'eau se met à bouillir, la grenouille va mourir sans avoir à aucun moment tenté de sauter hors de la marmite.

— Mais c'est horrible ! Pourquoi me racontez-vous un truc pareil ? s'écria Valentine en bondissant de sa chaise.

Suzette posa sa main sur son bras en un geste apaisant.

— Rasseyez-vous, Valentine. Vous allez vite comprendre…

Suzette retira doucement sa main et poursuivit :

— Si vous prenez une autre grenouille, et que vous la plongez directement dans de l'eau très chaude, celle-ci aura immédiatement le réflexe de s'éjecter hors du récipient. Et elle sera sauvée. Bref, cette cruelle expérience nous enseigne qu'un changement progressif échappe à notre conscience. S'habituer graduellement à l'intolérable mène à la passivité.

Valentine se laissa à nouveau choir sur sa chaise.

— Vous me comparez à une grenouille…

— Non, je compare deux situations extrêmes qui ont pour point commun, pour la première d'être inconcevable pour la grenouille qui n'a pas encore été plongée dans la marmite, pour la seconde d'être inconcevable pour la femme qui a encore toute sa conscience et qui vous écoute.

De son regard affûté, elle chercha à lire sur les traits de Valentine qu'elle ne la blessait pas plus qu'elle ne l'aidait.

— Cet homme vous a conditionnée, Valentine. Vous ne vous rendez plus compte de ce qui est juste et de ce qui ne l'est pas. Vous n'avez même plus conscience de la femme formidable que vous êtes…

Les lèvres figées dans un sourire triste, Valentine fixait le verre vide devant elle. Au bout d'un moment qui sembla une éternité, elle murmura :

— C'est pire, Suzette : je crois que je ne sais même plus qui je suis…

Elle renifla, et Suzette dut se faire violence pour ne pas fondre en larmes à son tour.

— Peut-être que la situation serait différente si j'avais été entourée. Mais je n'ai eu personne à mes côtés pour me souffler des mots consolateurs, pour me rassurer et me dire que je n'étais pas celle que je m'étais convaincue d'être, pour me donner des conseils bienveillants.

Valentine se tut avant d'ajouter :

— C'est vrai que l'accoutumance s'est faite de manière progressive. C'est la partie eau tiède de votre grenouille, qui se sent bien dans cet environnement et qui ne sait pas à quoi s'attendre par la suite.

Elle tapota son index sur la table comme pour souligner l'importance de ce qu'elle allait dire :

— Mais autre chose se greffe : le sentiment, la conviction de n'être bonne à rien seule, d'être incapable de faire face aux contraintes, la terreur des coups, la hantise de le voir faire du mal à Nathan, la certitude que ma liberté ne serait qu'à court terme et que la seule issue serait la mort.

Elle hocha la tête.

— Vous n'imaginez pas combien il m'a été difficile de m'anesthésier pour ne plus avoir à trop ressentir, ni à trop réfléchir.

— Je ne vous juge pas Valentine…

— Mais vous ne me comprenez pas non plus. J'aimerais tellement que ceux qui tirent des conclusions un peu hâtives prennent le temps d'analyser comment nous en sommes arrivées là… Quant à vous, Suzette, vous êtes mieux que quiconque bien placée pour savoir que le malheur a toujours une histoire…

Vidée par cette discussion, Valentine se leva. Il fallait que Suzette prépare son départ et elle-même aspirait à se retrouver un peu seule.

Les deux femmes se serrèrent dans les bras en silence. À leur affection s'ajoutait dorénavant un autre lien, l'attachement étrange que seuls deux estropiés de la vie peuvent partager, et un double secret.

*

Puisque sa mère et lui ne pouvaient pas aller voir Suzette et Guy, Nathan décida d'emmener Flocon dans sa chambre à la fin de ses devoirs.

Vingt minutes plus tard, il avait terminé.

Sa Mamoune était affairée à repasser des vêtements dans le salon. Il constata qu'elle avait lavé le nouveau foulard offert par son père. Il la vit le plier en un parfait carré avant de le déposer sur le rebord du canapé.

Lui se précipita vers la cage et s'empara délicatement de Flocon.

Puis il s'engouffra dans sa chambre.

Là, il s'assit sur son lit, libéra Flocon sur sa couette. Puis il cala son oreiller contre le mur et s'y adossa, tandis que l'animal entreprenait d'explorer tous les replis et recoins de l'édredon.

Il songea qu'être un hamster ne devait pas être facile. On restait petit toute sa vie, emprisonné dans une cage avec pour seul plaisir de tourner dans une grande roue, dont on ne sortait que lorsqu'un humain le décidait. C'était bien triste.

S'il avait eu à choisir, lui aurait préféré être un oiseau. Grand. Fort. Un aigle, par exemple. Un aigle géant. Pour pouvoir voler haut, et surtout pour ne craindre personne. Cela devait être magique de pouvoir tournoyer dans le ciel et regarder la terre d'en haut. Sa Mamoune aussi serait un aigle. Comment disait-on pour les filles aigles ?

Peu importait.

Elle serait un aigle. Et elle volerait à ses côtés et ils contempleraient le monde d'en haut. Ils seraient intouchables. Ils n'auraient peur de rien. Pas même des hommes. Pas même de son père.

Nathan soupira.

Tout cela était si loin de la réalité. Mamoune et lui se trouvaient bien sur terre. Et restaient fragiles.

Dommage.

Ses yeux se perdirent dans les rideaux transparents. Derrière, le ciel était d'un joli bleu. Il n'y avait aucun nuage. Juste une traînée blanche qui poursuivait un avion.

Nathan se redressa sur son lit. Un avion. Il n'en avait jamais pris. Ça devait être magique. On pouvait voir le monde d'en haut. Même sans être un aigle.

Il pensa à la maquette de Guy. Puis fit la promesse à voix haute, avec Flocon pour témoin, qu'un jour il aurait son propre avion pour emmener sa mère loin de son père. Il lui ferait découvrir tous les pays du monde. Pour le moment, il allait en construire un petit. Juste en attendant d'en avoir un vrai.

Nathan se sentit soudainement heureux.

Oui, c'était décidé, sa première maquette serait un avion.

10.

Valentine partait vers la réserve gérer les commandes et les réceptions quand une voix féminine l'interpella :

— Bonjour madame, pourriez-vous me conseiller une lecture ?

La jeune fille qui se tenait face à elle serrait déjà une pile de livres contre sa poitrine. Machinalement, Valentine jeta un œil sur leur dos pour en lire les titres : *Cyrano de Bergerac*, *Bérénice*, *Les Souffrances du jeune Werther*, *Les Hauts de Hurlevent*, *Tristan et Iseult*...

— Je vois que vous aimez les grands auteurs...

— J'aime surtout les grandes histoires d'amour !

Valentine sourit.

— Celles que vous avez choisies sont un peu tristes...

— Mais c'est sans doute ce qui les rend aussi belles...

Surprise par sa répartie, Valentine tenta de donner un âge à son interlocutrice : dix-sept ans, dix-huit au plus. À cet âge, elle-même n'aspirait qu'à une chose : rencontrer son Cyrano, son Titus, son Werther ou son Heathcliff.

Tel Tristan, elle se voyait elle aussi « mieux vivre comme un mendiant » par amour, se « nourrir d'herbe et de glands, plutôt que de posséder le royaume d'Otran ». Peu lui importait d'ailleurs le royaume. Car elle croyait encore en l'Amour. Avec un grand A. Et elle n'aspirait qu'à aimer et être aimée. Tout cela pour en arriver là où elle en était...

Elle revint se concentrer sur la jeune fille. C'était là l'une des activités qu'elle aimait le plus dans son métier : conseiller au mieux les personnes qui le souhaitaient, pour leur permettre de vivre une belle aventure, le temps de leur lecture. Rien n'était plus gratifiant que le retour ému de l'une d'elles.

Dans cet univers, elle n'était plus Valentine Ravier, épouse soumise et mère, mais la Valentine d'autrefois, la jeune femme encore pleine de rêves qui décidait, guidait, partageait, aimait. Ici, elle n'était plus enfermée avec un homme violent, n'était l'esclave de personne. Ici, elle encadrait une petite équipe, rencontrait encore et toujours des gens différents, elle se rendait utile aux autres, transmettait ses coups de cœur. Ici, elle se sentait presque heureuse.

Elle détourna son regard pour le poser sur les tables couvertes de livres. Malgré les années, il s'en dégageait toujours pour elle autant de magie et de fascination. Et, d'un seul coup, le déclic tant attendu : le titre d'une histoire qui pourrait répondre à l'attente de sa cliente et lui ferait découvrir l'un de ces nouveaux talents dont Valentine était convaincue qu'il se ferait bientôt connaître...

— Suivez-moi ! Je pense avoir trouvé ce qu'il vous faut..., déclara-t-elle avec un grand sourire.

*

Valentine déposa son sac dans l'entrée, enleva ses chaussures. L'échange de l'après-midi avec cette jeune cliente avait un peu allégé la ronde de questions sans fin qui lui tournait dans la tête depuis sa discussion avec Suzette.

— Bonsoir tout le monde !

Une odeur alléchante provenait de la cuisine. Daniel s'était rendu à la trattoria dont les spécialités affolaient les papilles de toute la ville puis il avait mis la table avec Nathan. Des mini-bruschettas étaient disposées dans les assiettes. Valentine se réjouit à l'idée de ne pas avoir à préparer le dîner. Les délicieux effluves qui s'échappaient du four lui mirent l'eau à la bouche.

— Tu as eu une excellente idée ! Qu'est-ce que ça sent bon !

— Tant mieux si ça te fait plaisir, ma chérie ! lui répondit Daniel, visiblement ravi.

Il s'avança vers elle, brandissant un rouleau de feuilles à hauteur de ses yeux.

— Là, j'ai de quoi écraser Deborge ! lâcha-t-il d'un ton euphorique.

Il fit claquer un élastique autour des feuillets et les posa sur la table. Valentine se dirigea vers la fenêtre du salon. Sur le parking, l'emplacement réservé à la voiture de Guy et Suzette était toujours vide. Elle laissa retomber le voilage, déçue. Ne devaient-ils pas rentrer ce soir ? Elle avait beau se dire que ça ne changeait rien puisqu'elle ne pourrait de toute manière pas voir son amie avant lundi, elle ne se sentait pas tranquille.

Elle repartit vers la cuisine et entrouvrit le four : un plat de conchiglioni farcis à la ricotta et aux épinards finissait de réchauffer à feu doux.

Contrairement à ce qu'elle avait redouté, elle commençait à admettre que le fait de s'être confiée pour la première fois de sa vie lui avait finalement fait un bien fou. Depuis, elle ne cessait de se demander ce qu'elle devait faire.

Elle rejoignit Daniel et Nathan à table.

— Tu n'imagines pas la tête que Deborge va tirer, ma chérie ! lança fièrement Daniel, un air vainqueur dessiné sur le visage. Et ce n'est pas tout !

Il mastiqua longuement sa tartine pour faire durer l'attente de ses révélations.

— Deborge couche avec l'une de ses jeunes recrues. Elle a vingt-cinq ans ! Pas sûr que Vabert voit ça d'un très bon œil… J'ai semé l'info à plusieurs endroits, on devrait bientôt n'entendre que ça dans les couloirs ! Voilà qui va sérieusement compromettre ses chances d'être nommé au poste de directeur commercial du groupe !

Il se délectait autant de la nourriture que des racontars dont il était à l'origine.

— Mais comment peux-tu être sûr qu'ils ont une liaison ? l'interrogea Valentine.

Il reposa bruyamment sa fourchette sur la table en la regardant comme si sa question était idiote.

— Quand un type accepte qu'une nana de son équipe vienne au boulot avec des jupes courtes et transparentes, et qu'elle lui sourit comme une bécasse pendant que lui-même a la bave aux lèvres, tu penses qu'ils sont liés par quoi ? De toute façon, le principal n'est pas que ce soit vrai, mais que ce soit efficace. Ce salopard m'a fait un petit dans le dos en allant voir Vabert sans m'en parler, à mon tour de le prendre à son jeu. Il n'avait qu'à pas engager une...

Il s'interrompit en voyant Nathan suspendu à ses lèvres.

— ... une telle femme ! conclut-il en reprenant une bruschetta.

Atterrée, Valentine resta muette.

— Tu n'as pas l'air d'approuver..., observa Daniel en la transperçant du regard.

Elle se leva, attrapa une manique et sortit les pâtes farcies du four.

— C'est juste que cela pourrait être injuste pour cette jeune femme si ce n'était pas vrai...

L'enthousiasme de Daniel retomba net. Il resta quelques secondes immobile, la fourchette et le couteau pointant vers le ciel. La roue de Flocon fit entendre son grincement habituel.

— Laisse-moi simplement te préciser que pour porter des jupes aussi courtes que les siennes, il faut sacrément avoir le feu au cul. Et quand on joue avec le feu, on se brûle ! Elle n'aura donc que ce qu'elle mérite, que ce soit vrai ou pas, termina-t-il d'un air satisfait en piochant une pâte à même le plat que Valentine venait de poser.

Le silence était retombé sur la table, seulement interrompu par les crissements provenant de la cage de Flocon.

Valentine cacha son dépit. Peu importait à Daniel de colporter de fausses rumeurs. Il n'en était d'ailleurs pas à son coup d'essai. C'était pourtant un excellent commercial. Il aurait pu ne s'appuyer que sur ses résultats pour marquer la différence. Mais rien ne l'excitait plus que d'attiser les antagonismes, de faire et défaire des alliances au gré de ses humeurs ou de ses envies, mais surtout de son intérêt personnel. Et en cela, le monde de l'entreprise représentait un terrain de jeu idéal. Mieux valait changer de sujet.

— Tu as vraiment eu une bonne idée de passer à la trattoria ! s'exclama-t-elle avec un sourire forcé.

— C'est sûr ! Tu n'as eu qu'à mettre les pieds sous la table !

Elle choisit d'ignorer le ton sarcastique et continua à mastiquer lentement en veillant à rester concentrée sur son assiette.

Flocon s'agitait à présent comme un damné dans sa roue.

Daniel se recula brusquement sur sa chaise.

— Si cette bestiole n'arrête pas son bordel…

Il n'avait pas terminé que Valentine avait déjà bondi sur ses pieds en bredouillant : « Je m'en occupe. » Mais, en se levant, sa main poussa l'assiette qui vint heurter le verre rempli d'eau. Une giclée se répandit sur les feuillets enroulés dont les chiffres se diluèrent dans une flaque bleue et brillante.

Les yeux de Daniel s'écarquillèrent. Nathan commença à se dandiner nerveusement sur sa chaise. Valentine se contracta face au coup imminent.

Une gifle retentissante s'abattit sur son visage. Daniel saisit les feuillets détrempés et les tamponna sans mot dire avec du Sopalin.

Valentine inspira lentement. Elle se tourna discrètement et posa le plat de sa main sur sa joue pour apaiser le feu qui lui brûlait la peau.

Daniel s'était rassis. Elle l'imita, dans un silence redevenu assourdissant. Même Flocon s'était subitement arrêté et plus aucun bruit ne provenait du salon. Nathan analysait son assiette de manière obsessionnelle.

Chacun reprit ses couverts. Valentine allait porter la fourchette à sa bouche lorsqu'elle surprit le regard de Nathan figé sur son tee-shirt. Une goutte de sang tranchait sur le blanc immaculé du vêtement. Une deuxième goutte rejoignit la première. Puis une troisième. Daniel s'était également arrêté de manger. Il fixait lui aussi la tache écarlate. Elle se releva, attrapa à son tour une feuille de Sopalin et pressa la narine d'où s'échappait le sang, penchant la tête en avant.

Ne restait plus qu'à attendre que ça passe.

— Ce n'est rien, Nathan. Il m'arrive de saigner du nez, tu sais bien. Mangez, ça va être froid.

Flocon reprit son activité favorite, des couverts s'entrechoquèrent.

Valentine, elle, s'était absorbée dans la contemplation du carrelage. Elle ne put donc rien voir du désarroi persistant de Nathan et de la brusque montée de colère de Daniel.

— Tout ça à cause de cette saloperie de bestiole ! Non mais regarde un peu le travail ! vociféra-t-il en désignant le tee-shirt souillé de sang.

C'est l'instant que choisit Flocon pour accélérer le rythme de sa course, ce qui accentua encore le grincement de la roue.

— Nom de Dieu ! éructa Daniel, se levant si brusquement qu'il envoya valser sa chaise par terre.

Valentine se précipita à sa suite, le Sopalin toujours appuyé sur son nez.

— Daniel, laisse, je vais régler le problème !

Sans l'écouter, il fonça sur la cage et l'ouvrit brutalement.

Dans un geste de rage, il attrapa la touffe de poils qui continuait de galoper avec entrain dans sa boule de fer. Violemment comprimé, l'animal se défendit en plantant profondément ses incisives à la base du pouce de ce poing inconnu.

Surpris par l'intensité de la douleur, Daniel lâcha sa proie qui vint chuter sur le sol. Nathan se précipita au secours de Flocon mais son père, dont la fureur avait quintuplé, ramassa le rongeur plus vite que lui.

Une scène apocalyptique se déroula alors sous les yeux de Nathan, malgré les tentatives de sa mère pour obstruer son champ de vision. Il aperçut Flocon ouvrir sa gueule minuscule dans un cri à fendre l'âme avant que son père ne le projette de toutes ses forces contre le mur du salon.

Si les mains de Valentine sur ses yeux l'empêchèrent de graver dans sa tête l'image de l'animal se fracassant contre la cloison, le bruit lugubre de cette mise à mort viendrait le réveiller de nombreuses nuits, durant plusieurs années.

Le temps s'arrêta.

Du haut de ses six ans, Nathan sentit que la réalité allait rejoindre ce que son cœur et son cerveau refusaient d'admettre. Même s'il voulait encore croire de toutes ses forces que le pire n'était pas arrivé. La mâchoire serrée, il se dégagea vigoureusement de l'étreinte de sa mère.

Dans un sursaut de regret – ou de honte –, Daniel recouvrit le corps de l'animal du seul morceau de tissu à sa portée : le nouveau foulard, toujours plié sur l'accoudoir du canapé.

— Tu as tué Flocon…, lâcha Nathan d'une voix à peine audible, comme s'il se parlait à lui-même.

Son père feignit de n'avoir rien entendu et se tourna vers Valentine :

— Tu as vu ce que tu m'as fait faire? aboya-t-il. Non mais tu as vu, un peu?

— Tu as tué Flocon…, répéta Nathan sur le même ton.

— Va dans ta chambre, Nathan! ordonna Daniel.

Mais Nathan n'entendait plus rien du tout. Il ne voyait plus qu'une chose : la forme inerte sous le tissu arc-en-ciel. Flocon. Son Flocon. Celui qui hier encore restait bien sage sur son épaule tandis qu'il le félicitait d'une caresse et d'une graine. Cet ami réconfortant, témoin silencieux des scènes que lui-même redoutait dès que son père rentrait du travail. Celui encore à qui il confiait ses peurs et ses peines lorsque son père s'énervait sur sa mère et qu'il devait s'enfermer dans sa chambre pour ne pas la voir trembler ou pleurer. Celui qu'il aurait dû protéger mais pour lequel il n'avait rien pu faire. Comme pour sa mère.

Pour la première fois de sa vie, un sentiment d'une violence inouïe envahit le petit garçon. Un mélange de colère, de répulsion et de haine à l'égard de celui qui faisait constamment du mal à quelqu'un d'aussi gentil que sa mère, et qui venait d'ôter la vie à un être vivant aussi innocent que Flocon. Il leva lentement la tête puis se jeta sur son père, les poings fermés, en hurlant :

— Tu as tué mon Flocon ! Et je suis content qu'il t'ait mordu parce que tu es méchant. C'est bien fait pour toi et j'espère qu'il t'a fait mal !

En sanglots, il tambourinait de ses petits poings les cuisses de son père :

— Tu es méchant ! TU ES MÉCHANT !

Les mâchoires serrées, son père le décolla de terre, le souleva dans les airs.

— Je suis ton père, tu ne me parles pas sur ce ton, Nathan !

Mais l'enfant se débattait et n'avait cure de ce qu'il entendait :

— Je te déteste et je te détesterai toute ma vie ! Et j'espère que tu vas bientôt mourir !

Terrorisée, Valentine s'approcha pour calmer Daniel mais il refusait de reposer Nathan. Après un énième coup de pied du petit, il la repoussa et se dirigea avec l'enfant vers sa chambre.

— Non, Daniel, non, je t'en prie… supplia Valentine en tentant de le retenir par sa chemise.

Il continua à avancer, balança rudement Nathan sur son lit. Puis il retourna le coffre à jouets et renversa par terre tout ce qui se trouvait sur le bureau. Un bazar sans nom régnait dorénavant dans la pièce.

Nathan s'était ressaisi et réfugié contre le mur. Tous trois restèrent ainsi quelques instants, muets et immobiles, Valentine et Nathan respirant à peine.

Soudain, le regard de Daniel s'arrêta sur un objet, détail incongru dans cet amas de peluches, de Playmobil et de petites voitures : un carnet à la reliure épaisse, ouvert sur deux pages recouvertes d'une belle écriture dont le tracé n'avait rien de celui d'un enfant. Cette écriture, Daniel l'aurait reconnue entre toutes : c'était celle de Valentine.

Valentine suivit son regard étonné et s'arrêta à son tour sur le cahier. Elle sentit les murs rétrécir autour d'elle et son cœur manqua s'arrêter. Blême, elle tourna précipitamment la tête vers Nathan. Lui aussi avait capté l'intérêt de son père pour ce cahier qu'il n'avait jamais vu auparavant. Il le vit avancer la main pour s'en saisir, sentit la panique de sa mère et comprit qu'en aucun cas son père ne devait prendre connaissance de son contenu. Rassemblant tout son courage, il se rua sur lui dans un hurlement. Il n'avait pu défendre Flocon ; il allait se racheter en protégeant sa mère.

Surpris par le cri de son fils d'ordinaire si sage et timide, et déséquilibré par son poids, Daniel trébucha dans les peluches, oubliant le cahier que Valentine glissa précipitamment sous la couette. Puis elle attrapa Nathan tandis qu'il se relevait en jurant.

— Lâche-le ! ordonna-t-il alors à Valentine, une expression glaciale sur le visage.

Sa voix avait claqué tel un coup de fouet.

Contre elle, Valentine sentit le corps de Nathan trembler de la tête aux pieds.

— Daniel, laisse-le, je t'en supplie. Il est petit. Il n'est pas responsable de tout ça…

Puis elle ajouta :

— Flocon était important, pour lui…

Confronté à la folie de son geste, Daniel déglutit. Il décocha un œil noir à Valentine, prit une longue inspiration, autant pour réfléchir que pour se calmer, puis il articula lentement :

— Je ne tolérerai jamais que mon fils me parle de la sorte. Et ça, c'est de ta faute…

Il s'avança, et elle s'empressa de se mettre entre Nathan et lui.

— Tu n'es même pas fichue de tenir un môme de six ans…, la fustigea-t-il d'une de ces phrases assassines dont il avait le secret avant de tirer brutalement sur sa queue-de-cheval.

— Tu vois, Nathan, ta maman a raison, tu es encore trop petit pour être puni comme tu devrais l'être. Et je te pardonne, parce que finalement, ce qui vient de se produire, c'est la faute de ta mère. Parce qu'elle n'a pas été foutue de fermer la porte du salon avant de passer à table, et parce qu'elle n'est pas plus foutue de t'élever correctement. Alors, toi, tu vas sagement rester ici, et moi, je vais donner à ta mère la punition qu'elle mérite…

Il sortit Valentine de la pièce en la tenant toujours par les cheveux. Elle eut le temps de faire signe à Nathan de ne pas bouger et lui adressa un regard plein d'amour.

Puis la porte fut brutalement refermée.

*

Au troisième étage, Guillaume et Marion Wisgard achevaient leur dîner. Leur fils Antoine glissa une tête dans la cuisine pour les prévenir qu'il y allait : âgé de quinze ans, il avait depuis peu obtenu la permission de sortir le samedi soir.

Cette soirée d'été s'annonçait bien agréable : une bonne averse avait enfin rafraîchi l'air ambiant. Guillaume Wisgard vint s'installer face au téléviseur. Ce soir, son épouse et lui s'étaient concocté un programme Netflix. Guillaume aimait se détendre devant de bonnes séries. Il relâchait ainsi la pression du boulot accumulée dans la semaine. Il s'emparait de la télécommande lorsqu'un premier bruit sourd parvint à ses oreilles. Puis un deuxième.

Guillaume se contracta instantanément, craignant que ne se reproduise l'une des « disputes » des voisins du dessous. Des éclats d'une voix masculine montèrent aussitôt du deuxième étage, tout juste assourdis par l'épaisseur du plancher et de la moquette.

— Ça recommence…

Il considéra sa femme apparue dans l'encadrement de la porte et soupira :

— Oui, ça en a tout l'air.

Ils restèrent ainsi durant un long moment, immobiles et silencieux, l'oreille tendue vers les bruits qui leur parvenaient. Par bonheur, cette « querelle » ne semblait pas aussi violente que certaines précédentes, où injures et décibels s'enchaînaient en même temps que les coups ou les bruits de chute.

— Qu'est-ce qu'on fait ? l'interrogea sa femme, le corps figé et le visage raidi par la réprobation de tels agissements.

Cette même question revenait inlassablement, à chaque répétition de cette scène. Tous deux, tels des espions de pacotille, se concentraient sur les bruits sous leurs pieds, priant en leur for intérieur pour que cela cesse vite, plaignant cette femme en imaginant son calvaire et ses souffrances, culpabilisant de ne pas trouver le courage d'agir pour mettre fin à ce cauchemar.

Il la regarda comme s'il jugeait sa question saugrenue :

— Que veux-tu faire de plus que d'habitude ?

Heureusement, Antoine n'était pas là. À quinze ans, il se pensait invulnérable et ne mesurait pas toujours la portée de ses actes. Plusieurs fois, il avait voulu descendre taper à la porte et « remettre ce type à sa place ». C'était tout à son honneur, bien sûr. Mais inapproprié et inconscient. La fois précédente, Marion et Guillaume avaient même menacé de le priver de sorties pour qu'il n'intervienne pas.

Cela leur avait valu à leur tour une sérieuse engueulade avec leur fils, ce dernier leur reprochant leur inaction et leur lâcheté. Très en colère, il leur avait même balancé que s'ils avaient à ce point la trouille de se prendre une baffe par ce sale type, ils n'avaient qu'à appeler les flics.

Vraiment, les gamins de cet âge ne comprenaient rien. Comment leur reprocher, d'ailleurs, dans ce cas précis ? Eux-mêmes n'y comprenaient pas grand-chose non plus. Et eux aussi auraient aimé pouvoir venir en aide à cette femme. Mais comment intervenir alors que, lorsqu'ils la croisaient sur le parking ou dans l'escalier, elle était toujours bien mise, souriante, laissant à penser que tout allait bien ? Pourquoi risquer de prendre un mauvais coup à leur tour pour rien ?

Guillaume Wisgard sentit les coups d'œil furtifs de sa femme et sortit de ses pensées. Comme à chacun de ces épisodes pénibles, il lisait dans ses yeux la peur, son dégoût pour ces comportements abjects, et en même temps le reproche de leur propre immobilisme.

Son agréable soirée d'été venait de perdre toute sa saveur. La violence, ça glaçait le sang. De ceux qui la vivaient de près, comme de ceux qui la subissaient de plus loin.

Consternés, les Wisgard attendirent donc, coupables mais résignés, la fin de la tempête, négociant avec leur conscience le fait qu'il était préférable de ne pas intervenir, ni directement ni par le biais de la police. Pour le bien de cette femme et de son gamin.

— Je crois que c'est fini..., chuchota inutilement Guillaume, comme si quelqu'un pouvait l'entendre en dehors de sa femme.

Ils tendirent l'oreille, appliqués à déceler le moindre son qui leur démentirait la fin des hostilités. Mais le silence semblait effectivement revenu.

Marion Wilgard poussa un long soupir de soulagement.

— C'est insupportable !

— C'est clair… Mais que veux-tu qu'on y fasse ?

Il alluma la télé. Sa femme vint s'asseoir à ses côtés.

Ils tentèrent de se concentrer sur le téléfilm qu'ils se réjouissaient de voir quelques minutes plus tôt, mais le cœur n'y était plus. Au rythme d'une douleur pulsatile et lancinante, leur conscience leur rappelait qu'une femme et un enfant en grande souffrance vivaient à trois mètres en dessous d'eux.

*

Lorsque Valentine revint dans la chambre de Nathan, les double-rideaux étaient tirés. Nathan était recroquevillé sur son lit, la tête entre les mains.

Il tendit son visage vers elle.

— Il est mort, hein, maman ? Il est mort, Flocon ?

Valentine se contenta de hocher la tête. Elle s'approcha de lui en masquant la douleur qu'elle ressentait à la lèvre.

Nathan se redressa dans son lit. Il n'avait pas d'idée précise sur ce que sa mère venait d'endurer, mais il savait que ce flou se composait de coups.

Dans la pénombre à peine coupée par le rai de lumière provenant du salon, il chercha d'éventuelles traces sur son visage, puis se blottit dans ses bras.

— J'ai peur, maman…, murmura-t-il.

La main maternelle caressa ses cheveux avant de s'arrêter sur son front. Comme si par ce geste elle pouvait apaiser le tourbillon d'images qui passaient en boucle dans sa tête.

Valentine aurait voulu trouver des mots rassurants, mais rien ne lui venait à l'esprit. Elle se contentait de répéter :

— Maman est là, Nathan. Maman est là…

Une maman qui n'était même pas en mesure de défendre le petit animal de son enfant… La détresse de Nathan la confortait dans son terrible sentiment d'impuissance.

— Je veux qu'on aille enterrer Flocon tous les deux demain, maman…

— Oui, mon cœur. Promis. On va lui trouver un joli endroit, au calme, où il pourra reposer en paix. Aux Étangs, par exemple. Oui, il sera bien aux Étangs…

Comment allait-elle pouvoir respecter cette promesse ? Daniel n'accepterait jamais qu'elle sorte seule avec Nathan. Mais elle décida que, coûte que coûte, elle et Nathan iraient enterrer Flocon dans cet endroit où elle-même aimait se réfugier lorsqu'elle était seule.

Nathan hocha la tête en silence, roula sur le côté. Il serra son Picotin contre lui et, sans un regard pour sa mère, lui tourna le dos et se coucha en chien de fusil. Valentine se leva à contrecœur, glissa sa main sous la couette pour récupérer le cahier, le déposa entre deux tee-shirts dans l'armoire de son fils et quitta la chambre.

Elle s'approcha du petit monticule formé par le corps inanimé de Flocon. Une minuscule tache brune tranchait avec les couleurs pastel du carré de soie. Elle retira le foulard, enveloppa Flocon dans une serviette qui attendait sur la pile de linge à repasser.

À quoi servait-il donc de s'attacher à ce que l'on ne pouvait garder toute sa vie près de soi ?

Les larmes aux yeux, elle se traîna plus qu'elle ne marcha vers la cuisine, son foulard à la main, à la recherche d'un flacon de détachant. Elle devait à tout prix faire disparaître la gouttelette de sang.

Elle ouvrit le placard sous l'évier, s'empara de la bouteille. Elle vaporisa le carré de soie, puis reposa le tissu. Elle regarda la tache foncée s'étaler légèrement sous l'effet du produit, puis éclaircir.

Voilà.

Voilà ce qui restait de cette scène macabre, ultime témoignage de la triste fin de cet animal.

Flocon. Toi. Quelle différence ?

Tu as toujours trouvé des excuses aux comportements de Daniel.

Laquelle vas-tu lui trouver pour ce soir ?

Elle répandit un peu plus de détachant sur le foulard et frotta, frotta, frotta. Agir plutôt que penser.

Mais son examen de conscience n'était pas terminé.

Flocon était-il nul, lui aussi ? Nul comme toi tu l'es, Valentine ?

Perturbée, elle cessa de triturer l'étoffe.

Mais, bien sûr, il va changer… N'est-ce pas, Valentine ?

Foutaises que tout ça. Et tu le sais bien.

Pour la première fois, la violence de Daniel s'était exprimée sur un autre être vivant qu'elle-même. Un être vivant sans défense. Et cela déclenchait en elle une nouvelle réalité : désormais, elle était capable d'avoir une analyse lucide de la situation. Sa pensée cheminait de manière implacable et rationnelle.

Comment as-tu pu penser qu'il finirait par changer ?

Pourquoi persistes-tu à croire que tu l'aimes toujours ?

C'est toi que tu leurres.

Elle tenta de mettre fin à ce monologue intérieur en rinçant le foulard à l'eau fraîche, l'étendit.

Le cœur serré, elle revint au salon.

Face à la serviette, Valentine s'agenouilla dans un geste de recueillement.

Voilà le sort qui te guette.

Flocon s'est fait trop remarquer dans sa cage : si toi tu te fais trop remarquer dans la tienne…

Elle déglutit. Là, maintenant, elle éprouvait juste l'envie de pleurer. Pour Flocon. Pour Nathan. Pour elle, aussi.

Ses pensées tourbillonnaient, virevoltaient dans un bruissement.

Et tu persistes à croire qu'il changera un jour ?

Ça a quand même l'air mal barré…

Elle s'assit en tailleur et regarda autour d'elle, hébétée.

Les murs dégoulinaient de désespérance.

Son chez-elle. Sa cage. Sa très grande cage à elle. Avec des murs pour barreaux.

Allez, Val, sois honnête ! Qui essaies-tu de convaincre lorsque tu affirmes l'aimer encore ? Peut-on vraiment parler d'amour quand on subit ça ?

La réalité, c'est que tu te racontes des histoires parce que tu n'oses pas affronter la vérité.

Alors qu'elle s'emparait délicatement de la dépouille du hamster, une révélation la transperça telle la foudre : «Je ne l'aime plus.» Ce constat la terrassa presque autant que le coup qui l'avait mise à terre dans la chambre, lorsque Daniel l'avait projetée contre la table de nuit.

Elle prétendait rester par amour. Ce n'était pas vrai. Plus précisément, ça ne l'était plus. Elle avait encaissé trop de coups, trop de désillusions pour l'aimer encore. Et elle savait au fond d'elle qu'espérer que Daniel devienne un autre était chimérique.

La mort brutale de Flocon lui ouvrait les yeux.

— Non, je ne l'aime plus.

Elle avait prononcé cette phrase à voix basse, comme pour mieux s'en imprégner.

Certes, cela ne changeait rien à sa situation. La terreur que Daniel lui inspirait était bien trop grande pour envisager quoi que ce soit sans aide.

Mais maintenant, elle ne se racontait plus d'histoire.

Maintenant, elle savait que jamais les choses ne s'arrangeraient.

11.

Les « Étangs » étaient en réalité un grand lac. L'été, la location de barques permettait aux promeneurs de canoter pour se relaxer à l'abri du bruit et de la foule.

Valentine aimait se rendre ici. Le calme du lieu convenait à son désarroi. Elle s'asseyait toujours sur le même banc, au bord de l'eau. Il lui suffisait d'étendre les jambes pour toucher la rive. De ce poste d'observation, elle pouvait rester des heures à contempler ce paysage serein et immobile. Lorsqu'il faisait beau, des chants d'oiseaux accompagnaient ses pensées…

Mais aujourd'hui, elle avait un autre objectif. Elle savait l'importance symbolique de ce moment pour Nathan. Ils s'éloignèrent donc de la rive et marchèrent une dizaine de minutes avant de trouver un endroit ombragé sous un arbre. Là, ils creusèrent la terre avec une spatule que Valentine avait apportée. Ce n'était sans doute pas l'outil idéal, mais il n'y avait pas besoin de faire un grand trou pour inhumer un corps aussi petit que celui de Flocon.

Valentine avait découpé une serviette et enveloppé avec soin l'animal dans ce morceau d'éponge blanc. Elle avait ensuite disposé la dépouille dans un vieux plumier en bois conservé de ses années de lycée. Un souvenir de sa vie d'avant, sur lequel elle pouvait encore décrypter les initiales VV. Pour Vincent et Valentine.

Elle avait ensuite fait coulisser la réglette pour refermer la boîte. Puis elle s'était appliquée à noter d'une belle écriture calligraphique : Flocon Ravier. Elle avait ajouté un cœur.

Nathan caressa les lettres en pleurant.

Depuis leur arrivée au lac, il était resté silencieux. Mais là, il comprenait qu'il ne reverrait plus jamais Flocon, et que cet au revoir était le dernier. C'était la première fois qu'il perdait un être cher. Et il ne pouvait s'empêcher de se demander à quoi ressemblait Flocon à présent. Son corps était-il encore chaud ? Ses poils toujours aussi doux à caresser ? Il n'en avait aucune idée et n'aurait ouvert la boîte pour rien au monde. Rien que l'évocation du mot « mort » lui faisait peur.

Le bruit sourd du corps de Flocon projeté contre le mur revint le hanter. Il s'efforça de le chasser de sa tête et se concentra sur les gestes de sa mère. Immobile, il regarda sa Mamoune déposer avec délicatesse le mini-cercueil dans le trou creusé à cet effet.

Lorsque le plumier fut recouvert de terre, Valentine serra Nathan contre elle. Après de longues minutes, elle lui pressa tendrement l'épaule.

— Allez, viens, mon cœur… Je suis sûre que Flocon est heureux, là où il est…

Elle vit Nathan froncer légèrement les sourcils, s'écarta de lui, fit quelques pas seule pour l'inviter à rebrousser chemin à son tour. L'enfant ne bougea pas immédiatement. Il fixait d'un regard triste et dur le petit carré de terre fraîchement retournée. Enfin, il se tourna et la rejoignit.

Une fois sa main blottie dans celle de sa mère, il lâcha, amer :

— Il y sera forcément plus heureux que chez nous.

*

Nathan prétexta une grande fatigue pour partir se coucher avant que son père ne rentre. Pas dupe, Valentine lui avait proposé de grignoter quelque chose et avait accepté.

Maintenant allongé sur son lit dans l'obscurité des doubles-rideaux tirés, il sanglotait en silence.

Il revoyait encore ce satané foulard recouvrir le corps de Flocon…

Il avait tout de suite détesté ce foulard.

Il se tourna encore une fois dans son lit. Il avait essayé de se comporter comme un grand tout à l'heure, en enterrant Flocon. N'empêche : il était profondément malheureux.

Il avait compris depuis belle lurette que sa Mamoune serait moins punie si lui-même faisait moins de bêtises. Cela faisait aussi longtemps qu'il éprouvait le terrible sentiment d'être responsable de tous les maux de la terre. Aujourd'hui venait de s'ajouter une nouvelle autoaccusation : il n'avait même pas été capable de protéger Flocon. Et Flocon en était mort.

L'instant où le hamster était venu s'écraser contre le mur le torturait sans relâche. Certes, il n'avait pas l'image. Mais le bruit repassait en boucle dans sa tête. Un bruit sourd, accompagné d'un bref cri plaintif. Puis le silence, insoutenable.

Il manqua d'air et dut s'asseoir. Puis, submergé par les sanglots, il enfouit sa tête dans l'oreiller et hurla sa détresse, ses cris restant prisonniers du coussin garni de plumes.

12.

Valentine jeta un œil sur la pendule suspendue au-dessus du réfrigérateur : 8 h 10. Ils allaient être en retard !

Elle se précipita hors de la cuisine : Nathan arrivait justement dans le couloir, son cartable sur le dos, son âne en peluche dans les bras. Depuis la mort de Flocon, il ne le lâchait plus lorsqu'il était à la maison. Sans un mot, elle ouvrit la porte tandis qu'il déposait à regret Picotin sur le meuble habituel.

*

Un roulement des instituteurs était organisé pour l'ouverture de l'école. Aujourd'hui, c'était le tour de Lise Faucheux. Elle se posta donc à l'entrée, salua ci et là quelques enfants accompagnés d'un parent ou d'une nounou. Lorsqu'elle ouvrit le portail, les gamins se ruèrent dans la cour.

Sur sa droite, un petit garçon était blotti dans les bras d'une femme. Il semblait pleurer. Lorsque l'enfant s'écarta, Lise reconnut Valentine et Nathan. Tout en répondant distraitement à la fillette qui la saluait d'un grand sourire édenté, elle resta concentrée sur la famille Ravier. Nathan hochait maintenant la tête, lentement, comme s'il acceptait quelque chose à contrecœur tandis que sa mère lui passait tendrement les deux pouces sous les yeux. Pourquoi pleurait-il ?

Il déposa un baiser sur la joue de sa mère et s'éloigna.

Lise feignit de s'intéresser aux autres jeunes élèves, ébouriffant au passage quelques petites têtes. Lorsque Nathan arriva à sa hauteur, elle vit à quel point ses yeux étaient rouges et gonflés, et son regard d'une infinie tristesse.

Son cœur se serra et elle lui adressa un petit sourire. Il baissa les yeux et entra en silence dans l'enceinte de l'école.

Elle releva la tête : Valentine n'avait pas quitté son fils des yeux. Ses sourcils froncés exprimaient de l'inquiétude. Elle se tourna pour reprendre son chemin, mais Lise eut le temps de l'apercevoir chasser une larme d'un revers de main.

*

Fébrile mais soulagée, Valentine frappa à la porte de Suzette. Pour la première fois de sa vie, elle se sentait prête à demander de l'aide. Et puis, le simple fait de revoir sa voisine et désormais amie lui mettait le cœur en joie.

Le visage de Suzette rayonnait de gaieté.

Valentine entra dans l'appartement. Une agréable odeur de pâtisserie flottait déjà dans l'air.

— Qu'êtes-vous donc en train de préparer, cette fois-ci, Suzette ?

— Un biscuit de Savoie ! lança-t-elle fièrement. Une fois refroidi, je le fourrerai d'une mousse au chocolat. Je suis sûre que cela fera le bonheur du petit...

— Mes narines me disent que son plaisir sera partagé, sourit-elle, bien qu'elle n'éprouvât à cet instant aucune envie d'avaler quoi que ce soit.

La table, débarrassée des maquettes de Guy, était recouverte d'une nouvelle nappe d'un blanc immaculé, un vase de roses rouges posé en son centre.

— J'ai beaucoup de choses à vous raconter..., annonça Suzette d'un air énigmatique mais satisfait, tout en jetant un œil sur sa montre.

— Moi aussi...

Suzette observa attentivement Valentine. Elle la trouva plus pâle, plus fatiguée que lors de sa dernière visite.

— Flocon est mort, samedi...

Valentine baissa la tête et raconta l'incident de la goutte d'eau sur le contrat de vente, la colère de Daniel, le raffut de Flocon dans sa roue, sa mort tragique.

Immobile, sa gaieté envolée, Suzette se taisait. Lorsqu'elle perçut l'embarras de Valentine, elle passa la main sur le semainier pour enlever une poussière imaginaire.

— Le gamin doit être tout retourné…, murmura-t-elle comme si elle se parlait à elle-même.

— Oui, il a énormément de chagrin. Il était très attaché à son hamster…

Suzette acquiesça en silence.

— Suzette, je voudrais vous demander un service…, reprit timidement Valentine.

Les deux yeux francs s'arrimèrent aux siens.

— Je vous ai parlé d'un journal que j'ai commencé à tenir. Accepteriez-vous que je le cache chez vous ? Hier, Daniel l'a aperçu et il a dû reconnaître mon écriture. Je ne peux prendre le risque de le garder chez moi…

— Évidemment, Valentine !

— Merci. Je vous le déposerai demain, et je vous le reprendrai de temps à autre…

Elle laissa passer deux secondes et reprit :

— Et puis…

Valentine s'assit, Suzette l'imita, son regard perçant cherchant à deviner ce qu'elle voulait lui dire. Celle-ci inspira profondément :

— J'ai longuement réfléchi après notre dernière conversation. Je ne suis pas sûre que cela pourra vraiment m'aider, mais si vous pensez sincèrement que je peux avoir confiance en ces gens-là, je suis prête à aller dans une de ces associations dont vous m'avez parlé. Ne serait-ce que pour voir… J'en ai trouvé une, pas très loin du centre-ville…

Les yeux de Suzette s'agrandirent, puis un beau sourire illumina son visage :

— Je suis fière de vous, Valentine. C'est très courageux de votre part. Et c'est la bonne décision !

Valentine prit une grande inspiration.

— Nous pourrions y aller cet après-midi, pendant que Nathan sera à l'école…

Suzette ne put retenir une moue embarrassée.

— Cela pose problème, Suzette ?

Cette dernière la fixa un long moment avant de lui répondre :

— Non, pas du tout, Valentine. C'est juste qu'aujourd'hui ça risque d'être compliqué…

— Ce n'est pas grave… Je vous annonce ça brusquement… Et puis, je vous embête avec mes histoires. On parle toujours de moi ! Allez, racontez-moi plutôt ce que vous êtes allés faire avec Guy…

La sonnerie de l'interphone retentit, Suzette sursauta. Elle jeta un œil sur sa montre, et Valentine la vit se décomposer.

— Vous attendez quelqu'un ? Je peux revenir plus tard ! s'exclama Valentine en se levant.

Suzette l'arrêta d'un geste.

— Non, non, restez ! Simplement, ils ne devaient pas arriver si tôt. Je n'ai même pas eu le temps de vous en parler…

À son tour déconcertée, Valentine la regarda décrocher le combiné, approuver de la tête en marmonnant quelque chose, puis revenir à table, nerveuse. Visiblement contrariée, elle ne put retenir un geste d'agacement.

— Pardon, Valentine, je devais avoir plus de temps pour vous prévenir…

— Suzette, je ne comprends plus rien. Vous m'inquiétez, là…

— Vous savez, je vous ai sentie tellement malheureuse la dernière fois que je n'avais qu'une envie : tout faire pour vous apporter un peu de joie…, bégaya Suzette. Mais… (bruit d'une clef dans la serrure) je ne suis plus du tout certaine (léger courant d'air sur ses chevilles alors que la porte d'entrée s'ouvre) d'avoir pris la bonne décision…

Guy surgit derrière Valentine et lui tapota affectueusement l'épaule :

— Bonjour Valentine. Rudement content de vous voir…

Valentine, perplexe, sourit par politesse. Elle accrocha son regard à celui de son amie, dont le visage était devenu grave. Puis elle la vit se lever lentement pour s'adresser à quelqu'un dans son dos.

— Je vous en prie, Vincent, entrez…

*

Daniel regagna son bureau. Son entretien avec Vabert, le directeur général, avait dépassé toutes ses attentes. Non seulement il lui avait validé tous ses chiffres, mais en plus il avait bien senti une certaine exaspération sous les propos tenus à l'encontre de Deborge.

Daniel aurait parié que la fameuse rumeur circulait à tous les étages, Besquali étant incapable de tenir sa langue.

Raison pour laquelle il l'avait choisi pour cette « confidence ».

Daniel aurait dû se sentir euphorique, mais avec les événements de samedi soir… Il n'avait pas *voulu* balancer cette satanée bestiole contre le mur. Hélas, il ne pouvait revenir en arrière.

Il sentait par ailleurs qu'autre chose clochait, mais il n'arrivait pas à mettre le doigt dessus. Avait-il peur que le gamin lui en veuille ? Bon, OK, il n'était pas fier de son geste impulsif. Néanmoins, ce genre d'incident était susceptible d'arriver à tout le monde. Qui pouvait prétendre sans mentir ne jamais s'emporter ?

Apaisé, il étendit ses jambes sous le bureau.

Une image s'imposa subitement à son esprit : celle des jouets et des peluches de Nathan étalés sur le sol de sa chambre. Et, au milieu, sur le dessus, un intrus. Un cahier qui avait provoqué un grand émoi chez Valentine. Qu'était-ce donc ? Un journal intime ? Un recueil de pensées ? Que pouvait foutre un cahier dans le coffre à jouets de Nathan si ce n'était pour être dissimulé à tous les regards ?

Il lâcha un juron.

Le simple fait d'imaginer que Valentine puisse planquer quelque chose faisait grimper sa tension. Cela lui était tout bonnement insupportable.

Il donna un violent coup de poing sur le set de bureau en cuir.

Si Valentine lui cachait quoi que ce soit, il fallait qu'il le découvre. Mais pour cela il devait attendre de se retrouver seul dans l'appartement afin de fouiller tranquillement.

Une fois qu'il aurait retrouvé ce fichu calepin, il le lirait, le remettrait en place et prendrait régulièrement connaissance des pensées les plus intimes de sa femme…

Satisfait de sa stratégie, il eut un sourire machiavélique.

*

Valentine était restée pétrifiée un long moment avant de voir que Vincent se tenait face à elle. Son Vincent.

Le cœur battant à tout rompre, elle avait soudain du mal à respirer.

Lui, gauche et mal à l'aise, ne parvenait pas à retenir un léger tremblement de ses mains.

Elle remarqua tout de suite qu'il s'était épaissi, lui qu'elle surnommait le gringalet, ce qu'il détestait.

— Eh bien…, avait-il commencé. Je… Enfin tu… Bref, ça fait bizarre.

Il aurait aimé trouver quelque chose de plus subtil, de plus intelligent, mais il se sentait tout bonnement incapable de réfléchir. Incapable. Sa maladresse le fit rougir et il baissa les yeux.

Valentine éprouva instinctivement cette tendresse qui l'aurait poussée à le prendre dans ses bras pour le taquiner, et elle dut lutter contre l'envie irrépressible de lui sauter au cou.

Tu n'es plus une gamine, Valentine. Ne sois pas ridicule.

L'homme qui est face à toi n'est plus le Vincent que tu as connu.

Pas plus que tu n'es restée celle dont il se souvient.

Déçue, elle baissa la tête à son tour et un lourd silence flotta dans la pièce. Suzette s'évertua à rompre cette gêne en expliquant à Valentine comment lui était venue l'idée de partir à la recherche de Vincent. Elle s'était dit que, même si cet ami d'enfance n'avait plus voulu la voir à la suite de ce terrible accident, le temps pouvait l'avoir fait changer d'avis.

Elle n'avait eu aucun mal à le retrouver, Valentine ayant cité son nom, et celui-ci apparaissant sur Internet dès qu'on associait ce patronyme à Verdun. Son activité de gérant s'affichait immédiatement. Elle avait donc poussé la porte de cette librairie et…

Elle se tourna vers Vincent pour l'inviter à poursuivre le récit. Celui-ci, extrêmement ému, tentait tant bien que mal de maîtriser son émotion.

Valentine releva la tête. Leurs regards se croisèrent et ils ne purent retenir un petit sourire. La même complicité perçait, balayant tout : leur réserve, leur gêne, le temps, et les bonnes manières imposées.

L'immense tendresse que Valentine avait toujours éprouvée pour Vincent était restée absolument intacte. Elle se fit la remarque que la Valentine d'avant n'était finalement peut-être pas si morte que cela.

Sous le regard insistant de Suzette, Vincent se ressaisit. Il prit place sur le siège qu'elle lui désignait, à côté de Valentine, et justifia sa gaucherie :

— J'ai l'impression d'être redevenu un gamin…

Puis il se tourna vers Valentine.

— Tu ne peux pas savoir à quel point je suis heureux de te retrouver…

Cette fois-ci, il s'était directement adressé à elle. Toujours trop émue pour parler, elle se contenta d'un autre sourire silencieux.

— Vous devez avoir tellement de choses à vous raconter, déclara Suzette. Nous vous laissons tranquilles…, fit-elle en glissant son bras autour de Guy pour l'entraîner hors de la pièce.

Lorsque la porte se referma sur eux, un nouveau silence s'installa.

Tandis que Vincent luttait contre le tourbillon d'émotions qui le traversait, Valentine, au bord du malaise, s'efforçait de ne rien laisser transparaître de son propre ébranlement. Elle glissa discrètement un œil sur ce fantôme revenu de son passé. Même dans ses délires les plus fous, elle n'aurait jamais imaginé le revoir près de vingt années plus tard.

— J'ai souvent cherché à t'imaginer, en me demandant si je te reconnaîtrais en te croisant au hasard d'une rue…, murmura Vincent. Mais ton visage n'a pas changé…

Elle ne put répondre que par un bref sourire, sa gorge était trop nouée.

— Si tu savais combien de fois je me suis repassé nos derniers instants ensemble. Y compris ce terrible soir où papa et moi…

Il laissa la fin de sa phrase en suspens, baissa les yeux, entrelaça ses doigts.

Puis, d'une voix triste et monocorde, il raconta les jours qui avaient suivi.

La scène apparaissait purement et simplement surréaliste à Valentine. Vincent, devant elle, la tête baissée, comme happé et animé par ses seuls souvenirs. Elle ne savait ce qui, du bonheur, de la colère ou de l'abattement, prédominait en elle.

Elle se força à se concentrer sur ses mots.

Il expliquait avoir rejoint une structure de soins de suite et de réadaptation, après une hospitalisation de plusieurs semaines. Il était resté là-bas plusieurs mois. Là, il avait réappris à se servir de ses jambes, écrasées par le tableau de bord de la voiture lors de la collision.

De ce drame, il conservait quelques cicatrices, tant dans le cœur que sur le corps, et des douleurs atroces qui parfois se réveillaient par temps d'orage.

Il n'avait appris le décès de son père que plusieurs semaines après ce coup du sort, sa mère ayant voulu le préserver face à ce qu'il avait déjà à affronter.

Vincent ajouta dans un murmure que le fait de n'avoir pu assister à l'enterrement de son père l'avait longtemps hanté.

— Quand je suis sorti du coma artificiel, j'ai demandé des nouvelles de mon père puis je t'ai réclamée. Ma mère m'a dit que mon père était en soins intensifs, puis que tu ne voulais plus me voir et que tu envisageais de quitter la maison. Je ne comprenais pas pourquoi. Ma mère semblait désolée. Il faut dire qu'elle pleurait en permanence; évidemment, je ne pouvais pas encore comprendre pourquoi.

Les mois passant, il avait cruellement vécu l'absence totale de visites et de nouvelles de Valentine. Au début, sa mère lui avait raconté qu'elle avait peur de venir le voir. Puis qu'elle n'en avait pas envie. Vincent avait supplié sa mère de la convaincre de passer.

Elle le vit déglutir péniblement puis il reprit :

— Je lui ai dicté je ne sais combien de lettres où je te suppliais de venir me voir avant de prendre la moindre décision. J'étais complètement immobilisé par des plâtres, je n'avais même pas de téléphone. Et je n'avais aucune raison de mettre en doute ce que ma mère me rapportait de toi. Ton absence m'a été aussi pénible que les douleurs, je crois…

Valentine ne put retenir la main qu'elle posa sur son avant-bras, mais qu'elle retira aussitôt.

— Ma mère me promettait à chaque fois qu'elle t'avait passé les messages. Puis elle a fini par m'annoncer que tu nous avais quittés pour une autre famille, en insistant pour ne plus jamais avoir de nouvelles de nous. Et surtout pas de moi.

Abasourdie, Valentine secoua la tête :

— Je n'ai jamais reçu le moindre message de ta part, Vincent… Mille fois j'ai voulu venir, mais ta mère me l'interdisait en m'affirmant que tu refusais de me revoir. Que tu me tenais pour responsable de la mort de ton père. Et que les lettres qu'elle te remettait de ma part déclenchaient ta colère. C'était affreux…

Vincent baissa la tête. Il revoyait sa mère lui dire combien « cette fille » leur avait porté malheur. Pour son bien, elle avait sans doute voulu l'éloigner de Valentine… Elle avait ainsi régi ce qu'elle avait perçu comme un amour interdit et malsain. Il soupira. Elle avait aussi dû culpabiliser pour la mort de son père, et Valentine avait représenté la coupable idéale pour libérer sa conscience. Peu importait. Sa mère n'était plus, à présent, elle ne pourrait jamais s'expliquer sur les raisons de ses agissements.

Au début, Vincent avait refusé d'y croire. Mais devant le chagrin de sa mère puis à l'annonce du décès de son père, il avait appris à dissimuler puis à étouffer le sien au sujet de Valentine. Les mois s'étaient ainsi écoulés pour lui, enfermé dans sa prison de plâtre, emmuré dans un anéantissement silencieux. Comment sa Valentine, celle qui avait tant souffert de l'abandon de sa mère, pouvait-elle le laisser tomber à son tour ? C'était inconcevable. Mais, devant le silence et l'absence de celle qu'il avait guettée chaque jour, le temps avait fini par faire son travail, et par le convaincre qu'elle l'avait bel et bien lâché.

— Pourtant, la première chose que j'ai faite à ma sortie de l'hôpital a été de te rechercher. J'avais besoin de comprendre pourquoi tu t'étais volatilisée ainsi. Je voulais l'entendre de ta propre bouche pour essayer de l'accepter.

Ses explorations l'avaient mené jusqu'à sa dernière famille, à Verdun. Une certaine Jacqueline lui avait annoncé qu'elle s'était évaporée avec un homme, avec qui elle avait décidé de se marier. À partir de là, il ne trouva plus la moindre trace de Valentine.

Vincent avait alors réellement commencé à faire le deuil de celle qu'il qualifiait lui-même d'âme sœur. Il avait beaucoup souffert. Souffert d'avoir si naïvement cru en elle. Souffert d'avoir voulu protéger une manipulatrice. Souffert d'avoir aimé quelqu'un qu'il pensait si différent de ce que la réalité lui faisait découvrir. Souffert de s'avouer qu'elle avait été capable de le laisser crever comme un chien blessé au bord d'une route, sans même se soucier de savoir s'il pourrait ou non se relever un jour.

Penaud, la tête baissée, il avoua que l'imaginer au bras d'un autre homme lui avait fait mal. Mais que découvrir qu'elle-même l'avait aimé moins qu'un frère, moins que rien plus précisément, l'avait dévasté.

Puis, enfin, il était parvenu à l'oublier réellement. Tout du moins, presque. Car, parfois, des fragments de souvenirs venaient le remuer : une fleur de pissenlit, l'image de deux jeunes adolescents se tenant la main, des champs à perte d'horizon…

Il s'était battu pour poursuivre sa rééducation. Il avait besoin de prendre une revanche sur cette vie qui lui avait volé son père, son corps, son âme sœur et toutes ses illusions. Et il avait gagné. Il avait également accompli l'un de ses rêves : après des études de lettres, il avait travaillé quelques années pour un libraire extraordinaire qui lui avait enseigné ce beau métier. Et c'est naturellement que cet homme lui avait proposé de reprendre son activité lors de son départ à la retraite.

Il menait aujourd'hui une vie calme, rangée. Simple. Jusqu'à vendredi dernier, où une femme avait poussé la porte de sa librairie pour lui demander : « Bonjour, monsieur, excusez-moi, mais seriez-vous bien Vincent ? », puis, à sa réponse positive : « Avez-vous connu une certaine Valentine ? »

— Lorsque ton amie Suzette m'a affirmé que tu serais heureuse de me revoir, je me suis mis en colère et l'ai priée de partir. Il a fallu qu'elle m'avoue ce qui s'était réellement passé, qu'elle me rapporte ce que tu lui avais confié au sujet de ma mère. C'est à ce moment-là que j'ai accepté de l'écouter, parce que j'ai compris que cela pouvait tout expliquer : ton silence, ta fuite... Alors, abasourdi, je suis sorti de la librairie, et nous sommes allés boire un verre. Et là, ton amie m'a tout raconté. l'attitude de ma mère, ces messages qu'elle ne t'a jamais communiqués, comment elle t'a renvoyée dans un foyer... Je n'en reviens toujours pas.

Valentine était assaillie par mille émotions contradictoires : la joie de découvrir Vincent vivant, la colère de s'être ainsi laissée duper par la mère de celui-ci, la peine pour tout ce temps perdu, la curiosité d'en connaître davantage sur celui dont elle avait été si proche, la honte d'avoir ainsi cherché à fuir pour vivre mieux. La reconnaissance, aussi, vis-à-vis de Suzette qui lui ramenait celui auquel elle pensait encore lorsque Daniel la frappait, Vincent ayant été le seul à l'avoir toujours protégée.

— Voilà, tu sais tout de mon histoire, Valentine. Enfin, presque...

Elle n'avait pu détacher les yeux de son visage tout le temps où il avait parlé. Ses cheveux blonds étaient devenus châtains, mais son regard était resté exactement le même :

franc, clair et incisif. Sa voix était également restée posée. Seul le timbre lui semblait un peu plus chaud.

— Ma mère est décédée d'un cancer l'année dernière. Un mélanome qu'elle prenait pour un grain de beauté et… Mais elle ne m'a jamais rien dit. Même à la fin. Je ne comprends pas pourquoi elle a fait ça… Et je ne le saurai jamais.

Valentine parvint enfin à parler :

— Elle m'estimait responsable de l'accident. Elle me jugeait coupable de la mort de ton père…

— C'était stupide ! Le type nous a heurtés de plein fouet à plus de 80 km/h et nous a projetés contre un arbre. Nous n'avions aucune chance de l'éviter. C'est même un miracle que je n'y sois pas resté à mon tour…

Un nouveau silence envahit la pièce.

Vincent était à présent assis au bord de sa chaise, l'air abattu. Il n'était pas rasé, pas même peigné. Mais il avait toujours sa fossette au coin des lèvres. Et ses yeux exprimaient la même douceur qu'autrefois.

Elle se sentait en état de choc. Pourquoi avait-elle naïvement cru cette femme ? Pourquoi n'avait-elle pas fait davantage confiance à celui qui ne l'avait jamais trahie ? Pourquoi s'était-elle toute sa vie contentée de prendre pour argent comptant ce qu'on lui racontait ?

Qu'importe ! Ce qui comptait, subitement, c'était d'en savoir davantage sur ce que Vincent avait fait de toutes ces années.

— Alors, finalement, tu es devenu libraire… Comme tu me le répétais constamment. Tu as tenu parole…

Son visage s'illumina de l'un de ces sourires qu'il avait déjà à seize ans, et qui parvenait à contaminer Valentine même lorsqu'elle se sentait triste.

— Oui, je suis quelqu'un d'assez constant. Et toi ? Suzette m'expliquait que tu as un adorable petit garçon. Finalement, ton départ de Verdun a été une bonne initiative...

Si tu savais ce qu'est réellement devenue ma vie..., songea-t-elle.

Elle choisit d'éluder le sujet :

— Et tu vis où aujourd'hui ?

— Je suis resté à Verdun. Pourquoi quitter un endroit où j'ai tout pour être heureux ? De nombreux quartiers ont été rénovés, c'est une ville agréable où les gens sont gentils et où l'on peut prendre le temps de vivre. Le centre-ville est devenu magnifique... Mais je sais combien tu détestais cette ville.

Elle baissa la tête. Elle avait tellement associé Verdun à son malheur de l'époque qu'elle ne parvenait pas à l'imaginer telle que Vincent la décrivait.

— Ma librairie se trouve rue Edmond-Robin, qui donne sur le quai de Londres. Là où nous traînions nos guêtres le samedi soir, lorsqu'il faisait bon... Eh bien, mon antre magique se situe là-bas ! annonça-t-il fièrement.

Elle n'aurait su dire ce qui l'emportait en elle à cet instant : la joie de le savoir heureux, ou la peine de ces années perdues. Une chose était sûre : il y avait désormais un immense contraste entre leurs deux existences.

Suzette revint dans le salon. Elle allait prendre la parole mais Valentine la devança :

— Pourquoi ne m'avoir rien dit, Suzette ?

— La réponse est assez simple : parce que je n'étais sûre de rien en partant à la recherche de Vincent. Ni de le trouver ni de sa réaction. Maintenant, je ne voudrais pas vous interrompre mais vous risquez d'être en retard…

D'un coup d'œil à sa montre, Valentine constata qu'il fallait en effet qu'elle y aille si elle voulait arriver à l'heure à l'école. Le temps s'était écoulé à une vitesse hallucinante.

— On peut se revoir demain ? s'enquit Vincent alors qu'elle se levait.

— Tu ne repars pas pour Verdun ?

— J'ai confié la librairie à une jeune fille de confiance, qui travaille à mes côtés depuis plusieurs années. Elle tiendra la boutique. Je reste ici jusqu'à jeudi soir.

Valentine cacha sa joie. Elle se leva, le cœur battant bien trop vite et bien trop fort.

Maladroitement, elle s'approcha de lui, se hissa sur la pointe des pieds pour lui déposer une bise sur la joue. Comme autrefois.

— Tu veux qu'on se retrouve à quel endroit et à quelle heure, Val ?

D'un seul coup, cette question la ramena à sa réalité. Celle de ne même pas pouvoir imaginer rencontrer qui que ce soit à l'extérieur. Embarrassée, elle baissa les yeux, réfléchissant au moyen de botter en touche.

— En ce moment, il pleut souvent. Vous pourriez peut-être venir ici !

Suzette s'était empressée de venir à sa rescousse et Valentine lui en fut reconnaissante :

— Oh c'est très gentil. Avec grand plaisir ! s'empressa-t-elle de répondre, en affectant de ne rien voir de la mine dépitée de Vincent.

— Eh bien… Oui, pourquoi pas ? reprit-il en écho, poli.

À son tour, il l'embrassa affectueusement, mais sur le front.

— Venez à 13 h 30, pour le dessert ? proposa encore Suzette.

Valentine et Vincent hochèrent la tête.

Suzette raccompagna Valentine à la porte et lui dit à voix basse :

— J'ai prévenu votre ami que j'avais une obligation à 16 h 30. Il va donc partir. Vous passerez après avec Nathan, n'est-ce pas ?

Les mots « votre ami » troublèrent Valentine. Cela faisait si longtemps qu'elle n'avait entendu ce terme.

— Je ne sais pas si Nathan sera très en forme, mais je pense qu'il sera content de vous voir, Guy et vous…

En même temps, elle ressentait le besoin furieux de se retrouver seule pour revivre dans sa tête ce qui venait de se passer.

— Dites-lui bien qu'un bon gâteau fourré à la mousse au chocolat l'attend ! ajouta Suzette d'un air malicieux. Et puis, au sujet de l'association, je viens de vérifier sur Internet : elle ouvre à 9 h 30. On pourra donc y aller demain matin, dès votre retour de l'école.

Valentine mit quelques secondes à comprendre de quoi Suzette lui parlait. Sa nouvelle priorité, son urgence était de réfléchir. De faire le tri dans le déferlement d'émotions contradictoires qui lui torpillaient les tripes et le cerveau. Consciente du regard appuyé de Suzette, elle s'efforça de sourire et accepta. Elle jeta un dernier coup d'œil vers le salon, et, autant à regret qu'avec précipitation, elle s'éclipsa.

Elle effectua le trajet tel un automate. Profondément bouleversée par ces retrouvailles inattendues, elle ne parvenait plus à rationaliser. Cela était-il étonnant après une anesthésie émotionnelle volontaire de plusieurs années ? Après cette doctrine « s'endurcir pour ne rien ressentir » qu'elle s'était imposée et qui avait fini par porter ses fruits ? Ce mur de soutènement venait de s'effondrer, soufflé par des émotions innombrables et non identifiables. Et elle se retrouvait maintenant submergée par des souvenirs qu'elle ne parvenait plus à cloisonner.

Arrivée à l'école, elle constata que le portail était toujours fermé et qu'il y avait du monde devant. Elle s'appuya sur la grille et resta ainsi, perdue dans ses pensées, attendant que la sonnerie retentisse. Lorsque Nathan arriva quelques minutes plus tard, elle était toujours plongée dans ses réflexions. Elle en sortit brusquement lorsqu'elle entendit son fils s'exclamer :

— Mais qu'est-ce que tu fais là, papa ?

13.

Journal de Valentine

Il est 23 h 45. Toute la ville semble s'être endormie sauf moi.

Écrire que cette journée s'est montrée très chargée d'un point de vue émotionnel serait un euphémisme. Retrouver son âme sœur après avoir dû la rayer de sa vie se révèle aussi douloureux que perturbant.

Je n'ai pas eu le temps de me remettre de ce premier ébranlement qu'une autre embûche m'attendait : D est venu chercher Nathan à l'école. Le trajet du retour a été chaotique : j'étais obsédée par la peur de voir Suzette nous ouvrir sa porte une part de gâteau à la main, ou que Vincent surgisse dans l'escalier…

Heureusement que Suzette est désormais dans la confidence : il lui aura suffi de voir la voiture de D sur le parking pour comprendre qu'un imprévu nous empêchait de venir, Nathan et moi.

D s'est montré attentionné avec le petit ce soir. Il s'est même essayé à des pitreries, pour tenter de lui arracher un sourire. Pourquoi persiste-t-il à penser qu'il suffit de nier l'existence d'un événement pour croire qu'il n'est jamais survenu ? Comment ne voit-il rien de sa détresse ? Sa tristesse est pourtant évidente. Je n'ai d'ailleurs pas été meilleur public.

J'attendais avec impatience d'aller au lit pour ensuite pouvoir me relever et reprendre ce cahier. Je ne sais pas par où commencer. Mes pensées et souvenirs s'enchevêtrent au point de se confondre. Écrire m'aidera peut-être à y voir plus clair. Bien sûr, l'écriture ne résout rien. Mais elle permet de soulever des questions que je rangeais dans les méandres de mon inconscient.

Revoir Vincent a provoqué en moi un véritable tsunami. Un mélange d'allégresse et de honte, sans que l'un l'emporte sur l'autre.

D'un seul coup, je me retrouve plongée des années en arrière. C'est tout juste si je n'ai pas eu l'impression qu'il allait me prendre par la main et que nous allions repartir à la cueillette de nos étoiles.

Un bref moment, j'ai eu le sentiment qu'un soleil venait se frayer une brèche dans les nuages de ma vie. Mais ce trouble a été éphémère. Parce que l'homme qu'est aujourd'hui Vincent m'a confrontée à la Valentine que je suis devenue.

Comme dans un miroir, je me suis vue en lui. Celle que j'étais. La Valentine qui avançait en posant avec fermeté le pied sur le sol, cette gamine qui ne croyait pas plus aux contes de fées qu'aux princes charmants, cette ado qui voulait découvrir et conquérir le monde, cette graine de femme affirmée qui ne s'envisageait que dans une relation de couple égalitaire.

Quels chemins ai-je donc pu prendre pour me déporter si loin de la route que je m'étais tracée ?

Plus de trente ans que je vis dans des mensonges. Que je me convaincs de réalités qui n'en sont pas.

J'ai naïvement cru en l'amour de ma mère, et vainement guetté son retour. J'ai pensé à tort que Vincent m'avait rayée du jour au lendemain de sa vie, et passé des années à souffrir de ce deuxième abandon. Je me suis désespérément persuadée que Daniel finirait par changer, et je comprends un peu tard que je me leurrais.

Aujourd'hui, face à ce cahier, ma vie me fait l'effet d'une chanson commencée pour être subitement interrompue.

Je m'en veux. J'en veux aussi à la vie pour m'avoir joué de si vilains tours.

Je ne sais plus quoi faire.

Je ne sais plus que penser.

Je suis complètement perdue…

14.

Après avoir déposé Nathan à l'école, Valentine avait perdu toute motivation pour se rendre à l'association. Elle tenta de convaincre Suzette de reporter leur petite expédition.

— Il n'en est pas question, Valentine ! Vous avez pris l'excellente initiative d'y aller, il faut le faire.

— Pardonnez-moi, mais je vous ferai remarquer que quelques événements imprévus se sont déroulés depuis…

Suzette la sermonna gentiment :

— Valentine, vous cherchez des excuses pour vous défiler. Certes, revoir Vincent a dû vous chambouler et nous aurons l'occasion d'en reparler, mais il ne revient pas avant le déjeuner… Alors, pour le moment, concentrons-nous sur cette association ! Vous avez pris la bonne décision, je suis fière de vous.

Secouée d'un rire nerveux, Valentine insista :

— Je ne suis vraiment pas à l'aise à l'idée de m'y rendre. Imaginez que, comme hier, Daniel me fasse la « surprise » de rentrer plus tôt à la maison et que je n'y sois pas…

— Vous pouvez inventer une course. Et moi, je ne ferai que vous accompagner. Je rentrerai immédiatement après et je surveillerai le parking. Si je vois Daniel revenir, je vous préviendrai. L'association est à dix minutes à pied d'ici.

— Oui, mais s'il nous voyait ensemble dehors ? s'obstina Valentine.

— Eh bien vous expliquerez que nous nous sommes croisées et que nous avons fait un bout de chemin ensemble pour nous rendre au centre-ville ! Après tout, il ne me reproche rien ! termina Suzette en enfilant un gilet.

— Si. Il ne vous aime pas !

Suzette s'immobilisa, l'une des manches du vêtement tombant dans le vide.

— Ah.

Elle regarda Valentine et plongea fermement le bras dans le vêtement :

— Ne vous inquiétez pas, je vois très bien à qui j'ai affaire.

Devant la détermination de Suzette, Valentine se rassura en se disant que rien ne l'obligerait à frapper à la porte de l'association une fois qu'elle serait seule. Elle se contenta donc de soupirer et sortit une grande enveloppe de son sac de toile :

— Voici le cahier dont je vous ai parlé hier…

Des cernes bleus accentuaient encore la pâleur de sa peau. Elle ne devait pas avoir dormi de la nuit, songea Suzette. Qui l'eût pu dans de telles circonstances ?

— Je vais le ranger dans ma table de nuit, et je vous promets que jamais je ne l'ouvrirai. Je vous le rendrai à chaque fois que vous le souhaiterez. Il sera à votre disposition…

— J'ai pour habitude d'écrire la nuit. Dorénavant, je le ferai sur une feuille, et je la collerai le lendemain sur ce journal… Merci, Suzette.

Celle-ci disparut avec le cahier et revint quelques instants plus tard.

Elles sortirent de l'immeuble. Valentine regrettait avoir parlé de cette association à son amie. Avec du recul, c'était complètement stupide. Et dangereux. La simple idée de savoir que Daniel pouvait la surprendre lui nouait le ventre.

— Ce n'est pas trop dur pour Nathan d'aller à l'école ? Sa tristesse fait peine à voir…, demanda Suzette pour faire diversion.

— L'ambiance sera toujours plus lourde à la maison qu'à l'école…

Son regard était sombre.

Elles achevèrent le trajet sans parler, chacune perdue dans ses pensées.

Lorsqu'elles arrivèrent devant le bâtiment, Valentine se sentait au bord du malaise. Avoir à déballer toute son histoire, verbaliser son quotidien avec Daniel auprès d'inconnus la tétanisait. Qui lui garantirait que ces personnes garderaient bien la confidentialité de ses aveux ? Qui pourrait lui assurer que Daniel ne serait jamais informé de sa venue en ces lieux ?

Et finalement, qu'est-ce qu'eux-mêmes allaient bien pouvoir lui apporter ?

Une oreille. Rien qu'une oreille.

Eux comprendront mais ne pourront rien faire.

Parce que tu sais bien qu'ils ne pourront jamais te protéger de Daniel.

Alors, le risque en valait-il vraiment la peine ?

Pas sûr…

— Je vais vous laisser ici, Valentine…

Dans quelques heures, elle reverrait Vincent. Elle avait donc bien d'autres choses à penser que de vider son sac devant une inconnue qui prendrait sûrement des notes tout en se demandant si elle ne racontait pas d'histoires…

— Suzette, je ne suis pas certaine que l…

— Valentine, vous ne risquez rien ici. Essayez, juste une fois. Cet échange ne vous engage à rien…

Elle posa les deux mains sur ses épaules et la regarda droit dans les yeux :

— Flocon n'avait rien d'un animal féroce. Et Nathan est un gentil gamin. Aucun ne méritait ce qui est arrivé. Alors si vous ne le faites pas pour vous, dites-vous que c'est pour votre fils que vous êtes venue jusqu'ici…

Elle lui pressa affectueusement une épaule et fit demi-tour après lui avoir adressé un petit sourire d'encouragement.

Valentine la suivit des yeux jusqu'à ce qu'elle ne soit plus qu'une silhouette au bout de la rue. Puis son regard revint se poser sur l'interphone. Un bouton. Elle était à un bouton de déballer ce qu'elle cachait depuis tant d'années.

Et quand ils vont te demander ton nom et ton adresse, que vas-tu leur répondre ?

Une vraie panique s'empara d'elle.

Évidemment.

Suzette n'avait pas pensé à cela. Et puis, ils allaient forcément lui demander un minimum de renseignements la concernant. Alors quoi ? Allait-elle devoir remplir un formulaire, comme dans l'administration ?

— Pardon, madame…

La porte s'ouvrit. Elle sursauta et s'excusa tout en se décalant pour laisser sortir une femme de petite taille qui passa devant elle en lui adressant un sourire. Il émanait d'elle une grande douceur. Les traits de son visage, fins et réguliers, l'air un peu boudeur, faisaient penser à une poupée. Valentine lui rendit machinalement son sourire puis se concentra à nouveau sur l'interphone.

Oui, un formulaire. Ils allaient nécessairement lui faire remplir des documents, lui réclamer ses papiers. Ils ouvriraient sans doute un dossier qui porterait son nom et rassemblerait ce qui commençait, dans son esprit, à ressembler à des dépositions. Et là, non seulement elle ne serait protégée de rien mais elle serait au contraire exposée plus que jamais.

Et si Daniel venait un jour à avoir connaissance de tes petites visites ici ?

Et si son frère venait mettre son nez dans les dossiers avec un prétexte bidon ?

Affolée, elle se pinça la base du nez avec l'index, pour mieux réfléchir.

Elle ne pouvait pas. Elle allait décevoir Suzette. Tant pis. Il était impensable d'aller se jeter dans la gueule du loup.

— Vous devriez appuyer sur le bouton…

Valentine fit brusquement volte-face. La jeune femme douce la regardait avec bienveillance.

— Je vous demande pardon ? fit Valentine.

— Je vous disais que vous devriez app…

— Je pensais trouver le nom d'une amie, mais vraisemblablement je fais erreur car il ne figure p…

— Il y a quatre ans, j'étais précisément dans votre situation. À me demander si le simple fait d'appuyer sur cet interphone n'allait pas déclencher quelque chose d'irréversible qui me coûterait cher. J'ai plutôt penché pour le oui. Et j'ai donc fait demi-tour.

Valentine regarda rapidement autour d'elle.

— Excusez-moi mais j…

— Et puis, un peu moins de deux ans après, je me suis retrouvée dans un lit d'hôpital. « Pronostic vital engagé. » La formule standard pour signifier qu'un petit coup de pouce du destin serait le bienvenu afin d'éviter une issue fatale. Je me suis juré de sonner à cette porte si jamais ce miracle se produisait. Et il s'est produit. Alors je suis venue. Mais j'ai quand même perdu deux ans.

Elle jeta à son tour un œil circulaire.

— Votre mari est au travail ?

Valentine se contenta de hocher la tête en silence.

— Le mien aussi. Je connais un café dans une petite rue juste derrière, à l'abri des regards. Voulez-vous que nous discutions autour d'un verre ? Si jamais… Enfin, vous pourriez dire que je suis une ancienne copine de classe…

Un rire nerveux monta dans la gorge de Valentine et elle parvint de justesse à l'étouffer :

— Alors il faudra raconter que vous venez de Verdun…, souffla-t-elle dans un sourire, se détendant un peu.

— Va pour Verdun ! répliqua la jeune femme, les yeux rieurs.

15.

Depuis plus d'une heure, Valentine écoutait cette inconnue lui raconter sa vie. Et son histoire était tellement poignante qu'elle était parvenue à lui faire oublier Vincent. Valentine étudia le visage ciselé : un nez fin, des lèvres bien ourlées, des traits délicats lui conféraient une frimousse de poupée. Sa gestuelle était gracieuse et évoquait un passé de danseuse.

Elle se prénommait Gaëlle. Tout du moins s'était-elle ainsi présentée. Elle avait rencontré celui avec qui elle partageait sa vie six ans plus tôt, alors qu'elle était âgée de vingt et un ans. Elle l'avait épousé contre l'avis de ses parents.

Elle avait rapidement réalisé son erreur.

L'homme l'avait d'abord contrainte à se couper de ses nombreux amis. Puis de sa famille. Au début, sans doute par orgueil en imaginant la réaction de ses parents, elle avait refusé de mettre un terme à cette relation. Elle n'avait pas encore mesuré la gravité de ce qui l'attendait. Par la suite, d'autres arguments l'avaient retenue : la peur de représailles, la honte d'avoir à mentir et d'assumer ce qu'elle était devenue.

— Je ne compte plus les fois où je me suis regardée dans le miroir sans pouvoir me reconnaître, où je l'ai supplié de ne pas me frapper, le nombre de nuits où j'ai dû dormir au pied du lit parce qu'il l'exigeait, le nombre de rues que j'ai dû arpenter, y compris dans le froid ou la nuit, en attendant qu'il me donne l'autorisation de rentrer à la maison. Je ne compte plus non plus mes passages à l'hôpital…

Valentine se surprit à éprouver de la peine pour cette jeune femme, avant de se dire qu'elle devait inspirer le même sentiment à Suzette. Pourtant, quel était le point commun entre cet homme, qui battait Gaëlle juste par plaisir, et Daniel, qui ne cognait que lorsqu'il était sous l'emprise d'une colère incontrôlable ?

— Je vois de la pitié dans vos yeux… Je ne vous en veux pas. Nous sommes souvent plus rationnels dans l'analyse du cas des autres que dans celle du nôtre.

Valentine rougit et baissa les yeux.

— Avec cette association, vous allez vous découvrir une seconde famille…

Au mot « famille », Valentine releva la tête.

— J'ai déposé plusieurs mains courantes, poursuivit Gaëlle. J'ai porté plainte. Il a été convoqué devant un juge… Ce qu'il m'a fait chèrement payer. Alors, un jour, je suis venue frapper à cette fameuse porte. J'étais…

Elle suspendit sa phrase. Un regard de Valentine l'encouragea à continuer.

— Je revenais de loin. Plus précisément de plusieurs jours de coma. Là-haut (elle désigna son front de son index), tout semble rétabli. Mais ma jambe… Je suis bonne pour boiter jusqu'à la fin de mes jours…, ajouta-t-elle d'un ton calme.

Elle ne témoignait ni colère ni tristesse.

— Il m'a sûrement aimée. Beaucoup, même. Au point de se trancher les veines lorsque je l'ai quitté la première fois, six mois après notre rencontre. Cela m'a touchée. Naïvement, je suis revenue. J'ai même failli l'épouser, juste pour le rassurer. Il m'aimait, oui. Mais la jeune fille que j'étais ne boitait pas et n'avait pas de sang dans les urines. Maintenant que je suis déglinguée de partout…

— Du sang dans les urines? répéta doucement Valentine.

— Pour les mêmes raisons que ma jambe : les coups. Un soir il m'a projetée contre la porte-fenêtre du salon. Ma cuisse s'est empalée sur la vitre. Conséquences : muscles et tendons sectionnés, avec une quarantaine de points de suture. Une claudication que je garderai toute ma vie et une cicatrice qui ressemble à une résille courant tout le long de ma jambe. Beaucoup moins sexy que sur un bas… Quant au sang dans les urines… Un autre soir, une autre crise, et d'autres coups de pied que j'ai cessé de compter à partir du dixième. L'un d'eux a entraîné une contusion rénale.

Elle demeura songeuse pendant un moment puis son visage s'éclaira :

— L'important est que je sois encore en vie. Grâce à cela, j'ai pris conscience de certaines choses et je compte bien saisir cette chance...

Gaëlle l'observa attentivement avant de poursuivre d'une voix grave :

— Ne faites pas la même erreur que moi, Valentine. Ne perdez pas un temps précieux.

— Nos situations ne sont peut-être pas exactement les mêmes...

Gaëlle laissa échapper un son bref qui ressemblait à un début de rire.

— Les situations sont toujours différentes mais le risque est identique ! Et plus on attend, plus celui d'y laisser sa peau augmente. Dans tous les sens du terme.

Elle glissa jusqu'au bord de sa chaise pour se rapprocher au plus près de la table, et donc de Valentine.

— Lorsque je vous dis que je me vois en vous, ce n'est pas une expression toute faite. Vous imaginez sans doute que mon cas est plus grave que le vôtre, que votre mari est moins monstrueux que mon ami, et que la grande différence est que les choses s'arrangeront un jour pour vous. Parce que votre mari changera. À part un coup de baguette magique, je ne vois pas bien ce qui pourrait transformer ce genre d'homme... Tout ça, ce sont des balivernes, ma chère Valentine. Des mirages !

Valentine soupira. Elle avait entendu le calvaire de Gaëlle. Mais pouvait-on vraiment comparer la folie sadique de son ami avec les colères mal gérées de Daniel ?

— Lorsque ma vie ne tenait qu'à des fils branchés sur des monitorings, ventilateurs et autres machines, j'ai compris que la seule manière de préserver ce qui resterait de moi à l'issue de cette énième pluie de coups reposerait sur ma capacité à fuir cet enfer. Dès le début, Dominique, de l'association, m'avait incitée à partir. J'avais toujours refusé. Je trouvais des prétextes, tous plus bidon les uns que les autres. Mais suffisamment valables pour m'accrocher à l'espoir de lendemains meilleurs. Là, à un pas de la mort, j'ai pris la décision irrévocable de partir.

Valentine déglutit.

— Depuis six mois, Dominique et moi travaillons à un plan. Plus que deux mois et je serai libre, Valentine ! Dominique voudrait me faire partir plus tôt mais je préfère prévoir les moindres détails de sorte qu'il ne puisse jamais me retrouver.

Des étincelles de joie scintillaient dans ses yeux. Valentine lui adressa un sourire. Une complicité s'installait entre elles.

À son tour, elle se confia sur Daniel, raconta la triste fin de Flocon.

— Finalement, vous allez y frapper à cette satanée porte ou pas ? demanda Gaëlle lorsqu'elle eut terminé son récit.

Valentine jeta un œil sur sa montre.

— Quand bien même je le voudrais, cela me serait impossible aujourd'hui. Mais notre échange m'aura été bien plus bénéfique, croyez-moi. Je n'aurais jamais imaginé pouvoir partager tout ça avec une parfaite inconnue.

— Non, Valentine ! s'écria Gaëlle. Vous faites fausse route. Ce qu'il vous faut c'est de l'aide. Votre mari ne changera jamais. Tout du moins pas dans le bon sens. Le pire est forcément à venir. Et l'association vous aidera à sortir de son emprise.

Valentine écarta les bras en signe d'impuissance.

— Je ne suis pas sûre d'être prête, Gaëlle. Mais je vous promets d'y réfléchir…

La jeune femme fit une moue, comme si elle pesait le pour et le contre. Puis elle sortit un bloc de Post-it de son sac à main, griffonna quelque chose, arracha le feuillet jaune et le lui tendit. Valentine y lut un numéro de portable suivi de : « APPELLE-MOI ! J ».

— Je passe à l'association chaque mardi à la même heure. Comme je te l'ai dit, reprit-elle en passant au tutoiement, Dominique est la personne qui s'occupe de moi. Elle est extraordinaire.

Elle lui reprit le Post-it des mains, ajouta quelque chose :

— Tiens, je t'ai noté son prénom. Rejoins-moi là-bas mardi prochain. Et demande à la voir. Je serai déjà avec elle. Comme ça, je te la présenterai. Ce sera plus facile, pour toi, par la suite… Si tu as un empêchement, appelle-moi sur mon portable. C'est la voix de mon mari sur le répondeur. Ne laisse jamais de message, et n'envoie pas de SMS. Attends de m'avoir directement. Et puis, apprends le numéro par cœur, pour ne prendre aucun risque. Ni pour toi ni pour moi…

Valentine plia soigneusement le Post-it en quatre et le fourra dans son sac.

— Valentine, nous avons toutes le droit de vivre dans la dignité et le respect. Nous avons toutes droit au bonheur. Mais si tu veux un jour regagner le tien, ne compte pas sur tes voisins : il te faudra aller le conquérir toi-même...

Gaëlle insista pour offrir le café à Valentine, paya la note et se leva.

— Je sors d'abord, et toi ensuite ?

Étonnée, Valentine acquiesça. Pour la première fois, quelqu'un d'autre pensait avant elle aux précautions à prendre pour ne pas être vue. Avec Gaëlle, nul besoin d'expliquer l'inexplicable.

— À mardi prochain, alors..., fit-elle avec un sourire à l'intention de Gaëlle.

Valentine attendit que la frêle silhouette disparaisse derrière la devanture, pour sortir à son tour. Il était 11 h 50. Elle venait de passer deux heures à bavarder avec une totale inconnue, sans se rendre compte du temps écoulé, sans même penser à tous les arguments avec lesquels, plus tôt, elle avait essayé de convaincre Suzette qu'elle ne devait pas venir ici... Il ne lui restait qu'à courir, en espérant ne pas avoir manqué sa livraison de courses hebdomadaire et trouver l'appartement vide.

Cette rencontre providentielle lui donnait une force nouvelle. Avec Gaëlle, elle ne s'était pas uniquement sentie écoutée et comprise.

Avec elle, elle avait partagé un vécu commun.

Et ça, ça n'avait pas de prix.

*

Elle arriva in extremis pour accueillir le livreur. Vingt minutes plus tard, le téléphone fixe sonnait. C'était Daniel. Il prétexta qu'il voulait prendre de ses nouvelles, mais Valentine ne fut pas dupe et se félicita d'être rentrée à temps pour recevoir cet appel.

Maintenant concentrée sur le rendez-vous qui l'attendait dans moins d'une heure et demie avec Vincent, elle sentait les battements de son cœur s'accélérer dans sa poitrine, heureuse et effrayée à la fois, pressée et tourmentée en même temps.

Mais dès qu'elle le revit, ses craintes furent balayées.

Comme prévu, ils se retrouvèrent chez Suzette. Persuadés que leur présence les empêchait de replonger pleinement dans leur complicité d'antan, Suzette et Guy s'éclipsèrent dans la cuisine. Lorsqu'ils les rejoignirent dans le salon vingt minutes plus tard, leur joyeuse conversation s'interrompit brutalement. Amusée, Suzette feignit de ne pas s'en apercevoir, tandis que Vincent demandait à Valentine de lui faire visiter cette ville dans laquelle elle avait choisi de vivre. Brusquement rappelée à sa réalité, celle-ci n'eut d'autre choix que de refuser en bredouillant un prétexte quelconque. Rusée, Suzette l'appela dans la cuisine. Vincent cherchait juste à passer un moment seul avec elle et, comme il avait une voiture, elle ne risquerait pas d'être vue s'ils s'éloignaient un peu de la ville.

Valentine songea à un autre endroit, plus sûr. Et fit promettre à Suzette de l'appeler immédiatement sur son portable si jamais Daniel venait à rentrer plus tôt.

Elle aussi avait envie de confronter leurs souvenirs, reconstituer les faits tels qu'ils s'étaient déroulés. Et oublier pour quelques heures ce qu'elle était réellement devenue.

Elle rejoignit donc aussi discrètement que possible le véhicule de Vincent, garé en bas de la résidence, regrettant déjà sa décision et se maudissant d'avoir pris ce risque stupide. Ses angoisses se volatilisèrent lorsqu'ils arrivèrent au lac, et qu'ils rejoignirent le fameux banc qu'elle avait adopté.

Là, Vincent lui parla de son mariage, de la petite fille qui en était née. De l'évolution décevante de son couple ou plutôt de leur prise de conscience, à sa femme et à lui, que la poursuite d'un chemin commun n'avait aucun sens, si ce n'était celui de maintenir une apparence un peu trop factice à leur goût.

Il lui demanda à son tour de tout lui raconter. Valentine se referma comme une huître et se contenta d'avouer que les choses étaient compliquées. Il la regarda avec intensité, sans piper mot. Pourquoi ne pouvait-elle se défaire de cette impression qu'il continuait à lire en elle comme dans un livre ouvert ?

Finalement, il n'insista pas et dévia la conversation sur des anecdotes qu'aucun d'eux n'avait oubliées : ces tours qu'ils se jouaient sans cesse l'un à l'autre, la manière dont Vincent l'avait défendue face à ce jeune lycéen qui avait jeté son dévolu sur elle au point de la harceler, cette tentative d'escapade par la fenêtre un soir d'été où Valentine avait atterri sur un buisson épineux, ce qui lui avait valu un retour immédiat par la grande porte, le visage et le corps couverts d'égratignures, cette fois encore où Vincent lui avait promis un magnifique feu d'artifice, qu'il avait tiré trop près d'un cabanon qui avait pris feu... Autant de souvenirs de leur complicité qui leur revenaient en tête et qui les faisaient rire à présent.

— Et toi, tu te souviens de la fois où je t'avais signé un mot d'excuse pour sécher un après-midi et que, manque de bol, il y avait une réunion de parents d'élèves le même soir ? s'esclaffa Valentine.

Il rit de ce même rire d'enfant puis d'adolescent qu'il avait autrefois :

— Oh que oui ! Cela t'a même coûté une dissertation de quatre pages sur « l'opportunité d'apprendre de ses erreurs » ! Tu y as passé trois jours !

— J'aurais pu être plus rapide si tu m'avais aidée !

— Mais comment l'aurais-je pu ? Moi je m'en tartinais une sur « qu'est-ce que la confiance ? »...

Ils échangèrent un regard de connivence : ils se revoyaient tous deux punis dans leurs chambres respectives, avec l'interdiction de se voir et de se parler en dehors des heures de collège et de lycée.

Puis était arrivé ce terrible soir où tout avait basculé. Leurs mines devinrent graves. Au bout d'un long moment, Vincent rompit le silence.

— Tu sais, un millième de seconde avant le choc, j'ai pensé que j'allais mourir. La dernière image qui s'est imposée à moi, ça a été ton visage. Je m'en suis d'ailleurs terriblement voulu par la suite, lorsque j'ai appris le décès de mon père... J'ai eu l'impression de le trahir un peu.

Sa dernière phrase flotta dans le silence.

Bouleversée, Valentine laissa son regard se perdre au loin. Puis elle revint vers Vincent qui gardait maintenant le silence, s'attarda sur ses mains, occupées à faire inlassablement tournoyer une brindille entre leurs doigts. Elle avait toujours aimé leur finesse, leur élégance. Le temps n'avait rien ôté à cette délicatesse.

— Mais tout cela, c'est le passé. L'important est de nous être enfin retrouvés, n'est-ce pas, Valentine ?

Elle leva la tête : le ciel était d'un bleu immaculé. Ce qu'elle vivait ne pouvait être réel. Son cœur palpitait d'une joyeuse fébrilité qu'elle n'avait plus éprouvée depuis bien longtemps.

— Tu ne veux pas m'en raconter davantage sur toi, Valentine ? Tu m'en as dit si peu…

Vincent quitta le banc et se mit debout face à elle.

— Je sens quelque chose de différent en toi. Bien sûr, nous avons tous les deux changé, grandi. Mais… Je ne sais pas. Il y a comme une réserve que je ne te connaissais pas.

Elle avait la réponse à sa question de tout à l'heure : il continuait réellement à voir en elle.

Elle rejeta la tête en arrière en riant pour faire diversion, sans répondre.

Il fronça les sourcils puis se retourna vers le lac. Valentine, soudain rattrapée par la tristesse, ne fit pas un mouvement.

Au bout d'un long moment, il consulta sa montre :

— Je serais bien resté deux heures de plus, nous avons tant de choses à nous raconter ! Mais je crois que tu as ton fils à aller chercher à l'école, n'est-ce pas ?

Ils refirent le chemin en sens inverse. Lorsqu'il lui proposa d'aller jusqu'à l'école, elle bafouilla une excuse pour qu'il la dépose cinq cents mètres en amont. Il n'insista pas et se contenta de lui demander s'ils pouvaient se revoir le lendemain. Le visage de Valentine s'assombrit. Elle en mourait d'envie, mais Nathan n'avait pas école le mercredi après-midi, et elle ne pouvait pas prendre le risque de le lui présenter.

Elle lui répondit du bout des lèvres qu'ils pourraient sans doute se voir le matin mais qu'elle n'était pas disponible l'après-midi.

— On peut se retrouver pour 9 h 30, dans un café qui ne se trouve pas très loin d'ici…

Il ne masqua pas sa déception mais elle fit mine de ne rien en voir et lui expliqua comment s'y rendre.

— Alors, à demain, 9 h 30 !

Elle lui déposa un baiser furtif sur la joue et s'éjecta du véhicule. Vincent n'eut pas le temps d'ajouter quoi que ce soit qu'elle s'éloignait déjà.

Les jambes légèrement tremblantes, Valentine remonta la rue à toute allure. Elle sentait son pouls s'accélérer, comme si elle ne parvenait plus à insuffler suffisamment d'air dans ses poumons, comme si elle avait couru trop vite alors qu'elle ne faisait que marcher. Il lui fallut plusieurs minutes pour que son rythme redevienne normal.

Alors elle réfléchit pour tenter de mettre les mots justes sur la sensation de bien-être qui l'avait envahie.

Elle fit deux cents mètres et s'arrêta net.

C'était simple : pour la première fois depuis bien longtemps, elle avait l'impression d'exister.

*

Daniel se laissa choir sur le lit de Nathan.

Il avait pris soin d'arriver après le départ de Valentine pour l'école. Il connaissait ses habitudes. Certes, il ne pourrait rentrer tous les soirs à cette heure-ci mais la vision de ce cahier noirci par l'écriture de sa femme l'obsédait. Il devait le retrouver.

Le coffre à jouets était maintenant à nouveau entièrement vidé de son contenu. Mais il n'y avait aucune trace de ce foutu cahier.

Il lui faudrait donc fouiller dans les autres pièces. Mais pas aujourd'hui. Parce que s'il en jugeait par l'heure indiquée sur la pendule ridicule en forme de Mickey accrochée au mur, il lui restait une dizaine de minutes pour remettre de l'ordre dans tout ce fatras.

Il se leva et s'attela à la tâche.

*

En apercevant la voiture de Daniel sur le parking, Valentine réagit avec un sang-froid qui l'étonna elle-même. Elle rentra dans l'appartement sans rien montrer de ce que ce retour prématuré – le deuxième en deux jours – lui inspirait. Elle ignora le regard insistant de Daniel cherchant à déceler toute trace d'anomalie dans son comportement.

L'exercice n'était pas aisé. La journée avait été riche en émotions, en commençant par sa matinée avec Gaëlle, puis sa balade avec Vincent… Pour ne pas laisser Daniel venir sur le terrain de cette journée, elle connaissait la meilleure technique : le faire parler de lui.

— Alors, ça avance comme tu veux avec Deborge ?

Daniel poussa un soupir de satisfaction. Enfin, sa femme le soutenait.

— Au-delà de mes espérances, ma chérie ! Sa cote de confiance auprès de Vabert en a pris un sacré coup.

Elle se força à dessiner un sourire sur ses lèvres.

— Bravo ! Deborge va comprendre à qui il a affaire !

— Exactement, Valentine, exactement ! Parce que la réalité, ma chérie, c'est que nous vivons dans un monde où tout part à la dérive, où règne le chacun pour soi, où les gens passent d'une liaison à une autre sans se poser davantage de questions. Tu le sais bien, toi qui le subis depuis que tu es môme. Tout ton entourage t'a laissée tomber. Nous, nous sommes solides. Nous sommes unis. C'est important pour résister dans une telle époque d'indifférence…

Elle approuva de la tête. En son for intérieur, elle ne songeait pourtant qu'à une chose : maintenir cet état de grâce dans lequel le retour de Vincent l'avait plongée, même si elle ne voulait le reconnaître pour rien au monde.

Tel un automate, elle fit travailler Nathan sur une lecture de texte, fit bouillir de l'eau pour y plonger des spaghettis, mit le couvert.

Ils passèrent à table sans incident. Nathan restait fermé et triste.

Valentine écouta d'une oreille distraite Daniel développer ses sempiternelles manigances au bureau, souriant de temps en temps pour le convaincre de l'intérêt qu'elle portait à son monologue. Mais, dans sa tête, il n'y avait plus aucun bruit. Elle avait coupé le son. Elle se contentait d'enrouler interminablement un spaghetti autour de sa fourchette, le portait à sa bouche, et puis recommençait. Son corps était à table, mais son esprit était avec Vincent. Au bord de ce lac qu'elle aimait tant, au milieu de tous ses souvenirs qui jaillissaient avec la puissance d'un geyser.

Porté par l'attention de Valentine, Daniel l'aida à faire la vaisselle et descendit les poubelles.

En remontant, toujours aussi enjoué, il demanda à Valentine :

— Apparemment, Miss Tick a un fils !

— Pourquoi dis-tu ça ? le questionna-t-elle en manquant de s'étouffer.

Il ne remarqua pas son trouble et répondit :

— Je viens de voir un type dans nos âges sortir de chez elle…

16.

Malgré ses émotions de la veille, Valentine était parvenue à voler deux heures de sommeil agité avant que l'aube ne se lève. Elle n'avait cessé de se demander pourquoi Daniel avait vu Vincent sortir de chez Suzette si tard, la veille au soir.

Nathan l'attendait, cartable sur le dos, Picotin à la bouche. Après l'avoir déposé à l'école, elle ferait un saut chez Suzette, juste avant de rejoindre Vincent.

— Je mets mon foulard et j'arrive, chéri !

Elle s'apprêtait à nouer le carré de soie autour de son cou mais suspendit son geste en s'approchant du miroir : les traces ne se voyaient quasiment plus. Une goutte de fond de teint suffirait. Pour rester discrète, il fallait veiller aux détails.

Parce que le diable s'y cache…

Oui. Elle ne le savait que trop bien.

Elle attrapa son sac à main, en extirpa un petit flacon.

Mais un détail lui échappa, justement : un petit carré de papier jaune tombé au moment où elle avait sorti le fond de teint. Soigneusement plié, il avait atterri juste au pied du meuble d'entrée.

Le cœur en fête à l'idée de revoir Vincent, elle fit passer Nathan devant elle en chantonnant. Puis elle claqua allègrement la porte, le courant d'air soufflant le Post-it jusque sous le meuble.

De retour de l'école, elle s'empressa d'aller frapper à la porte voisine. Suzette l'accueillit visiblement excitée, en s'exclamant :

— J'ai une bonne nouvelle pour vous !

Elles venaient maintenant de passer au salon, où elles s'assirent pendant que Valentine prenait la parole :

— Avant toute chose, Suzette, je n'ai pas encore eu l'occasion de vous remercier pour cette initiative un peu folle, et que j'aurais jugée perdue d'avance si vous m'en aviez parlé en amont… Je vous aurais même interdit de l'entreprendre… Pourtant, elle a porté ses fruits ! Alors, vraiment, mille mercis !

— Cela n'a guère été difficile, Valentine. Vos confidences m'ont beaucoup touchée. J'ai compris que vous étiez très attachée à Vincent. J'avais même décidé de partir à sa recherche bien avant que vous ne me révéliez ce que vous vivez avec votre… mari.

L'espace d'une seconde, Valentine perçut un certain trouble chez Suzette.

— Je vous avouerai que sa réaction n'a pas été celle attendue. Vincent s'est montré plutôt sec. Mais il faut reconnaître que voir débarquer une inconnue qui le replonge dans un passé douloureux n'a pas dû être simple pour lui… Finalement, il a vécu cet éloignement exactement comme vous. Avec résignation. Mais douloureusement, et sans comprendre…

Valentine ne put retenir un soupir :

— Oui, nous avons tous deux été manipulés…

Silence.

— Suzette, j'imagine que cela coule de source mais je voudrais quand même m'assurer que vous ne direz rien à Vincent sur ma situation…

— Concernant Daniel ?

— Oui… C'est important pour moi.

Nouveau silence.

— Je crains que ce ne soit trop tard, Valentine…

Encore un autre.

— Vincent est venu ici hier soir. Il était préoccupé par votre refus systématique de lui parler de votre vie actuelle et par certaines de vos réactions : ces regards que vous lanciez partout, le fait de marcher loin derrière lui dehors… Je ne vous aurais rendu service ni à l'un ni à l'autre en gardant vos confidences pour moi…

Valentine s'immobilisa, raide, contre le dossier de sa chaise, le visage très pâle.

— Vincent et moi ne souhaitons que vous aider, Valentine…

L'espace d'un instant, il lui sembla que ce fil unique qui la liait à Vincent – son ami, son frère de cœur, son confident d'autrefois – était en train de s'effilocher sous ses yeux.

Qu'allait-il penser d'elle désormais ? Ou, pire, s'il lui prenait l'envie de jouer au justicier et qu'il veuille aller trouver Daniel ?

Un frisson lui parcourut l'échine.

— Je conçois que vous vous sentiez gênée, Valentine, mais je suis très inquiète et je ne peux m'empêcher de me demander ce qui se passera la prochaine fois…

— Il n'y aura rien de plus, Suzette. Ne vous en faites pas.

— Vous me dites vous-même qu'il fait des choses inhabituelles. Comme aller chercher Nathan à l'école sans vous le dire. C'est cette balade en forêt qui a tout déclenché. Depuis, il a des doutes.

Valentine songea à Gaëlle. Puis à Vincent. En une journée, une rencontre et des retrouvailles lui avaient fait prendre conscience de la fragilité de son raisonnement au sujet de Daniel. Mais elle aurait vraiment préféré que Vincent reste dans l'ignorance. Au moins jusqu'à ce moment qu'elle avait attendu avec tant d'impatience et qui ne pourrait plus ressembler à celui qu'elle avait espéré.

Suzette se pencha et planta ses yeux dans les siens :

— Vous n'aurez plus à mentir à Vincent. Pas plus qu'à inventer des excuses peu crédibles pour ne pas aller au restaurant, ou sortir un soir. Dorénavant, il connaît vos contraintes.

Valentine resta bloquée sur la deuxième phrase. Elle songea au rendez-vous donné à Vincent au café où elle avait bu un verre avec Gaëlle. L'endroit parfait pour ne pas être surveillée tout en ayant l'air de boire un pot « normal ».

— Et c'est là où je voulais en venir…, poursuivit Suzette.

Valentine, qui se faisait une joie de lui raconter sa rencontre avec Gaëlle, n'en éprouvait plus l'envie.

— Vincent voulait vous proposer de passer l'après-midi avec lui, pendant que Guy et moi vous garderions Nathan.

Une expression désemparée traversa le visage de Valentine.

— Suzette, vous savez que ce n'est pas possible. Imaginez que Dan…

— Valentine, Guy vient d'acheter une nouvelle maquette d'avion pour la monter avec le petit. Croyez-moi, l'après-midi va passer à toute vitesse ! Il ne se rendra même pas compte de votre absence. Vous lui direz que vous partez vous reposer. Ce ne sera pas vraiment un mensonge. Et cela permettra à Vincent de vous voir plus longuement. Je vous rappelle qu'il repart demain après-midi…

Sans transition, Valentine passa de l'abattement à une joie enfantine :

— D'accord ! Mais alors il faudra surveiller la porte d'en f…

— Oui, bien sûr, et je vous appellerai au moindre problème ! la coupa Suzette dans un sourire bienveillant. Mais que trouverez-vous comme excuse ?

— Je partirai à la pharmacie en prétextant une migraine. Elles sont intenses chez moi, et j'ai toujours une ordonnance pour qu'on me délivre des triptans en début de crise. Je dirai qu'il y avait la queue…

Valentine jeta un œil sur sa montre.

— Je file, Vincent doit me retrouver dans un café à un quart d'heure d'ici. Je lui demanderai de me déposer à l'école pour 11 h 30, je vous amène Nathan, et je repartirai…

— C'est inutile : Guy et moi attendrons un peu plus loin en voiture. Nous vous raccompagnerons ici tous les deux, vous monterez avec nous mais vous filerez dès que j'aurai refermé la porte de l'appartement.

Radieuse, Valentine ne put s'empêcher de se jeter au cou de Suzette et de plaquer un baiser sonore sur sa joue.

— Parfois, vous me faites peur mais, souvent, vous êtes un ange gardien pour moi, Suzette ! déclara-t-elle en se dirigeant vers l'entrée.

— C'est gentil ! répondit Suzette, dont le visage s'empourpra d'émotion. Mais vous me raconterez pour l'association ?

— Je n'y suis pas entrée ! Mais je n'en suis pas revenue bredouille : je vous expliquerai ! s'écria-t-elle en se précipitant dans l'escalier.

*

Gaëlle se retint pour ne pas hurler sa joie. Dans le creux de sa main se tenait la précieuse clef, qu'elle fit tournoyer entre ses doigts.

Sept cent cinquante-neuf kilomètres. Voilà ce que cette clef allait mettre de distance entre elle et l'ordure qu'elle avait failli épouser… Et tout cela grâce à sa grande copine de fac, qui allait l'héberger dans le plus strict anonymat.

Le plus dur pour Gaëlle serait d'abandonner toutes ses affaires.

Mais tout plutôt que rester avec cette brute.

Certes, il la rechercherait. Mais elle était libre de disparaître si elle le souhaitait. Elle n'aurait pas à passer par la justice. C'était là l'avantage de ne pas être mariée. Et de ne jamais avoir eu d'enfant avec ce porc.

Elle s'était renseignée : il n'obtiendrait aucune information de la part des autorités de police. Elle était majeure et avait le droit de partir sans avoir à rendre de comptes à quiconque. Et comme elle n'avait aucun patrimoine…

Elle lui laissait tout bien volontiers. Y compris cette saloperie d'anneau qu'il l'obligeait d'autorité à porter à son doigt, et qu'elle ne manquerait pas de déposer sur la cuvette des WC juste avant de claquer la porte.

Elle ignorait de quoi elle vivrait au début, car elle ne prendrait pas le risque de travailler et de se faire déclarer. Mais il existait des petits boulots au noir qui la dépanneraient deux ou trois années. Après, ce salopard finirait bien par se lasser de la chercher.

Mercredi. Dans précisément une semaine, elle serait libre.

*

Valentine arriva essoufflée au café. Vincent l'attendait déjà. Deux diabolos grenadine étaient posés sur la table.

Leur boisson favorite de l'époque…

Valentine sourit. À combien de temps remontait sa dernière gorgée de ce breuvage sucré ?

Elle porta le verre à ses lèvres, retrouva le plaisir de saveurs oubliées.

Puis elle lui annonça qu'elle allait pouvoir rester avec lui jusqu'à 17 heures. Ravi, Vincent lui proposa un pique-nique improvisé autour du lac. Elle accepta avec joie.

— Il est vraiment chouette, cet endroit ! déclara-t-elle, en songeant à sa rencontre de la veille avec Gaëlle.

— C'est dingue ! Tu n'as vraiment pas changé…

Il lui adressa un large sourire, doux et franc. Comme autrefois, une fossette se creusa sur sa joue droite. À l'époque, elle ne cessait de lui dire que cela lui donnait un air craquant.

— Tu ne te le rappelles peut-être pas, mais le jour où tu es arrivée à la maison, il pleuvait des cordes. Tu portais un long sweat à capuche, bien trop large pour ton petit gabarit, et tu traînais un grand sac de sport, que tu parvenais à peine à soulever.

Je m'en souviens très bien. Toi, tu portais une chemise d'un bleu turquoise qui faisait ressortir le vert de tes yeux. Tu as attrapé mon sac et tu m'as dit : « Salut, moi, c'est Vincent. Bienvenue, Valentine ! »

— J'ai pris ton sac, je me suis présenté, et je t'ai fait visiter la maison. Mais ton sac pesait une tonne.

Elle revit Vincent en haut de l'escalier, rouge et haletant. Amusée, elle l'avait laissé se comporter jusqu'au bout comme un gentleman. Puis il lui avait dit : « Bon ! Eh bien, nous voilà voisins de chambrée et de la même famille, maintenant ! »

Il n'en avait jamais rien su, mais ces mots l'avaient bouleversée et elle l'avait immédiatement adopté.

Ces souvenirs libérés lui revenaient avec une précision inouïe. Elle essaya de se concentrer sur ce que disait Vincent :

— … et quand je t'ai expliqué que tu dormirais dorénavant ici, tu es restée bouche bée un long moment avant de me dire : « Waouh ! Elle est chouette, cette chambre ! »

Oui, elle revoyait très bien cette scène. Comme tant d'autres. Elle pouvait même entendre encore leurs chuchotements lorsqu'ils étaient censés dormir et qu'ils se parlaient à travers la porte communicante.

— Ce ne sont pas les bons moments qui ont manqué…, reconnut-elle.

— Ah ça c'est sûr ! Tu te souviens de la fois où le voisin était venu sonner en disant à ma mère qu'il nous avait vus faire le mur la nuit précédente ?

Valentine ne put retenir un éclat de rire en revoyant leur tête à tous les deux quand sa mère avait surgi dans la cuisine, à la limite de l'apoplexie.

— Mais le félon l'a payé cher ! s'esclaffa-t-elle. Je me rappelle le pot de miel que tu as entièrement déversé dans sa boîte aux lettres !

Fossette.

Il la regarda avec tendresse : elle tenait son verre comme l'aurait fait une enfant, en le serrant de ses dix doigts.

— Et la fresque ? Tu te souviens de ces dessins sur le mur du salon ?

— À notre décharge, ces satanés feutres étaient censés être lavables à l'eau…, plaida Valentine.

— Sauf qu'ils ne l'étaient pas…

Ils pouffèrent au souvenir de la sanction : une corvée de lessivage intensif de deux jours, suivie de deux semaines d'interdiction de sortie.

— Quand il y avait une connerie à faire, nous étions rarement les derniers…

Amusée, Valentine confirma d'un hochement de tête. Vincent n'avait toujours pas évoqué sa conversation avec Suzette, ce qui lui convenait plutôt bien.

Ils terminèrent leur verre et quittèrent le bistrot. Vincent s'arrêta devant un bar à salade pour en ressortir dix minutes plus tard, les bras chargés de paquets.

Arrivés au lac, ils étalèrent un plaid à quelques pas du même banc que la veille et y disposèrent les plats achetés par Vincent.

— Tu ne trempes plus tes sandwiches dans ton mélange ketchup-mayonnaise ? interrogea-t-elle avec malice.

Il sourit.

— Si, mais uniquement quand je suis tout seul. J'ai bien compris que mon capital séduction fondait de dix points rien qu'en mélangeant ces deux sauces…, termina-t-il sur un clin d'œil.

Pris d'une véritable fringale, ils picorèrent dans chacun des plats, tout en continuant d'évoquer de vieilles anecdotes. Ils pouffaient comme des adolescents.

Rassasiés, ils s'allongèrent et se perdirent dans la contemplation du ciel devenu nuageux. Lorsque Valentine se tourna vers Vincent, il la regardait d'un air méditatif.

— Il m'est si souvent arrivé de t'imaginer… À chaque fois je revoyais ton visage de gosse avec tes grandes billes expressives. Tu as gardé la même espièglerie dans le regard… Évidemment, tu fais plus femme. Mais au fond, tu es restée la même.

Valentine rougit. Elle ne se sentait pourtant plus rien en commun avec la jeune fille dont il parlait.

— Il y avait des barques la dernière fois, non ? enchaîna-t-il.

— Oui. Je suppose que les nuages qui stagnent au-dessus de nos têtes expliquent qu'elles n'aient pas de succès aujourd'hui.

Il hocha lentement la tête.

— Tu te souviens de la fois où mon père avait loué cette espèce de radeau sur un lac, pour les vacances ?

— Difficile de l'oublier ! J'ai cru finir noyée ! Et c'était plutôt une planche pourrie…

Il éclata de rire.

— Surtout, tu étais trop fière pour m'avouer que tu ne savais pas bien nager ! Toute l'embarcation tremblait, tellement tu avais la trouille !

— Évidemment ! Tu n'arrêtais pas de répéter qu'il y avait des bestioles au fond de l'eau pendant que tu t'amusais à faire tanguer ce fichu rafiot !

— Oh ta tête quand on a basculé ! Je m'en souviendrai toute ma vie ! Et ces cris d'orfraie !

Il riait à gorge déployée maintenant. Amusée, Valentine fit une boule de sa serviette en papier et la lui lança sur la tête.

— N'empêche que tu faisais moins le fanfaron quand tu es ressorti couvert de vase !

Riant toujours, Vincent fit un geste pour signifier qu'il rendait les armes. Valentine sourit à son tour.

— Ça a été l'occasion de t'apprendre la brasse ! ajouta-t-il en reprenant son souffle.

— C'est vrai..., murmura-t-elle. Aujourd'hui, je nage comme un poisson. Et j'ai pu apprendre à mon fils à en faire autant...

Ils se turent. Le temps s'était arrêté. Il avait même fait marche arrière. Une ancienne page s'ouvrait, où « ils » existaient encore. « Les deux inséparables », comme on les surnommait jadis.

— Attends ! Ne bouge pas, je reviens ! s'exclama-t-il en se levant, avec un air conspirateur.

Elle le vit partir en courant. Son absence lui sembla interminable. Enfin elle l'aperçut sur le lac, ramant dans une barque :

— Le bois n'est pas moins vermoulu que notre sacrée vieille planche d'autrefois, mais si tu ne trembles pas comme une feuille, nous devrions pouvoir éviter de chavirer ! Tu viens ?

Amusée, elle se leva, il s'approcha de la berge. La montée dans la petite embarcation fut périlleuse, et elle dut s'y reprendre à plusieurs fois pour ne pas faire se renverser la vieille chaloupe. Mais après quelques fous rires, elle put enfin s'asseoir. Vincent tira sur les rames pour s'écarter légèrement du bord. Un vent frais s'était levé mais Valentine n'aurait interrompu pour rien au monde cette balade magique et improvisée.

Ils s'éloignèrent encore un peu de la rive. Seuls sur le lac, ils savouraient l'instant présent.

— Finalement, j'ai toujours d'aussi bonnes idées ! finit-il par lancer.

— Je dirais même que c'est la meilleure que tu aies jamais eue !

Une douce sensation de plénitude envahit Valentine, qui ferma les yeux pour mieux se laisser bercer. Tout semblait s'être arrêté autour d'eux. Même le clapotis de l'eau ne taquinait plus la surface du lac. Rien ne venait troubler plus leur quiétude.

— Je serais bien resté quelques heures de plus, mais je ne voudrais pas que tu sois en retard, Val…

Elle se redressa, profondément émue par sa délicatesse. Voilà le moyen qu'il avait trouvé pour lui dire qu'il savait. Elle se contenta de hocher silencieusement la tête.

Sans un mot, il défit son gilet, glissa au côté de Valentine et lui en recouvrit les épaules. Ce geste affectueux la toucha également. Elle s'emmitoufla dans le vêtement, y plongea son visage et respira le parfum délicieusement musqué de Vincent.

Une fois de retour sur la terre ferme, ils rassemblèrent en silence les restes de leur repas et, la mort dans l'âme, mirent fin à cette parenthèse enchantée en regagnant la voiture de Vincent.

Lorsqu'ils arrivèrent là où Valentine devait être déposée, Vincent coupa le moteur. Le retour à la réalité était douloureux. La conversation qu'il entama le fut plus encore.

— Suzette m'a raconté ce que tu vivais au quotidien, Val…

Il vit son visage se refermer comme la coquille d'une huître.

— Je ne suis pas certaine que ce soit le bon moment pour parler de ça, Vincent. Ne gâchons pas cette journée.

Il agrippa ses deux mains sur le volant avant de la regarder.

— Je suis prêt à en prendre le risque, Valentine. Que vaudrait le lien qui nous attache si je ne me souciais pas de toi ?

Elle affecta de paraître blessée :

— Je ne suce plus mon pouce, Vincent. Je suis capable de décider de ma vie par moi-même !

Mais le tremblement dans sa voix trahissait son désarroi. Il s'efforça de garder un air naturel.

— Je ne tente pas de m'immiscer dans une histoire que tu ne voudrais pas me confier. Pour être honnête, je trouve ta situation…

Il chercha le mot le plus approprié.

— … inimaginable ! Mais je t'aime suffisamment pour respecter tes choix. À condition que ce soit bien les tiens.

Il perçut l'inquiétude dans son regard. Il voulut la rassurer :

— Je ne veux pas débouler dans ta vie en jouant le justicier. C'est vrai que je n'en connais pas grand-chose, et elle ne doit pas être simple. J'aimerais juste que tu voies en moi une ressource et que tu acceptes mon aide.

Il n'obtint qu'un mutisme résigné.

— À toi de me dire ce que tu attends de moi. Une oreille. Un soutien. Un bouclier. Une protection.

Elle se mordit la lèvre inférieure et cessa dès qu'elle vit que Vincent l'observait.

— Si tu prenais la décision de partir, je pourrais même vous héberger à Verdun, toi et Nathan. Le temps que tu trouves quelque chose…

— Vincent, je te rappelle que Nathan est aussi son fils. Je ne peux pas partir comme ça. Et puis, ce n'est pas si simple…

Elle se tourna vers lui, l'air le plus résolu possible.

— Je suis touchée par ton désir de m'aider, mais tu ne peux rien faire pour moi…

— Je ne comprends pas, Val. Tu ne peux pas rester ainsi, à attendre que les choses changent. De ce que j'ai cru comprendre, s'il doit y avoir une évolution, elle n'ira pas dans le bon sens.

Il chercha à capter son regard :

— Où est ma Valentine ? Celle qui était prête à déplacer des montagnes pour réaliser ses rêves ?

La bouche figée sur un sourire triste, elle se contenta de hausser les épaules. Timidement, il planta ses doigts dans les cheveux.

— Tu devrais contacter cette association dont m'a parlé Suzette. Là-bas, ils sauront te conseiller ! Ils pourront t'aider !

— Ils me pousseront à faire des choses que je paierai au centuple lorsqu'ils ne seront plus derrière moi pour nous protéger, Nathan et moi. C'est ça que vous ne pouvez pas comprendre. Le jour où il me retrouvera, il aura tellement de haine en lui qu'il me tuera.

Vincent baissa la tête. Une ride barrait son front.

— Je me sens tellement impuissant, Valentine…

L'émotion faussa sa voix lorsqu'il ajouta :

— Tu n'es plus seule, Valentine. Et si tu ne pars pas pour toi, fais-le pour ton fils. Aucun enfant ne peut grandir et se construire de manière équilibrée dans un environnement si toxique. Quant à l'adulte qu'il deviendra…

Il écarta les mains en signe d'ignorance.

— Et puis, si Nathan grandit dans l'idée qu'il est normal de traiter une femme comme son propre père l'aura fait avec sa mère, quel reproche pourrais-tu lui faire s'il venait à reproduire la même chose à son tour ?

— Arrête, Vincent !

Elle s'était redressée dans son siège, droite, raide et blême.

Il pressa son front contre ses poings, malheureux de sentir qu'il la blessait plus qu'il ne l'aidait, conscient que sa maladresse allait la faire partir. Il se redressa à son tour et son regard plongea en elle telle une sonde :

— Je ne vais pas tergiverser… Suzette m'avait prévenu que tu refuserais d'aborder ce sujet. Je ferai ce que tu voudras, Val…

À l'époque déjà, elle percevait mieux que quiconque l'acuité de son regard. En proie à un vertige, elle chercha un appui en s'adossant contre le siège.

— Je dois partir, Vincent. On peut se revoir demain à 9 heures, si tu veux. Au même café…, dit-elle presque timidement.

Il garda les yeux rivés aux siens quelques secondes, puis les baissa d'un air fataliste en hochant lentement la tête. Elle déposa un baiser appuyé sur sa joue, là où sa fossette se creusait lors d'un sourire. Mais à cet instant, il n'y en avait plus la moindre trace.

*

Le retour à la réalité fut brutal. Valentine avait dû courir jusque chez elle avant d'aller récupérer un Nathan moins pâlichon : le moment passé à commencer sa maquette avec Guy avait ramené un peu de rose sur ses joues. Son excitation faisait plaisir à voir, mais Valentine ne parvenait à l'écouter que d'une oreille distraite.

Lorsque Daniel rentra, elle dut redoubler d'efforts pour l'écouter divaguer sur « ces abrutis de clients qui le prenaient pour un marchand de tapis » et qui passaient leur temps à renégocier ses tarifs.

Sa tête crépitait encore de mille étincelles, mais elle sentait ce bonheur éphémère si fragile, en équilibre tel un funambule suspendu sur un fil au-dessus du vide. Une bourrasque de trop, un cri de Daniel et ce serait la chute.

Elle partit se réfugier dans la cuisine, où elle s'attela à la préparation du dîner. À cet endroit, elle pouvait laisser son esprit retourner là où son cœur voulait être.

La voix de Daniel l'arracha brutalement à ses pensées :

— Valentine, tu m'écoutes ?

Elle ne l'avait ni vu ni entendu entrer dans la cuisine.

— Euh… oui !

— Qu'est-ce que je viens de dire ?

Elle déglutit et se tourna vers lui :

— Je faisais couler l'eau du robinet, je n'ai pas compris…

Il la scruta en plissant les yeux.

— Tu sembles avoir la tête ailleurs ce soir. Qu'est-ce qui se passe ?

Elle repensa à la phrase de Gaëlle : « Ces types ont comme un sixième sens… » Elle se redressa :

— C'est exact. Je suis contrariée pour Nathan. Il est très affecté par l'absence de Flocon.

Pourquoi avait-elle dit cela ? Certes, c'était la réalité. Mais était-il prudent d'en parler ?

Embarrassé, Daniel était reparti vers le salon, avait attrapé un journal et s'était assis dans le canapé. Valentine le rejoignit donc et lança d'un air naturel :

— La chaleur bat tous les records, ces jours-ci. Ce serait bien que Nathan puisse profiter du beau temps en restant un peu dehors. Je pourrais l'emmener jouer dans le parc d'à côté. Ses amis y vont accompagnés de leur mère. Il serait tellement mieux qu'enfermé ici…

Daniel garda la tête plongée dans ses pages.

— Mais bien sûr, ma chérie, c'est une excellente idée. Tu sais bien que ce qui compte pour moi, c'est que vous soyez bien tous les deux…

Il avait prononcé ces derniers mots sur un ton charmeur, tout en l'observant attentivement. Elle masqua autant qu'elle le put cette impression d'être prise en faute. Mais elle sentait son cœur s'emballer comme un bolide l'aurait fait une fois lancé sur un circuit. Et elle ne parvenait pas à en ralentir le rythme : boum boum, boum boum, boum boum…

Il abaissa son journal.

— Néanmoins, Nathan a la chance d'avoir des parents unis et il serait donc plus judicieux d'attendre dimanche pour que nous l'accompagnions tous les deux.

Valentine se contraignit à une respiration calme.

— Ça veut dire qu'on peut quand même y aller tous les deux, hein, Mamoune ? se réjouit Nathan qui venait de sortir la tête de sa chambre, tandis que son père répondait à un appel sur son portable.

Non, cela signifiait qu'ils ne le pouvaient pas. Mais comment un enfant aurait-il pu déceler dans les propos de son père l'art de manier le double langage à la perfection ? Au début, elle aussi pensait qu'elle pouvait décider entre les deux options. Elle avait vite compris que seule celle qu'il jugeait meilleure comptait. À défaut, il y avait une punition à la clef.

Le visage de Gaëlle s'imposa à son esprit, immédiatement chassé par le souvenir du Post-it. Gaëlle lui avait conseillé d'apprendre le numéro de téléphone par cœur, ce qu'elle n'avait pas fait.

Elle fit les gros yeux en direction de Nathan pour lui signifier de ne pas insister, retraversa le salon pour revenir dans l'entrée.

Elle se précipita sur son sac, en fouilla scrupuleusement l'intérieur.

— C'est exactement ce que je n'arrête pas de dire à ma femme ! entendit-elle du salon. Qu'elle est jeune et que c'est le moment ou jamais pour elle de progresser dans son boulot. En responsabilités, en salaire… N'est-ce pas, chérie ? la prit-il à témoin de loin. Combien de fois t'ai-je répété tout ça ?

Elle glissa dans l'encadrement de la porte et répondit machinalement par un sourire. Nul besoin de calculette ou de ses doigts pour trouver la bonne réponse : aucune.

Contrariée, elle repartit à la recherche de ce satané morceau de papier. Elle retourna tout le contenu du sac sur la table de la cuisine. Rien. Comme si le Post-it s'était envolé. Tout en se maudissant, elle rangea le tout en vrac. Qu'en avait-elle fait ? L'avait-elle perdu ? Elle préférait encore cette solution à une autre éventualité qui la fit frémir.

Non, Daniel n'était rentré qu'une demi-heure plus tôt. Il ne pouvait avoir fouillé son sac sans qu'elle s'en soit aperçue…

Une petite voix sournoise et moqueuse résonna en elle.

Tu es dans les nuages depuis que tu es rentrée !

Tu n'as même pas entendu quand il te parlait !!!

Alors rien de plus simple et rapide que de fouiner dans ton sac sans que tu t'en rendes compte, ma pauvre fille !

Prise de panique, elle replaça le sac au même endroit que d'habitude. Et tenta de réfléchir : à quel moment aurait-elle pu faire tomber le Post-it ?

Daniel mit fin à l'appel, quitta le canapé, se rendit à la cuisine et observa silencieusement Valentine. Là encore, elle ne l'avait pas entendu et semblait nerveuse. Elle était vraiment bizarre, ces temps-ci…

Mais il ne devait pas s'affoler, ni se mettre en colère. Pas après ce qui s'était passé avec le hamster.

Il allait quand même bien ouvrir les yeux pour comprendre ce qu'elle avait.

*

Les yeux fixés sur le plafond éteint, Nathan imaginait comme sur un écran une vie où sa mère et lui vivraient dans une maison. Il pouvait même voir un chien courir dans le jardin.

Depuis la maison d'en face, Suzette et Guy leur faisaient de grands signes pour les inviter à venir manger des crêpes. Sa mère était belle et riait aux éclats. Il aimait tellement voir son sourire, et plus encore entendre son rire. Sa mère était une vraie princesse. Plus belle encore que celle auxquelles les filles de son école rêvaient de ressembler, cette Reine des neiges dont elles parlaient toutes.

Dans la pièce d'à côté, dans la réalité, il entendit la voix grave de son père appeler sa mère.

Cette voix n'avait aucune place dans son rêve : Nathan enroula ses poings dans les draps et chercha à se fondre dans ce plafond, dans le film de cette vie qu'il voulait absolument continuer à voir se projeter. Cette vie qu'aucun bruit ne viendrait interrompre, où sa maman ne porterait plus jamais de foulard, où Flocon continuerait à s'agripper à son épaule. La douce sensation du pelage de l'animal contre sa joue lui serra la gorge. Et alors, soudain, ses oreilles se fermèrent, plus aucun son ne lui parvint : il était parvenu à basculer dans cette vie parallèle, à se fondre dans ce plafond silencieux porteur de tant de rêves et d'espoir.

17.

Le reste de la semaine s'écoula entre allégresse et ennui.

Jeudi, Valentine et Vincent passèrent leur journée au lac, après s'être retrouvés au café. Le soleil étant de retour, les barques furent prises d'assaut. Ils se contentèrent de s'asseoir à même l'herbe, près du même banc que la fois précédente, et continuèrent à partager toutes ces choses qui les liaient, qui allaient bien au-delà de leurs souvenirs.

Ils se quittèrent dans une rue adjacente à l'école. Vincent devait repartir directement pour Verdun. Ils se dirent au revoir non sans un pincement au cœur, malgré la promesse faite par Vincent de revenir dès le dimanche soir pour passer la journée du lundi avec elle, ni l'un ni l'autre ne travaillant ce jour-là.

Le week-end se déroula avec une interminable lenteur pour Valentine. Même la journée du samedi lui sembla s'éterniser, malgré l'affluence de clients au magasin. Lorsqu'elle rentra le soir, elle rêvait déjà au surlendemain. Elle ne remarqua donc rien de l'air préoccupé de Daniel, qui avait vainement fouillé l'intégralité de l'appartement sans avoir retrouvé la moindre trace du cahier vu dans le coffre à jouets de Nathan.

Le dimanche fut pire encore. Elle dut faire une croix sur l'espoir de pouvoir laisser son esprit vagabonder pendant qu'elle surveillerait Nathan au parc, Daniel annonçant qu'il les accompagnait.

Mais dès la fin d'après-midi, Valentine sentit progressivement monter en elle une vague de joie. Il était inutile d'en rechercher la cause : elle savait Vincent de retour et se réjouissait de pouvoir le retrouver…

*

Arrivée au lundi, Valentine ne tenait plus en place. Daniel parti au travail, elle se hâta de se débarrasser de toutes les tâches qui lui incombaient habituellement ce jour de la semaine, non seulement pour être libre le reste de la journée, mais aussi parce que le fait d'être si active lui permettait d'accélérer le temps. Elle arriva donc naturellement devant l'école dix minutes avant l'ouverture. Elle n'avait cessé de taquiner Nathan tout le long du chemin. Elle bataillait dur pour rendre à son fils le sourire perdu avec le décès de Flocon. En vain.

Lise Faucheux se fit la remarque qu'elle ne l'avait jamais vue aussi souriante.

Dès que Nathan eut dépassé les grilles, Valentine accéléra le pas en direction du café pour retrouver Vincent. Elle ne savait pas où ils décideraient d'aller se promener ensuite. Peu importait : l'essentiel était de retrouver leur complicité intacte.

En poussant la porte de la brasserie, elle éprouva la drôle de sensation d'entrer dans un autre monde. Dans le premier, rien n'était possible. Dans celui-ci, tout l'était. Vincent était non seulement revenu du passé, mais il effaçait aussi l'ardoise du présent. Comme si tout ce qui s'était passé entre leur séparation forcée et leurs retrouvailles n'avait jamais existé.

Vincent lui avait réservé une surprise. Après un second diabolo grenadine, ils prirent la route pour déjeuner dans une magnifique auberge renommée pour sa cuisine gastronomique. Au début, terrorisée à l'idée d'être reconnue par quelqu'un, Valentine se concentra davantage sur la porte d'entrée du restaurant que sur les propos de Vincent. Mais, très vite, elle se détendit et s'accorda le droit de l'illusion d'une vie normale, dans laquelle revoir son ami d'enfance dans un bon restaurant était naturel. Installés dans une véranda inondée de lumière, ils s'attardèrent jusqu'à 15 heures passées. L'échelle du temps semblait s'être totalement détraquée.

Comme la fois précédente, Vincent déposa Valentine dans une rue proche de l'école. Il lui demanda si tout allait bien. Elle balaya la question en rappelant qu'ils avaient déjà évoqué le sujet et qu'il ne fallait rien gâcher des moments qu'ils venaient de partager.

Il se contenta de hocher tristement la tête et d'ajouter : « Bien sûr… Mais je suis là si tu as besoin, Val. »

Puis il promit qu'il reviendrait mercredi soir pour passer en sa compagnie la journée de jeudi. Il confierait une fois de plus les clefs de la librairie à sa jeune employée. Bien que consciente des contraintes que de telles escapades devaient lui occasionner, elle ne tenta pas de le raisonner. Son envie de le voir était bien trop forte. N'était-il pas normal de chercher à rattraper tant d'années de perdues ?

Elle ne put en revanche réprimer une pointe de jalousie à l'encontre de cette jeune femme décidément bien serviable, et éprouva le besoin d'en apprendre davantage sur elle. Amusé, Vincent la regarda s'empêtrer dans ses questions. Le visage empourpré, elle se sentait ridicule. Il finit par la libérer en lui expliquant que Léa était enceinte de cinq mois et qu'elle convolerait en justes noces avec l'heureux papa quelques mois après l'accouchement. Il ajouta qu'il profitait de sa présence car quand elle partirait en congé maternité, il serait obligé de rester à Verdun pour s'occuper de la librairie.

Valentine soupira, refusant de penser à l'avenir. Seuls lui importaient les instants qu'elle volait au jour le jour à sa funeste existence. Et l'heure était venue de la réintégrer. Elle se pencha pour attraper son sac, le posa sur ses genoux. Vincent lui pinça affectueusement la joue et observa, amusé, sa moue boudeuse. Cela éveilla de nouveaux souvenirs, qui le troublèrent. Il voulait la serrer dans ses bras, libérer ses longs cheveux pour les voir comme autrefois caresser ses épaules. Il passait alors des heures à les lui brosser…

— À quoi penses-tu, Vincent ?

Il sursauta, comme pris en faute, bégaya quelques excuses inaudibles et chercha à se ressaisir en se concentrant sur la rue déserte.

— Il faut que j'y aille ! L'école va ouvrir…, fit Valentine.

— Oui, bien sûr…, bafouilla-t-il encore, sur un ton qu'il voulut joyeux, mais qui claqua plutôt sèchement.

Il se tourna vers elle et l'embrassa rapidement sur la joue.

L'espace d'une seconde, Valentine sentit qu'un truc clochait.

— J'ai fait quelque chose de mal, Vincent ?

La voix était douce et inquiète. Il la rassura, prétexta qu'il était juste un peu fatigué. Mais lorsqu'il posa ses yeux sur elle, le regard qu'ils échangèrent ne mentait pas.

Valentine ouvrit la portière, attendit quelques secondes et quitta l'habitacle sans une parole de plus.

Les mots étaient devenus inutiles.

*

Daniel referma la porte de l'appartement. Valentine et Nathan n'étaient pas encore rentrés. Sa montre indiquait 16 h 35. Ils seraient là dans une dizaine de minutes.

Finalement, son idée de venir à l'improviste, pour épier Valentine lorsqu'elle ne l'attendait pas, était la bonne. Cela le rassurait. C'était évidemment absurde, car il la connaissait par cœur et il savait qu'elle ne prendrait jamais le risque de lui cacher quoi que ce soit. Mais il devait avouer que l'apparition puis la disparition soudaines de ce cahier le turlupinaient. Si Valentine n'avait aucun secret, pourquoi s'évertuait-elle à dissimuler ce carnet ?

Cette histoire le minait. Au bureau, il peinait à se concentrer. Samedi, il s'était éclipsé une bonne heure, laissant seul Nathan, pour espionner Valentine sur son lieu de travail. Elle ne s'en était même pas rendu compte, tant il y avait de monde. Il n'avait rien remarqué de particulier. Aucun pseudo-client un peu trop entreprenant, pas de collègue de travail trop familier…

Il retourna dans la chambre de Nathan. Sur le bureau se trouvait un bloc où son fils avait recopié quelques mots, suivis d'une écriture au tracé plus mature : celle de Valentine. Il se tapa le front en éclatant de rire.

Il s'était fait un film pour cette histoire de cahier. Mais l'origine de son problème était simple et logique : il devait s'agir d'un support qui avait servi pour aider Nathan dans ses devoirs. D'où le fait qu'il ne soit plus dans la maison. Valentine était passée à un bloc.

Il oscillait malgré tout entre la suspicion et la logique de ses derniers arguments.

Il soupira.

Il ne cessait de clamer qu'il connaissait bien sa Valentine. Alors, sur un tel détail, ne pouvait-il pas raisonnablement lui accorder le bénéfice du doute ?

Il secoua la tête. Ce démon de la jalousie ne le quittait jamais. Et le poussait souvent à penser au pire. Il devait se détendre…

Apaisé, il sortit de la chambre, traversa le salon, balança négligemment son trousseau de clefs en visant la coupelle posée sur le meuble de l'entrée, à un mètre de lui. Mais le porte-clefs vint heurter le bord du chiffonnier avant de tomber sur le sol.

Il se baissa, s'empara du trousseau et allait se redresser lorsqu'un point jaune attira son regard. Il se baissa à nouveau et aperçut un minuscule carré de papier jaune. Il s'en empara et le déplia.

« DOMINIQUE »

Daniel eut l'impression d'être traversé par la foudre. Il sentit son corps chanceler et dut s'appuyer contre le mur. Dominique. Qui était ce type, dont il n'avait jamais entendu parler ?

Une grimace hideuse vint déformer ses lèvres tandis que ses yeux glissaient sur le numéro de portable et s'arrêtaient sur « APPELLE-MOI ! J ».

Il tourna et retourna le papier, scruta les lettres majuscules.

Il avança jusqu'au salon, sonné, se laissa lourdement tomber sur le canapé.

Ce n'était tout simplement pas possible.

Pas possible.

Il reprit le Post-it, espérant qu'une seconde lecture lui permettrait de découvrir d'autres mots que ceux qui lui martelaient maintenant le cerveau avec une violence inouïe.

Valentine. SA Valentine.

Avec rage, il chiffonna le papier dans sa main avant de le lâcher comme s'il s'agissait d'une braise, fit les cent pas entre le salon et le couloir. Puis il se rendit dans la cuisine, pour ne plus voir ce foutu point jaune.

Il enserra le dossier d'une chaise, prêt à la briser de ses deux mains.

Il lui avait accordé le bénéfice du doute pour le cahier. Mais cela n'avait été que reculer pour mieux sauter. Elle lui cachait bien pire, c'était désormais une évidence.

Qui était ce Dominique ? Parce qu'il ne faisait aucun doute qu'il s'agissait d'un homme. Et d'un rendez-vous noté à la va-vite sur un Post-it...

L'image de Valentine nue dans les bras d'un autre homme le glaça.

— La salope ! hurla-t-il.

Comment avait-elle pu lui faire ça ?

Son visage cramoisi vibrait maintenant autant de colère que de peur. Son pire cauchemar se réalisait.

Il tapa rageusement son poing contre le mur.

Ce n'est pas le moment de péter un boulon.

Concentre-toi sur la meilleure manière de procéder.

Ce n'était pas bien compliqué. Il allait juste la démonter et lui rappeler qu'il avait tout pouvoir sur elle.

Qui trompe une fois trompe toujours...

— Ta gueule ! cria-t-il pour faire taire cette petite voix moqueuse.

Il devait se concentrer. Établir un plan. Parce qu'au-delà de Valentine, il allait s'occuper du chien qui avait osé poser les mains sur sa femme.

Il ferma les yeux, s'efforça de réfléchir, les mâchoires soudées.

Lorsqu'il releva la tête, une minute plus tard, un masque haineux s'était substitué à ses traits. Et, lentement, un sourire mauvais se dessina sur ses lèvres.

Il retourna au salon, ramassa le Post-it froissé, en prit une photo. Puis il replia le bout de papier en quatre et le remit où il l'avait trouvé.

« Appelle-moi ! »

Il avait bien l'intention de faire plaisir à ce salopard.

Quant à Valentine, elle allait voir ce qu'elle allait voir… Mais il n'était pas question de réagir à chaud. Parce que lui coller une bonne rouste ne lui apprendrait rien sur ce qu'elle avait fait ou avait encore l'intention de faire. Il allait devoir se comporter comme si de rien n'était pour comprendre ce qu'elle tramait dans son dos…

L'urgence était donc d'apaiser les tremblements nerveux qui agitaient son corps, dominer ce cerveau en surchauffe qu'il sentait sur le point d'exploser, afficher un air « serein ».

Autant dire qu'il avait du boulot.

Il allait commencer par respirer un grand coup. Parce qu'ici il étouffait.

Il fourra rageusement le trousseau de clefs dans sa poche de blouson et quitta l'appartement.

*

Sur le chemin de retour de l'école, Valentine n'écoutait pas ce que Nathan lui racontait, obsédée par le dernier regard échangé avec Vincent. Pourquoi l'avait-il à ce point troublée ? Il y avait certes l'évidence : comment ne pas être émue par leur complicité restée intacte, par cette magie entre eux qui continuait à opérer malgré plus de quinze ans de séparation ?

Mais pourquoi cette soudaine pointe de culpabilité ? Elle avait transgressé un interdit par le simple fait d'avoir retrouvé Vincent. Et de l'avoir caché. Mais elle n'avait jusqu'à présent éprouvé aucun regret ou remords.

Il lui fallait comprendre les raisons d'une telle agitation intérieure.

Avec Vincent, elle se sentait en confiance. Il était doux. Il la regardait aujourd'hui comme hier, un air mi-amusé, mi-fasciné sur le visage. Elle retrouvait en lui toutes ses expressions d'autrefois.

Et là, d'un regard, tout basculait.

Elle s'arrêta de marcher. Un souvenir précis venait de resurgir dans sa mémoire. La survivance d'un amour innocent mais condamné.

Le regard que Vincent avait posé sur elle lors de leur unique baiser, qui avait sonné le glas de leur vie insouciante.

— Tu viens, maman ?

Nathan lui prenait la main et la tirait pour qu'elle avance. Ce qu'elle fit, plus perturbée encore.

L'espace d'une fulgurance, elle imagina se blottir comme autrefois dans les bras de Vincent. Son cœur se comprima dans sa poitrine, comme une éponge qu'une main aurait serrée trop fort. Elle s'obligea à revenir à sa réalité. Présente et à venir.

La vie avec Daniel lui avait appris une certaine définition de l'amour. Et elle avait bien trop souffert pour imaginer un jour lui donner un autre sens. Alors pourquoi ne pouvait-elle réfréner ces palpitations si douces dans sa poitrine maintenant qu'elle songeait à Vincent ?

En pénétrant dans l'appartement, un pressentiment l'envahit.

Elle appela Daniel à haute voix, et lorsque seul le silence lui répondit, elle ébouriffa la chevelure de Nathan et chassa cette sensation bizarre de son esprit. Elle se rua dans la salle de bains, comprima ses tempes entre deux gants d'eau fraîche. Nathan alluma la télé. C'était son rituel lorsqu'ils n'allaient pas chez Suzette.

Elle passa devant lui, frappa chez son amie. Cette dernière lui ouvrit la porte et resta quelques secondes interdite devant la mine abattue de Valentine :

— Quelque chose ne va pas ?

Valentine tenta d'avoir l'air convaincant :

— Une vilaine migraine qui monte en puissance. Je crois que je ferais mieux de m'allonger un peu…

Ce n'était pas un mensonge, à en juger les coups de marteau-piqueur qui lui pilonnaient la tempe droite.

Le visage de Suzette s'éclaira :

— Vous me rassurez ! Nous nous verrons donc une autre fois, même si je suis impatiente de vous entendre me raconter tout ce qui s'est passé…

— Promis, je passe vous voir dès que je le pourrai !

Valentine la prit dans ses bras, avec le sentiment coupable de ne pas rendre à Suzette le centième de ce qu'elle-même lui avait apporté. Mais elle éprouvait le besoin impérieux de s'isoler pour revivre les moments partagés avec Vincent.

*

En quittant le parking, Daniel avait aperçu Valentine et Nathan remonter la rue vers la résidence. Lui avait rejoint une allée un peu à l'écart, beaucoup plus tranquille.

Il prit son téléphone, composa le numéro indiqué sur la photo. Trois longues sonneries retentirent.

— Allô !

Une voix grave. Masculine.

— Allô !!!? répéta cette même voix.

Un silence. Un long silence, aux extrémités desquelles se tenaient deux hommes traversés par une même suspicion, une même jalousie. Pour deux femmes différentes.

Les mâchoires serrées, Daniel coupa la communication. Il n'avait pas les réponses à toutes ses questions. Mais il venait d'obtenir confirmation de son principal soupçon.

Valentine se confondait finalement avec toutes ces Marie-couche-toi-là qui considéraient l'adultère comme une démonstration de modernité, et revendiquaient une égalité des sexes dans tous les domaines, y compris dans leurs comportements les plus primitifs et bestiaux. Une garce aux allures de sainte-nitouche.

Ses mains tremblaient tellement qu'il avait du mal à tenir son portable dans celle de gauche.

Imaginer que ce numéro appartenait à un type était une chose ; entendre ce fumier de vive voix en était une autre. Il songea qu'il aurait mieux valu ne pas appeler. Désormais, il n'avait même plus l'ombre d'un doute. Comment allait-il jouer la comédie ?

Lui qui comme un con s'escrimait à bosser dur, pendant que Madame s'envoyait en l'air dans son dos. C'est sûr, les mauvaises langues du voisinage devaient bien baver à son sujet…

Des images de Valentine dans les bras d'un autre jaillirent dans son cerveau en ébullition. Il y superposa celles d'une Valentine cherchant désespérément de l'air tandis qu'il comprimait ses artères carotides.

Il inspira lentement.

Ça, ce n'était pas une bonne solution. Il souhaitait aussi régler le compte du salopard qui s'était imaginé pouvoir disposer de ce qui lui appartenait à lui. Pour une fois, il allait se montrer stratège et patient.

Inspiration. Expiration.

Un homme devait se comporter en homme. Garder son calme et feindre que tout allait bien ne serait pas facile, mais il y parviendrait.

Il remit le moteur en marche.

Il était temps de rentrer.

*

Bruit de clef dans la serrure. Ce simple son qui la faisait se redresser subitement, tel un soldat se mettant au garde-à-vous.

Daniel entra dans la cuisine, lui déposa un rapide baiser sur les lèvres. L'espace d'une seconde elle décela intuitivement une anomalie dans son attitude, mais mit cette impression sur le compte d'un trop-plein d'émotions.

Au bout de dix minutes, il l'appela. Elle le rejoignit dans le salon. Il l'invita à s'asseoir à ses côtés. Il la dévisagea longuement. Il n'avait pas proféré un seul mot depuis son arrivée, et cela n'était pas de bon augure.

D'une voix qui lui apparut curieusement monocorde, il la questionna sur sa journée. Une alarme interne s'alluma en elle et elle se rappela l'intuition qui l'avait traversée, tout à l'heure. Migraine ou pas, il y avait peut-être bien quelque chose.

Elle lui expliqua qu'elle était restée alitée une bonne partie de la journée en raison de la montée en puissance de sa migraine, en ayant enchaîné cafés et cachets de paracétamol. Il garda les yeux rivés aux siens. Elle sentait son cœur battre jusque dans ses tempes et pria pour qu'il ne remarque rien de la peur qui montait en elle. Lorsqu'elle eut terminé, il ne prononça pas un mot, lui tapota le genou sans commentaire, et se dirigea vers la chambre.

Valentine se leva à son tour, tous ses sens diminués mais désormais en alerte.

Certes, il n'avait pas paru nerveux ou angoissé, néanmoins elle trouvait son comportement pour le moins bizarre. Il ne s'était pas montré menaçant, mais…

Mais.

18.

Valentine balaya du regard les affiches apposées sur les murs.

« Les coins de porte ont encore tué 146 femmes cette année », « Violences conjugales : Parlez-en avant de ne plus pouvoir le faire. Appelez le 3919 », etc.

Une affiche l'interpella tout particulièrement : au centre, un rectangle rouge dans lequel était écrit : « Les violences faites aux femmes c'est lorsqu'il… » Un nuage de mots, de tailles différentes, complétait cette introduction. On y lisait « terrorise, prostitue, viole, frappe, bouscule, étrangle, humilie, harcèle, insulte ». Mais également, en plus petit : « Menace, abuse de son pouvoir, vole la pièce d'identité, prive de liberté, dévalorise… »

Abasourdie, elle voyait sa propre condition de femme battue prendre corps. Mais comment aurait-elle pu associer les premières remarques méprisantes comme un signe d'alerte ? Comment aurait-elle pu imaginer, dès le début de sa relation avec Daniel, que les contrôles permanents de son emploi du temps n'étaient pas tant la démonstration de sa peur de la perdre que le signe d'une pathologie compulsive ? Quand on ne connaissait pas un mal, comment pouvait-on en identifier les racines ?

Était-elle donc à ce point naïve, stupide et pitoyable ?

Elle étouffa un sanglot. Décidément, elle pleurnichait souvent en ce moment. Elle se redressa sur son siège, en se disant que se tenir bien droite lui rendrait peut-être une dignité perdue. Puis elle se concentra sur la raison de sa présence en ces lieux.

Il lui tardait de revoir Gaëlle, qu'elle avait vraiment envie de mieux connaître. La jeune femme avait promis de lui présenter Dominique, elles échangeraient toutes les trois quelques mots, puis Gaëlle et elle retrouveraient le café de la semaine précédente. Là, Valentine lui confierait ses retrouvailles avec Vincent…

— Valentine ?

Elle leva la tête : une femme venait de poser une main sur son épaule. Elle comprit immédiatement qu'il s'agissait de la fameuse Dominique. Grande et filiforme, elle avait un regard perçant qui troubla Valentine. Mais il émanait d'elle une grande bienveillance.

— Gaëlle est repassée la semaine dernière et m'a parlé de vous. Mais elle est en retard et je n'ai toujours pas de nouvelles…

— Oh ! s'exclama Valentine. Peut-être ai-je mal compris l'heure. Je n'ai pas remis la main sur le papier qu'elle m'avait donné…

— Non, vous ne faites pas erreur. Gaëlle vient tous les mardis à 9 h 30. Elle n'a jamais manqué aucun de ses rendez-vous…

Valentine remarqua un voile d'inquiétude passer sur le visage de Dominique. Mais celle-ci poursuivit :

— Nous pourrions peut-être échanger toutes les deux en l'attendant…

La chose dont Valentine était bien certaine, c'est qu'elle n'avait aucune envie de parler de Daniel et de ce qu'elle subissait depuis tant d'années. La nuit n'avait pas suffi à la défaire de l'impression menaçante que quelque chose clochait. Ce matin encore, elle avait senti le poids de son regard sur elle au moindre de ses mouvements. Le voir quitter l'appartement avait été encore plus que de coutume un réel soulagement. Alors, à cet instant précis, Valentine ne désirait parler qu'à Gaëlle, et attendre que cette jeune femme, avec ses mots simples mais avec son parler vrai, lui explique pourquoi son cœur se serrait dès que Vincent repartait, et pourquoi il se remettait à battre avec tant de fougue à quelques heures de le retrouver…

— Je vous remercie, Dominique, mais il faut que j'y aille, dit-elle en jetant un œil sur sa montre. Autant remettre notre échange à une prochaine fois. Je dois absolument être à mon domicile dans une demi-heure pour ma livraison de courses hebdomadaire…

Dominique hocha lentement la tête.

— Vous êtes ici chez vous, Valentine. Venez quand vous voulez…

Valentine esquissa un petit sourire.

— Je crois que Gaëlle a des projets... particuliers en tête. Pourriez-vous lui transmettre que j'aurais adoré la revoir avant qu'elle ne les réalise ?

Pensive, Dominique la regarda attentivement.

— C'est rare que Gaëlle se confie ainsi à une inconnue... Vous avez dû la toucher tout particulièrement. En même temps, je ne suis pas surprise... Après votre rencontre, elle m'a dit mot pour mot : « Si tu savais combien elle m'a fait penser à moi il y a quelques années... »

Elle regarda autour d'elle puis se pencha à nouveau vers Valentine :

— Oui, Gaëlle a de beaux projets. Et j'aurais préféré qu'elle les mette plus rapidement à exécution... Mais vous avez encore du temps devant vous pour la découvrir...

Valentine le savait. Gaëlle lui avait parlé de deux mois. Deux petits mois pour renouer avec la vie.

— Je vous promets que je n'oublierai pas votre message, Valentine.

Reconnaissante, Valentine se leva, la remercia et promit de revenir « si un jour elle en éprouvait le besoin ». Dominique ne fut pas dupe : toutes deux savaient qu'elle n'avait pas l'intention de revenir ici raconter son histoire...

En la voyant s'éloigner, Dominique songea que Gaëlle n'avait peut-être pas croisé le chemin de cette femme par hasard et espéra que Valentine aurait un déclic. Valentine trouva bizarre que Gaëlle ne soit pas venue : elle ne connaissait que trop bien les motifs qui justifiaient des rendez-vous non honorés pour ne pas avoir à se montrer...

*

Midi. Daniel gara la voiture et se hâta de rejoindre le hall d'entrée.

Lorsqu'il entra dans l'appartement, Valentine rangeait les courses. Un centième de seconde, il vit son visage se décomposer puis s'orner d'un sourire emprunté. Sans s'y attarder, il l'interrogea :

— Tu as prévu quelque chose pour cet après-midi ?

Valentine songea à Suzette, qui l'attendait sans doute avec impatience.

— Rien de particulier, non…

— Parfait ! J'ai posé mon après-midi, annonça-t-il gaiement. Nous allons pouvoir rester ensemble…

Elle sentit quelque chose de très sombre dans sa voix.

Mais elle comprit surtout qu'un nouveau problème venait de se poser à elle.

*

Valentine fixait le plafond dans la pénombre. Ses nuits se révélaient désormais aussi compliquées que ses jours.

Elle ne parvenait pas à fermer l'œil. Non seulement sa migraine ne la lâchait pas, mais de surcroît tout s'entrechoquait dans sa tête. L'absence de Vincent, la non-venue de Gaëlle, la tristesse persistante de Nathan, la culpabilité de n'avoir rien raconté de ces beaux moments à Suzette, l'intuition désagréable que Daniel mijotait quelque chose…

Elle était restée alitée tout l'après-midi avec l'excuse de sa migraine, et avait fait semblant de dormir dès qu'il s'était couché. Il avait mis beaucoup de temps à trouver le sommeil. C'était inhabituel et cela contribuait à renforcer son sentiment de malaise. Enfin, sa respiration maintenant régulière lui indiqua qu'il s'était endormi.

Elle patienta encore une dizaine de minutes puis se glissa délicatement hors du lit.

Ce soir, elle n'éprouvait pas le besoin d'écrire. Elle souhaitait juste fixer le ciel partiellement étoilé, suivre ces points lumineux pour rejoindre Vincent en esprit.

Elle resta de longues minutes à la fenêtre du salon, dans le silence de la nuit, à l'imaginer dormir. Pensait-il un peu à elle au travers de ses rêves ?

Comment ça, est-ce qu'il pense à toi ?

Que veux-tu dire ?

Elle ravala sa salive.

Ce n'était pas le moment de divaguer.

Elle partit vers la salle de bains, en revint avec un comprimé d'antimigraineux qu'elle fit fondre sous sa langue.

Elle devait se ressaisir.

Déconcertée, elle déambula dans l'appartement avant de s'arrêter devant le miroir de l'entrée : des yeux cernés de tristesse, de fatigue et d'inquiétude, des traits tirés. Combien d'années encore à se voir ainsi s'étioler dans le renoncement à tout espoir d'une vie différente ?

Elle recula sans cesser de se fixer du regard, jusqu'à ce que son dos rencontre la cloison opposée. Là, elle se laissa lentement glisser. Elle aurait aimé pouvoir rebooter son cerveau comme on le fait pour un ordinateur et repartir de zéro…

Elle allait se relever quand ses yeux tombèrent sur un point de couleur jaune. À quatre pattes, elle s'en approcha, le cœur battant. Le Post-it de Gaëlle !

Soulagée, elle s'en empara et se remit debout. Mais ce sursis fut de courte durée. Si le papier était bien plié en quatre, comme dans son souvenir, les fibres visiblement cassées ne laissaient place à aucun doute : il avait été froissé avant d'être aplati et replié.

Valentine sentit le sol se dérober sous ses jambes et dut se rasseoir.

Tout se recoupait : la perte de ce papier, l'attitude pour le moins étrange de Daniel, son jour de repos non programmé…

Dominique. Un prénom épicène. Nul besoin d'une analyse poussée pour deviner ce que Daniel en avait déduit. Mais pourquoi faisait-il comme s'il n'avait rien vu ? Que mijotait-il ?

Elle regretta presque de ne pas avoir eu à payer son étourderie par des coups. Le silence de Daniel était bien plus inquiétant…

Elle revint sur le numéro de portable. Gaëlle lui avait fait promettre de le mémoriser, ce qui signifiait détruire ensuite le Post-it. Elle n'avait pas suivi son conseil.

Tu es inconsciente, ma pauvre fille ! Tu es dans de beaux draps, maintenant…

Elle, à la limite, ce n'était pas grave. Mais Gaëlle ?

La première chose à faire était de se calmer.

Allez, concentre-toi et trouve une explication.

Veille à ce qu'elle soit plausible. Et surtout à ce qu'elle protège Gaëlle...

Elle ignora son cœur qui battait maintenant un peu trop fort dans sa poitrine et projeta la scène dans sa tête. Elle imagina le regard de Daniel la scanner pendant qu'elle devrait lui expliquer qui était Dominique. S'il lui laissait le temps de s'exprimer...

Pas de panique.

Tu raconteras que Dominique est une maman rencontrée à l'école. L'une de celles qui amènent justement ses enfants au parc. Et tu ajouteras : « Tu sais bien, Daniel, je t'en ai parlé il y a quelques jours... »

Oui, ça, ça collait.

Et s'il appelle avant toi ?

Les choses se compliquaient à cet endroit précis.

Si Gaëlle décrochait, que dirait-elle ?

Mais arrête donc de paniquer ! Gaëlle est bien plus maligne que toi. Cela ne lui serait jamais arrivé à elle !

Sauf que maintenant, elle l'avait mise dans la même galère.

Si elle décroche, elle dira qu'il s'agit d'une erreur de numéro.

Elle se redressa, inspira un grand coup.

Si Daniel avait déjà appelé et qu'il avait basculé sur le répondeur, il avait dû tomber sur une voix masculine, Gaëlle le lui avait bien dit. Et il penserait donc que Dominique était un homme...

Pire encore : le compagnon de Gaëlle pouvait avoir décroché… Un frisson la traversa.

Pour toi, peu importe l'option, ma belle.

Parce que s'il y a bien une chose dont tu dois être certaine, c'est que tu vas dérouiller.

Sans doute. Mais pour le moment, sa priorité était de protéger Gaëlle. Et donc de la prévenir. Mais Gaëlle lui avait bien dit de ne pas laisser de message et d'attendre de l'avoir en direct. Sans doute parce que son ami contrôlait ce téléphone. Ce qui signifiait qu'elle ne pouvait pas davantage envoyer de SMS.

Il lui faudrait donc attendre demain.

Elle se concentra sur la première urgence : se rendre à l'association et prévenir Gaëlle par l'intermédiaire de Dominique, même si Daniel lui réservait la surprise de rester le lendemain, éventualité fort probable.

D'ici là, puisque Daniel avait remis ce Post-it là où il l'avait sans doute trouvé, elle le replaça exactement au même endroit.

19.

Au réveil, Valentine s'efforça de ne rien montrer de ses préoccupations et prit soin de se comporter comme à son habitude. Daniel parti au travail, elle décida de déposer Nathan à l'école, puis de passer à l'association afin de faire avertir Gaëlle. Ensuite, elle préviendrait Suzette qu'ils ne pourraient aller lui rendre visite aujourd'hui non plus.

L'association n'était pas encore ouverte. Elle profita de la sortie d'une personne pour s'engouffrer dans le hall et patienter à l'abri des regards. Comment allait-elle expliquer cette histoire à Dominique et justifier sa légèreté ?

Vingt minutes plus tard, Dominique entrait à son tour dans l'immeuble. Le soulagement de Valentine fut de courte durée lorsqu'elle vit son visage, d'une pâleur cadavérique.

— Suivez-moi, murmura Dominique dans un souffle et sans même prendre le temps de la saluer.

Elle s'engouffra à sa suite, dans le même couloir que celui où elle avait patienté la veille. Dominique l'invita d'un geste à entrer dans son bureau, lui fit signe de s'asseoir, mais pas dans l'un des fauteuils disposés en face à face. Elle lui désigna la chaise placée devant son bureau, tandis qu'elle-même passait derrière et se laissait lourdement tomber sur le siège. Dominique n'avait toujours pas prononcé le moindre mot. Valentine sentit son ventre se nouer.

Elle ne fut donc pas vraiment surprise lorsque Dominique déclara :

— Je n'ai pas une bonne nouvelle, Valentine…

Valentine se raidit aussitôt. Une image surgit dans sa tête : celle de Gaëlle sur un lit d'hôpital.

Pourquoi pensait-elle à cela ? Elle imagina Daniel tendre un piège à Gaëlle. Pour la passer à tabac.

Tu déraillles complètement !

Pourquoi l'aurait-il frappée, elle ?

Elle essaya de se ressaisir mais son cœur cognait si fort qu'il lui semblait tonner dans le silence pesant de la pièce. Dominique cherchait ses mots. Enfin elle regarda Valentine et commença :

— Gaëlle n'a jamais manqué l'un de nos rendez-vous. Jamais ! J'ai attendu de ses nouvelles jusqu'en début d'après-midi. En vain. En début de soirée, ma collègue et moi nous sommes donc rendues à la police…

Elle s'arrêta, submergée par l'émotion. Elle balaya son bureau du regard, comme pour puiser la force qui lui manquait dans toutes ces feuilles éparses, dans tous ces dossiers représentant des trajectoires de vie, des tragédies toujours, des renaissances parfois. Pour elle, chacun de ces dossiers portait un nom et avait un visage. Celui qui dansait à présent devant ses yeux lui serrait le cœur.

— Une enquête est en cours, mais il semblerait qu'une violente altercation ait éclaté entre Gaëlle et son…

Elle s'arrêta quelques instants.

— … et l'homme avec qui elle vit. Cela se serait passé avant-hier soir…

Elle regarda Valentine, semblant hésiter à en dire davantage, puis conclut :

— Voilà.

Valentine était maintenant comme soudée à la chaise sur laquelle elle était assise. Ses mâchoires aussi semblaient vissées et elle dut faire un effort surhumain pour murmurer :

— Dites-moi tout, Dominique…

Elles échangèrent un long regard, l'une cherchant à mesurer la capacité de l'autre à entendre l'intolérable, la seconde s'efforçant de ne rien laisser transparaître de son angoisse.

— Où est-elle ?

Dominique soupira.

— Il semblerait qu'une violente bagarre ait éclaté dans leur appartement vers 20 h 30. Les voisins ont entendu quelques cris. Bien sûr, aucun d'eux n'a jugé utile d'intervenir. Sauf pour appeler les secours une fois qu'il était trop tard…

— Trop tard… ?

Valentine aurait été incapable de dire si elle avait vraiment posé cette question ou si elle l'avait pensée si fort que Dominique l'avait entendue.

— Son compagnon parle évidemment d'un accident…

Elle déglutit :

— Gaëlle a été défenestrée…

Un silence sépulcral s'abattit dans la pièce. Dominique se hâta d'ajouter, sans doute dans une tentative de réconfort :

— Gaëlle serait morte sur le coup. Je m'accroche furieusement à l'idée qu'elle n'a pas eu le temps de souffrir…

Pétrifiée, incapable de dire quoi que ce soit, Valentine sentit monter une violente envie de vomir. Elle se leva, titubante. Ses mains s'accrochèrent par réflexe au dossier de la chaise.

— Valentine, rasseyez-vous ! l'implora Dominique en se précipitant vers elle.

Mais Valentine ne voulait pas, ne pouvait pas rester. Il fallait qu'elle sorte, qu'elle respire, qu'elle s'isole, qu'elle réfléchisse et se raisonne pour ne pas devenir folle.

— C'est ma faute… C'est ma faute ! C'est forcément ma faute…, psalmodia-t-elle tout en attrapant son sac.

Elle repoussa la main posée sur son bras, courut comme un robot vers la porte.

Non, les robots ne ressentent rien. Toi, tu ressens dans toutes les fibres de ton corps ce que Gaëlle a vécu.

Elle longea dans un état second le couloir interminable.

Le couloir de la mort ? Non, ici, Gaëlle était venue chercher la vie. La mort, c'est toi qui la lui as donnée, à cause de ta négligence avec ce satané Post-it. Toi ! En l'exposant à Daniel. Tu es l'unique responsable de sa mort !

Elle s'éjecta au-dehors comme un plongeur serait remonté à la surface sans respecter les paliers de décompression. Là, elle inspira bruyamment à pleins poumons, sous le regard intrigué de plusieurs passants.

Rentre.

Ne réfléchis pas.

Ferme tes écoutilles.

Tu sais bien : « S'endurcir pour ne rien ressentir. »

Mais là, ce n'était pas possible. Plus possible. Elle avait rouvert les vannes de toutes ces émotions le jour où Vincent avait réapparu dans le salon de Suzette. Ou peut-être même déjà lorsque Suzette avait commencé à lui faire des confidences sur ce qu'elle avait elle-même traversé.

Ressaisis-toi, Valentine.

Parce qu'au moment même où tu penses à ta copine Gaëlle, Daniel t'attend peut-être dans ta grande cage pour te faire subir le même sort que Flocon. Que Gaëlle. Quelle différence ?

Alors, pense à Nathan et reprends-toi.

D'un seul coup, elle bascula mentalement dans le vide. Ce vide qu'elle appelait autrefois de tous ses vœux juste avant les coups, dans lequel elle était tant de fois parvenue à se réfugier. Ce néant où la douleur mentale n'existait pas, et où la douleur physique n'était qu'une épreuve supplémentaire à surmonter. Jusqu'à la fois d'après.

Elle remonta chez elle, dévastée.

« Un accident ». Comment pouvait-on ne serait-ce qu'imaginer qu'il s'agissait d'un accident ? À qui ce monstre allait-il réussir à faire gober ça ? Dominique avait mentionné que cela s'était produit deux jours plus tôt, donc lundi. Y était-elle pour quelque chose ?

Elle revit le visage de poupée, les yeux pétillants de malice, d'espoir, d'attente de cette vie meilleure qu'elle ne connaîtrait jamais. Un violent spasme la plia en deux et elle eut tout juste le temps de se précipiter aux toilettes pour vomir tout ce que contenait son estomac.

Elle resta un long moment assise contre la cuvette, pantelante, hébétée.

— Je suis désolée, Gaëlle, tellement désolée..., dit-elle à voix haute.

Mais aurait-elle seulement pu faire quelque chose pour l'aider ?

Le visage de Vincent se superposa à celui de Gaëlle.

Vincent...

Le retour de Vincent avait provoqué un tsunami dans sa vie.

Un tsunami ou une renaissance ?

Elle avait perdu ses repères. Ses ancrages. Ses garde-fous.

Après Suzette, il avait réveillé en elle tout ce qu'elle avait choisi d'éteindre. Fait voler en éclats sa vie soigneusement cloisonnée en deux.

Elle s'était mise à espérer autre chose.

Comme Gaëlle.

Mais Gaëlle ne verrait jamais rien de ce bonheur dont elle avait rêvé.

Pourquoi, elle, Valentine Ravier, pourrait-elle y prétendre à son tour ?

Elle se releva comme elle le put : son corps était secoué de tremblements. Elle se demanda si elle n'avait pas de fièvre, tant son front lui semblait chaud.

Et ces élancements atroces dans sa tête, qui ne diminuaient pas…

Nathan, Suzette, Vincent…

Comment réagirait Daniel s'il venait à découvrir que Nathan et elle se rendaient chez Suzette ? S'il apprenait l'existence de Vincent ?

La vraie question serait plutôt : « Combien va-t-il mettre de temps pour découvrir Suzette et Vincent ? », Valentine…

Elle porta la main à sa bouche.

Elle devait maintenant les protéger tous les trois.

Oui, tous les trois, Valentine. Parce que toi tu vas payer, quoi qu'il arrive.

Elle balaya l'espace d'un revers de main. Elle avait vécu avec la peur que Daniel lui fasse chèrement payer ses mensonges, s'il venait à les découvrir. Mais maintenant cela lui semblait dérisoire. Une seule chose comptait désormais : les mettre eux à l'abri. Et pour cela, il n'y avait qu'une solution : Suzette et Vincent devaient ressortir de sa vie aussi vite qu'ils y étaient entrés ou revenus. Immédiatement.

Elle éclata en sanglots. Comment survivrait-elle désormais sans eux à ses côtés ?

Il sera toujours temps d'y penser quand ce sera fait.

Daniel te surveille en ce moment. Il va peut-être surgir cet après-midi.

Alors sois efficace.

Réfléchis à ce que tu vas dire à Suzette et à Vincent.

Parce que tu as intérêt à te montrer suffisamment convaincante si tu veux qu'ils n'insistent pas.

Elle essuya ses joues trempées de larmes. Décida de prendre une longue douche fraîche, comme s'il y avait une chance que l'eau ait le pouvoir de nettoyer son esprit. Puis elle commencerait par Suzette. Et terminerait avec Vincent demain matin.

Si Daniel lui en laissait la possibilité.

*

Suzette s'apprêtait à donner un deuxième tour au pâton lorsque trois coups furent tapés à sa porte. Ce ne pouvait être que Valentine. Elle se rua sur la porte, les mains encore enfarinées :

— Valentine ! Comme je suis heureuse de vous voir ! J'ai l'impression que cela fait un siècle !!!

Sa joie retomba lorsqu'elle vit le teint blafard de la jeune femme.

— Suzette, je ne vais pas pouvoir rester longtemps. Mais il faut absolument que je vous parle…

Inquiète, Suzette s'effaça pour la laisser entrer.

— Je voudrais tout d'abord vous remercier. Pour votre écoute. Pour votre gentillesse. Pour ce que vous avez fait pour Nathan. Pour ce que vous avez fait pour moi. Pour Vincent…

Elle baissa la tête. Ce n'était pas le moment de flancher. Elle ne devait surtout pas pleurer.

— Suzette, nous avons beaucoup échangé, toutes les deux, n'est-ce pas ?

Muette, Suzette hocha vigoureusement la tête.

— Vous avez été un vrai rayon de soleil dans ma vie mais…

Elle se tut. Satanée émotion qui lui enserrait à présent les cordes vocales…

— Vous est-il déjà arrivé, à un moment de votre vie, de vous demander ce que vous auriez dû faire différemment ? De ce que vous auriez pu dire à telle personne, de ce que vous auriez au contraire dû taire ? De vous interroger sur le geste qu'il vous aurait fallu faire pour éviter un accident, une dispute, un événement irréversible ?

Elle leva tête : face à elle, le visage de Suzette n'était plus le même. La lumière qui brillait toujours dans ses yeux s'était éteinte. Pour la première fois, Valentine remarqua les sillons qui creusaient ses joues, les petites taches brunes sur sa peau, que le temps rendrait progressivement plus nombreuses…

En dehors de sa propre peine de ne plus voir Suzette, elle songeait au chagrin qu'elle allait provoquer chez cette femme simple, spontanée, généreuse.

— Vous savez bien que oui, Valentine. Dites-moi plutôt où vous voulez en venir…

Son ton était presque suppliant.

— Nathan et moi ne pouvons continuer à venir ici, Suzette. Non, écoutez-moi, s'il vous plaît !

Suzette ramena la main qu'elle avait tendue vers elle.

— Je ne prends pas cette décision de gaieté de cœur. Mais je dois la prendre, vous comprenez ? Je ne peux pas tout vous raconter. Ce serait trop long et je n'ai pas beaucoup de temps devant moi. Daniel me surveille. Il est dangereux. Il peut débarquer à n'importe quel moment… S'il me découvre ici…

— Mais, Valentine…

— Si vous tenez un tant soit peu à Nathan et à moi, Suzette, essayez de me comprendre et de ne pas insister. L'idée de vous mettre en danger me rendrait encore plus malheureuse que je ne le suis, croyez-moi…

Les épaules de Suzette s'affaissèrent. Ses traits s'étaient décomposés.

— Demain matin, j'espère pouvoir me rendre au rendez-vous avec Vincent. Je lui dirai la même chose qu'à vous. Nous devons couper les ponts.

— Vous ne pouvez pas faire ça, Valentine. Ne plus me voir moi, je suis d'accord si vous pensez que c'est mieux pour vous. Mais pas Vincent. Je ne vous ai jamais vue aussi rayonnante que depuis que vous l'avez retrouvé…

Comment lui expliquer que ces retrouvailles avaient fait éclater son armure, ce mantra qu'elle se répétait depuis des années : « S'endurcir pour ne rien ressentir » ? Qu'aujourd'hui, elle était à fleur de peau ? Que la moindre émotion la bouleversait ? Et qu'elle ne pouvait rien se permettre de tout ça.

— Vous ne vous rendez pas compte. Daniel est totalement imprévisible…

— Vous avez peur pour nous, Valentine ?

Question piège. Y répondre par la positive inciterait Suzette à ne pas accepter sa position. Elle choisit le demi-mensonge :

— J'ai peur pour nous tous, Suzette…

Elle laissa passer un silence :

— Par ailleurs, rêver d'une vie qui ne pourra jamais être la mienne me fait plus de mal que de bien, Suzette…

Les yeux de Suzette se dilatèrent et se firent plus brillants. Elle lui fit signe de patienter, disparut dans le salon et en revint quelques instants plus tard, un papier à la main. Elle parvint à dire, d'une voix étranglée :

— Voici mon numéro de portable. Appelez-moi au moindre problème, Valentine. Je pensais vraiment bien faire, vous savez… Je me sens tellement démunie, inutile, incapable de vous aider, de vous sauver des griffes de ce monstre…

— Suzette, vous êtes une femme extraordinaire, répondit Valentine en prenant le papier tendu. Et je remercie chaque jour le destin de vous avoir aiguillée vers ma route. Vous avez été un vrai rayon de soleil pour moi. Vous avez même été une vraie mère. J'aurais tellement aimé vous ressembler et devenir une autre… Mais je ne resterai jamais que moi-même.

Une larme coula sur la joue de Suzette. Avec une infinie douceur, elle posa une main légère sur l'épaule de Valentine.

— Je ferai ce que vous voudrez. Mais plutôt que de chercher à devenir une autre, je crois que vous devriez partir à la recherche de celle que vous étiez. Celle que vous avez voulu effacer de votre mémoire. J'espérais que Vincent pourrait vous y ramener…

Elles sursautèrent toutes deux au bruit de la clef dans la serrure. La porte s'ouvrit sur Guy, qui remontait du centre-ville avec une baguette. Son visage exprima la surprise puis la contrariété.

— Bonjour, Valentine. Je ne sais pas si vous êtes au courant, mais votre mari arrive : je viens de repérer sa voiture sur le parking…

Valentine jeta un regard affolé vers Suzette.

— Vous voyez ! Il faut que j'y aille. Je compte sur vous pour ne rien dire à Vincent. Je le ferai moi-même demain matin. Si je peux y aller…

— Faites attention à vous, Valentine…, lui dit celle-ci en lui ouvrant les bras.

Spontanément, Valentine lui sauta au cou et la serra comme elle l'aurait fait pour un adieu. Elle ne commettrait pas deux fois la même erreur : elle allait apprendre par cœur le numéro de Suzette et jeter le papier dès qu'elle rentrerait chez elle.

Puis elle se précipita vers la porte d'en face, les larmes lui brouillant la vue.

*

L'oreille collée contre la porte, Daniel ferma les yeux pour mieux se concentrer. Aucun bruit ne filtrait de l'appartement. Il entra.

— Daniel ?

La voix de Valentine provenait de la chambre. Il y fut en deux enjambées. Allongée sur le lit dans une demi-pénombre, elle avait à moitié fermé les stores.

— Tu es encore au lit à cette heure-ci ?

— J'ai accompagné Nathan mais je ne me sentais vraiment pas bien. J'ai préféré rester couchée en attendant l'heure d'aller le rechercher…

Il s'approcha d'elle, lui tapota l'épaule et ajouta sur un ton mielleux :

— Nous irons tous les deux en voiture : cela t'évitera de rester debout trop longtemps, ma chérie.

Elle fit comme si elle n'avait rien perçu de son timbre légèrement ironique sur le mot « chérie ».

— Et qu'as-tu au programme pour cet après-midi ?

C'est le moment. Vas-y !

En dépit de sa peur et de sa tête douloureuse, elle se redressa, s'adossa à la tête de lit et se lança :

— Je voulais faire une surprise à Nathan en proposant à une maman que je croise parfois à l'école de garder son fils avec Nathan à la maison. Mais vu l'état dans lequel je suis, ça ne va pas être possible…

— Qu'est-ce que c'est que ces conneries ? Depuis quand tu prends la décision de ramener des gens ici ?

— Je t'en aurais parlé hier si je m'étais sentie mieux et je n'aurais ramené que le gamin. Sa maman, Dominique, m'a l'air d'être quelqu'un de très bien…

Il y avait suffisamment de lumière pour permettre à Valentine de voir la main de Daniel se pétrifier au moment où elle avait prononcé le prénom. Elle poursuivit comme si de rien n'était :

— Mais le problème ne se pose plus pour aujourd'hui…

Elle le vit sortir de la chambre. Elle savait qu'elle jouait à un jeu risqué. Mais elle faisait au mieux. Si Daniel avait vraiment appelé Gaëlle avant « l'accident », ou bien il était tombé sur sa messagerie et auquel cas il aurait bien vu qu'il s'agissait d'une voix masculine, ou bien elle avait directement décroché. Mais, quoi qu'ait pu dire Daniel, Valentine était persuadée que Gaëlle avait dû se montrer prudente et peu diserte. Il lui avait suffi de se demander ce qu'elle aurait fait à sa place pour le savoir.

Juste derrière la cloison qui séparait leur chambre du couloir, Daniel se relevait. Le papier était toujours au même endroit. Il ouvrit le sac à main de Valentine, sortit le téléphone, inspecta de fond en comble l'historique des appels, les SMS. Rien de plus que ce que les relevés d'appels lui avaient déjà appris.

Mais il n'était pas homme à se laisser facilement berner. Lui avait encore en tête la voix du fumier qui avait décroché. Il allait donc la prendre à son propre piège.

— Valentine, je vais rester ici cet après-midi. Comme ça, nous allons proposer à cette fameuse Dominique de nous confier son fils et tu pourras continuer à te reposer pendant que je les garderai ! Comment s'appelle-t-il, déjà, ce gamin ?

Interdite, Valentine réfléchit à toute vitesse, consciente qu'elle venait de se fourrer elle-même dans un sacré pétrin.

Garde ton sang-froid.

Nathan te parle constamment de Romy et…

— Grégoire ! Il s'appelle Grégoire…

Lorsqu'ils arrivèrent à l'école, Valentine était tellement mal qu'elle crut qu'elle allait faire un malaise. Daniel se gara devant l'établissement et l'obligea à l'accompagner à la grille. Là, il lui demanda si « la fameuse Dominique » était bien là. Incapable de parler, Valentine secoua la tête. Il attendit patiemment de voir arriver l'institutrice, une femme au visage effilé que Valentine voyait parfois, à l'ouverture ou à la fin de l'école. Elle dut s'appuyer au mur pour ne pas chanceler lorsque Daniel lui demanda s'il était possible d'avoir les coordonnées de « Dominique », la maman du petit Grégoire, de la même classe que son fils.

— Je suis désolée, monsieur, mais nous ne sommes pas habilités à communiquer les coordonnées des parents. Nous pouvons en revanche lui passer le message que vous souhaiteriez la contacter. En quelle classe est votre enfant et quel est son nom ?

Incapable de donner la totalité de la réponse, il ordonna d'un mouvement de tête à Valentine de le faire.

— Nathan. Nathan Ravier. Sa maîtresse est Mme Faucheux.

— Quel dommage ! Lise est partie il y a cinq minutes. Ce n'était pas son tour de fermeture…

— Très bien ! enchaîna promptement Daniel. Nous repasserons donc la voir.

— Elle sera là mardi prochain, si vous le souhaitez. Elle fera l'ouverture du matin…

— Parfait ! conclut-il dans un grand sourire.

Il posa sur Valentine un œil incisif : il exultait.

20.

De tous les moments difficiles qu'elle allait devoir affronter, celui-ci était sans doute celui qu'elle redoutait le plus.

Elle se tenait face à Vincent, dans une impasse que seuls les habitants empruntaient pour rentrer chez eux. La veille, elle était parvenue à éviter Daniel le plus possible en restant au lit. Rendue réellement malade par les derniers événements, elle avait enchaîné vertige sur vertige. Son mal de tête persistait, ses nausées également.

Elle avait commencé par expliquer à Vincent sa joie de le revoir, et aussi la complexité de concilier son retour avec les contraintes qui étaient les siennes. Mais elle avait beau dire, il s'obstinait.

— Vincent, je crois que tu ne comprends pas.

— Je pense seulement qu...

— Je te demande de me laisser tranquille ! hurla-t-elle soudain. Est-ce que c'est plus clair pour toi, dit comme ça ?

La stupeur le planta en plein milieu du trottoir. Elle reprit, baissant la voix.

— Je sais que tes intentions sont bonnes, et que tu voudrais sincèrement m'aider. Mais tu ne le peux pas. Tu ne sais pas à qui tu as affaire…

— Je me moque de cela, Valentine. Moi, il ne me fait pas peur. Qu'il vienne s'en prendre à moi physiquement ! Je ne ferai peut-être pas le poids mais je t'assure que je serai chez les flics dans les minutes qui suivent !

En disant cela, il s'était rapproché d'elle et avait posé la main sur son avant-bras. Elle parvint tant bien que mal à masquer son trouble.

— Tu vois, c'est comme ça qu'il te tient, Valentine. Par la peur.

Elle aurait donné n'importe quoi pour ne pas poursuivre cette conversation, lui proposer à la place de retourner au bord de ce lac qui avait vu leur lien renaître de ses cendres. Au lieu de cela, elle devait non seulement aller au bout de cet échange, mais il apparaissait même évident qu'il allait lui falloir durcir le ton pour que Vincent accepte de s'éloigner.

— Ce que tu ne comprends pas, c'est qu'en cherchant à m'aider, c'est à moi et à mon fils que tu fais courir un risque. Pas à toi.

Seules ses lèvres remuaient. Et les mots qui en sortaient semblaient dépourvus de toute émotion. Il la fixa un long moment, éberlué. Il ne s'attendait pas à cela.

— Tu ne peux pas dire ça…

Elle reprit la litanie de ses arguments sans même le regarder, comme si ses pensées avaient décidé de s'exprimer en se passant d'elle.

— Lorsque tu attises ses doutes, tu attises sa colère. Et cette colère, c'est sur moi qu'il la passera. Pas sur toi. Très clairement, à rester ici, tu mets ma vie en danger, Vincent.

Elle le vit joindre les mains en entrecroisant les doigts, puis les placer derrière sa tête, comme il le faisait déjà vingt ans plus tôt lorsqu'il allait devoir lui dire quelque chose qui lui ferait de la peine ou qui n'irait pas dans son sens.

— La réalité, Valentine, c'est que tu es aujourd'hui recouverte de cicatrices. Dans tous les sens du terme. Aussi bien profondes qu'en surface. C'est triste, parfois grave, mais ce n'est pas insurmontable. On peut vivre avec des cicatrices. Elles nous rappellent juste un accident. Un événement qui n'aurait pas dû se produire et qui a laissé des traces indélébiles que le temps pourra atténuer, mais jamais effacer. C'est comme ça. Ce qui compte, c'est ce que nous choisissons de faire de ce qui nous reste…

Elle se tourna vers lui : il l'enveloppait d'un regard doux comme une caresse.

— Vincent, une lettre, un signe de toi aurait pu changer le cours de ma vie. Mais elle n'est jamais arrivée et il ne s'est jamais produit.

— Je suis toujours ton ami, ton frère, ton confident, Valentine. Et tu dois pouvoir compter sur moi.

— Nous avons grandi. Vieilli. Nous ne sommes plus les mêmes… Et quand bien même tu considérerais que j'ai un problème, tu ne pourrais en être la solution…

Un silence. Puis la voix de Vincent, qui se mua en un long soupir.

— Je ne suis peut-être pas LA solution, Valentine, mais je peux néanmoins en faire partie…

— Mais…

Elle s'arrêta, à court d'arguments. Elle savait bien, au fond d'elle, qu'il avait raison. Mais la peur de le mettre en danger la tétanisait. Elle décida d'enfoncer le clou. Celui qui lui ferait suffisamment mal pour qu'il n'ait plus envie d'insister.

— Vincent, essaie plutôt d'accepter mes choix, mûrement réfléchis, même s'ils te choquent.

Qu'il était difficile de parler sans penser le moindre mot de ce qu'on disait… Sa voix tremblait peut-être un peu, mais elle avait eu l'air convaincant, et c'était tout ce qui comptait. À cet instant, que Vincent sorte de sa vie n'était pas une option négociable. Elle le vit vaciller.

Il n'arrivait pas à trancher entre ce qui, des tremblements dans la voix ou de l'affirmation du ton, sonnait le plus juste. Il pensait avoir retrouvé la Valentine qu'il connaissait. Et il avait cru voir scintiller dans son regard la même attente que lui. S'était-il donc trompé ?

Ou s'était-il tout simplement leurré lui-même ?

Il plongea ses yeux dans les siens. Elle ne put soutenir son regard.

— Bien. J'ai compris. Je ne pensais pas te revoir un jour. J'avais fait mon deuil de ce rêve-là. Mais maintenant que je t'ai revue…

Les mots s'étranglèrent dans sa gorge. Il se tourna, attrapa mollement la veste qu'il avait déposée sur le toit de la voiture et la balança à l'intérieur du véhicule. Puis il s'approcha de Valentine.

— Je ne t'imposerai jamais quoi que ce soit. Et surtout pas ma présence si elle te pèse plus qu'elle ne t'apporte. Je vais donc repartir. Retrouver cette ville que tu exècres. Et ce passé que tu as fui.

L'air faussement désinvolte, il lui pinça affectueusement la joue.

— Veille à ne pas te faner sans éclore, ma Valentine…

À cet instant précis, quelque chose bascule dans la tête de Valentine. Elle pense aux roses, puis aux orchidées de Suzette.

Elle lutte pour ne plus penser, pour ne plus ressentir.

Que lui arrive-t-il ? Elle s'oblige à se concentrer sur le col de son polo. Elle voit le col s'approcher d'elle. Il l'embrasse sur le front avec tendresse, comme il le faisait autrefois. Cette sensation de retour dans le passé la réconforte. Elle se concentre à présent de toutes ses forces sur la question tordue qui lui traverse l'esprit : est-il possible de fuir en arrière ? Sans doute pas. N'empêche, cela restera son unique refuge une fois qu'elle aura quitté cette impasse.

Il essaie de lire dans son regard si elle pense réellement tout ce qu'elle vient de lui dire.

— Tu es vraiment sûre, Valentine ?

Elle a peur, si elle ouvre la bouche, d'éclater en sanglots. Alors, elle se contente d'un brusque hochement de tête. Elle doit aller au bout de sa décision, alors qu'elle éprouve juste l'envie fulgurante de se jeter dans ses bras, de le supplier de les emmener, elle et Nathan, dans ce pays dont son petit garçon lui parle si souvent, cet endroit qui n'aurait pas de nom, où personne ne pourrait jamais plus les menacer. Le combat qu'elle se livre est titanesque. Mais elle ne voit décidément aucune autre manière de protéger Vincent.

Quelque chose passe furtivement dans ses yeux. Une lumière, comme un espoir, que Vincent parvient à capter durant un dixième de seconde. Mais, telle l'étoile filante, la lumière disparaît aussi vite qu'elle est venue.

Valentine sent une larme lui échapper : elle ne l'essuie pas. Elle ravale courageusement la boule dans sa gorge qui lui coupe presque la respiration.

— Oui, je suis sûre, Vincent…

Elle est anéantie mais ne doit rien en montrer. Même si elle ne sait pas comment elle arrive encore à tenir debout. Même si elle sent son cœur se briser en mille morceaux. Même si tout son sang semble avoir décidé de se canaliser dans ses tempes pour lui comprimer le cerveau, rendant sa migraine encore plus insoutenable.

Il lui prend la main, joue quelques instants avec elle comme s'il voulait la soupeser.

— Je ne peux te forcer à quoi que ce soit. Mais je ne veux pas non plus que tu imagines un jour que je me suis enfui à nouveau. Si tu veux vraiment que je parte, je respecterai ton désir, même s'il me déchire le cœur. J'aurai au moins la conscience d'avoir essayé.

— Oui, Vincent, tu peux partir avec le sentiment d'avoir fait une bonne action…

Pourquoi a-t-elle dit cela ? Elle lève les yeux sur lui, comprend qu'elle vient de le blesser profondément.

— Pardon, ça, je ne le pensais pas !

Ses yeux s'arriment aux siens et elle se dilue dans son regard, hypnotisée, incapable du moindre mouvement.

Comme aimantés, leurs visages se rapprochent. Valentine sent son cœur sur le point d'imploser. Elle sent aussi le doigt de Vincent descendre lentement le long de sa joue. Délicatement, il lui prend le visage entre les mains, approche le sien. Leurs souffles s'entremêlent. Tous deux se sentent bouleversés et maladroits. Il dépose avec une infinie douceur un baiser sur sa joue, ferme les yeux et la serre dans ses bras, en silence, tandis qu'elle enfouit son visage dans son cou. Cœur contre cœur, leurs deux corps enlacés expriment dans leur propre langage ce que ni l'un ni l'autre ne peuvent exprimer avec des mots.

Le temps s'est effacé. Derrière les paupières fermées de Valentine défile une multitude d'images. Elle est brutalement projetée en arrière, dans un champ de fleurs de pissenlit. Elle souffle en pensée sur l'une d'elles : des centaines de petits parachutes s'envolent. D'autres souvenirs jaillissent brusquement de sa mémoire endormie, soudain ranimés. Elle se demande d'ailleurs s'il n'existe pas une mémoire du corps. Elle ne s'attarde pas sur cette question car un autre flash l'aspire dans ce passé oublié. Elle entend le rire de Vincent de derrière le mur qui sépare leurs deux chambres et ressent de tout son être la chance qu'ils ont de s'être trouvés, d'être jeunes et d'avoir la vie devant eux.

De son côté, Vincent est incapable de desserrer son

étreinte. Il n'a absolument pas anticipé qu'il allait prendre Valentine dans ses bras. Ça s'est imposé à lui comme une évidence.

Valentine voudrait tellement rester dans ce temps, quand ses cheveux pouvaient encore voler libres sur ses épaules et dans le vent, quand l'avenir ne leur offrait que des promesses. Mais cela relèverait du miracle ou de la magie. Et Valentine sait que ni les miracles ni la magie n'existent.

Il sent son visage s'écarter de lui. Pas un instant il ne soupçonne à quel point c'est douloureux pour elle de s'arracher à cette étreinte. Lui se dit simplement qu'il n'aurait pas dû la prendre dans ses bras. Qu'elle n'a peut-être pas osé le repousser. Il la regarde à nouveau. Elle paraît lointaine, presque froide. Mais comment peut-elle ne rien voir de ce qui crève les yeux ? Comment peut-elle ne rien sentir de cette alchimie inexplicable entre eux, que le temps n'a pas altérée ? Comment peut-elle sembler si détachée alors que lui crève d'envie de l'embrasser ?

Il se racle la gorge, ouvre les bras en signe de désarroi.

— Je serai toujours là pour toi, Valentine. Toujours.

Il la voit entrouvrir ses lèvres. Mais que pourrait-elle ajouter ?

Il pose un doigt sur celles-ci, puis recule, s'engouffre dans sa voiture et démarre.

Elle le voit faire demi-tour, s'oblige à ne pas bouger, comme si ses pieds étaient fondus dans le bitume. Il s'éloigne sans se retourner.

Elle quitte alors l'impasse à son tour, vite, en regardant droit devant elle, pour ne laisser aucune place aux regrets qui l'assaillent. Elle ne voit rien, n'entend pas les bruits de la vie qui l'entoure. Elle gravit les marches de sa cage d'escalier deux à deux, consciente que chaque marche franchie la rapproche de cette vie d'avant que les derniers jours lui ont fait un peu oublier. Referme la porte sur l'appartement silencieux.

Elle pose alors un doigt sur sa joue, réveillant le frisson du souvenir des lèvres de Vincent. La digue cède d'un coup. Incapable de retenir les sanglots qui la secouent, elle se laisse lentement glisser contre le mur.

*

Aller chercher Nathan lui demanda un effort surhumain.

Sur le trajet du retour de l'école, elle lui expliqua qu'ils ne pourraient revoir Suzette et Guy avant bien longtemps. N'importe quel enfant se serait révolté, aurait pleuré. Lui acquiesça silencieusement. Elle lui proposa d'acheter une maquette et de la construire avec lui. Il eut un petit sourire triste mais déclina gentiment, et Valentine se retint de fondre en larmes devant toutes ces injustices de la vie dont elle ne savait pas le protéger.

En bas de la résidence, elle croisa la voisine du dessus. Elle ne chercha même pas, comme d'habitude, à plaquer un sourire sur ses lèvres. À quoi servait-il de continuer à sauver la face lorsqu'on avait perdu tout le reste ?

De retour à l'appartement, les élancements dans sa tête étaient d'une telle violence qu'elle se demanda si elle n'allait pas s'évanouir. Mais était-ce bien sa migraine qui était à l'origine de tant de douleur ?

Elle ne cessait de revenir au moment où elle était blottie dans les bras de Vincent. Elle sentait encore la caresse de son doigt sur sa joue, la chaleur de ses bras, l'effleurement de ses lèvres. Tant de douceur la désarçonnait. D'ordinaire, c'est elle qui la prodiguait à Nathan, ce qui lui procurait un immense bonheur. En dehors de son fils, elle ne connaissait aucun moment de tendresse.

Dans la tête de Valentine, les bras de Vincent s'étaient éternisés sur sa taille. Il lui suffisait de fermer les yeux pour sentir encore leur étreinte. Et pour revivre encore et encore ce qui était passé entre eux à cet instant-là…

Elle aurait dû être pétrie de culpabilité vis-à-vis de Daniel. Car ce qu'elle ressentait n'était pas plus loyal que moral. Mais ce qu'elle éprouvait pour Vincent était plus fort que son habituel réflexe d'autopunition.

Elle s'aperçut que Nathan la fixait d'un regard inquiet et triste. Elle lui proposa de se reposer un peu avant d'entamer les devoirs. Nathan ne posa aucune question.

Elle attendit de le voir disparaître dans sa chambre pour rejoindre la sienne à son tour. Elle referma la porte qu'elle verrouilla sans s'en rendre compte, comme pour s'assurer de rester seule avec son chagrin. Puis elle se jeta sur son lit et enfouit son visage dans son oreiller.

Tu voulais être débarrassée de Vincent.

Te voilà exaucée.

Te voilà libérée de ce passé revenu en fanfare.

Comme elle aurait souhaité trouver un sens à tout ça.

Parce que, quoi qu'elle se raconte pour se convaincre du contraire, l'éclair qui l'avait traversée lorsque Vincent l'avait serrée dans ses bras lui avait rappelé qu'elle était encore vivante.

Malgré elle.

Malgré tout.

*

Sur la plaque de cuisson, une sauce tomate finissait de mijoter doucement, tandis que Valentine renversait une casserole remplie d'eau fumante et de riz dans une passoire. Elle se sentait écrasée de fatigue.

Chaque fois que son cerveau la ramenait à la raison, son cœur s'insurgeait. Avait-elle pris la bonne décision ?

Elle se sentait l'héroïne d'une pièce de théâtre tragique où tout était déjà joué lorsque la pièce commençait. Antigone clamant dès le lever de rideau qu'il n'y avait rien à faire.

Bruit de clef dans la serrure. Ventre qui se serre.

Plus de quinze ans qu'elle endurait cela. La peur au ventre dès que 19 h 30 approchaient, les tripes nouées dès qu'elle entendait cette maudite clef s'insérer dans le barillet, les claques reçues pour une omelette trop cuite ou un linge mal séché, les cheveux brutalement tirés ou les coups de poing encaissés pour apaiser une colère dont elle n'était pas responsable. Plus de quinze années qui l'avaient transformée en ce qu'elle était aujourd'hui : l'ombre de son ombre, une proie en sursis.

Elle eut la brève image de ces femmes concevant des édredons en rapiéçant çà et là des morceaux d'étoffes qui représentaient des moments précis de leur existence. Son corps incarnait à lui seul un patchwork de leur vie de couple. Certes, les couleurs arc-en-ciel ne résistaient pas au temps. Mais il restait des cicatrices, visibles et invisibles : les deux côtes cassées qui la relançaient certains jours de pluie, cette vilaine marque blanche qu'elle avait sur le bras depuis qu'un couteau était venu entailler sa chair « sans que Daniel le veuille », cette brûlure sur le ventre qui lui rappelait cruellement la sensation de vide et d'absence douloureuse qu'elle avait longtemps éprouvée dans ses entrailles…

Elle avait toujours eu la conviction qu'il la tuerait le jour où elle tenterait de le fuir. Elle réalisait progressivement que sa mort pourrait aussi survenir à la suite d'un coup porté trop fort, ou assené au mauvais endroit.

Plus de quinze ans. Combien d'autres encore à venir ?

Et pour attendre quoi ?

De finir comme Gaëlle, la tête éclatée contre un trottoir, ou un couteau planté dans le ventre « sans l'avoir voulu » ?

À quoi bon tout cela ? À quoi bon continuer à avancer, la peur aux tripes, un cimetière au fond du cœur ?

« Mon cœur se serre comme s'il allait s'ossifier dans mes entrailles, et rester un rocher pour l'éternité. » Alfred de Musset aurait pu écrire ces mots pour elle seule.

Elle s'assit sur le rebord du lit. Les murs l'enserrèrent davantage.

L'étreinte de Vincent avait ouvert une porte qu'elle ne s'était jamais autorisé à approcher. Et maintenant, elle ne parvenait plus à la refermer.

Elle tenta de se lever. Sans succès. Ses jambes refusèrent de la porter.

Il lui fallait pourtant reprendre cette vie là où elle l'avait laissée.

— Je préférerais que tout s'arrête…

Elle avait murmuré cette phrase comme on chuchote à l'oreille d'un dieu que l'on implore. Sa prière se noya dans un profond silence.

Lorsque Daniel entra brusquement dans la chambre, elle ne bougea pas d'un millimètre.

— Qu'est-ce que tu fous ?

Elle chercha à sortir de sa léthargie. Mais aucun muscle ne lui obéissait plus, comme si quelqu'un avait pris les commandes de cette enveloppe dont elle aurait voulu s'enfuir.

Étaient-ce les tremblements qui secouaient son corps sans qu'elle puisse les contrôler ? L'extrême pâleur de son visage ? L'arrivée d'un Nathan inquiet accouru au chevet de sa mère ? Une vague inquiétude passa furtivement sur le visage de Daniel, tandis qu'il se tenait, raide, à côté de l'armoire. Il l'observa longuement d'un regard froid puis :

— Couche-toi parce que demain tu vas avoir du mal à aller bosser avec une tête pareille ! Je m'occupe du petit…

*

Vincent se tourna pour la énième fois dans le grand lit impersonnel de sa chambre d'hôtel.

À quoi lui servait-il de rester ici, dans cet endroit empli de désillusions ? Il ne faisait qu'y ruminer sa peine.

Il songea à l'enveloppe qu'il avait encore dans sa poche de blouson et qu'il n'avait pas eu le temps de donner à Valentine. Ce clin d'œil qu'il avait rapporté de Verdun, et qui maintenant semblait le narguer, même dans la pénombre et depuis la chaise où était posé le vêtement.

Il se redressa brutalement.

Il aurait donné n'importe quoi pour que Valentine l'appelle. Même s'il sentait de tout son être qu'elle ne le ferait pas.

Il se leva, s'habilla. Il fallait qu'il reprenne ses marques, retrouve ses repères.

Il lui avait promis de respecter sa décision. Il tiendrait parole.

Mais il devait quand même lui adresser ce pli. Ce serait son dernier message.

Suzette lui avait donné le code de l'immeuble : il lui suffirait de glisser l'enveloppe dans sa boîte aux lettres. Il s'avança vers le petit bureau, détacha deux feuilles du bloc mis à disposition par l'hôtel. Il écrirait dans la voiture.

23 h 30. Dans quelques heures, il serait à Verdun.

*

Au moment précis où Vincent claquait la porte, Valentine s'éveilla en sursaut. Assise dans l'obscurité, elle s'étonna tout d'abord de se trouver allongée dans son lit. Elle n'avait aucun souvenir de s'être couchée.

Toujours prise de vertiges, elle éprouvait la sensation d'un étau qui lui enserrait non seulement la tête mais également la poitrine et le ventre. Sa bouche était sèche, sa gorge brûlante. Elle se faufila hors du lit, rejoignit le salon en longeant le mur et se mit à la fenêtre. Dehors, le parking et les rues avoisinantes étaient déserts. Dans un réflexe, elle chercha du regard la silhouette qu'elle aurait secrètement espéré voir se dessiner dans cette nuit à peine éclairée. Mais il n'y avait personne. Juste cette obscurité silencieuse qui faisait parfaitement écho à ce qu'était sa vie.

La simple pensée de ne plus voir Vincent ne la rendait pas seulement malheureuse. Pourquoi ressentait-elle cela après avoir vécu vingt ans sans lui ?

Elle resta un long moment à observer la nuit et ses ombres, autant résignée que désespérée, le front posé sur cette vitre qui lui avait tant de fois permis de s'évader. Cette fois-ci, la transparence du verre s'effaçait pour laisser place à d'épais barreaux. Lorsqu'elle quitta son poste d'observation, elle frissonnait de la tête aux pieds. Le front brûlant, elle regagna le lit conjugal en sentant physiquement que quelque chose s'était rompu en elle. Et que plus grand-chose n'avait d'importance.

Alors qu'elle s'engouffrait sous les draps frais, Vincent remonta l'allée menant à l'entrée de la résidence. Il tapa quatre chiffres sur le digicode, s'engouffra dans le hall, fit glisser une enveloppe dans la boîte aux lettres de Suzette et de Guy, ressortit.

Puis il s'enfonça dans la nuit.

21.

Valentine était à peine rentrée de l'école et s'apprêtait à partir travailler lorsque trois petits coups furent frappés à sa porte. Elle se précipita vers le judas : c'était Suzette. Son amie d'ordinaire si flamboyante semblait aussi éteinte qu'elle, mais sa grande pudeur l'exhortait à masquer sa tristesse. Valentine n'en éprouva que davantage d'affection pour elle.

— Bonjour, Valentine. J'ai vu votre mari partir ce matin, et je guettais votre retour pour vous remettre ceci. De la part de qui vous savez…

Elle lui glissa l'enveloppe entre les mains, lui tapota affectueusement l'avant-bras et s'éclipsa aussitôt afin de lui montrer qu'elle respectait sa décision.

Malheureuse, Valentine resta sur le palier quelques secondes. Elle mourait d'envie de se confier à elle, de lui raconter ce qui s'était passé entre elle et Vincent, de lui parler de Gaëlle… Elle referma la porte, ferma les yeux et caressa l'enveloppe, le cœur battant. Puis elle regagna le salon, s'assit sur le tapis devant le canapé. Longtemps, elle fit virevolter entre ses doigts l'enveloppe sur laquelle « Valentine » avait été griffonné. Elle avait besoin de faire durer le plaisir de son impatience.

Enfin elle décolla avec douceur le rabat. À l'intérieur, rien de la feuille remplie de l'écriture manuscrite secrètement espérée. Juste un capitule monté sur une tige. Et des centaines d'aigrettes tombées au fond de la pochette de papier.

Durant quelques secondes, elle ne perçut plus rien de tout ce qui l'entourait et resta assise en tailleur à même le sol en répétant d'une voix éteinte :

— C'est mieux ainsi pour tout le monde. C'est mieux ainsi pour tout le monde…

Tu ne peux t'en prendre qu'à toi-même.

Parce que cette fois-ci, c'est toi qui l'as décidé.

Valentine sentit une nouvelle vague de sanglots la submerger. Elle pressa l'enveloppe contre sa poitrine, puis se leva et alla la ranger dans l'un des tiroirs du bureau de Nathan. Elle seule savait ce que ce banal et magnifique pissenlit symbolisait.

Tout ce qu'elle avait été.

*

Lorsqu'elle sortit du centre commercial, elle n'éprouvait toujours que la sensation d'un vide immense. Le cerveau pouvait-il se déconnecter de manière consciente ?

Oppressée, elle remonta la rue vers l'arrêt de bus. Bientôt, elle serait chez elle. Elle prendrait Nathan dans ses bras, mettrait la table, préparerait à manger. Ferait en sorte que le dîner se passe bien. Lirait une histoire à Nathan. Partirait se coucher. Se lèverait tôt le lendemain pour retourner travailler. Prendrait la voiture, puisque le samedi Daniel la lui laissait. Et tout recommencerait.

Arrivée à l'abribus, elle remarqua deux jeunes garçons assis sur le banc. L'un d'eux achevait un dessin. Elle l'observa machinalement : il représentait un homme âgé assis sur une chaise. Le poids du monde semblait peser sur ses épaules. La tristesse qui émanait de lui était saisissante et ne pouvait que lui parler.

— Vous le trouvez réussi ?

L'un des deux jeunes avait levé la tête vers elle et attendait sa réponse. Gênée, elle rougit de sa curiosité.

— Excusez-moi mais il est vrai que ce dessin attire le regard. Je trouve cet homme très expressif ! Vous êtes doué…

Les deux garçons avaient au plus une vingtaine d'années. Elle imagina Nathan à leur âge…

— Il est étudiant aux Beaux-Arts, commenta son ami. Il n'a aucun mérite, finalement ! le taquina-t-il.

Le jeune artiste éclata de rire tout en le singeant gentiment. Valentine sourit. Nathan leur ressemblerait un jour, sans doute.

— Tenez, je vous le donne, madame ! s'exclama l'auteur du dessin. Vous, au moins, vous en prendrez soin !

Touchée, Valentine allait refuser lorsqu'une voiture s'arrêta dans un crissement de pneus à hauteur de l'abri. Tous trois sursautèrent.

— Monte !

L'ordre de Daniel était sans appel. Valentine bafouilla une excuse et s'engouffra dans la voiture devant les deux jeunes médusés. Sans un regard pour elle, Daniel passa la première et la voiture bondit. Valentine sentit une main posée sur son épaule : Nathan était sur le siège arrière et tendait le bras le plus loin possible pour la toucher. D'une petite voix, elle rompit le silence effrayant.

— Je ne savais pas que vous viendriez me chercher… C'est gentil.

Daniel gardait les yeux fixés sur la route. Elle crut sentir une odeur d'alcool.

— Tu vois les deux petits cons qui se rinçaient l'œil sur ta jupe à deux balles ? Ils ont bien dû se foutre de ta gueule en se disant que tu étais peut-être un peu périmée pour eux. Ça me semble bien mérité pour ta pomme. Mais j'ai aussi eu l'impression qu'ils se foutaient de la mienne, et ça, je trouve ça beaucoup moins drôle.

De la main droite, il lui attrapa le coude avec rudesse et ajouta en desserrant à peine les dents :

— On réglera le problème à la maison.

Il ne servait à rien de le contredire ou de tenter de s'expliquer. Valentine savait que cela ne ferait qu'envenimer la situation. Et il n'était pas question de prendre le moindre risque d'accident avec Nathan dans la voiture. Elle se contenta donc de se taire et de glisser sa main vers la banquette arrière pour rassurer Nathan en lui pressant le genou.

Dès qu'ils furent rentrés, Valentine eut la confirmation que Daniel avait commencé à boire : trois petites bouteilles de bière gisaient, vides, sur la table du salon.

— Je n'ai pas du tout aimé la manière dont ces deux jeunes abrutis te reluquaient ! attaqua-t-il d'emblée en la suivant dans la cuisine.

Lasse, Valentine entreprit de mettre le couvert, sortit verres et assiettes.

— Je t'assure qu'ils ne faisaient rien d'autre que me montrer un dessin…

Une moue de mépris se dessina sur les lèvres de Daniel. Mais il garda le silence et partit au salon, une autre bouteille à la main.

Malgré le nœud d'anxiété qui lui tordait le ventre, Valentine s'attela à la confection d'une omelette et d'une salade. Nathan resta avec elle. Lorsque Daniel revint dix minutes plus tard, elle sortit le linge de la machine à laver, fit mine d'aller le déposer dans leur chambre en faisant discrètement signe à Nathan de la suivre. Il la rejoignit avec Picotin. Elle s'assit sur le lit, le prit dans ses bras et lui chuchota à l'oreille de ne pas avoir peur, mais que son papa ayant un peu bu, il allait falloir être le plus gentil possible pour ne pas l'énerver. Nathan hocha vigoureusement la tête. Elle lui prit doucement Picotin, le déposa sur le lit, et revint avec Nathan dans la cuisine.

Daniel était assis sur sa chaise, avec ce regard vide qu'elle lui connaissait lorsqu'il traversait une de ses crises. Elle frissonna.

Le dîner se déroula dans une atmosphère tendue à l'extrême. Seul le bruit des couverts entamait par intermittence le silence menaçant qui flottait.

Daniel attendit l'arrivée des fruits pour passer à l'attaque.

Lentement, il s'empara d'une pêche qu'il coupa en huit, le regard dans le vague, tandis que chacun de ses gestes se montrait précis.

— Dis-moi, mercredi tu m'as parlé de la maman de… Comment s'appelle-t-il, déjà ?

Il leva les yeux comme si la réponse était inscrite au plafond.

— Ah oui ! Grégoire ! Le fameux petit Grégoire…, s'exclama-t-il d'un ton mielleux.

Il continua à travailler le fruit comme il l'aurait fait pour un objet précieux : concentré, il entreprenait maintenant de dénuder la pêche en tirant lentement sur sa peau.

— Alors, moi, du coup, j'ai voulu bien faire et je suis allé tout seul à l'école. Je n'y ai pas vu Mme Faucheux, mais la maman de Grégoire. Tu sais, le petit Grégoire… Un sacré coup de chance, quand même, non ?

Valentine se figea.

— J'ai oublié le prénom que tu m'avais donné pour cette maman… Tu pourrais me rafraîchir la mémoire ?

L'air semblait s'être brusquement raréfié dans la pièce, et elle essaya de respirer le plus calmement et régulièrement possible.

— Dominique, je crois…, bafouilla-t-elle.

— Ah oui, c'est bien ça ! jubila-t-il. Dominique…

Il posa alors le fruit et le couteau avec une lenteur calculée, puis étira ses mains devant lui en faisant craquer ses articulations.

Sur sa droite, Valentine sentit Nathan se raidir à son tour.

— Eh bien figure-toi que la maman de Grégoire et moi sommes bien embêtés parce que non seulement elle ne s'appelle pas Dominique, mais en plus elle ne connaît aucune maman qui porte ce prénom. Pourtant, elle connaît du monde… Alors, moi, comme j'aimerais être bien certain qu'on va ramener le bon gamin à la maison, je vais te reposer la question, Valentine. Est-ce qu'on veut vraiment faire venir Grégoire ? Ou est-ce qu'on doit plutôt chercher un gamin qui aurait… UN PAPA qui s'appelle Dominique ?

Daniel a volontairement haussé le ton. Nathan a sursauté. Tout se fige. Le temps, eux, le sang qui coule dans les veines de Valentine. Seul le sol semble animé et vouloir se dérober sous ses jambes. Elle réalise le raisonnement délirant que l'alcool a fait suivre à Daniel, et cherche ce qu'elle doit, ce qu'elle *peut* dire.

— Je ne comprends pas…, commence-t-elle.

Sa gorge se dessèche. Chaque mot la griffe, comme si l'on passait ses cordes vocales à la ponceuse. Elle tente malgré tout de poursuivre :

— Elle a dû faire erreur en m'indiqu…

Daniel réclame le silence d'un geste, se lève et attrape une nouvelle bière dans le frigo. Sa main tremble lorsqu'il porte le goulot à ses lèvres.

Valentine sent la boule d'angoisse gonfler dans son ventre. Elle sait que ça va déraper. Qu'il va se passer quelque chose. Quelque chose de terrible. Ce n'est qu'une question de minutes, voire de secondes.

Elle se tourne vers Nathan, qui suce frénétiquement son pouce et la regarde, terrorisé. D'un signe de tête, elle lui montre la porte de la cuisine. Il glisse de sa chaise et sort de la pièce.

Elle revient sur Daniel qui, lui, la dévisage avec dégoût.

— Je me suis fait avoir comme un bleu ! annonce-t-il comme s'il venait d'avoir une révélation.

Il s'approche lentement de la table, et envoie d'une main son assiette se briser sur le sol.

— Tu comptais vraiment me faire avaler ça, Valentine ? J'ai donc à ce point l'air d'un con ? L'air d'un de ces types qui portent leurs cornes plus haut qu'un élan pendant que leur traînée de bonne femme se fait enfiler ? Sale pute !

Un énorme fracas de vaisselle brisée succède aux jurons. D'un bras, il vient de balayer l'intégralité de ce qui se trouvait sur la table. Valentine a tout juste le temps de bondir en reculant avec sa chaise.

Tel un fauve, il s'approche maintenant de sa proie. Valentine retient sa respiration. Elle se prépare à encaisser le pire.

Il lui taloche la tête de la main. Un prélude au déluge de coups à venir.

— Regardez-moi ce travail ! soupire-t-il en laissant retomber ses bras dans un geste d'impuissance, comme s'il était totalement étranger au chaos qui règne dans la pièce.

Il termine à peine sa phrase qu'il l'empoigne par son chemisier. Valentine sent son corps brinquebalé dans tous les sens, avant d'être violemment projeté contre le mur. Elle tombe à terre, de petits morceaux de verre entaillent ses genoux et la paume de ses mains.

Il ne l'aide pas à se relever. À genoux, elle commence à ramasser les débris qui jonchent le sol.

Il reprend une gorgée de bière. Puis s'accroupit et hurle à deux centimètres de son oreille :

— Pourquoi faut-il toujours que tu me contraries ? Pourquoi m'obliges-tu à chaque fois à faire ce que je fais ?

Il lui assène un coup de poing sur l'œil droit.

Une douleur foudroyante lui lacère la moitié du visage. Elle n'a pas le temps de se focaliser sur cette fulgurance qu'un violent coup de pied dans le flanc gauche la plie en deux.

Valentine gît au sol, telle une poupée désarticulée, incapable de bouger. Pourtant, une question danse dans sa tête malgré les élancements qu'elle ressent dans tout le corps.

Qu'est-ce qui te fait le plus souffrir en cet instant précis ? La souffrance physique ? Ou la peine d'avoir perdu Vincent pour la deuxième fois ?

Pourquoi pense-t-elle à cela en ce terrible moment ?

Daniel sort de la pièce.

Elle se sent soudainement envahie d'une sinistre certitude : ce qui s'est produit pour Gaëlle, « un accident », va maintenant lui arriver.

Daniel revient dans la cuisine, se baisse et lui tend la main pour l'aider à se relever, tout en lui parlant comme s'il grondait une gamine désobéissante. Elle hésite à prendre sa main. La refuser pourrait l'exciter davantage. Mais la prendre aussi. Elle essaie de voir si la lueur bestiale a disparu de ses yeux.

Il lui adresse un sourire indulgent.

— Allons, Valentine, tu sais bien que je ne vais pas te faire de mal !

Il la regarde fixement de ses yeux toujours aussi vides et rougis par l'alcool.

Elle n'a ni la force ni l'envie de prendre sa main. Qu'elle le fasse ou non, elle sait que les choses ne vont pas s'arrêter là. Il déplie sous ses yeux le Post-it jaune, qu'il est allé rechercher sous le meuble. Puis il lui jette au visage :

— Comment est-ce possible d'être aussi bête, Val ? De laisser traîner un Post-it avec le foutu numéro de ce salopard ? Heureusement que je suis plus malin que toi, n'est-ce pas ?

Dans un ultime sursaut d'espoir, elle nie tout en bloc. Gémit qu'elle a dû se tromper de maman.

Dégoûté par son aisance à persister dans le mensonge, il la saisit par le poignet et la tire derrière lui vers le salon. Dans un sursaut de présence d'esprit, Valentine réalise que cela les rapprochera de la chambre de Nathan. Et qu'il entendra les coups de plus près. Alors elle tire de toutes ses forces vers la direction opposée. Elle a l'impression que sa main va être arrachée mais elle continue à se débattre.

— Tu veux jouer à ça, sale traînée ? se met à hurler Daniel. Je vais te rappeler que tu n'as rien à dire, et que tu n'es rien. Sans moi, tu n'es RIEN. Tu es à moi. À moi seul !

Cette fois, il l'attrape par les cheveux et la tire vers leur chambre. Elle tente en vain de se relever. Sans relâcher sa prise, il la gifle de sa main restée libre puis saisit le livre qui se trouve sur sa table de chevet.

— Tu t'es prise pour une héroïne de tes foutues romances à deux balles ? C'est ça ton problème ! crie-t-il encore en balançant le livre sur le lit.

Une autre gifle.

Il la jette sur le lit en continuant à l'insulter, la retourne sur le ventre. Valentine ressent une vive douleur à son sein gauche. Elle comprend qu'il s'agit d'un des angles du livre. Et se dit que le pire qu'elle a imaginé dans la cuisine n'était peut-être qu'un pâle ersatz de ce qui l'attend réellement.

Lentement, elle essaie de ramper sur le matelas pendant qu'elle entend Daniel déboucler son ceinturon, baisser son pantalon. Mais elle se sent brutalement tirée par les jambes puis plaquée par les quatre-vingts kilos de Daniel.

Il la pénètre brutalement en poussant un rugissement triomphal.

Sous l'effet de la douleur, un hurlement monte dans la gorge de Valentine. Elle l'éteint en mordant le drap, il ne faut pas qu'elle crie pour ne pas effrayer Nathan, qui doit être dans sa propre chambre. Elle se répète qu'elle doit faire comme s'il s'agissait d'un horrible cauchemar dont elle ne va pas tarder à émerger. Mais le livre qui lui mord la chair est un détail qui n'existerait pas dans un cauchemar. Dans un cauchemar, sa souffrance resterait concentrée sur la douleur de cette pénétration forcée qui la brûle au plus profond de ses entrailles…

Non. Daniel est bel et bien en train de la violer.

Malgré le poids de la bête qui la recouvre, elle tente de se soulever pour ne plus sentir ce livre qui lui coupe le sein : *Les Pissenlits,* de Yasunari Kawabata. Un ouvrage qui raconte la tristesse et la folie. Elle songe que celles qui la guettent sont tout aussi démesurées.

Tandis que les sinistres coups de reins continuent de la pilonner, le nez contre le matelas, elle ne peut plus respirer. Le monde se met à virevolter autour d'elle; elle s'évanouit.

Face à elle, un champ rempli d'étoiles dans lequel une petite fille rit à gorge déployée, les mains tendues vers le ciel en attendant qu'il réalise ses rêves…

Elle reprend connaissance. Son évasion n'a duré que quelques secondes.

Elle se met à pleurer silencieusement. Ses larmes ont le goût de l'enfance.

Les doigts de Daniel s'enfoncent dans ses épaules avec brutalité, elle sent son souffle immonde sur sa nuque. De toutes ses forces, elle essaie de fermer les yeux et s'aperçoit qu'elle peut à peine bouger le droit, qui semble gonflé.

D'un seul coup, Daniel se retire et se relève. Elle l'entend enlever complètement son pantalon. Elle a peur. Elle n'a pas la force de se retourner, juste celle de pousser le livre et de ramper jusqu'au bout du matelas. Sa tête dans le vide, elle peut enfin respirer. Ses bras lui font mal, elle les laisse retomber le long du lit.

Le matelas bouge. Daniel est remonté sur le lit. Il lui soulève subitement le bassin pour la mettre en position de totale soumission.

Elle sent à nouveau une vive douleur et ne peut retenir un cri. Là encore, dans un sursaut, elle pense à Nathan et serre les dents. Elle doit à tout prix le protéger de ces cris qu'on enregistre pour ne plus les oublier. Ses yeux cherchent à s'arrimer à un objet, n'importe quoi qui puisse l'emmener ailleurs qu'ici en pensée. Sur le parquet, elle aperçoit le bout de deux longues oreilles dépasser de dessous le lit.

La vie s'arrête.

Horrifiée, elle touche la peluche du bout des doigts, comme pour s'assurer qu'il ne s'agit pas d'une hallucination. Elle a à peine frôlé le doudou qu'une petite main s'enroule autour de ses doigts.

Valentine laisse échapper un « Oh non ! ... » désespéré.

Elle serre de toutes ses forces les mâchoires pour retenir un autre cri, d'une autre douleur, celui-là. Un cri de supplication. L'un de ceux qui implorent Dieu. Mais aussi l'un de ceux qui implorent le pardon auprès de Nathan.

Daniel, tout à son plaisir, se méprend :

— Oh que si, ma belle ! Comme je veux, et quand je veux !

Valentine se revoit poser Picotin sur le lit, juste avant qu'ils passent à table, et comprend que Nathan a dû venir chercher son doudou lorsqu'elle lui a fait signe de quitter la cuisine. Nathan ne voit rien de ce que fait son père. Il n'entend que des bruits qu'il n'associe pas encore à des images. Il doit juste penser que sa mère se prend les coups habituels. Si elle signale sa présence, Daniel deviendra violent vis-à-vis de lui.

Anéantie, elle sait que l'option la moins mauvaise, pour protéger Nathan, est de le laisser sous le lit de sorte qu'il ne soit pas vu de Daniel, et qu'il ne voie rien à son tour de la scène qui se déroule juste au-dessus de lui. Des larmes de honte se mêlent à celles de douleur et de tristesse. Comment peut-elle infliger ça à son fils ?

Comme si elle se dédoublait, son esprit se met à voler dans la pièce. Elle observe la scène qui s'y déroule, en spectatrice muette. Elle n'est plus prisonnière de ce corps ravagé par la souffrance, elle pense même un instant être morte. Mais la chaleur de l'amour qu'elle sent dans la main enfouie dans la sienne la conforte dans le fait qu'elle est bien vivante. De son autre main, elle se cramponne aux draps à les réduire en lambeaux.

Elle se voit martelée par les assauts de cet homme qui lui apparaît à présent comme un étranger. C'est comme un temps mort. Un moment suspendu où ce qui se produit dans la réalité n'existe pas. Une pause, un recul qui lui permet de regarder une scène qui ne la concerne plus et dont elle peut enfin mesurer la violence, la folie.

Elle éprouve tout d'abord une honte immense pour cette femme qui se fait ainsi violer sans avoir la force de se débattre, puis une honte plus grande encore en se demandant quel type de mère peut laisser son enfant supporter cela.

— Maman…

C'est un chuchotement, un gémissement, un appel au secours. Elle seule l'a entendu. En un éclair, elle réintègre son corps douloureux, cet amas de chair meurtri qui sert de défouloir à celui qu'elle a épousé pour un pire qui ne connaîtra jamais de meilleur.

Au bout de ses doigts, elle sent la main de son fils trembler. Alors elle noue ses doigts aux siens. Elle concentre toute son énergie, tout son amour, ce qui lui reste de force vitale dans cette main qui la lie à celle de son fils. Elle la serre un peu plus. Nathan répond à cette étreinte. Il veut à son tour lui montrer que lui aussi est courageux. Et qu'il est près d'elle.

Et là, entre ces deux mains nouées, il se passe quelque chose d'unique.

Une étincelle dans la noirceur la plus absolue.

Un courant de « vie malgré tout », une vague d'amour pur, un lien d'une puissance inimaginable.

Ils sont soudainement reliés par quelque chose de plus fort encore que le lien du sang. Cette chose les unit en silence, sans pouvoir porter de nom, et s'oppose au fracas de l'enfer qu'ils traversent ensemble.

À cet instant, il y a comme un éclair dans la tête de Valentine. Une onde de choc. Un court-circuit.

Son mur de déni vient définitivement de s'effondrer.

Le dégoût efface sa peur. Le mépris submerge ce qui lui restait de compassion.

Elle ne sent plus les à-coups de celui qui la chevauche.

Elle est désormais concentrée sur deux seules certitudes,

reliées entre elles : la petite main potelée qui s'accroche à ses doigts, et le fait qu'elle vient de décider de partir.

Elle est presque surprise quand elle entend son bourreau se rhabiller. Elle ne l'a pas senti se retirer.

Elle n'arrive pas à savoir si son corps est anesthésié ou s'il n'est au contraire qu'une immense plaie béante. Elle lâche la main de Nathan et la repousse sous le lit. L'enfant comprend et reste caché.

Elle roule sur le côté. De son œil gauche, celui que Daniel n'a pas frappé, elle le voit jeter un regard dégoûté sur le lit défait, maculé des taches de sang des blessures qu'il lui a infligées.

Il sort en claquant la porte de la chambre.

Elle s'assoit, tous ses sens en alerte. Dans quelle pièce peut-il être ? Cherche-t-il Nathan ?

Ignorant les plaintes de son corps, elle rabaisse sa jupe, enlève en tremblant les éclats de verre qui se sont incrustés dans sa chair, essuie comme elle le peut le sang qu'elle sent couler de son nez et de ses lèvres, qu'elle voit sur ses mains, sur ses genoux. Elle ne veut pas que Nathan voie ce rouge de l'horreur.

Elle retient son souffle, tend l'oreille. Sans doute comme Nathan.

Elle est certaine que Daniel guette le moindre mouvement de sa part pour la couvrir à nouveau de coups. Il lui faut une bonne demi-heure de douleur et de peur – une éternité – pour admettre qu'il est bel et bien parti.

Alors elle se lève. Elle a du mal à tenir sur ses jambes.

Elle s'accroupit, Nathan jaillit de sous le lit et se jette dans ses bras. Elle le porte, malgré les innombrables souffrances qui la traversent. Il n'est pas question de le poser sur ce lit souillé.

Elle l'emmène dans sa chambre, se met à parler, n'importe quels mots pour qu'il se raccroche à la douceur de sa voix plutôt qu'à la brutalité de ce qu'il vient de vivre. Elle lui explique que les adultes font parfois des choses qui ne se font pas, lui demande pardon. Elle lui fait la promesse de tout mettre en œuvre pour qu'il n'ait plus jamais à revivre ça.

Elle s'aperçoit qu'il a fini par s'endormir.

Elle ne sait pas à quel moment de son récit.

Elle ne sait pas ce qu'il a entendu.

Mais ce n'est pas grave.

Elle continue à le bercer contre elle, malgré la douleur, malgré la peur, malgré le dégoût de l'empreinte de Daniel qu'elle sent encore sur sa peau.

Non, ce n'est pas grave car au fur et à mesure qu'elle s'exprime à haute voix dans cette chambre d'enfant, quelque chose de nouveau vient de succéder à sa prise de conscience. Quelque chose de foudroyant vient de bouger en elle, ou plutôt de grandir : la détermination. Celle qui lui fait savoir à cet instant précis qu'elle n'acceptera plus aucun compromis. Celle qui vient de lui faire décider de quitter cet enfer, quoi qu'il puisse lui en coûter.

Ce viol est-il le supplice de trop ? Ou est-ce plutôt de sentir les doigts de Nathan accrochés aux siens qui a eu raison de tout ? Sans doute les deux.

Soudain, elle réalise combien elle s'est elle-même leurrée en se laissant retenir par la peur, la honte, l'humiliation. Elle se rappelle combien Gaëlle a mieux compris que quiconque ce qu'elle traversait. Et qu'elle aurait su l'écouter raconter ce qui vient de se passer, sur ce lit, dans cette autre pièce, avec ce monstre.

Elle se souvient de certains de ses propos : « Votre mari ne changera jamais. Tout du moins pas dans le bon sens. Le pire est forcément à venir. » Puis : « Nous avons toutes droit au bonheur. Mais si tu veux un jour regagner le tien, ne compte pas sur tes voisins : il te faudra aller le conquérir toi-même... »

— Nous allons partir, Nathan. Nous devons partir. N'importe où mais ailleurs. Vite et loin.

Cette promesse faite à voix haute se heurte aux murs de la pièce, tel un secret qui ne doit pas dépasser ces cloisons.

Nathan est maintenant profondément endormi. Comme elle-même l'a fait tant de fois, il a dû trouver dans ce sommeil salvateur le moyen de quitter l'horreur de sa réalité.

Elle allonge délicatement son fils sur le lit, le recouvre de sa couette.

Et s'éclipse en boitant dans la salle de bains.

22.

Après avoir passé plus d'une heure sous la douche, Valentine se réfugia sur un coin du canapé. Elle éclata alors en sanglots. Des hoquets la secouaient de la tête aux pieds, et des gémissements s'échappaient de ses lèvres tuméfiées. Son œil droit la lançait sans discontinuer. Elle resta longuement recroquevillée.

Elle n'avait aucune idée de l'endroit où se trouvait Daniel, ni même à quelle heure il rentrerait. Une idée fixe la taraudait : elle devait regagner sa chambre à coucher, théâtre d'une cruauté dont son corps tremblait encore, avant le retour de son bourreau. Qu'il n'ait pas à le lui ordonner. Qu'il n'ait pas à s'emporter. Et qu'elle n'ait pas à revivre ce cauchemar.

Au prix d'un effort surhumain, elle se traîna jusqu'à la chambre. Ouvrit les fenêtres. Jeta les draps dans la machine à laver. Se précipita aussi vite que son corps meurtri le lui permettait dans les toilettes pour y rejeter tout le contenu de son estomac. Retourna dans la chambre, mit des draps propres. Fut prise d'une nouvelle crise de larmes et attendit, assise au pied du lit, qu'elle se soit calmée.

Certes, depuis des années, une peur tenace s'était insinuée, choc après choc, dans son cerveau. Mais ce soir, chaque partie de son anatomie se révoltait, se dressait contre cet ultime acte barbare. Elle repartit prendre une douche et frotta à nouveau ce corps, qu'elle voyait désormais comme une carcasse encombrante.

Elle plaça ensuite une poche de glace sur son œil droit. Toute mère de famille veillait à avoir pansements et antiseptiques dans son armoire à pharmacie. Valentine, elle, s'inquiétait surtout de la présence permanente de poches de glace au congélateur et d'un fond de teint à fort pouvoir couvrant dans son sac.

Entrer sous les draps lui prit un temps fou. Raide, elle se tint un long moment au bord du lit, le regard fixé sur le plafond éteint pour ne plus rien voir de cette chambre, le cerveau tournant à vide.

Gaëlle avait-elle déjà vécu ce traumatisme-là ? Si oui, comment l'avait-elle qualifié auprès de Dominique ? De dérapage ? D'abus ? D'« accident » ?

Autant d'euphémismes pour définir ce qu'elle ressentait dans tous ses organes.

Elle se revit un court instant alors qu'elle semblait s'être détachée de son corps et qu'elle planait au-dessus de ce spectacle sordide. Un seul mot s'était imposé à son cerveau : viol.

Comment quatre lettres pouvaient-elles contenir autant de honte, de douleur, de croissance permanente dans l'horreur ? Quatre lettres. Comme « vide », « peur », « glas », « mort ». Mais également comme « dire » et « fuir ».

V-I-O-L.

Avait-elle seulement le droit d'utiliser ce terme ? Si elle arrivait un jour à mettre en paroles ce qu'elle venait de vivre, son récit parviendrait-il à exorciser ses blessures ?

Viol conjugal… Oxymore ou délit ?

Et qui serait le plus jugé des deux : elle ou lui ?

Tu n'as jamais osé parler des injures, des coups et des humiliations.

Comment imagines-tu avoir le courage de trouver les mots justes pour décrire ce qui vient de se dérouler dans cette chambre, avec ton propre enfant sous le lit ?

Comment oseras-tu qualifier de viol un acte sexuel commis par ton mari, dans ce lit que tu partages avec lui depuis tant d'années, dans le silence des cris que tu n'as pas voulu pousser, dans le refus que tu n'as pas hurlé mais à peine murmuré ? Qui te donnera raison ?

Elle suffoquait à présent.

Son esprit repartit là où il trouvait autrefois refuge et, d'un seul coup, il n'y eut plus rien, juste l'impression de flotter dans le néant.

Lorsque le jour se leva, elle s'aperçut que Daniel n'était pas rentré de la nuit. Où l'avait-il passée ? Elle n'en avait aucune idée. Et cela lui était devenu totalement égal.

Elle n'avait qu'un souhait : qu'il ne rentre jamais plus.

*

Daniel regagna l'appartement vers 6 h 30. L'esprit encore embrumé, il n'aspirait qu'à prendre une douche et s'allonger. Il veilla à ne faire aucun bruit pour ne pas réveiller Valentine et Nathan, qui devaient dormir à poings fermés.

La veille, il avait pris la voiture et roulé durant une bonne heure avant de s'arrêter en bordure d'une nationale. Là, il avait beaucoup réfléchi.

Convaincu d'être trompé, il entendait bien faire payer ce « Dominique ».

Tous les couples connaissaient des difficultés. Encore fallait-il ne pas dépasser certaines limites. Sans doute s'était-il montré trop laxiste. Ses problèmes de boulot l'avaient absorbé. Désormais, sa priorité serait de remettre Valentine sur les bons rails.

Finalement, son image déplorable des femmes était juste. Et Valentine n'échappait pas à la règle. Tout cela ne faisait que le conforter dans l'idée qu'il fallait savoir taper du poing avec une femme.

Il ne nourrissait aucune inquiétude sur le fait que la sienne rentrerait rapidement dans le rang. Il la savait docile. Mais il devrait restreindre ses libertés. Et cette restriction commencerait par la faire démissionner. Il avait accepté de la laisser travailler en se disant que cela lui ferait du bien. Cela avait été une erreur.

Plus de travail. Plus de sorties. Une prison à domicile. Quitte à mettre ses désirs de carrière à lui en suspens le temps de régler le problème. Car si le monde de l'entreprise était vaste et les opportunités d'y réussir nombreuses, il savait qu'il n'existait qu'une seule Valentine.

L'alcool lui avait embrumé l'esprit et rendu les idées confuses. Cela faisait une éternité qu'il n'en avait pas ingurgité autant. Il s'était endormi sans s'en rendre compte. Lorsqu'il avait rouvert les yeux, le soleil n'était pas encore levé, et un mal de tête carabiné lui comprimait le cerveau.

Il s'était rendu compte qu'il avait dormi plus de cinq heures dans sa voiture, et qu'il était parti sans avoir prévenu quiconque. Partagé entre le remords et le plaisir malsain d'être au centre des inquiétudes de Valentine, il s'était précipité sur son portable. Pour constater, déconcerté, qu'il n'y avait pas la moindre trace d'appel.

De vagues souvenirs de la veille lui étaient alors revenus en mémoire. Il avait espéré qu'elle n'aurait gardé de la correction qu'il lui avait infligée aucune trace susceptible de l'empêcher d'aller travailler. De toute manière, Valentine enverrait sa lettre de démission dès le lendemain et demanderait une dispense de préavis. Mais jusqu'à son départ, il ne fallait pas attirer l'attention. Il savait que sa manière d'affirmer son autorité auprès de sa femme ne serait pas comprise par tous.

Entré à pas de loup dans la salle de bains, il se détendait maintenant sous une douche bien chaude.

De son côté, Valentine se tenait assise, recroquevillée, en haut du lit conjugal, l'oreille tendue en direction de l'eau qu'elle entendait couler. Le cœur cognant dans la poitrine et la bouche sèche, elle se préparait mentalement à le revoir. Comme d'habitude, elle devrait masquer tout ce qu'elle ressentait. La nouveauté, c'était ce mouvement qui continuait à opérer en elle, hissant sa sensation de dégoût et son sentiment de honte au-delà du niveau de sa peur.

Elle s'exhorta au calme, se dit que le mieux à faire était de quitter cette chambre et se rendit dans la cuisine. Lorsque Daniel entra dans la pièce, il ouvrit la bouche pour le « bonjour » rituel de chaque matin, mais la referma dès qu'il la vit.

Il ne pensait pas avoir frappé si fort. Son visage n'était pas trop tuméfié dans l'ensemble. Mais son œil…

Il allait encore falloir trouver un motif crédible pour qu'elle n'aille pas travailler.

Incapable de dire quoi que ce soit, Daniel essaya de positiver : cela faisait longtemps que Valentine ne s'était pas absentée de la sorte et personne n'y verrait quoi que ce soit de louche. Elle resterait au lit deux ou trois jours puis irait mieux.

Il rejoignit la chambre, s'allongea sur le lit. Passer une nuit avachi sur un siège de bagnole était sans doute original et marrant à vingt ans, mais franchement moins agréable à son âge. Il s'endormit rapidement.

De son côté, toujours réfugiée dans la cuisine, Valentine attendit qu'il soit 8 heures pour contacter son responsable. Elle prétexta une gastro carabinée, proposa de poser une journée de congé et s'excusa pour la désorganisation que cette absence imprévue occasionnait. Son manager lui répondit qu'il n'était pas surpris, sa mauvaise mine de la veille l'avait un peu interpellé. Tout en le remerciant de sa compréhension, elle se demanda ce qu'il penserait de sa mine du jour si elle lui avait envoyé un selfie. Elle avait l'œil droit si gonflé qu'elle ne pouvait le maintenir ouvert. Sa lèvre tuméfiée lui faisait également mal. Mais y avait-il une seule partie de son corps qui ne la faisait pas souffrir ?

Elle n'eut pas le temps de répondre à cette question : sur le seuil de la cuisine, Nathan la fixait, figé, le visage bouleversé. Lorsqu'elle se leva pour le prendre dans ses bras, il enfouit son propre visage dans ses mains. Comme si, par magie, l'image qui s'imposait à ses yeux allait s'effacer lorsqu'il relèverait la tête.

Valentine le serra contre elle, sans mot dire.

*

Valentine passa ses journées du samedi et dimanche à déambuler entre le canapé et la chambre de Nathan. Chaque geste lui provoquait des élancements dans tout le corps. Tous ses efforts visaient à rassurer Nathan, à le cajoler et à l'occuper suffisamment afin de ne lui laisser aucun moment pour ressasser la scène du vendredi soir.

Pour Nathan, elle s'évertua également à faire redescendre la tension qui régnait dans son foyer. Parce que finalement, quoi qu'il lui en ait coûté et lui en coûte encore, la vie devait continuer. Et c'était peut-être de cela dont elle avait le plus peur…

Daniel ne lui adressa quasiment pas la parole du week-end. Il réagissait souvent ainsi lorsque le jour se levait sur des traces un peu trop apparentes de ses réactions impulsives de la veille. C'était sans doute sa manière de faire pénitence.

Valentine ressortit son ancienne compagne du placard, la solitude, et s'en enveloppa comme elle l'aurait fait avec un vieux manteau que l'on ressort lorsque l'hiver pointe son nez. Mais son cœur semblait, lui, être resté en été. Et plus précisément au bord d'un lac.

Rejoindre sa propre chambre pour la nuit du samedi, alors que Daniel y était déjà couché, fut impossible. Elle avait peur de s'assoupir, peur que son cerveau ne l'alerte pas assez vite si Daniel venait à remettre la main sur elle, alors que son corps portait encore les stigmates de la veille. Elle finit par s'endormir vers 4 heures sur le canapé et rêva de Gaëlle. Elle la voyait lui faire de grands signes par une fenêtre. Paniquée, Valentine courait vers elle, tandis qu'une silhouette masculine se faufilait derrière Gaëlle avant de la pousser par-dessus la rambarde. Valentine continuait à courir, tout en voyant le corps de la jeune femme tomber comme au ralenti. Lorsqu'elle arrivait enfin près d'elle, Gaëlle la fixait de ses grands yeux empreints de douceur, désormais ouverts sur l'éternité.

Elle s'éveilla en sueur.

Il n'était que 5 h 30. Elle se leva sans bruit et vint caler un siège contre la fenêtre du salon, où elle resta prostrée jusqu'au réveil de Nathan, trois heures plus tard.

Le dimanche soir, écrasée de fatigue, elle tomba comme une pierre dès 22 heures.

Cette nuit-là encore, Valentine refit le même cauchemar de la nuit précédente. Comme un film qui repassait en boucle dans sa tête, Gaëlle s'agitait toujours en appelant Valentine d'une fenêtre. Valentine essayait de courir plus vite encore que la fois précédente. Mais comme la fois d'avant, elle arrivait devant un corps désarticulé et sans vie.

Sauf que contrairement à son premier cauchemar, elle ne pouvait se rapprocher et se réveillait en sursaut au moment où elle devinait que c'était son propre cadavre qui gisait sur le bitume.

*

Enfin le lundi pointa son nez.

Comme d'habitude, elle se leva, prépara le café de Daniel, prit sa douche, puis alla réveiller Nathan. Elle allait s'habiller lorsque Daniel lui annonça qu'il partirait travailler après avoir déposé Nathan à l'école. Un aménagement de son agenda qu'il lui présenta comme une délicate attention, alors qu'il ne visait qu'à éviter d'exposer au regard des autres les conséquences de ses propres actes.

Du bout des lèvres, elle le remercia. En son for intérieur, elle pria pour qu'il ne repasse pas par la maison après l'école. Mais elle se rassura rapidement : l'état de son œil était pour Daniel la meilleure assurance de la voir rester à la maison. Car il savait qu'elle se terrait tel un rat lorsque de telles ecchymoses subsistaient sur son visage. Il n'aurait donc pas à la surveiller.

Elle s'étonna qu'il n'ait pas senti que ce « lendemain » de coups ne ressemblait à aucun autre. Que cette fois-ci, pendant qu'il s'adonnait à ses pulsions animales, quelque chose avait basculé dans sa tête à elle. Et qu'au moment même où lui pensait ses craintes d'aller la voir folâtrer ailleurs réduites à néant, Valentine ne songeait qu'à une chose : courir à l'association pour se vider du dégoût, de la honte, de la peur et la colère qui lui rongeaient aussi bien le cœur que le corps.

Elle s'inspecta dans le miroir : le pourtour de son œil, la paupière et l'arcade étaient gonflés, un hématome foncé venait renforcer le côté spectaculaire provoqué par l'œdème. Sa lèvre supérieure était enflée, mais cela pourrait encore passer pour un bouton de fièvre quand elle ajouterait une grosse noix de crème hydratante, qui la ferait passer pour un antiviral contre l'herpès labial.

Ses grandes lunettes de soleil suffiraient à dissimuler son coquard.

*

Valentine fut cette fois-ci accueillie par une autre femme : âgée d'une quarantaine d'années, ses longs cheveux roux encadraient un visage piqué de nombreuses taches de rousseur.

Mal à l'aise, toujours affublée de ses grosses lunettes noires malgré l'obscurité du couloir, Valentine demanda s'il était possible de voir Dominique.

Un sourire bienveillant se dessina sur le visage constellé avant que l'abondante chevelure ne s'envole dans une volte-face flamboyante pour disparaître dans la pièce où Valentine avait été reçue le mercredi précédent. Dix minutes plus tard, la porte s'ouvrit sur Dominique.

— Je ne dirais pas que je suis heureuse de vous revoir, mais je suis soulagée. Pour être tout à fait sincère, je pensais que vous ne refranchiriez jamais cette porte…

— Pour l'être tout autant que vous, je le pensais également…, reconnut Valentine à son tour.

Elle sentit le regard de son interlocutrice s'attarder sur les verres fumés.

— Ici, vous n'en aurez pas besoin, Valentine. À moins que vous n'y teniez…

Valentine ôta lentement ses lunettes, exposant son œil meurtri à la lumière.

D'un geste, Dominique l'invita à entrer. Elles s'assirent toutes les deux autour d'une table.

— En quoi puis-je vous aider, Valentine ?

— Je voudrais vous raconter mon histoire, et que vous m'aidiez à en sortir…

*

Enfin Valentine arriva au bout de son récit.

Tout le long, elle avait éprouvé la sensation de muer, tel un serpent, de se défaire progressivement d'une peau devenue trop lourde, trop encombrante.

Pas une seule fois elle n'avait été interrompue, ni par Dominique ni par Nicole, la psychologue qui l'accompagnait. Concentrées sur elle, Nicole notait ici et là une phrase, un mot, tandis que Dominique se contentait de hocher la tête en signe d'encouragement.

Elle était parvenue à refouler sa honte lorsqu'elle avait décrit la scène sordide du vendredi soir. Mais pas le torrent d'émotions qui l'avait submergée lorsqu'elle avait évoqué la présence de Nathan sous le lit.

Valentine mit ses deux mains à plat sur ses cuisses et releva le visage. Nicole posa son stylo, Dominique se massa délicatement les tempes avant de prendre la parole :

— Vous vivez des choses difficiles, Valentine… Mais avant de vous parler de ce que nous pourrions vous apporter, il me semble important de bien comprendre ce que vous entendez par « que vous m'aidiez à en sortir ». Si vous le savez, qu'attendez-vous précisément de nous, Valentine ?

Valentine laissa son regard courir sur les murs, s'arrêter plus longuement sur certaines affiches, redescendre sur le bureau recouvert de dossiers…

— Je voudrais que vous m'aidiez à m'enfuir avec Nathan.

Elle scruta le moindre tressaillement sur le visage de Dominique mais ne vit rien.

Au contraire. Dominique la conforta : sa décision était la bonne, personne n'avait à endurer de tels traitements. Elle lui expliqua qu'elle pouvait bénéficier d'un hébergement d'urgence pour elle et son fils, mais Valentine lui coupa la parole :

— Non ! Je veux quitter Daniel et fuir définitivement cet appartement. Sans lui mettre la puce à l'oreille. Le jour où je partirai, je veux être bien sûre d'avoir un vrai logement qui nous attendra, mon fils et moi, loin de mon domicile actuel.

Dominique hocha la tête, une expression songeuse dans le regard :

— Un départ réussi est effectivement un départ qui se prépare, Valentine. Mais la situation que vous nous décrivez me fait craind…

— Vous m'avez demandé ce que j'attendais de vous, Dominique. S'il vous plaît, aidez-moi à préparer ce départ. Sinon, je préfère essayer de me débrouiller sans vous.

— Vous ne devez pas rester seule, Valentine… Nous allons préparer ensemble ce départ. Nous serons derrière vous dans chacune de vos démarches.

Nicole lui proposa de bénéficier d'un soutien psychologique. Elle lui parla également de l'existence de groupes de parole qui lui permettraient de partager ses ressentis avec d'autres femmes qui avaient eu à subir, ou subissaient encore, ces mêmes violences conjugales.

— Ce qui est important, Valentine, c'est de commencer par vous sortir de votre isolement. De vous préparer à ce départ, d'élaborer des solutions en attendant que vous soyez prête à partir ou à engager des poursuites.

Elle observa un silence puis reprit :

— Mais je crois vraiment que nous devrions faire intervenir la police. Ce que cet homme a fait est extrêmement grave !

— Je ne veux pas porter plainte et je ne veux pas que la police intervienne ! Pas tant que je vivrai sous le même toit que Daniel ! Je crois que je n'aurais jamais dû venir ici…, ajouta-t-elle d'une petite voix en se levant, le visage décomposé.

Dominique bondit de sa chaise :

— Non, ne partez pas, Valentine ! Rasseyez-vous, je vous en prie… Nous ne précipiterons rien, je vous le promets…

Les deux femmes échangèrent un regard. Elles se rassirent en silence.

— Celle qui décide, c'est vous, temporisa Dominique. Ici, chaque femme décide du temps qu'il lui faut pour passer à l'action, et chacune décide de la solution qui sera la sienne…

— Entre ce que je souhaiterais et ce qui est possible…, soupira Valentine. Pourtant, je voudrais juste vivre une vie normale au côté de mon fils…

— Et pourquoi pensez-vous que cela soit incompatible avec « ce qui est possible » ?

Valentine la regarda comme si cette question était totalement saugrenue :

— Parce que si je fuis, Daniel me fera subir le même sort que celui de Gaëlle : il me tuera !

La psychologue acquiesça lentement et lui parla si doucement que Valentine dut tendre l'oreille pour l'entendre.

— Vous savez, beaucoup d'hommes jouent de ces menaces. Et ça marche.

— Oh non ! Daniel n'est pas homme à parler en l'air. Vous ne le connaissez pas…

— Vous avez absolument raison. Et c'est précisément pour cela que nous allons commencer par essayer de comprendre comment il fonctionne, de mieux connaître son rapport à la loi. Parce que je vous assure qu'une intervention des autorités est dissuasive pour une grande majorité de ces hommes, Valentine…

Elle se tourna vers Dominique, et celle-ci prit naturellement le relais :

— C'est exact. Il s'agit de notre premier échange. Nous aurons également besoin de mieux vous connaître, vous, Valentine. De comprendre votre degré d'attachement à cet homme, la vision que vous portez sur votre réalité. Par exemple, est-ce que votre situation vous semble normale, ou pas ?

Valentine eut un petit sourire triste :

— C'est drôle que vous me posiez cette question. Il y a encore quelques jours je vous aurais répondu oui. Mais m'être confiée à ma voisine et avoir retrouvé mon ami d'enfance m'ont aidée à voir que je me trompais…

Elle marqua une pause.

— Les événements de vendredi soir ont parachevé cette prise de conscience.

— Les événements dont vous parlez incluent un viol conjugal, Valentine. Nous allons apprendre ensemble à mettre les bons mots sur l'ensemble des agressions dont vous avez été ou êtes encore victime.

Valentine sentit une larme rouler sur sa joue. Dominique n'imaginait pas combien ses paroles lui faisaient du bien.

— Vous voulez souffler quelques instants, Valentine ? Boire un peu d'eau ?

— Non, merci ! s'empressa de répondre Valentine en chassant d'un rapide revers de main l'intruse sur sa joue. Au contraire, je ressens le besoin d'aller jusqu'au bout des choses maintenant. Mais...

Elle se mordit la lèvre, rattrapée par la honte d'être ce qu'elle était, incapable de poursuivre.

— Mais... ? insista gentiment Dominique.

— Je ne crois pas que l'on puisse parler de viol..., lâcha-t-elle d'une voix étranglée.

Dominique lui jeta un regard interrogateur par-dessus ses lunettes. Valentine baissa les yeux :

— C'est de ma faute. Je n'ai pas crié...

Dominique réfléchit quelques instants, rapprocha sa chaise et lui prit la main :

— Valentine, vous lui avez demandé d'arrêter. Si vous n'avez pas crié, c'est uniquement parce qu'il y avait votre fils sous le lit. Vous avez fait preuve d'un courage et d'une présence d'esprit extraordinaires. Juste pour protéger votre enfant...

Elle lui tendit une boîte de mouchoirs.

— Les femmes qui se sont assises sur ce siège et qui ont traversé la même épreuve l'ont qualifiée comme un simple abus... On pense souvent que l'acte sexuel, même contraint, est une chose naturelle entre mari et femme, surtout quand cet acte se produit sur le lit conjugal...

Valentine se contenta de hocher la tête tout en fixant le sol.

— Alors, écoutez bien ce que je vais vous dire, Valentine : oui, le viol conjugal existe. Et oui, vous venez bien d'en être victime.

Chacun de ces mots venait panser les plaies de Valentine.

— Était-ce la première fois ? demanda Nicole.

Valentine se redressa sur sa chaise et releva la tête :

— Oui..., répondit-elle en rougissant. D'habitude, je laisse faire et j'attends que ça se passe...

— Il ne vous a jamais imposé d'autres actes sexuels sans que vous n'y consentiez ?

— Cela faisait déjà bien longtemps que je n'en avais plus du tout envie mais je ne le disais pas. Il n'a jamais eu à me forcer. Vous comprenez ?

— Oui, Valentine. Nous comprenons.

Nicole lui sourit :

— Vous avez déjà fait une sacrée partie du chemin toute seule. Je ne sais si vous y avez été aidée mais cela sera précieux pour la suite. Vous m'avez également parlé de deux autres personnes : Suzette et... Vincent ! ajouta-t-elle après avoir consulté son bloc. Eux aussi seront très précieux !

Un court instant, Valentine revit le visage de Vincent se baisser vers le sien. Elle chassa cette image et changea de sujet :

— Quand pourrai-je revenir vous voir ?

Dominique écarta les mains :

— Dès que vous en éprouverez l'envie ou le besoin. En revanche, il me semble utile d'instaurer une régularité dans nos échanges. Nous pourrions prévoir un prochain rendez-vous... Qu'en pensez-vous ?

— Oui... La semaine prochaine à la même heure, si c'est bon pour vous.

Nicole pencha la tête :

— Ça va aller ?

— Oui, je suis solide. Enfin je crois.

Dominique opina.

— Sans doute. Mais la solidité n'empêche pas la souffrance, vous êtes mieux placée que personne pour le savoir.

Une immense bouffée de reconnaissance inonda Valentine. Gaëlle avait raison : cette femme était extraordinaire.

— J'ai peur de ne pas pouvoir trouver de logement facilement. D'autant que, si je perds mon travail, je n'ai plus d'argent. Et pour être tout à fait honnête, je n'arrive pas encore à me projeter dans une autre vie. Je m'en sens incapable...

— Il est normal que vous vous sentiez perdue. Il y a eu un gros travail de manipulation de la part de votre mari. Mais nous serons là à chaque étape, Valentine, et comme je vous l'ai dit vous ne serez jamais livrée à vous-même. Il existe de nombreux dispositifs qui vous permettront de bénéficier d'aides, aussi bien financières que psychologiques. Si vous avez peu de moyens, vous aurez un accès prioritaire à un logement social. Côté travail, Pôle emploi vous versera des allocations si vous partez pour des faits de violences conjugales, et donc si vous démissionnez de votre emploi actuel.

— Mais comment nous protéger de Daniel, mon fils et moi ?

— Nous demanderons la délivrance d'une ordonnance de protection. Elle interdira à votre conjoint d'entrer en relation avec vous, lui retirera son autorisation de port d'arme et le contraindra à remettre au greffe le revolver dont vous nous avez parlé. Entre autres. Mais il est un peu prématuré de parler de tout cela en détail.

Valentine rentra la tête dans les épaules.

— Est-ce que je devrai forcément passer par un dépôt de plainte ?

— Pour bénéficier de certains dispositifs, il le faudra, oui. Et puis, vous avez un enfant avec Daniel. Le juge aux affaires familiales devra s'appuyer sur des éléments de preuve significatifs pour lui retirer la garde : certificats médicaux, plaintes, témoignages de proches…

— Je n'ai pas beaucoup de personnes dans mon entourage…

— Une seule pourrait suffire. Mais dorénavant vous nous avez nous, Valentine.

— À partir du moment où je porterai plainte, le frère de Daniel…

Dominique balaya cet argument d'un geste et affirma à Valentine que ce n'était qu'une démonstration de plus de l'emprise de Daniel sur elle et que, frère policier ou pas, il aurait à répondre de ses actes.

— Et puis, je vous assure qu'un dépôt de plainte calme plus d'un conjoint violent. Surtout ceux qui ont beaucoup à perdre, ce qui paraît être le cas de votre mari. Il semble avoir une bonne situation, à laquelle il tient, ajouta-t-elle.

— Et si je dépose simplement une main courante ?

— Le sujet des violences conjugales n'est plus pris à la légère. Les procédures ont récemment évolué. Dorénavant, dans votre cas, l'officier de police judiciaire aviserait le parquet, qui transformerait immédiatement votre main courante en plainte… Un viol est un crime, Valentine…

Dominique la vit se tordre les doigts de nervosité.

— Je vous fais confiance, Dominique. Si vous en parlez à qui que ce soit, y compris la police, je nierai en bloc !

— Nous avons bien compris, Valentine…, tenta-t-elle de l'apaiser.

La réaction de Valentine était habituelle. Venir frapper à cette porte et se confier comme elle venait de le faire était un premier pas immense. Ce qui comptait était de garder le contact avec elle pour les accompagner au mieux, elle et son enfant.

— Mais ici, le droit du plus fort n'a pas vocation à perdurer. Rien qu'en venant, vous avez franchi un cap difficile. Je ne vous dis pas que le reste sera simple. La libération sera sans doute longue et difficile, mais nous y arriverons.

Valentine hocha la tête, comme pour mieux graver dans sa tête ce qui venait d'être dit.

— Il faut vous attendre à des moments où vous vous en voudrez ne serait-ce que d'avoir entrepris la démarche de pousser cette porte. Parce qu'il aura été gentil avec vous. Parce que vous vous sentirez coupable d'être pas assez ceci ou un peu trop cela. Nous mettrons donc le temps qu'il faudra pour que vous intégriez bien que le seul responsable de cette situation et de cette violence, c'est lui.

Dominique insista pour que Valentine apprenne par cœur certains numéros de téléphone, lui conseilla de convenir d'un code d'alerte avec Suzette, au cas où les choses dégénéreraient. Cita également la liste des documents essentiels qu'elle devait confier à un proche pour les avoir en cas de fuite : carte d'identité, passeport, livret de famille, carte Vitale, chéquier, carte bancaire... Valentine songea à Suzette. Avant de se rappeler que Daniel ne lui laissait accès qu'à sa carte d'identité.

Après avoir jeté un œil sur sa montre, elle se leva.

— Je dois aller chercher mon fils à l'école...

— Je vous raccompagne ! déclara Dominique en se levant à son tour. Mais vous devriez enlever vos lunettes. Vous n'avez pas à vous cacher. Vous n'avez rien fait de mal. Une fois que vous aurez dépassé la gêne, vous remarquerez que les autres se sentiront bien plus embarrassés que vous. Parce que cela les renverra à leur silence. À leur déni à eux. S'il est parfois aisé de faire comme si on ne savait rien, il est plus difficile d'ignorer ce qui est si voyant. Surtout vis-à-vis de sa conscience !

*

Alors qu'elle redescendait la rue, les propos tenus par les deux femmes s'entrechoquaient dans sa tête.

Son œil droit la lançait. La monture de ses lunettes ajoutait à sa douleur en appuyant sur l'œdème. Suivant le conseil de Dominique, elle les enleva. Aussitôt la pression sur son œil se relâcha. Elle leva la tête. La passante qu'elle croisa eut un regard gêné. Était-ce davantage de la peur ou du dégoût qu'elle lisait dans ses yeux ?

Tant pis. Elle décida de rester ainsi, sans se masquer. Elle ne se couvrirait que pour aller chercher Nathan. Elle ne voulait pas qu'il devienne la risée de ses camarades. À cet âge-là, les enfants étaient parfois cruels.

Elle rentra chez elle la tête haute, ignorant les regards qui se baissaient sur son passage ou la dévisageaient quand ils pensaient ne pas être vus.

Dominique avait entièrement raison.

23.

Le lendemain au réveil, Daniel lui annonça qu'il avait posé sa journée et qu'il allait accompagner Nathan à l'école avec elle. Valentine se souvint des propos tenus la semaine précédente par l'autre maîtresse : aujourd'hui, Lise Faucheux ferait l'ouverture, et il était clair que Daniel avait l'intention de poursuivre son enquête sur « le » fameux Dominique. Nul doute qu'il tenait également à ce qu'elle assiste à sa propre débâcle.

Daniel voulut prendre la voiture.

— Moins on te verra, mieux ce sera, fit-il en lui tendant ses lunettes au moment de partir.

Lorsqu'ils arrivèrent devant le portail de l'école, Lise Faucheux, fidèle au poste, assurait bien l'ouverture.

— Nous allons enfin pouvoir éclaircir cette affaire ! s'exclama-t-il d'un ton sarcastique en se dirigeant vers l'institutrice, tirant Nathan derrière lui.

Il adressa un sourire chaleureux à l'institutrice, qui le lui rendit. Pourtant, durant un millième de seconde,

Valentine aurait juré l'avoir sentie sur ses gardes. Elle n'eut pas le temps de s'attarder sur cette impression : les yeux de la jeune femme se posèrent sur elle. Valentine avait souvent, à tort, le réflexe de croire que tout le monde voyait ce qui s'était passé la veille au soir, chez eux. Là, elle se sentit immédiatement mise à nu. Elle vit Lise Faucheux s'attarder sur ses lunettes et s'absorber dans un profond silence. Valentine se rassura en se revoyant s'examiner attentivement dans le miroir, après sa séance de camouflage. Si les lunettes teintées pouvaient surprendre de si bon matin, rien d'autre ne transparaissait, elle en était certaine.

— Nous sommes contents de vous voir, madame Faucheux, car nous avons le nom d'un parent d'élève et ses coordonnées, mais mon épouse et moi-même avons complètement oublié de qui il s'agissait..., commença Daniel.

Valentine sentit une goutte glacée couler dans son dos. Même ses mains étaient devenues moites. Elle chercha à détourner l'attention en poussant affectueusement Nathan par les épaules jusqu'à la porte. Mais l'institutrice ne l'avait toujours pas quittée des yeux et, l'espace d'une seconde, Valentine aurait juré qu'elle était parvenue à transpercer l'épaisseur du verre fumé pour s'arrimer à son regard. Toutes deux furent traversées par la même certitude : celle que l'autre avait compris.

— Oui, je suis au courant ! répondit Lise en se tournant vers Daniel. Ma collègue m'a rapporté votre échange de la semaine dernière...

Cette fois-ci, le frisson glacé parcourut tout le corps de Valentine. Elle sentit que Lise Faucheux s'appliquait à ne plus la regarder. Mais c'était trop tard. Valentine s'était vue dans ses yeux, pitoyable, misérable.

Un petit groupe d'enfants passa devant le portail en riant bruyamment, ce qui produisit une heureuse diversion.

— Dominique n'est pas la maman de Grégoire mais de Lucas ! Et Nathan a dû vous expliquer que Lucas était hospitalisé depuis jeudi dernier pour une appendicite... J'attendrai son retour pour demander à la maman si je peux vous communiquer son numéro.

Daniel la regarda, bouche bée, avant de la dévisager. Son visage avait perdu toute expression avenante. Mais Lise Faucheux ne se laissa pas déstabiliser. Bien au contraire, elle lui adressa un grand sourire et lui demanda s'il souhaitait qu'elle se rapproche d'autres parents afin que Nathan puisse inviter un autre de ses camarades de classe à la place.

— Nous allons y réfléchir, merci, répondit froidement Daniel.

Valentine la remercia à son tour. Mais dans ce merci-là, il y avait surtout de la reconnaissance. Car si Valentine savait par Nathan que le petit Lucas était absent, elle avait de sérieux doutes sur le fait que sa mère se prénomme en effet Dominique...

Le trajet du retour se fit dans une ambiance polaire.

Les mains nouées sur ses genoux, Valentine osait à peine respirer.

Daniel, lui, ne cessait de passer des doigts nerveux dans ses cheveux. Il ne savait plus que penser. Il aurait mis sa main à couper que la maîtresse mentait. Mais pourquoi l'aurait-elle fait ? Quel aurait été son intérêt d'agir ainsi ? Valentine le lui avait-elle demandé ? Non. Jamais cette bonne femme n'aurait pris le risque de mentir pour un parent d'élève. C'était ridicule !

Il jeta un œil sur Valentine. Pâle et raide, elle semblait pétrifiée. Il n'avait pas besoin de lui faire enlever ses foutues lunettes pour deviner qu'elle n'était pas bien. Il sentait la peur exsuder d'elle.

Vrai ou pas, peu importait. Il était évident que Valentine avait quelque chose à se reprocher. Son instinct le lui soufflait. Et la disparition du cahier passait de nouveau du simple faisceau d'indices à un début de preuve lui confirmant qu'il se tramait bien quelque chose de louche dans son dos. Il n'allait pas la lâcher. Et un jour ou l'autre, elle craquerait.

*

Il épiait le moindre de ses gestes. Après le déjeuner, elle se lança dans le lavage des vitres. Cela eut au moins le mérite d'éviter que Daniel ne soit constamment sur son dos : le simple crissement du chiffon sur les carreaux le renseignait sur ce qu'elle faisait d'où il était, c'est-à-dire du canapé. Volontairement, elle avait laissé son portable en évidence sur la table du salon.

C'est son téléphone à lui qui sonna : son frère lui proposait de l'accompagner à sa séance de tir, prévue à 17 h 30. Daniel réfléchit. Il serait resté toute la journée avec

Valentine. Une fois qu'elle aurait récupéré Nathan à l'école, elle devrait s'occuper des devoirs, puis du dîner. Que risquait-il à s'absenter durant une heure et demie ?

Valentine l'entendit confirmer à voix basse qu'il pouvait passer le prendre à 17 h 15. Daniel ne jugea pas utile de la prévenir : cela faisait sûrement partie du stratagème pour la surprendre « en flagrant délit » de mensonge.

Là-dessus, il se mit le DVD du *Samouraï*, sans cesser de jeter un œil et sur son portable, et sur ce qu'elle faisait.

Il fut bientôt l'heure d'aller récupérer Nathan. Valentine attendit la dernière minute pour se préparer dans l'espoir que Daniel soit suffisamment pris dans son film pour vouloir bouger. Elle tâcha de prendre un air naturel :

— Daniel, Nathan va sortir de l'école. Tu veux m'accompagner ?

Il mit le film sur pause et la dévisagea attentivement. Valentine se sentit littéralement scannée des pieds à la tête tandis qu'il pesait le pour et le contre : la laisser – ou non – aller chercher Nathan seule ? Il n'avait pas envie d'interrompre le film au moment de cette poursuite dans le métro où Delon parvenait de peu à échapper à la traque policière…

— En bagnole, il n'y en a que pour vingt minutes aller-retour. Donc tu attends encore dix minutes et tu prends la voiture. Comme ça, j'aurai le temps de te voir avant que mon frère arrive ! finit-il par dire.

Sans rien montrer de son soulagement, Valentine acquiesça. Elle traîna une dizaine de minutes, puis attrapa les clefs de la voiture, son sac, et se dirigea vers la porte.

— Mais magne-toi ! ordonna-t-il en tapotant du doigt le cadran de sa montre pour lui rappeler que le temps lui était compté.

*

— J'arrive, Guy !

Suzette revint se poster derrière le judas. Elle était très inquiète.

Elle avait respecté la décision de Valentine tout en se disant que celle-ci reviendrait rapidement à la raison et finirait par revenir frapper à sa porte. Ça ne s'était pas produit. Alors, ce matin, comme tous les autres jours, Suzette avait guetté le départ de Valentine et Nathan pour l'école.

Ce qui différenciait ce matin des jours précédents, c'est que Suzette avait décidé d'aller elle-même taper à la porte d'en face, dès que « le monstre » – ainsi qu'elle appelait Daniel – serait parti travailler.

Or à 8 heures du matin sa voiture était encore sur le parking. Suzette avait donc pris son mal en patience. Au bout de quelques minutes, elle avait vu Daniel, Nathan avec un cartable sur le dos, et Valentine affublée de grosses lunettes noires, partir pour l'école.

Puis elle avait vu Daniel et Valentine revenir une vingtaine de minutes plus tard.

Au grand dam de Suzette, la voiture du monstre était restée sur le parking toute la journée, et elle n'était pas tranquille. Valentine lui avait parlé de ces jours de repos qu'il posait sans prévenir depuis peu. Que se passait-il ?

Et puis il y avait ces verres noirs. Car Suzette savait désormais que foulard et lunettes de soleil n'avaient pas pour sa jeune amie la même fonction que pour la plupart des autres femmes. Elle avait gambergé toute la journée. Elle se faisait à présent un sang d'encre.

Elle regarda sa montre : il était bientôt l'heure d'aller chercher Nathan à l'école. Depuis son poste d'observation, elle vit justement la porte d'en face s'ouvrir, et Valentine quitter l'appartement. Seule. Et toujours avec ces mêmes lunettes affreuses qui lui mangeaient la moitié du visage.

Suzette courut à la fenêtre de sa cuisine, leva un pan de rideau. Valentine s'engouffra dans la voiture et quitta le parking.

Suzanne réfléchit. Si le monstre était dans l'appartement, il lui suffirait d'attendre le retour de la voiture sur le parking, de se précipiter dans la cage d'escalier et de voir Valentine en bas. En quelques mots, elle s'assurerait qu'elle allait bien.

Satisfaite de son idée, elle allait dire à Guy d'aller faire les courses seul. Guy comprendrait. Guy comprenait toujours tout.

*

Par chance, Valentine parvint à se garer juste devant l'école. Elle rejoignit les autres mamans et nourrices qui patientaient devant la grille. Deux minutes plus tard, la sonnerie retentissait et le portail ouvrait. Cinq de plus et

Valentine reconnut quelques enfants de la classe de Nathan. Mais elle ne vit pas son fils.

Il lui fallut attendre la sortie de toutes les classes pour qu'apparaisse enfin Nathan, suivi de sa maîtresse. Valentine jeta un coup d'œil discret sur la grande horloge fixée au milieu de la cour : 16 h 29. Elle avait intérêt à se dépêcher.

Mais lorsque Lise Faucheux arriva à sa hauteur, Valentine comprit que leur échange silencieux quoique solidaire et complice du matin avait soulevé certaines interrogations chez l'institutrice, et qu'elle allait devoir y répondre.

— Puis-je vous parler, madame Ravier ?

Lise laissa passer un silence puis ajouta, plus bas :

— Cela fait longtemps que je souhaitais avoir cette discussion avec vous, et il me semble qu'elle est aujourd'hui vraiment rendue nécessaire…

Le « vraiment » ne laissait aucun doute sur le fait que Valentine n'avait pas le choix. Que devait-elle faire ?

De son côté, Lise Faucheux l'observait avec attention. Elle ne pouvait imaginer que les quelques minutes qu'elle réclamait à cette femme risquaient de lui coûter cher.

Valentine ne put retenir un coup d'œil inquiet vers le cadran, ce qui n'échappa pas à son interlocutrice.

— Ce ne sera pas long.

« Pas long » ? Comment lui expliquer que la notion de temps n'était pas la même pour elles deux ? Valentine savait qu'elle ne pouvait refuser cet échange. Mais pouvait-elle ne serait-ce que lui proposer de le remettre au lendemain ? Qui sait si l'institutrice, assurément avec les meilleures intentions du monde, n'allait pas tout faire capoter en allant trouver la DDASS ou elle ne savait quelle autre institution ?

— Oui, bien sûr..., finit-elle donc par dire.

Lise Faucheux demanda à Nathan de bien vouloir attendre en salle de permanence puis lui fit signe de la suivre pour regagner sa classe.

*

Lorsque Valentine retraversa la cour dans l'autre sens, il était 17 h 02.

Sans aucune surprise, Lise Faucheux lui avait fait part des nombreux doutes qui l'avaient souvent traversée, avant de conclure sur les éléments qui avaient conforté ses doutes en certitudes.

Un instant, Valentine avait envisagé de nier. Puis elle s'était souvenue du soutien courageux que cette femme lui avait apporté le matin même quand rien ne l'y obligeait. Alors, de manière extrêmement concise, elle lui avait dit la vérité, tout en la suppliant de n'en parler à personne et en insistant à plusieurs reprises sur le fait que Daniel n'avait jamais levé la main sur Nathan. L'enseignante lui avait posé de nombreuses questions et aurait volontiers poursuivi si Valentine ne s'était levée d'un bond après avoir jeté un œil à sa montre. Effrayée par l'heure, elle avait expliqué que certains détails anodins pour le commun des mortels revêtaient une grande importance pour des hommes comme son mari, que la ponctualité en faisait partie, et que Daniel l'attendait chez eux.

Embarrassée, Lise Faucheux s'était levée précipitamment en lui proposant de poursuivre leur discussion à un moment plus favorable. Valentine s'était littéralement éjectée de la salle de classe.

Son portable lui indiquait maintenant trois appels en absence de Daniel. Il n'avait pas laissé de message. Valentine attrapa la main de Nathan qui l'avait rejointe dans la cour. Dès qu'ils eurent franchi le portail, ils se remirent à courir.

Arrivée à la voiture, le cœur battant la chamade, Valentine appela Daniel. Celui-ci décrocha avant même que ne retentisse la première sonnerie.

— OÙ ES-TU ?

— Je suis désolée, mais la maîtresse de Nathan voulait me parl…

— Je t'avais dit de rentrer illico presto ! rugit-il.

— Mais elle m'attendait avec Nathan. Je ne pouvais pas f…

— TU TE FOUS DE MA GUEULE ? hurla-t-il, sa voix résonnant dans l'habitacle comme s'il était sur haut-parleur.

Que pouvait-elle répondre ? Que la maîtresse avait compris que tous les hématomes qu'elle avait vus sur elle au fil des mois ne pouvaient provenir de coups intempestifs contre des portes ? Que cette femme s'inquiétait aussi bien pour elle que pour Nathan ? Qu'elle était pourtant encore bien loin de la sinistre réalité de ce qu'il leur faisait subir au quotidien ?

— Non, je t'assure que je te dis la vérité ! Elle a trouvé bizarre qu'on vienne tous les deux ce matin et qu'on pose des questions sur un parent d'élève...

— Tu n'avais qu'à lui dire que tu avais un rendez-vous et qu'elle attendrait demain. Moi, ce que je vois, c'est que tu fais ce qui te chante quand bon te chante !

— Mais j'aurais préféré que tu viennes avec m...

— Ferme-la et rentre immédiatement ! Crois-moi, je t'attends, et je te jure, je vais te défoncer !

Il coupa la communication.

Affolée, Valentine mit le contact, embraya pour passer la première vitesse. Cala. Elle ne parvenait pas à contrôler les tremblements qui avaient gagné ses jambes. Elle redémarra. Nathan s'était recroquevillé au fond de la banquette arrière. Tous deux savaient ce qui les attendait. Cette fois, avec la menace que Daniel venait de proférer, ça risquait d'être pire.

Valentine tenta d'évacuer l'image terrible qui venait de s'imposer à elle.

Tu as toujours pensé qu'il te tuerait un jour. Comment peux-tu être certaine que ce jour n'est pas arrivé ?

Elle sentit une larme couler sur sa joue, qu'elle essuya avec force. Ce n'était pas le moment. Elle devait se dépêcher, ne pas ajouter à la colère de Daniel. Elle s'engagea sur le grand boulevard qui se trouvait derrière l'école. Par chance, il n'y avait pas trop de monde.

Un œil sur le rétroviseur central lui fit entrevoir Nathan suçant nerveusement son pouce, réflexe archaïque qu'il retrouvait lorsqu'il n'avait pas son doudou et qu'il avait peur.

Valentine sentait son cœur battre trop vite. Elle aussi était terrifiée. Mais elle ne pouvait pas le montrer.

*

Totalement paniquée, Valentine jaugea le temps qu'il lui faudrait pour rentrer avec la file de voitures devant elle. Elle grilla un feu rouge.

Dans le rétroviseur Nathan lui retourna un regard terrorisé.

— Ne t'inquiète pas, mon cœur. On va se dépêcher et tout va s'arranger…, lâcha-t-elle du bout des lèvres, sans aucune conviction.

Parce qu'il était désormais clair que Daniel serait hors de contrôle à leur arrivée.

Elle se repassa mentalement le chemin qui leur restait à parcourir : remonter le boulevard, tourner à droite, encore deux rues à longer et ce serait enfin le parking.

Enfin ou malheureusement ?

La main droite toujours crispée sur le volant, elle klaxonna la voiture de devant de l'autre main. Celle-ci tremblait tellement qu'elle dut s'y reprendre à deux fois. Incapable d'en contrôler les contractions répétées, elle l'agrippa comme l'autre au volant et déboîta sur sa gauche malgré la ligne blanche. Puis elle accéléra.

*

Un bip annonça l'arrivée d'un SMS. Daniel quitta la fenêtre et se jeta sur le canapé pour récupérer son téléphone. Son frère lui annonçait qu'il serait là dans cinq minutes et l'attendrait sur le parking.

Il lâcha un juron. Son envie de s'entraîner au tir était retombée comme un soufflé.

Il se rendit dans la chambre, ouvrit la table de nuit et récupéra son revolver, qu'il allait devoir démonter pour le transporter. Ici, il le gardait toujours monté et chargé. On ne savait jamais.

Le tiroir résista. Daniel l'arracha brutalement.

Et cette voix qui continuait à ululer dans sa tête…

Comme pour la chasser, il quitta la chambre en se bouchant les oreilles. En vain.

Tu crois toujours tout savoir ! Et tu étais bien sûr de toi en la laissant filer à l'école ! Convaincu que la raclée que tu lui avais collée avait suffi à la remettre sur le bon chemin !

De rage, il tapa violemment du poing sur la table. Un dédale de petites veines gonflées et bleutées apparut sur ses tempes.

Il lui fallait se rendre à l'évidence. Valentine n'était qu'une fieffée menteuse. Il n'était pas question qu'il se laisse prendre pour un abruti sans réagir.

Il posa l'arme chargée sur la table du salon, enfila ses baskets, attrapa son trousseau de clefs. Son frère comprendrait qu'il ait un empêchement. La seule chose qu'il avait à faire était de masquer sa colère. Il ne se sentait pas en mesure d'expliquer que sa propre femme le prenait pour un con.

Lorsqu'il claqua la porte de l'appartement, son visage entier irradiait de haine. Il ne prit même pas la peine de saluer le voisin d'en face, un petit bonhomme insipide qu'il avait aperçu à quelques reprises et qui sortait de chez lui au même moment.

*

Valentine était enfin parvenue à remonter tout le boulevard, mais demeurait bloquée au feu rouge. Elle activa son clignotant de droite. Plus que deux rues et…

Et… ?

Elle contint à grand-peine la nausée qui montait dans sa gorge. Dans quel état allait être Daniel ?

Demande-toi plutôt dans quel état toi tu vas ressortir, cette fois-ci…

Mais pourquoi ce feu restait-il rouge si longtemps ?

Un bruit étouffé la fit se retourner : Nathan avait ramené ses genoux contre lui et plongé son visage dans ses mains en gémissant.

Voilà ce que tu fais subir à ton fils.

Elle revit Vincent la mettre en garde quelques jours plus tôt :

« Aucun enfant ne peut grandir et se construire de manière équilibrée dans un environnement si toxique. Tu en feras un enfant malheureux. »

Puis :

« Si Nathan grandit dans l'idée qu'il est normal de traiter une femme comme son propre père aura traité sa mère, quel reproche pourras-tu lui faire s'il venait à reproduire la même chose à son tour ? »

Il a raison.

Plutôt que d'avoir honte de ce que tu es, aie plutôt honte de ce que tu lui fais à lui.

Vincent n'avait-il pas également raison sur d'autres points ?

« On peut vivre avec des cicatrices. Ce qui compte, c'est ce que nous choisissons de faire de ce qui nous reste… »

Elle abaissa le pare-soleil, fit glisser la languette protectrice du miroir de courtoisie. Celui-ci lui renvoya l'image d'un regard d'une infinie tristesse.

Non. Regarde mieux Valentine. Regarde mieux.

Elle scruta. Et vit. Une lumière qu'elle ne voyait plus depuis longtemps. S'agissait-il d'une étincelle de vie ? D'une lueur de courage ?

Non, c'est celle que tu étais mais que tu étouffes. Cette Valentine qui aimait la vie. Qui aimait rire.

Celle que Vincent a ressuscitée dès qu'il t'a retrouvée.

Tout ça, c'était bien joli. En quoi cela allait-il l'aider ?

Oui, parce que, ancienne Valentine ressuscitée ou pas, celle d'aujourd'hui va peut-être avoir à revivre le cauchemar de vendredi dernier.

Y es-tu prête ?

Des images en rafale lui martelèrent le cerveau.

Tout d'un coup, dans sa tête, il y a comme une explosion.

*

Vincent s'isola quelques instants dans la cuisine, située au fond de la librairie.

Oublier Valentine s'avérait encore plus difficile que ce qu'il avait imaginé. Certaines retrouvailles pouvaient-elles ainsi changer le cours d'une vie ?

Tout le monde avait au fond du cœur un rêve qui n'était pas revenu, un visage jailli de l'enfance et resté gravé au fond de sa mémoire intime… Mais la vie continuait, que ce visage resurgisse ou pas. Alors pourquoi n'arrivait-il pas à retrouver le fil de sa vie là où il l'avait laissé en venant retrouver Valentine ?

Dix minutes plus tôt, il avait cru reconnaître sa silhouette : même taille, même allure, même chevelure attachée en queue-de-cheval. Il s'était précipité vers elle. Et avait dû masquer la terrible déception qui l'avait assailli lorsque la cliente s'était tournée vers lui.

Il s'efforçait de prendre du recul. Au-delà des sentiments confus qui se mélangeaient dans sa tête, la situation dans laquelle se trouvait Valentine était plus que préoccupante. Valentine était aussi son amie.

Et il s'inquiétait affreusement pour elle.

Puisqu'elle ne voulait plus être contactée, rien ne l'empêchait de prendre des nouvelles auprès de Suzette.

Il s'empara de son portable.

*

Pars.

Maintenant.

Ça, c'était une idée on ne peut plus stupide. Où iraitelle ? Et que ferait-elle demain et après-demain ?

Tu t'en fous.

Tu te barres, un point c'est tout.

Quel que soit l'endroit, tant qu'il n'y est pas, toi et Nathan y serez mieux.

Pare-brise. Le croisement est dégagé.

Rétroviseur central. Le visage de Nathan est toujours enfoui dans ses mains.

À droite, le feu passe au vert.

Mains sur le volant. À gauche ou à droite ?

Tu as toujours tout pensé, analysé, rationalisé. Et si, pour une fois, tu te fiais juste à ton intuition ? Si tu écoutais simplement ce qu'elle te souffle ?

Quelque chose surgit en elle.

La sensation d'être vivante. Malgré les coups. Malgré tout.

L'envie d'emprunter un autre chemin.

De s'ouvrir à un autre demain.

De tout recommencer.

Gauche ou droite ?

Un coup de klaxon.

Les doigts de Nathan viennent s'accrocher au dossier des sièges avant. Sa frimousse angoissée apparaît entre les sièges passager et conducteur.

— Maman ?

Une phrase lui revient en mémoire : « Ce qui compte, c'est d'avoir le déclic. » Elle n'arrive plus à se souvenir de qui elle vient. Ce n'est plus important.

Droite ou gauche ?

Nouveau coup de klaxon, plus appuyé.

Les yeux rieurs de Gaëlle dansent sur le pare-brise.

Sa voix chante dans ses oreilles : « Nous avons toutes droit au bonheur. »

Je vis en étant morte.

Je préfère encore mourir vivante.

Elle attrape son sac en tremblant, fouille dans la petite poche centrale : 35 euros. Voilà tout ce qui lui reste.

Coup d'œil sur le tableau de bord : le réservoir est rempli aux trois quarts.

Klaxons longs et répétés.

Elle relève la tête. Inspire à pleins poumons.

Puis redémarre dans un crissement de pneus en basculant son clignotant à gauche.

*

— … C'est tout ce que je peux vous dire, Vincent. Mais vous n'imaginez pas combien la voir comme cela me fait mal. Et je me sens tellement impuissante…

Vincent garde le silence quelques secondes. Deux. Trois peut-être. Il ne lui en faut pas davantage pour prendre une décision.

— Suzette, nous avons vous et moi respecté ce que Valentine nous demandait pour ne pas lui causer davantage de problèmes. Mais ce que vous me dites ne me rassure pas. Et je n'ai pas l'intention de la laisser se faire massacrer sans rien faire.

Il entend un reniflement au bout du téléphone, éprouve un élan d'affection pour cette femme qui s'est si vite attachée à Valentine.

— Mais que pouvons-nous faire, Vincent ?

— Je ne sais pas, Suzette. Mais nous y réfléchirons ensemble, parce que j'arrive !

*

Valentine ne peut s'empêcher de jeter des coups d'œil dans ses rétroviseurs pour s'assurer que personne ne la suit.

Et avec quoi veux-tu qu'il te poursuive, puisque c'est toi qui as la voiture ?

Sans ralentir, elle attrape son portable et compose de tête le numéro de Suzette, en espérant que celle-ci réponde à ce numéro inconnu.

La première sonnerie retentit à peine qu'elle décroche.

— Bonjour Suzette, c'est Valentine. Je suis désolée de vous embêter. Mais je n'ai que vous… Je vais essayer d'être concise. Avant toute chose, sachez que vous serez certainement appelée par Daniel car il épluche tous mes relevés téléphoniques et votre numéro apparaîtra. Inventez n'importe quoi, mais…

— Valentine, qu'est-ce qui se passe ? lui répond une voix paniquée.

— Je m'enfuis, Suzette.

Sonnée, Suzette ne trouve rien de plus pertinent à dire que :

— Comment ça, vous vous enfuyez ?

Valentine tente de résumer en quelques mots l'escalade de violence des derniers jours, et la dernière menace proférée par Daniel, qui l'attend de pied ferme.

— Il est dans un état second, Suzette. Je n'ai pas pu vous raconter les derniers jours mais je suis allée à l'association où j'ai rencontré une jeune femme qui m'a remis un Post-it avec un numéro de téléphone et le prénom d'une personne de l'association, Dominique. Daniel a trouvé ce papier et il est convaincu qu'il s'agit d'un homme.

Suzette s'efforce de ne pas interrompre Valentine. Elle songe à ce qui lui est venu à l'esprit en la voyant avec ces lunettes noires ce matin. Et se dit que, malheureusement, son pressentiment a été le bon. Mais, en parallèle, des centaines de petites alarmes rouges se mettent à clignoter dans sa tête.

— Valentine, vous savez que je suis convaincue qu'il vous faut partir. Mais n'est-ce pas de la folie de le faire sans rien avoir préparé ?

Elle regrette aussitôt ses paroles. Si Valentine prend ainsi la fuite, c'est peut-être parce que sa vie est en jeu.

— Plus que la préparer, une telle fuite se décide. Et je viens de la décider.

Elle laisse passer un bref silence.

— Si je rentre, il va me tuer ! Mais je ne sais pas du tout où aller…

La chair de poule hérisse les avant-bras de Suzette.

— Je ne ferai pas marche arrière, Suzette. Je ne sais pas vers quoi j'avance. Mais je sais ce que je fuis.

Argument imparable. Question de survie.

Dans la voiture, Nathan de nouveau vient agripper ses deux mains sur les sièges de devant.

— Ne t'inquiète pas, chéri, lui dit Valentine. Ça va bien se passer…

— Oui, ça va bien se passer…, répète Suzette, abasourdie.

Elle a un mal fou à assembler ses idées, à retrouver le calme qui lui permettrait d'aider Valentine. Comme elle l'a souvent fait dans sa vie, quand elle n'allait pas bien, elle prend une profonde inspiration qu'elle relâche lentement et silencieusement, le téléphone éloigné pour que Valentine ne perçoive rien de son stress.

— Valentine, vous allez bien m'écouter et faire ce que je vais vous dire. Pour le moment, Guy n'est pas là. Il est parti faire quelques courses, et je vais l'appeler sur son portable pour qu'il rentre. Sachez qu'en sortant, il a vu Daniel monter dans une voiture…

— Une Golf noire ?

— Oui.

Un soupir de soulagement traverse la ligne.

— C'est le frère de Daniel. Il est donc parti à son club de tir. Ça me laisse deux bonnes heures de plus devant moi…

— Tant mieux si les dieux sont avec nous ! Nous allons nous retrouver à une vingtaine de minutes d'ici, disons... dans quarante-cinq minutes, ça vous va ? Juste le temps pour moi de retirer de l'argent en espèces, de récupérer Guy, d'embarquer quelques affaires dans une valise et de nous trouver deux chambres d'hôtel pour ce soir. Vous vous souvenez de l'endroit où nous nous sommes arrêtés lorsque nous sommes partis nous balader en forêt ?

— Oui, je crois...

— Il y a ce grand restaurant qui longe une aire de jeux, près d...

— Oui, ça y est, je m'en souviens ! la coupa Valentine. Il y a deux chevaux en bois devant...

— C'est bien ça ! Allez là-bas. Moi, je pars tout de suite retirer de l'argent, et je vous y rejoins dès que j'ai récupéré Guy. C'est bon pour vous, Valentine ?

— Oui... J'y file immédiatement !

Un silence flotte, uniquement entrecoupé de quelques reniflements. Valentine se sent éperdue de reconnaissance vis-à-vis de Suzette et de Guy. Il existait encore des gens spontanés, gentils, entiers. On l'oubliait parfois...

— Une dernière chose, Valentine. Vous avez pris la bonne décision. C'est juste que j'ai un peu été prise au dépourvu.

Et moi donc..., se dit Valentine. Elle se dit également que jamais elle n'aurait soupçonné en elle une telle détermination.

— La seule chose qui compte, c'est d'être prête. Et vous l'êtes.

Certes, elle se sentait plus déterminée que jamais. Mais elle devait lutter pour ne pas se laisser retourner par les nombreuses questions qui cherchaient à s'insinuer dans son esprit.

— Et ce qui est certain, Valentine, entend-elle Suzette poursuivre, c'est qu'on va y arriver !

Touchée par le « on », Valentine répète la fin de sa phrase.

Comme pour mieux s'en convaincre.

Lorsque Suzette raccroche, elle se reproche de ne pas avoir eu la présence d'esprit de parler de Vincent à Valentine, alors que celui-ci doit être sur la route pour les rejoindre. Mais il ne sera pas là avant trois bonnes heures. Elle se dit finalement que cette information aurait peut-être davantage perturbé qu'aidé Valentine, et qu'il sera bien temps de le lui dire plus tard, quand elle sera à l'abri.

Elle compose le numéro de Guy.

*

Valentine s'apprêtait à rejoindre le boulevard qui lui ferait quitter la ville lorsque Nathan lui agrippe le bras. Un cri de désespoir envahit l'habitacle :

— Mamoune, Picotin !

Il lui faut quelques secondes pour comprendre de quoi Nathan lui parle. Puis elle comprend. L'image de la peluche déposée ce matin sur la commode de l'entrée s'impose à son esprit. Dans un réflexe, elle pile. Cela lui vaut coups de klaxon et insultes. Valentine n'y prête garde.

Dans le rétroviseur central, Nathan lui jette un regard implorant.

Que doit-elle faire ?

Tu ne te poses même pas la question : tu appuies sur le champignon, tu files à l'endroit convenu avec Suzette, et tu rachèteras une nouvelle peluche à Nathan !

Il semble maintenant désespéré. Il n'a jamais passé la moindre nuit sans Picotin.

Elle va déjà l'arracher à toutes ses habitudes, tout ce qui constitue son univers. A-t-elle le droit de le priver en plus de son doudou ? Juste après Flocon, puis son père ?

— Oh non, non, non ! crie-t-elle en tapant sur le volant.

Nathan se recroqueville aussitôt sur la banquette arrière. Elle ne peut plus le voir mais entend ses sanglots étouffés.

Elle n'a pas le droit de le rendre encore plus malheureux. Cet âne lui sera nécessaire pour apaiser ses peurs et ses chagrins à venir.

Il te faut juste un quart d'heure pour le récupérer…

Elle met son clignotant, déboîte sur la droite pour se ranger sur le bas-côté et reste ainsi, le moteur tournant au ralenti, étreignant avec force le volant pour contrôler le tremblement de ses mains.

Suzette lui a indiqué que Daniel avait rejoint son frère. Comme elle le lui a dit, cela lui laisse donc deux bonnes heures devant elle. Elle n'a qu'à faire demi-tour, passer par la rue de derrière où elle laissera la voiture, courir à l'appartement, récupérer le doudou de Nathan, et repartir.

— Ne t'inquiète pas, mon chéri. On retourne chercher Picotin et on repart !

La frimousse resurgit dans le rétroviseur central : Valentine lit dans son regard autant d'amour que de soulagement. Mais sa tête à elle continue à bourdonner d'injonctions contradictoires.

Tu ne dois pas y retourner.

Si. En le faisant, tu agis comme n'importe quelle bonne mère le ferait.

Elle inspire un grand coup et repasse la première.

*

Suzette attrape son sac à main, son trousseau de clefs et claque la porte de l'appartement avant de se lancer dans l'escalier. Elle est parvenue à joindre Guy au moment où il arrivait à la supérette. Elle le sait sur le chemin du retour.

Elle arrive au rez-de-chaussée et croit tomber en syncope : face à elle, la porte de l'immeuble vient de s'ouvrir sur un Daniel peu amène. Elle fait appel à tout ce qu'elle a de sang-froid pour le saluer d'un air léger. Plongé dans ses pensées, il lui répond à peine.

Suzette voit la Golf noire quitter le parking.

Pourquoi a-t-elle dit à Valentine qu'il était parti ? Il est simplement resté à discuter, sans doute après avoir trouvé une excuse bidon pour ne pas aller à son club de tir. Suzette comprend qu'il est resté là pour attendre Valentine, et elle éprouve une sorte de jubilation. Ce n'est sans doute guère charitable, mais elle se réjouit de ce qui attend ce sale type. Il n'est pas au bout de ses peines. Bien fait pour lui.

Elle plonge la main dans son sac pour attraper son portable et prévenir Valentine. Avant de se raviser. Peu importe qu'il soit ou non resté. Valentine lui a dit qu'elle se rendait immédiatement à l'endroit convenu entre elles. À présent qu'elle est hors de sa portée, à quoi servirait-il de lui rajouter un coup de stress ?

Soudain heureuse de la tournure que prenaient les choses, elle ne peut s'empêcher de murmurer, quelques mètres plus loin :

— Bravo, Valentine ! C'était la bonne décision à prendre…

*

Lorsque Valentine se gare derrière la résidence, elle a les tripes nouées.

Même si elle se rassure en se disant que Daniel est bien parti, elle n'en mène pas large.

— Nathan, je ne veux pas que tu restes seul dans la voiture, mais nous allons monter en courant, on prend ton Picotin, et on repart immédiatement, d'accord ? On ne prend rien d'autre !

Nathan hoche vigoureusement la tête.

Elle jette un dernier coup d'œil alentour avant de se précipiter dehors.

Arrivés sur le parking, ils croisent Guy qui remonte avec sa voiture. Stupéfait de les voir à cet endroit, il s'arrête à leur hauteur.

Essoufflée, Valentine pousse Nathan devant elle tout en bredouillant qu'elle lui expliquera plus tard. Guy n'a pas le temps de poser la moindre question.

Dans l'escalier, Valentine fouille dans son sac à main tout en gravissant les marches deux à deux.

Devant la porte de l'appartement, elle pointe l'index sur Nathan :

— Juste Picotin, mon chéri, d'accord ?

Elle introduit la clef, ouvre la porte, le laisse entrer. Elle se raidit instinctivement quand elle découvre que la peluche n'est pas à l'endroit habituel. Mais Nathan la rassure :

— Dans ma chambre, maman !

Il s'est déjà élancé vers le salon pour rejoindre sa chambre, tandis qu'elle-même part dans la sienne prendre un gilet pour le soir.

Profites-en quand même pour emporter une chose à laquelle tu tiens tout particulièrement.

Non.

Cela te prendra juste quelques secondes…

Pas question. Ils ne doivent pas s'attarder une minute de plus.

— Nathan ?

Pas de réponse.

Elle revient dans le couloir : Nathan se tient debout en plein milieu du salon, le visage enfoui dans sa peluche. Derrière, son père, debout, le maintient fermement par les épaules.

— Tu as trouvé ce que tu cherchais, Valentine ?

24.

Daniel lâche Nathan, qui court se réfugier dans sa chambre, puis attrape Valentine qu'il pousse violemment contre le mur du salon.

— Tu n'es qu'une foutue garce, une menteuse, une traînée !

Elle veut dire quelque chose mais la terreur l'empêche de déglutir et les mots s'étranglent dans sa gorge. Il baisse la tête à deux centimètres de la sienne et plante son regard dans le sien, en maître de la situation. Ses yeux brillent d'une jubilation mauvaise qu'elle ne lui a encore jamais vue.

— En fait, toi et ce sale môme vous complotiez dans mon dos en vous disant que l'abruti que je suis n'y verrait que dalle, n'est-ce pas ? Mais ton bâtard de fils va parler, lui, crois-moi !

Ses mâchoires broient chaque mot. Il la fait se mettre à genoux, lui pince fortement la joue, un rictus aux lèvres.

— En attendant, tu ne bouges pas d'un pouce et tu fermes ta gueule ! Sinon...

Avec une moue menaçante il fait mine de regarder vers la chambre de leur fils. Le message est clair : Nathan en paierait les conséquences.

Valentine le supplie en joignant les mains.

— Daniel, je t'en prie, laisse Nathan en dehors de ça. C'est un gamin...

La peur l'étranglant, sa voix se brise sur les dernières syllabes. Mais il écarte son argument d'une main dédaigneuse et se dirige vers la chambre.

Alors Valentine se relève.

Autant elle était prête à tout endurer en termes de coups, d'insultes, d'humiliations, de privations, autant elle n'acceptera jamais la moindre main levée sur son fils. Jamais.

Elle se rue à son tour dans la chambre de Nathan, se jette sur la porte pour la fermer. Mais Daniel bloque le battant et le repousse si brutalement qu'il vient claquer contre le mur dans un bruit assourdissant. Puis il attrape Valentine par sa queue-de-cheval, se met entre elle et la porte, lui interdisant toute échappatoire.

— Espèce de pauvre fille ! Sale ingrate ! Garce !

Ses postillons l'éclaboussent tandis qu'il l'insulte.

— Daniel, je t'en supplie, écou...

— Boucle-la !

Il est si tendu que c'est comme si ses veines allaient éclater. Elle sent ses genoux fléchir, tombe par terre. Elle fait signe à Nathan de s'enfuir mais n'a pas le temps de prononcer le moindre son qu'elle reçoit un coup de pied dans le milieu du ventre.

Une gifle la fait basculer sur le côté.

— Je t'avais dit de ne pas bouger ! rugit Daniel.

Collé au mur, Nathan mord à pleines dents l'oreille de son Picotin pour ne pas crier à son tour.

Dévastée par son impuissance, Valentine cherche à se relever pour le prendre dans ses bras. Mais le coup de genou assené sur sa cuisse lui fait perdre l'équilibre et elle retombe lourdement sur les peluches. Daniel lui balance à nouveau un coup de pied sur le flanc gauche.

Il n'est pas très grand mais il est musclé et nerveux. Et c'est dans de tels moments qu'elle sait qu'il finira par la tuer. Quand tous les muscles de son corps sont tendus et durs au point de lui procurer une force herculéenne. Il ne sait pas dompter sa colère. C'est au contraire sa colère qui le gouverne. Qui l'incite à taper toujours plus fort sa proie, puis à tourner autour avec un sentiment de toute-puissance.

Il abaisse les yeux sur elle, se met à califourchon sur son corps. Il la saisit à la gorge et serre, une lueur de jubilation dans les yeux. Valentine voit maintenant des milliers d'étincelles de couleurs danser dans les siens.

— Aujourd'hui, on va inverser les choses. Tu vas rester là, et moi j'emmène Nathan à côté. Je suis sûr qu'il a plein de choses à me dire !

Il se remet d'un bond sur ses deux jambes, lève le talon et le lui pose sur la tempe, comme s'il voulait lui écraser la tête.

— Je finirai de te mettre une bonne raclée plus tard. Et crois-moi, tu vas la sentir passer, si tu vois ce que je veux dire…, ajoute-t-il avant de lui envoyer dans le ventre un nouveau coup de pied qui la plie en deux.

Il serre tellement le poing que Valentine voit ses doigts blanchir aux jointures.

— Tu vois bien ce que je veux dire ?

Mais elle ne peut pas répondre, l'air lui manque, elle est secouée par des hoquets spasmodiques.

— Et n'essaie surtout pas de faire la maligne !

Il lui tourne le dos, pousse Nathan dehors.

Ne le laisse surtout pas quitter la pièce !

Les doigts de Valentine cherchent à s'agripper au jean de Daniel mais il repousse brutalement sa main de son autre jambe.

Elle le voit attraper la clef restée du côté intérieur de la porte de la chambre. Elle fait appel à tout ce qui lui reste de force pour se remettre debout mais elle se redresse à peine sur un coude que la chaussure de Daniel vient heurter sa mâchoire de plein fouet. Elle ressent une douleur fulgurante tandis qu'un hurlement s'échappe de ses lèvres, et elle bascule dans un gouffre.

*

Lorsqu'elle reprend conscience, elle découvre que Daniel l'a enfermée.

Une douleur aiguë lui vrille la langue, elle a un goût de sang dans la bouche. Elle sent le liquide chaud couler entre ses lèvres. Elle s'essuie le menton d'un revers de main.

Totalement paniquée à l'idée de ce que Daniel peut faire subir à Nathan, elle réfléchit à voix haute, comme si cela lui permettait de ne pas perdre définitivement ce qui lui reste de raison.

Combien de temps est-elle demeurée évanouie ? Quelques secondes ? Quelques minutes ?

Elle colle son oreille contre la porte. Derrière, à quelques pas d'elle, elle entend des bruits de pas s'éloigner puis se rapprocher, et les sanglots de Nathan dans la pièce d'à côté.

Apparemment, quelques secondes…

Et Nathan ? Que penses-tu qu'il va lui faire, à Nathan ?

Son imagination lui fournit une réponse insupportable. Elle pose la main sur son front, pour se remettre les idées en place.

Concentre-toi, bon sang, concentre-toi !

Elle donnerait n'importe quoi pour que cette peur panique arrête de la paralyser avant qu'elle ne perde toute sa lucidité. Parce que cette fois, il lui faut vraiment trouver très vite une idée.

— Nathan, mon chéri, n'aie pas peur, papa ne va pas te faire de mal. Ça va all…

— Ta gueule ! entend-elle mugir, en même temps que les pas se rapprochent à nouveau.

Elle se laisse glisser contre la porte, les mains jointes dans une prière silencieuse.

— Maintenant, Nathan, tu vas me dire où vous êtes allés avec maman. Et tu vas me dire toute la vérité, parce que sinon…

Mortifiée, Valentine entend Nathan hoqueter avant de supplier :

— Ne nous fais pas de mal, papa…

Le cœur serré, elle se demande quel enfant de six ans irait dire « nous » dans une telle situation.

— Arrête de pleurnicher et réponds à ma question ! aboie Daniel. Vous venez d'où, là ? Et avec qui elle était, maman ? répète-t-il en serrant davantage les dents.

— À l'école, papa… Maman est venue me chercher à l'école…

Nathan, tétanisé par la peur, a du mal à parler.

— Daniel, je t'en prie, laisse Nathan tranquille et ouvre-moi. Je vais tout te raconter…, supplie Valentine.

— Elle t'a embobiné le cerveau, c'est ça, hein ? Très bien ! Puisque c'est comme ça…

Quelque chose dans la voix de Daniel glace le sang de Valentine.

Un cri d'enfant lui parvient, recouvert par des bruits qu'elle ne parvient pas à identifier. Elle comprend que Daniel a dû s'emparer de Nathan.

— Oh mon Dieu, non…, gémit-elle, désespérée.

Elle croit entendre la sonnette et s'immobilise. Un silence total règne. A-t-elle rêvé ? Elle se relève lentement, le plus silencieusement possible.

Un deuxième bruit de sonnette vient rompre le silence pétrifié.

— Tu la fermes et tu ne bouges pas d'un pouce, Nathan ! entend-elle souffler de l'autre côté de la porte, d'une voix sans appel.

Encore quelques instants puis, juste derrière elle, à hauteur de la serrure :

— Et toi, si tu fais le moindre bruit, je peux t'assurer que ton fils morflera en ton nom !

Le corps secoué par des tremblements incontrôlables, elle doit se rasseoir sur le sol. Il faut qu'elle réfléchisse. Vite et bien. Qui est venu sonner ? Que peut-elle faire ? Que *doit*-elle faire ?

Si elle se met à hurler, Daniel fermera la porte au nez de l'indésirable. Puis il ira chercher son arme et la tuera. Pire, peut-être : il les tuera, Nathan et elle.

Tu es en train de perdre les pédales…

Une violente nausée la saisit et elle se mord violemment la main pour que la douleur chasse immédiatement de son esprit l'image intolérable qui vient de s'imposer à elle.

Re-sonnette.

— Putain… Qui est cet emmerdeur ?

Puis des coups, frappés contre la porte.

« Je ne sais pas qui vous êtes mais je vous en supplie, ne partez-pas… », prie-t-elle à voix basse.

Elle peut sentir son cœur battre jusque dans la paume de ses mains moites.

Elle entend Daniel jurer puis ordonner à Nathan d'aller dans leur chambre. Quelques bruits encore puis le cliquetis de la porte d'entrée qui s'ouvre.

Lorsque la voix douce de Suzette retentit, Valentine croit défaillir d'espoir.

— Bonjour, monsieur, je suis désolée de vous déranger, mais je suis très ennuyée car je suis à la porte de chez moi.

— Je suis tout autant désolé mais ma femme n'est pas là, et je suis au téléphone ! répond Daniel sur un ton sans appel. Au rev…

— Pardonnez-moi d'insister, mais je viens de me faire agresser et voler mon sac à main à cent mètres d'ici et j…

Valentine a appris à connaître Suzette. Derrière la voix posée qui lui parvient, elle devine toute la peur contenue de son amie.

Au secours, Suzette…

Si vous le laissez refermer cette porte, c'en est fini pour nous…

Par quel miracle Suzette est-elle venue ? Elle était censée la rejoindre directement à leur point de rencontre… À moins qu'elle n'ait vu Daniel remonter à l'appartement…

Les larmes coulent sans discontinuer sur les joues de Valentine.

Sa gorge enflée l'empêche presque de respirer. Seul un filet d'air ténu parvient à se frayer un chemin à travers sa trachée.

*

Suzette est terrorisée mais elle sait qu'elle ne doit rien lui montrer. Valentine lui a bien expliqué comment ce type fonctionne. Certes, il semble très sûr de lui. Mais Suzette le sent surtout excédé.

Que peut-elle improviser pour l'empêcher de refermer cette foutue porte ?

— … Du coup, je viens vous demander de l'aide.

— Je suis navré de ce qui vous arrive, mais je ne vais pas pouvoir vous aider.

Elle n'entend ni Valentine ni Nathan. Elle est à deux doigts de penser qu'ils ont fait demi-tour pendant que Guy garait sa voiture lorsque ses yeux glissent sur le sol et s'arrêtent sur un âne en peluche. Picotin. Que fait-il ici, par terre, en plein milieu du couloir ?

De deux choses l'une : ou bien Valentine n'était pas remontée à l'appartement, et la peluche n'avait rien à faire par terre. Ou bien, elle était remontée pour récupérer quelque chose et si la peluche était tombée par terre, c'est qu'il y avait un problème.

Luttant pour ne pas céder à la panique, et surtout pour que celle-ci ne transparaisse pas derrière son sourire, elle gamberge à toute vitesse.

Elle plante ses yeux droit dans ceux de Daniel.

— Si vous ne voulez pas aider votre voisine, permettez-lui au moins de passer un appel depuis chez vous. Mon portable était dans mon sac et il faut impérativement que je joigne mon mari pour lui demander de rentrer immédiatement…

*

Valentine jette un œil désespéré par la fenêtre de la chambre de Nathan. Personne. Il lui faudrait hurler pour que quelqu'un l'entende. Elle ne peut prendre ce risque tant que Nathan est avec Daniel.

Que peut-elle donc faire ? Si elle ouvre la fenêtre et qu'elle saute du deuxième étage, pourra-t-elle s'en sortir uniquement avec quelques fractures ?

Il est clair que te péter les deux jambes sera un minimum…

Oui. Mais c'est toujours mieux que perdre la vie.

Ce serait toujours moins terrible que le traitement que lui réservait Daniel. Mais là encore, Nathan resterait seul avec lui.

La gorge en feu, le cœur cognant trop fort dans sa poitrine, elle ouvre les deux pans en faisant le moins de bruit possible, se penche au-dessus du vide.

Elle se recouvre les yeux de ses paumes, incapable de retenir des gémissements d'angoisse.

Il faut que tu te calmes.

Que tu ré-flé-chisses.

Elle balaie encore le parking du regard. Pourquoi n'y a-t-il pas ne serait-ce qu'un seul des voisins qui sort de l'immeuble ? Il lui suffirait de lui faire des signes, pour qu'il appelle les secours…

De derrière la porte lui parvient toujours la voix de Suzette. Combien de temps va-t-elle réussir à retenir Daniel ? Combien de temps, lui, va-t-il se contenir ?

Elle laisse glisser son regard sur le trou d'entrée de la serrure, sur le jour sous la porte, et a une idée lumineuse. Certes, elle n'a vu ça que dans les films, mais cela peut marcher. Elle se précipite sur la porte, scrute l'intérieur du barillet. La clef est parfaitement droite, bien alignée avec la serrure. Elle se tourne vers le bureau, attrape une grande feuille de dessin, la fait coulisser lentement sous la porte pour la positionner sous la serrure. Puis elle introduit en douceur un long et fin crayon dans le trou. Daniel ne peut voir son manège depuis la porte d'entrée. Mais il lui faut faire vite. Et espérer que la clef :

Un : ne fera pas trop de bruit en tombant sur le sol,

Deux : ne rebondira pas pour s'échouer hors de la feuille.

Elle s'attelle à la tâche.

*

Suzette lutte pour conserver son sang-froid. Elle a tout essayé avec Daniel : demandé à appeler Guy, un serrurier. Puis la gardienne, en expliquant qu'elle ne voulait pas s'éloigner de son appartement au cas où celui qui lui a dérobé son sac profiterait de son absence pour venir la cambrioler. Rien n'y a fait. Par trois fois, il a essayé de lui refermer la porte au nez.

Elle va pour prendre la parole quand le visage de Daniel se congestionne d'un seul coup.

— Maintenant ça suffit !

Il repousse le battant de la porte pour la faire reculer mais elle résiste et crie, pas tant à son intention qu'à celle de Guy :

— Je dois appeler la police !

*

La clef avait bougé et le panneton restait bien vertical. Sans doute ne manquait-il plus que quelques millimètres pour la faire tomber. Mais Valentine ne parvenait plus à contrôler les tremblements de sa main.

Elle sort le crayon du trou, ferme les yeux et essaie de respirer lentement. Elle doit absolument rester concentrée.

La voix de Daniel lui parvient.

Elle y devine l'impatience.

Elle pense à Nathan.

Revient s'attaquer à la serrure.

Elle sent le moment exact où la clef se libère.

Par malheur, le panneton de la clef restant jusqu'au dernier moment accroché au rebord du trou par son extrémité, l'anneau vient bruyamment heurter puis riper sur le panneau de la porte avant de tomber sur le sol dans un bruit métallique parfaitement reconnaissable, à l'instant précis où Suzette a terminé une phrase.

*

Daniel comprend instantanément ce que Valentine essaie de faire.

Il lâche un : « Désolé, j'ai une urgence ! » avant de repousser la gêneuse et de lui claquer la porte au nez.

Puis il bondit en direction de la chambre.

Là, sous ses yeux, une grande feuille de papier glisse doucement sur le sol pour amener la clef sous la porte.

De furieux tambourinements proviennent de la porte d'entrée. Il les ignore. Il a bien d'autres choses à faire que d'aider cette vieille emmerdeuse à rentrer chez elle.

Il se jette sur la clef, ouvre la porte à toute volée.

— Espèce de salope ! Tu vas me le payer !

*

Paniquée, Suzette se retourne : Guy est là.

— Viens, Suzette ! J'appelle la police.

Mais elle ne peut pas imaginer s'éloigner un instant de l'appartement de Valentine.

— Non, Guy. Je ne veux pas qu'il se sente libre de faire je ne sais quoi à Valentine. Je dois rester ici !

Elle l'attrape par le poignet et l'implore du regard :

— Il faut que je fasse quelque chose pour elle, tu le sais bien... Va chercher le portable et appelle la police !

Elle voit son regard se charger d'une angoisse supplémentaire.

— Ne t'inquiète pas pour moi. C'est Valentine qui est en danger.

À contrecœur, il cède et se hâte d'aller chercher son téléphone, tandis que Suzette se remet à tambouriner à la porte de l'appartement de Valentine.

*

Valentine happe l'air pour hurler, mais la main de Daniel vient brutalement obstruer sa bouche et il n'en sort qu'un cri étouffé.

— Ferme-la, sale geignarde ! On va attendre que Miss Tick se tire d'ici !

À quelques mètres de là, replié sur lui-même dans un angle de la chambre de ses parents, Nathan se bouche instinctivement une oreille d'une main pour ne rien entendre des bruits qu'il identifiera bien malgré lui lorsque les coups se mettront à tomber, et met le pouce de l'autre dans sa bouche.

— À l'aide !

Ce n'est pas vraiment un cri, ce n'est pas non plus un gémissement. En fait, ça ne ressemble à rien de connu. Sa mère n'a jamais appelé à l'aide.

Il ôte la main de son oreille.

Si elle le fait aujourd'hui, c'est qu'il y a une raison.

Mais il est tout seul.

Peut-être l'appelle-t-elle, *lui*, à son secours.

— Ouvre, Nath…

Un autre bruit sourd.

« Ouvre » ?

Terrorisé, Nathan se lève courageusement et se rue vers la porte d'entrée, qu'il ouvre en grand.

*

Valentine n'a plus grand-chose à perdre : elle le mord de toute la force de ses mâchoires. Sous la douleur, Daniel ne peut retenir un cri à son tour. Il se jette sur elle avec hargne, la plaque contre une cloison en lui tenant la gorge. Puis il serre lentement.

Valentine croit entendre la voix de Suzette au loin. Mais elle s'absorbe dans les points lumineux clignotant dans son champ de vision, provoqués par le manque d'oxygène.

Elle songe qu'elle va mourir, ferme les yeux.

Elle croit entendre un bruit sourd, voit les yeux de Daniel s'agrandir aussi bien de douleur que de surprise, et la main qui l'enserre lâche prise. En état de demi-conscience, Valentine sent un filet d'air salvateur se faufiler au travers de sa trachée. Deux silhouettes se dessinent et elle perd connaissance. Ou en a l'impression.

Après un temps qu'elle est incapable de mesurer (une seconde ? dix ? vingt ?), un cri l'extirpe de son état de semi-conscience.

Sa vision redevient nette et ses yeux restent un instant saisis par la scène qui se déroule sous ses yeux : Suzette s'est jetée sur Daniel, qui la repousse sans ménagement vers la porte.

Sous l'effet de la fureur, son cou est parcheminé de veines gonflées.

Suzette tente de résister mais elle est bien consciente du déséquilibre des forces. Elle attrape une lampe dont le pied semble lourd et frappe du plus fort qu'elle peut en visant la tête de Daniel mais tombe sur le lit. Pris au dépourvu, il vacille quelques secondes sur ses jambes mais se ressaisit avant de répliquer sur celle qu'il a face à lui : son poing part aussitôt, puissant, rapide, précis.

Le coup atteint Suzette au niveau du diaphragme, juste sous la poitrine. Une douleur fulgurante la traverse, et elle demeure plusieurs secondes la respiration coupée.

Valentine parvient à se redresser, puis à se lever. Elle qui pensait avoir épuisé toute sa capacité à être horrifiée par une scène de violence se sent maintenant gagnée par une horreur nouvelle : sous ses yeux se produit la quintessence de l'injustice. Une femme aussi douce que Suzette se fait cogner de la même manière qu'elle-même l'a été : brutalement, sans raison aucune. Et cela lui est insupportable. Voir Daniel ainsi brutaliser Suzette éveille en elle un puissant sentiment de révolte, inédit chez elle. Une fureur inouïe déferle en elle à la vitesse de l'éclair. Cette rage décuple ses forces et elle se jette de tout son poids sur Daniel, qui trébuche sur l'un des pieds du lit avant de s'étaler de tout son long. Elle lui balance alors un coup de pied dans le ventre avec une vigueur inattendue, ce qui le prend de court. Elle aide Suzette à se hisser hors du lit. Mais Daniel se relève rapidement, pousse à nouveau Suzette, et soulève Valentine du sol. Elle le bombarde de violents coups de pied au niveau des tibias, mais il ne semble même pas les sentir. Lorsque son poing la frappe en plein sternum, elle a l'impression de se prendre une décharge de chevrotine dans tout le corps. Elle lit dans les yeux de Daniel une haine et une rage incontrôlables. Quelque chose d'animal. Les veines de son cou saillent maintenant comme des cordages.

Si elle ne trouve pas le moyen de se faire aider, il va les tuer toutes les deux.

C'est à ce moment-là que l'image du revolver de Daniel s'impose à l'esprit de Valentine. Elle a vu l'arme posée sur la table, près du canapé. Elle se tourne vers la porte pour courir en direction du salon mais Daniel la retient par le bout de son tee-shirt. Dans le même mouvement, sa cuisse droite heurte la chaise du bureau de Nathan, il perd l'équilibre, lâche le tee-shirt et s'écroule dans les peluches.

Valentine en profite pour s'élancer hors de la pièce. D'un pas chancelant, elle traverse la moitié du salon. Derrière elle, elle entend Suzette crier.

Elle n'a plus qu'une seule idée : arracher Suzette des griffes de Daniel.

Elle sautille jusqu'au salon, se jette littéralement sur la table, attrape l'arme.

Certes, Valentine n'y connaît rien, mais elle sait que cette arme est toujours chargée et prête à tirer. Daniel le lui a suffisamment rappelé.

*

Guy a l'impression d'attendre depuis des heures sur le même message d'attente.

Il s'est isolé dans la cuisine, pour que son interlocuteur puisse clairement entendre ce qu'il a à dire sans avoir à lui faire répéter. Guy ne pense qu'à rejoindre Suzette, qui doit de son côté surveiller l'appartement de Valentine.

De la porte d'entrée, des bruits sourds lui parviennent au moment où une voix masculine résonne dans le haut-parleur :

— Police nationale, j'écoute.

Guy doit lutter contre son envie de se précipiter sur le palier d'en face. Mais il doit aller jusqu'au bout de la mission que lui a confié Suzette. Il essaie donc de décrire le contexte avec concision et implore de l'aide de toute urgence. L'homme semble avoir compris la gravité de la situation et lui demande immédiatement l'adresse à laquelle il doit envoyer les secours.

Guy ne répond pas immédiatement. Il vient d'entendre un cri et son corps s'est figé en croyant reconnaître la voix de Suzette. Il s'élance vers l'entrée mais Nathan surgit par la porte laissée entrouverte. L'enfant se cramponne alors à lui comme à une bouée de sauvetage. « Terrorisé » est le qualificatif qui s'impose à l'esprit de Guy.

Le téléphone toujours maintenu contre son oreille, Guy essaie de se libérer doucement de l'enfant pour rejoindre la cage d'escalier, mais Nathan le regarde d'une manière si implorante qu'il en est bouleversé.

— Monsieur, écoutez-moi, il nous faut absolument l'adresse ! le presse la voix, dans le téléphone.

Guy serre Nathan contre lui, lutte pour ne pas perdre ses moyens à son tour. Il se raisonne en se disant que donner cette foutue adresse puis mettre Nathan à l'abri de ce cauchemar va encore prendre quelques secondes supplémentaires, mais qu'ensuite il pourra voler au secours de sa femme et Valentine.

Dans juste une poignée de secondes…

Il se concentre :

— L'adresse est le…

*

Lorsqu'elle revient dans la chambre de Nathan, Daniel a plaqué Suzette au sol.

En Valentine, quelque chose se forme, très bas, vers son larynx, et monte avec une puissance phénoménale dans sa gorge pourtant meurtrie. Un hurlement jaillit de sa bouche avec la force de tout son désespoir, de toute sa rage. Un cri de bête. Le monde semble se figer l'espace de quelques secondes. Un temps bref mais suffisant pour lui permettre de se lancer sur le bras de Daniel, et le mordre encore une fois, profondément. Daniel lâche Suzette en hurlant, et Valentine protège aussitôt son amie avec son propre corps.

Elle parvient à capter le regard du monstre. Il est d'une telle vacuité qu'elle en a froid dans le dos. Vide. Totalement vide. Comme s'il n'y avait plus personne aux commandes de ce corps puissant. Elle comprend qu'il n'est plus lui-même. Une sueur aussi glaciale que la mort coule à nouveau dans son dos.

Elle n'a pas le temps de réfléchir davantage. Ce qui intéresse Daniel, ce n'est pas de faire du mal à Suzette. C'est de la faire payer, *elle*. Alors, dès qu'il la voit, il bondit sur elle. Déstabilisée par la rapidité de l'attaque, Valentine lâche le revolver qui glisse sous le lit de Nathan.

Pour la troisième fois, Suzette vient à sa rescousse en s'agrippant au dos de Daniel. Mais tenter de neutraliser un homme déchaîné dont la force a décuplé sous l'effet de la rage est vain. Celui-ci se retourne en rugissant. Il hurle quelque chose que Valentine ne saisit pas. Elle a juste le temps de voir l'arme dans la main de Suzette, et Daniel se jeter sur son amie.

Les secondes qui suivent se déroulent comme dans un ralenti dont les images resteront à jamais gravées dans la mémoire de Valentine : tandis que la silhouette de Guy surgit par la porte entrouverte, elle voit Suzette perdre l'équilibre, son corps ployer sous le poids de Daniel, tandis que l'arme disparaît entre eux deux. Elle entend un mugissement de Daniel accompagné du cri de douleur de son amie, qui tire à bout portant sur lui.

Le bruit de la détonation recouvre tout le brouhaha, Valentine voit le corps de Suzette tomber sur le côté, sa tempe gauche venant violemment heurter l'angle du bureau de Nathan dans un bruit sourd.

Puis, plus rien. Plus un bruit. Un silence de cathédrale.

Bref.

Interminable.

Une pause de quatre secondes. Une éternité.

Recouvrant ses esprits, Valentine se précipite pour repousser le corps inerte de Daniel sur le côté. Une tache rouge vif s'élargit lentement sur sa chemise, au niveau de la poitrine. Ses yeux grands ouverts fixent le néant.

Dans un état second, Valentine se retourne. Guy est à genoux au côté de Suzette, dont la tête forme un angle bizarre avec son corps. Il tend une main tremblante vers les cheveux d'ordinaire si bien coiffés, ose à peine les effleurer de ses doigts tant il craint de lui faire mal. Son visage est ravagé par l'angoisse.

Valentine glisse jusqu'à son amie. Suzette ouvre lentement les yeux.

— Je suis désolée, Valentine…

Désolée ? Comment peut-elle dire cela alors qu'elle vient juste de lui sauver la vie ? Elle referme les yeux.

Une goutte de sang pend de son lobe, telle une boucle d'oreille en forme de larme. Elle roule et vient s'échouer sur l'avant-bras de Valentine.

Les yeux de Valentine glissent sur la vilaine plaie que Suzette a à la tempe. La violence avec laquelle elle a heurté l'angle du meuble a été extrême.

Valentine croit voir des silhouettes agglutinées devant la porte de la chambre, perçoit des bribes de phrases auxquelles elle ne prêtait pas attention. Elle retient inconsciemment les mots « secours » et prie, bouleversée, pour que ces derniers arrivent à temps…

Suzette lutte pour essayer de rester consciente.

Valentine, elle, bataille pour ne pas montrer combien elle est dévastée.

Elle sent une main sur son épaule, lève la tête, reconnaît la voisine du dessus et lui fait comprendre d'un regard de les laisser en paix.

Suzette parvient à soulever à nouveau ses paupières. Elle respire bruyamment, par saccades. Toujours agenouillé à côté d'elle, Guy lui prend la main en silence. Il retient lui aussi ses larmes mais sent combien les digues sont fragiles.

Valentine relève délicatement la tête de Suzette pour qu'elle puisse les voir tous les deux, et Suzette esquisse le début de ce qui se veut vainement être un sourire.

Guy voudrait lui dire que ça va aller, que les secours vont arriver, mais sa gorge nouée l'empêche de prononcer le moindre mot, et il refuse que le dernier qu'il aura pour elle soit un mensonge. Il se contente d'exprimer tout son amour en lui pressant la main.

Paralysée, Valentine est hypnotisée par le sang qui s'écoule maintenant régulièrement de l'oreille de Suzette. Une goutte, deux gouttes, trois… Elle comprend que ses chances de survie s'amenuisent de seconde en seconde.

L'effroi et le désarroi se lisent sur le visage de Valentine. Suzette, qui se sent glisser dans un sommeil contre lequel elle parvient de moins en moins à lutter, en éprouve un violent chagrin. Elle voudrait que ces yeux-là retrouvent toutes leurs étincelles. Pourquoi y lit-elle tant de peine à la place ? Enfin, Valentine accroche son regard au sien. Arrimées l'une à l'autre, totalement hermétiques aux bruits qui les entourent, Suzette voit une larme surgir au coin de l'œil gonflé et bleui. Elle aimerait la recueillir sur son doigt et lui dire : « Tu vois, Valentine, cette larme, ce sera la dernière que cette ordure te fera verser. » Mais ses tentatives pour bouger restent vaines.

Ce n'est pas essentiel. Au moins pourra-t-elle s'éteindre avec le sentiment que sa mort aura été utile.

Elle se souvient du sombre pressentiment qu'elle avait éprouvé lorsque Valentine lui avait confié son calvaire. Elle avait senti l'ombre de la mort planer au-dessus de leur conversation. Elle avait alors redouté que la proie de ce spectre soit Valentine. Non… il s'agissait donc de sa propre mort.

Cette pensée la rassure. Si elle le pouvait, elle en pleurerait de soulagement…

Elle sent quelque chose lui comprimer la main. Valentine vient de la prendre dans la sienne et mêle leurs doigts comme on mêle deux destins. Suzette aimerait lui dire combien les leurs le sont.

Mais elle sent une compression bizarre dans sa tête, puis dans tout son corps. Est-ce cela, la mort ? Ce n'est finalement pas si douloureux. Aura-t-elle le temps d'un mot ? Dix ? Vingt peut-être… Suffiraient-ils à lever le voile du passé ? Non, des milliers auraient été nécessaires. Alors, vite, elle choisit plutôt de pointer l'horizon :

— Le passé ne compte pas autant que le reste à venir. Et cet avenir t'appartient, Valentine…

Elle pose sur Valentine l'un de ces regards que l'on jette en sachant qu'il ne sera suivi d'aucun autre. L'un de ces messages muets qui donnent tout leur sens à l'expression « miroir de l'âme ». Quand on sait que l'étape d'après n'est que néant.

Valentine se sent vide, et en même temps malheureuse. Son corps et son esprit ne sont plus qu'une seule et même douleur, nourrie par des battements pulsatiles rapides et désordonnés. Elle ne voit que Suzette. Suzette et cette coulure rouge qui lui rappelle les magnifiques roses qu'elle met toujours sur sa table.

Mais puisque la vie ne lui laissera sans doute pas le temps de ce cadeau, elle se contente de lui dire la seule chose qu'elle a sur le cœur à cet instant précis :

— J'aurais aimé vous avoir pour mère, Suzette.

Valentine sent l'instant précis où Suzette plonge. La lumière qui l'a toujours habitée s'éteint d'un seul coup, comme si un esprit malin avait brusquement soufflé sur la flamme d'une bougie. Les yeux de Suzette se ferment.

Valentine lui passe une main sur le front avec une extrême délicatesse, voit Guy se pencher sur son amie et déposer un baiser sur ses lèvres en pleurant.

— Je t'en prie, mon elfe, accroche-toi ! Ne me laisse pas…

Durant quelques secondes, Valentine reste par terre sans bouger, les bras ballants.

Puis elle sent brusquement monter en elle un sentiment de révolte face à tant d'injustice. Suzette ne peut pas, ne doit pas mourir.

Tel un automate, elle arrache son foulard, l'appose sur la tempe de Suzette et comprime fortement la plaie. Elle concentre toute son énergie sur les gestes qu'elle doit exécuter pour sauver à son tour son amie, tire sans un mot sur la main de Guy pour qu'il maintienne solidement le point de compression. Elle se baisse vers Suzette, ferme les yeux. Oui, elle en est sûre, elle a senti un souffle sur sa joue. Infime. Mais existant. Et suffisant pour lui laisser un espoir. Tout en ordonnant à Guy de continuer à appuyer, elle parvient à basculer Suzette en position latérale de sécurité.

Alors elle se met à lui parler, à la secouer doucement, à lui serrer les épaules, les bras, les mains, les mollets. Elle la supplie de ne pas s'endormir, de rester avec eux, là, dans cette pièce. Elle lui rappelle combien d'événements douloureux elles ont toutes deux traversés, combien de peurs et de difficultés elles ont su braver, envers et contre tout. Envers et contre tous. Elle ne s'en rend pas compte, mais elle crie presque. Les voisins médusés semblent tétanisés. Elle s'en moque.

Elle aussi ressent de la rage à cet instant précis. Elle a jusqu'à présent tout toléré, tout subi sans se rebeller. Mais pas là. À cet instant précis, elle veut être à la hauteur pour remporter le seul et unique combat qu'elle aura jamais mené : que Suzette vive.

Elle croit voir l'une de ses paupières tressaillir, et continue à lui parler, à la toucher pour ne rien lâcher du fil ténu qui relie encore Suzette à la vie.

Lorsque le SAMU arrive, elle ne distingue que des formes de couleurs, les sons de voix lui parviennent comme à travers du coton, et elle se laisse tomber contre le lit de Nathan. Son regard se ressaisit sur le désordre de la pièce, et elle se fait la remarque stupide qu'il est impossible que Suzette meure dans un tel capharnaüm. Puis elle pose ses yeux sur le mur d'en face, et demeure ainsi prostrée.

25.

Lorsque Valentine et Nathan pénètrent dans le hall de l'hôpital, Guy et Vincent attendent en silence sur deux chaises, au milieu des allées et venues des patients et des soignants.

Guy les voit, et ses yeux s'illuminent brièvement. Il se lève, un livre à la main, et les serre tous deux contre lui. Vincent enlace ensuite Valentine, qui lui présente Nathan.

Valentine essaie de reprendre son souffle. Elle est sortie de l'hôpital le matin même et a beaucoup de mal à marcher et respirer sans ressentir de douleur au niveau de ses côtes cassées. Les médecins lui ont prescrit du repos mais, ce matin, elle a tenu à se rendre aux obsèques de Daniel, puis à aller voir Suzette, toujours plongée dans le coma.

Nathan et elle viennent donc tout droit de l'un des deux cimetières de la ville, où ils ont assisté à l'inhumation de Daniel.

Pour Valentine, les huit derniers jours ont été épouvantables.

*

Elle ne se rappelait pas les conditions dans lesquelles elle était sortie de l'appartement. Guy avait eu le bon réflexe de mettre Nathan à l'abri chez lui et, Dieu merci, le petit n'avait rien vu de cette scène apocalyptique.

Elle se souvenait vaguement avoir repris connaissance à l'hôpital, alors qu'elle se trouvait sur un chariot, encadrée par une infirmière et un brancardier. Elle revoyait les lumières défiler à toute allure sur le plafond tandis qu'on l'emmenait au bloc. Plus tard, elle se voyait apprendre que Suzette était toujours entre la vie et la mort, avec un pronostic peu favorable, un peu plus tard encore, elle s'entendait répondre à des questions posées par un inspecteur assis à côté de son lit, et demander que Nathan soit confié à Guy. Elle n'avait aucun souvenir ni des questions ni des réponses, mais se revoyait raconter son histoire, par bribes, une perfusion placée à son bras.

Elle gardait juste en mémoire la sensation étrange d'être là sans être là. Elle pensait mais ne ressentait plus rien. Ni douleur physique ni souffrance de l'âme.

Quatre jours plus tard, elle sortait de cette léthargie confortable car rassurante.

Un médecin lui avait alors indiqué avoir diagnostiqué deux côtes cassées, une lésion importante de la rate, une coupure profonde sur la langue qu'ils avaient dû suturer, et de multiples contusions sur tout le corps. Une splénectomie avait pu lui être évitée de justesse.

Valentine l'avait remercié. Elle n'avait pas posé d'autre question. Les seules choses qui lui tenaient alors à cœur étaient de retrouver Nathan et d'aller voir Suzette.

Le cinquième jour, elle avait supplié le médecin de la laisser voir son fils. Il avait cédé en lui précisant qu'une « certaine Dominique » l'avait convaincu de laisser exceptionnellement le jeune enfant entrer dans le service. Sa situation particulière lui avait sans doute permis de bénéficier d'une forme d'indulgence.

Elle se souvenait encore de son impatience ce jour-là.

Elle avait tout d'abord vu arriver son beau-frère, le visage décomposé. Sincèrement bouleversé, il s'était excusé auprès d'elle de n'avoir rien vu. Avait avoué qu'il n'aurait même jamais imaginé son frère capable de commettre de telles horreurs. Elle l'avait cru. Daniel avait toujours su manipuler les gens. Elle la première.

Il avait ajouté que s'il n'excusait en rien son comportement indéfendable, Daniel n'en demeurait pas moins son frère. Elle avait apprécié sa franchise. Elle n'avait rien à lui reprocher. D'autant qu'il avait appuyé sa demande de confier la garde provisoire de Nathan à Guy.

Il avait conclu en lui disant que l'autopsie était terminée et qu'il se chargeait d'organiser l'inhumation de Daniel. Elle n'avait pas posé la moindre question à son sujet. Elle n'avait pas pu.

Dominique aussi était venue. Sa situation « particulière » lui avait permis d'obtenir un droit de visite. Elle n'était pas restée longtemps mais, contre toute attente, cela avait fait beaucoup de bien à Valentine. Elle l'avait informée de la prise en charge de Nathan par une psychologue formidable qui le voyait tous les jours et qui lui avait confié avoir été saisie par la maturité du « petit bonhomme ». Nathan était choqué mais incroyablement réceptif. Elle avait été frappée par sa faculté à penser par lui-même en dépit de son jeune âge. Par sa capacité à distinguer le bien du mal. Par sa disposition à aimer et se laisser approcher, malgré tout. Le travail de reconstruction serait long, mais les premiers échanges étaient encourageants.

Elle lui avait précisé que l'inspecteur avait bouclé son enquête suite aux témoignages recueillis sur les lieux mêmes ce jour-là, mais qu'il la convoquerait pour un échange « de routine » avant de refermer définitivement le dossier. Elle l'avait également informée de l'inculpation pour homicide du compagnon de Gaëlle.

Puis son téléphone avait sonné et elle lui avait annoncé que Guy était arrivé à l'accueil avec Nathan. Valentine s'était sentie submergée par l'émotion.

Dominique était partie, Guy était entré.

Sans un mot, il s'était assis à ses côtés, avait pris sa main dans la sienne et ils étaient restés ainsi un long moment, traversés par une même émotion.

Ravagé par la peur et le chagrin, Guy lui avait expliqué qu'un premier scanner de Suzette avait révélé, sans surprise, une hémorragie cérébrale. Compte tenu de sa localisation, le neurochirurgien avait refusé de pratiquer une intervention. Il avait préconisé une réanimation uniquement médicale en attendant de voir comment cela allait évoluer. Le pronostic était alors réservé.

Suzette avait été plongée dans un coma artificiel afin de mettre son cerveau au repos et diminuer l'hypertension dans la boîte crânienne provoqué par l'œdème.

Quarante-huit heures plus tard, un second scanner ne montrait aucune résorption de l'hémorragie. De réservé, le pronostic passait à « peu favorable ».

Il lui avait ensuite décrit ce que Nathan et lui avaient fait jour après jour depuis la tragédie. Guy venait trois fois par jour à l'hôpital où se trouvait Suzette. Il s'attardait deux heures à son chevet puis repartait chercher Nathan. Le matin, Nathan avait sa séance quotidienne avec la psychologue. Durant le déjeuner et en fin d'après-midi, Dominique avait la gentillesse de garder un œil sur lui pour que lui-même puisse retourner à l'hôpital.

Guy et Nathan s'étaient ainsi tous deux rapprochés pour mieux surmonter leur désarroi.

Guy avait partagé avec Valentine certaines des confidences faites par cet enfant avec qui il se sentait lié par une vraie complicité. Il s'était naturellement imposé dans la vie de Nathan, et était devenu un grand-père de substitution.

Lise Faucheux était venue tous les soirs de la semaine pour lui donner le programme du jour suivi à l'école, de manière à ce que Nathan ne prenne pas de retard. Nathan avait en effet refusé de retourner à l'école, mais accepté que Guy s'improvise instituteur pour terminer l'année scolaire. Il était devenu impossible de les séparer, et tout aussi impossible de définir lequel des deux avait finalement le plus besoin de l'autre. Nathan parce qu'il cherchait refuge auprès de cet homme qui le protégeait, Guy parce que Nathan lui procurait une raison de ne pas sombrer en ruminant sans cesse sur la mort possible de celle qu'il aimait plus que tout au monde.

Durant sa présence au chevet de Valentine, pas une seule fois il n'avait posé son téléphone portable, tant il appréhendait de manquer un appel des médecins de Suzette. Il savait que tout pouvait basculer à chaque seconde. Elle était restée présente dans chacun de leurs silences. Tous deux savaient qu'ils ne parviendraient à contenir leur chagrin qu'à la condition expresse de ne pas parler directement d'elle.

Guy lui avait glissé que Vincent était arrivé juste après le drame et qu'il l'avait accompagnée à l'hôpital. Valentine n'en gardait aucun souvenir. Puis il était reparti pour Verdun, avait appelé l'hôpital pour demander s'il pouvait passer la voir mais cela lui avait été refusé.

Guy s'était alors levé, et c'est à ce moment-là que Valentine avait remarqué qu'il tenait une enveloppe dans sa main.

— J'aurais tellement de choses à vous dire… Mais je crois qu'il vaut mieux attendre…

Valentine n'avait pas insisté. Dignes l'un et l'autre dans leur peine et dans leur inquiétude, il lui avait brièvement pressé l'épaule, avait quitté la chambre.

Et Nathan était arrivé.

Il s'était jeté sur elle, tout son amour éclatant dans ses yeux, ses gestes, son sourire. Elle n'avait rien montré des douleurs réveillées par son ardeur, et s'était laissé envahir par ce bonheur fou, prodigieux, de pouvoir le tenir de nouveau dans ses bras.

Deux jours encore et elle apprenait que Suzette était toujours dans le même état stationnaire, et que Daniel serait enterré le surlendemain, au cimetière de leur commune.

Pour Nathan, elle avait décidé qu'ils assisteraient tous les deux à l'inhumation de Daniel. C'était une étape indispensable pour son fils, qui avait malgré tout à faire le deuil de son père.

Quand elle avait quitté sa chambre, elle avait longuement pleuré. Le simple fait de sortir de l'enceinte rassurante de l'hôpital lui faisait peur. Elle marchait lentement, s'essoufflait vite, et était criblée de douleurs dès qu'elle faisait un pas. Des antalgiques puissants lui avaient été prescrits. Mais chaque inspiration demeurait une épreuve.

Retourner chez elle avait été un supplice. Elle l'avait fait en présence de Guy, qui avait tout nettoyé avec l'aide de Vincent. La porte de la chambre de Nathan avait été fermée. Comme si le souvenir de l'horreur qui s'y était déroulée restait contenu entre ses murs, et prisonnier de cette porte. Valentine s'était bien gardée de l'ouvrir. Guy lui avait proposé de dormir dans l'appartement d'en face mais elle avait refusé.

Ce matin, en arrivant au funérarium où reposait Daniel, elle et Nathan étaient restés à l'extérieur du bâtiment, son fils accroché à elle, elle ravagée à l'intérieur par des larmes qui ne coulaient pas, traversée par des émotions contradictoires.

Au moment de la mise en bière, son beau-frère voulut rendre un hommage à Daniel. Elle ne put l'écouter. Elle savait que les paroles qu'elle entendrait ne correspondraient pas à l'homme qu'elle-même avait connu, mais davantage à celui qu'il avait veillé à paraître.

Le temps de la lecture du texte, ses pensées s'étaient envolées vers Suzette, en priant silencieusement pour qu'elle s'accroche.

*

Et maintenant, tandis que Vincent est resté en bas avec Nathan, Guy et elle se trouvent à l'étage du service de réanimation, à quelques mètres de Suzette.

— Les médecins m'ont parlé d'une dégradation soudaine de ses constantes. Ils ne sont pas très optimistes…, chuchote Guy.

Bouleversée, Valentine inspire lentement et pousse les deux battants.

Ils pénètrent dans une sorte de SAS, où un soignant les accueille. Ils rejoignent ensuite un immense espace, au milieu duquel trône un îlot central, doté de nombreux écrans. Si l'atmosphère n'était si sépulcrale, Valentine se croirait sur la plateforme d'une start-up dédiée aux nouvelles technologies. Ils longent quelques chambres, toutes séparées de cet espace high-tech par de grandes parois vitrées permettant la surveillance continue de l'ensemble des patients.

Cet endroit est aussi impressionnant que traumatisant.

Le temps y est suspendu, en attendant que le destin décide du sort de chacun des occupants des chambres.

Valentine balaie du regard ces patients alités et inconscients, tous connectés à des tuyaux et des machines les maintenant en vie. Jusqu'à évolution. Dans un sens ou dans un autre.

Enfin Guy s'arrête. Il se frotte les yeux et entre dans la chambre. Valentine le suit. La gorge serrée, elle essaie de retrouver les traits de Suzette derrière le visage à demi-couvert par les tubes et les sondes.

Elle s'avance, recouvre la main de Suzette de la sienne, comme si ce simple geste pouvait conjurer tout mauvais sort à venir. Un cathéter veineux est planté dans son autre bras, des électrodes relient son corps au scope, muet.

Elle s'attendait à des bips répétitifs cadencés sur le rythme cardiaque de Suzette. Il n'en est rien. Le silence est digne d'une cathédrale. Les alarmes sonores ont été remplacées par d'autres, visuelles, composées de différentes couleurs selon la gravité de l'état de santé du patient.

Valentine ferme les yeux, lutte pour rester aussi digne que Guy dans son chagrin.

Guy contemple Suzette les yeux dans le vague, comme agrippé au livre à la belle reliure de cuir qu'il tient entre les mains, les épaules voûtées par le chagrin.

— C'est une femme extraordinaire, vous savez. Une belle personne. Elle est et restera à jamais le grand amour de ma vie…

— Je m'en veux tellement. La dernière fois que nous nous sommes vues a été pour lui dire de ne plus me voir…

— Vous ne pouviez pas savoir, Valentine.

Un silence. Et il reprend :

— Nous serions tous beaucoup plus attentifs si nous savions quel au revoir sera le dernier. Mais parfois, les choses nous dépassent…

Les yeux de Valentine s'attardent sur une grande orchidée artificielle, posée sur une table de chevet.

— Ici, les vraies sont interdites. Et je voulais que ce soit la première chose qu'elle voie quand elle se réveillerait…, justifie Guy dans un murmure. Elle adore les orchidées…

Oui, et Valentine s'en souvient fort bien. Elle revoit Suzette dans la cage d'escalier, un sourire lumineux sur le visage, tenant contre elle d'immenses orchidées blanches.

Plongée dans ses souvenirs, elle n'a pas vu l'homme qui vient d'entrer dans la chambre.

— Bonjour, monsieur Romard !

Vêtu d'un uniforme blanc, la blouse rehaussée d'un col bleu, le soignant s'exprime à voix basse.

— Je crois que vous avez demandé à voir le docteur Azoulay. Il est à votre disposition, si vous le souhaitez…, ajoute-t-il en lui adressant un petit signe de la tête en direction de la porte.

Guy hoche la tête.

— Merci, monsieur. J'arrive dans un instant…

Ses yeux sont humides. Valentine lui presse affectueusement l'épaule en guise d'encouragement et s'avance vers le lit. Elle soulève avec douceur la main inerte de Suzette et la blottit entre les siennes. La peau est diaphane et laisse apparaître de fines veines bleutées. Suzette lui semble plus fragile que jamais. Fragile et amaigrie : même le bracelet médical semble trop grand pour son poignet. Elle va pour recouvrir son bras avec le drap lorsque ses yeux se figent sur une partie de l'étiquette apposée sur le plastique :

« … OMARD Marie »

Foudroyée, Valentine lâche le poignet comme s'il était devenu brûlant et porte une main à sa bouche tandis qu'elle sent ses jambes vaciller. Elle se tourne vers Guy. Il baisse les yeux et s'appuie sur la table de lit. Sa détresse est palpable.

Incapable de parler, Valentine reprend le poignet et tourne l'étiquette en tremblant :

« NOM Prénom : ROMARD Marie

NN : BAZIN »

NN. Nom de naissance.

En un éclair, la vérité la foudroie.

Marie.

Marie Bazin.

Pétrifiée, elle plonge son visage dans ses mains. Des images de Suzette défilent dans sa tête.

Une scène lui revient en mémoire : celle du jour où Suzette avait fait des crêpes, délicieuses. Guy avait fièrement lancé : « Ce n'est pas pour rien qu'on t'appelle Suzette, mon elfe ! »

Puis cette autre, alors que Suzette venait de se confier à elle, et qu'elle lui avait demandé comment s'appelait sa mère. Elle se revit lui répondre : « Marie. Elle s'appelait Marie... C'est joli, Marie, comme prénom, vous ne trouvez pas ? » Et Suzette lui avait répondu : « Oui, c'est un bien joli prénom. Mais Valentine l'est plus encore... »

Valentine se revoit ensuite petite fille, donnant la main à cette silhouette confuse dont elle ne voit pas le visage. Est-ce celui de Marie ? Est-ce celui de Suzette ? Quelle importance ? Le seul point qui les différencie est l'espace-temps, puisque Marie et Suzette ne font qu'une...

Submergée par l'émotion, elle ferme les yeux de toutes ses forces, comme si cela allait l'aider à conjurer le sort.

Comment n'a-t-elle donc rien vu, rien deviné ?

Elle se presse les tempes en enchaînant des allers-retours entre le mur et lit. À cet instant, elle pense qu'elle n'est pas loin de devenir folle.

— Mais pourquoi ne m'a-t-elle rien dit ? parvient-elle à articuler comme pour elle-même, malgré sa gorge contractée.

Le vieil homme semble réfléchir et lui souffle.

— Je crois qu'elle n'a pas voulu prendre le risque de gâcher le beau lien qui était né entre vous. Quitte à ne jamais exister en tant que mère dans votre cœur. Vous lui avez un jour fait part de toute votre rancœur à l'égard de cette femme qui, selon vous, vous avait un jour abandonnée. Elle avait peur de vous perdre à nouveau...

La voix de Guy ressemble davantage à un murmure.

— Suzette est tombée amoureuse d'un homme qui lui a fait beaucoup de mal. Je crois qu'elle vous a raconté tout ça. Ce qu'elle ne vous a pas dit, c'est qu'elle est tombée enceinte. Lorsque ce fameux Simon l'a appris, il l'a laissée tomber. Il ne voulait pas d'enfant. Suzette en rêvait…

Valentine n'entend que les trémolos dans sa voix.

Elle se revoit attablée dans la cuisine avec Suzette, le jour où elle s'est confiée.

Sa voix lui parvient comme si elle se trouvait encore face à elle : « L'alcool m'a coûté ce que j'avais de plus cher… »

— Si vous saviez combien elle a lutté pour se sevrer de cette maudite dépendance, juste par amour pour ce bébé qui grandissait dans son ventre. Elle vous a placée en institution le temps de son sevrage. Cela ne l'a pas empêchée de tenir au mieux son rôle de mère dans les conditions qui étaient celles qui lui étaient imposées : une visite par week-end. Elle n'en aurait manqué une pour rien au monde. Si vous l'aviez vue me raconter vos balades, les tresses qu'elle faisait dans vos cheveux…

En disant cela, il a un sourire attendri.

— Mais le type est réapparu dans la vie de Suzette et elle n'a pas su le repousser. Elle était comme ça, ma Suzette, entière et tellement fragile derrière son assurance…

Il ferme brièvement les yeux.

— Elle a replongé bien plus profondément encore dans l'enfer de cette addiction. Au point de se retrouver en coma éthylique quasiment nue dans la rue, en plein hiver… Je crois qu'elle vous a aussi raconté cette dégringolade en enfer. Il ne faut pas lui en vouloir.

Malgré la chaleur, Valentine frissonne au souvenir de l'émotion que Suzette n'avait pu masquer lors de ses aveux.

— Le temps de sa reconstruction a été long. Très long.

Il se racle la gorge, ému.

— Lorsque je l'ai rencontrée, elle était en bien piteux état. Et pourtant, je la trouvais tellement lumineuse, malgré sa détresse ! Je n'avais jamais vu autant de lumière émaner d'une personne. Jamais. Je crois que je suis immédiatement tombé amoureux.

Une tristesse immense envahit son visage. Il marque une pause afin de se ressaisir.

— Elle m'a rapidement parlé de sa petite fille. J'ai vite compris que j'avais là ce qui allait lui servir d'étoile polaire pour se sortir de son addiction. Elle n'avait qu'une idée : lutter contre son alcoolisme puis vous récupérer. Et c'est ce qu'elle a fait. Car rien ne comptait plus pour elle que de retrouver sa Valentine, vous comprenez ?

Non, Valentine ne comprend pas. Elle n'y parvient pas.

— N'étant moi-même plus capable de l'accompagner dans sa thérapie au regard des sentiments que je lui portais, je l'ai confiée à l'un de mes confrères et ami. Et j'ai cherché à m'éloigner d'elle, le cœur gros, en me contentant de quelques maigres nouvelles.

Il sourit encore, les yeux perdus dans le vide.

— Deux ans plus tard, je découvrais Suzette dans ma salle d'attente. Elle voulait me remercier pour ce que j'avais fait pour elle. Quelque temps encore et nous nous mariions…

Silence.

— Elle vous a cherchée partout. Pendant des années. Mais votre trace s'arrêtait à votre dernière famille d'accueil. Elle s'est trouvée confrontée au même problème que Vincent. Elle a laissé son adresse et supplié la femme qui s'était occupée de vous de lui faire signe si elle avait un jour de vos nouvelles. Alors quand cette dernière a reçu votre faire-part annonçant la naissance de Nathan, elle a contacté Suzette. Vous décrire sa joie me serait impossible. Suzette était métamorphosée. Elle était rayonnante, mais il y avait toujours quelque chose de triste dans son regard. Ce jour-là, cette lueur sombre a disparu et n'est jamais revenue. Suzette et moi habitions loin, nous avons loué un appartement à quatre cents mètres d'ici. Et elle vous a suivie. Des dizaines de fois, elle a imaginé vous approcher à l'école maternelle de Nathan. Il m'a fallu l'en dissuader. Comment auriez-vous réagi ?

Il se tourne vers elle. Il attend visiblement une réponse, mais Valentine en est incapable.

— Suzette était obsédée par l'idée de trouver quelque chose qui la rapprocherait de vous. Lorsqu'elle a découvert le panneau « à vendre » sur le balcon voisin du vôtre, elle a immédiatement pris la décision d'acheter cet appartement, coûte que coûte. Elle a même été jusqu'à surenchérir de 20 000 euros sur le prix de vente pour dissuader un acheteur qui s'était déjà positionné.

Elle voit les deux sourcils de Guy se froncer.

— Ne vous méprenez pas sur ses intentions, Valentine. Suzette était consciente que vous ne l'aimeriez jamais en tant que mère. Et elle comprenait fort bien vos raisons. Si vous saviez comme elle était heureuse de cette amitié que vous lui portiez…

Silence.

— Vous allez penser que je cherche à la défendre, mais je vous assure, Valentine, que Suzette a passé tout le reste de sa vie à tenter de revenir dans la vôtre. Elle ne vous a jamais abandonnée. C'est elle que la vie a un jour abandonnée. Mais elle s'y est accrochée pour une seule et unique raison : vous.

Valentine ne réagit pas.

— Tenez…

Il soulève légèrement la couverture noire du livre qu'il tient entre les mains et en fait glisser l'enveloppe que Valentine a aperçue lorsqu'elle-même était encore hospitalisée, et que Guy était venu lui rendre visite.

— Elle aurait sans doute préféré vous la remettre elle-même… Mais je ne sais pas si elle en aura l'occasion. Et je ne veux pas regretter de l'avoir laissée partir sans que sa fille sache qui elle était vraiment pour elle…

Il tend l'enveloppe à Valentine, lui touche délicatement le bras comme pour s'excuser, puis quitte la chambre. Perdue, elle oscille entre l'envie d'un possible dernier face-à-face avec cette femme qui lui a tant apporté, et celle de courir se réfugier à l'abri de tout regard pour laisser libre cours à son chagrin.

Finalement elle se retourne et avance, dévastée, vers le lit.

Des souvenirs d'instants passés avec Suzette viennent danser devant ses yeux : leur rencontre, qu'elle pensait fortuite, leurs confidences… Ce message si fort qu'elle lui a passé et dont Valentine n'a pas perçu le sens : « Ce qui compte, ce sont les racines ! », tout ce qu'elle a pu dire sur cette mère qu'elle pensait haïr, et qui a dû faire tant de mal à Suzette…

Les notions de pardon et de rancune ont perdu leur sens et lui apparaissent dérisoires.

Elle regarde la couverture de cuir. S'aperçoit que ce n'est pas un livre mais un épais carnet recouvert d'une belle peau foncée.

Elle l'entrouvre. Sur la première page figure une citation manuscrite *« L'important n'est pas ce qu'on fait de nous, mais ce que nous faisons nous-même de ce qu'on a fait de nous. » Jean-Paul Sartre.*

Elle tourne la page et lit : Journal intime – Marie – 1986 à 1990.

Encore une autre page : 1er janvier 1986.

Le mois précédant sa naissance.

Valentine referme l'épais carnet. Elle essaie de rester droite.

Non pas pour paraître plus forte qu'elle ne l'est à cet instant, mais parce qu'elle veut se montrer courageuse et digne, comme Suzette a su le rester toute sa vie malgré les turbulences et les chagrins. Un peu comme si le simple fait de parvenir à contenir la peine immense qui est en elle pouvait marquer la démonstration irréfutable de ce lien de sang entre elles deux.

Valentine croise ses mains devant elle, ses doigts enserrant l'enveloppe qu'elle a peur d'ouvrir.

Elle s'oblige à respirer lentement par le ventre, comme elle a appris à le faire à une époque pas si lointaine où garder une parfaite maîtrise de soi lui permettait de dresser sa peur. Puis elle ouvre lentement l'enveloppe.

Elle en sort ce qui ressemble à un fin ruban blanc. Elle s'aperçoit qu'il s'agit en fait d'un bracelet en tissu, sur lequel « Valentine » a été écrit au stylo. Son bracelet de naissance. Émue, elle le caresse du plat de l'index, avant d'essayer de suivre le contour des lettres de son doigt, comme si ce simple mouvement pouvait la ramener des années en arrière, au moment où ce prénom a été noté.

Elle replonge la main dans l'enveloppe et en extirpe un autre ruban, plus long et plus soyeux : l'un de ceux qu'elle mettait dans ses cheveux enfant.

Une dernière fouille et deux photos jaillissent.

La première représente le visage d'une jeune femme. Belle, le regard tendu vers l'objectif, elle irradie de cette lumière qui a toujours fasciné Valentine. Face à ce visage que le temps, les chagrins et les désillusions n'ont pas encore abîmé, Valentine est rattrapée par un flash : il lui suffit de fermer les yeux pour voir avec une netteté déconcertante cette même femme se pencher sur elle, un pissenlit à la main.

Valentine se sent transpercée par une immense solitude, et ne cherche pas à retenir les larmes qui coulent sur ses joues. Elles n'ont pas le même goût que d'habitude. La douleur qu'elles contiennent n'est pas la même.

Elle ouvre les yeux dans la réalité.

Si elle éprouve la sensation d'être plongée dans un gouffre, celui-ci est sans commune mesure avec celui, abyssal, qu'elle se découvre au fond du cœur. Elle a l'impression que l'on vient de lui rendre et de lui arracher de manière simultanée cette partie d'elle qu'elle a feint de détester, mais qu'elle n'a jamais cessé de secrètement espérer.

On ne prend conscience de l'irrémédiable qu'une fois qu'il s'est produit…

Cet irrémédiable est précisément en train de se jouer sous ses yeux, à travers les sondes et les cathéters qui entourent Suzette. Elle-même ne peut plus rien faire.

Elle pense à Nathan, à quelques étages en dessous. Il vient d'inhumer son père, et s'est montré très courageux. Lui aussi aime Suzette. Et il ne sait pas encore qu'il va sans doute perdre sa grand-mère. Le chemin de la reconstruction sera long pour eux deux.

Elle ne sait pas quoi dire, pas quoi faire, là, face à ce corps inerte dont seule la poitrine se soulève au rythme de l'air insufflé dans les poumons par le respirateur artificiel. Elle aurait pourtant tant de choses à dire à cette femme qui lui a donné une première fois la vie, puis offert une seconde au prix de la sienne…

Alors elle se contente de rester raide et aussi désemparée qu'une petite fille, la gorge nouée, malheureuse devant celle qu'elle aurait aimé pouvoir prendre dans ses bras.

Elle craint de ne plus pouvoir quitter cet endroit : ses jambes sont comme plantées dans le sol. « Ce qui compte, ce sont les racines… »

Elle se retourne. Guy se tient debout, derrière la paroi vitrée, la tête obstinément baissée. Valentine le trouve fatigué, vieilli et vulnérable. Et elle comprend que le pronostic n'est vraiment pas optimiste.

Elle a peur de s'effondrer mais tient bon, inspire à nouveau, lentement et profondément.

Remet bracelet, ruban et photos dans l'enveloppe.

Avance encore d'un pas.

Ancre ses yeux au bracelet, et plus précisément sur le prénom : « Marie ».

S'accroche à l'espoir que Suzette peut encore l'entendre de là où elle est.

Baisse son visage au-dessus de celui de Suzette.

Puis lui souffle à l'oreille, comme on murmurerait un secret :

— Merci, maman…

26.

Journal de Valentine

Vingt jours se sont écoulés entre ma première visite à Suzette et aujourd'hui.

Les trois premiers, je suis retournée la voir chaque matin, avec Guy. Chaque fois, je me suis assise sur l'unique fauteuil et je suis restée à la regarder de loin, le cœur aussi serré que ma gorge, le ventre noué par la peur. Je ne pouvais ni la toucher ni prononcer le moindre mot.

Le reste du temps, je me suis plongée dans une activité frénétique. Pour oublier. Pour ne pas penser. Pour ne pas m'effondrer.

Dans la nuit du troisième au quatrième jour, je me suis réveillée aux alentours de 2 heures. Nathan, qui dort à mes côtés dans le canapé depuis notre retour, respirait paisiblement. J'ai regagné mon ancienne chambre, remplie de cartons.

Là, je me suis assise et j'ai écouté cette petite voix de ma conscience que je n'ai eu de cesse d'étouffer depuis la révélation de Guy. Au repos, seule, dans l'obscurité silencieuse, j'ai mesuré l'ampleur de mes sentiments pour Suzette.

Aveuglée par la colère et la rancune, je ne voulais pas laisser s'exprimer le manque cruel causé par son absence, la peur viscérale que j'éprouve à l'idée de la perdre, le besoin que je ressens d'être serrée dans ses bras.

Comme pour m'assurer que tout ce que nous avions vécu était bien réel, j'ai éprouvé, ressenti le besoin de reprendre ce cahier pour relire toutes ces pages que j'avais commencées au moment de notre rencontre. Alors j'ai revisité le chemin parcouru à ses côtés.

Il m'a été difficile de revenir sur cette période qui s'est écoulée jusqu'au jour sinistre qui a vu naître ma libération en même temps qu'il m'a séparée de cette mère que j'ai tant de fois espéré retrouver.

J'ai revécu en pensée les moments passés à ses côtés : ces échanges réconfortants, chaleureux, avec cette voisine qui est si rapidement devenue mon amie, j'ai entendu son rire résonner entre ces murs qui m'ont si souvent fait pleurer, j'ai fouillé l'obscurité pour retrouver ce sourire lumineux qui m'a portée plus d'une fois les jours où je me sentais si seule.

Et d'un seul coup, une phrase de Suzette m'est revenue :

«Plutôt que de chercher à devenir une autre, je crois que vous devriez partir à la recherche de celle que vous étiez, Valentine.»

Alors, j'ai su ce que je devais faire. Cette idée m'a frappée telle une fulgurance pour finir par s'imposer comme une évidence. De son vivant, Suzette m'avait déjà indiqué le chemin à prendre. Celui que je cherchais en vain depuis des années : celui d'un retour aux sources.

Je suis enfin parvenue à associer l'image de la silhouette de cette femme, qui dansait dans ma tête d'enfant vingt-sept ans plus tôt, à celle de la femme plus âgée que j'ai croisée un jour dans cette cage d'escalier. Et je me suis autorisée à faire de cette femme si attentionnée la mère que j'avais appris à rejeter pour mieux me protéger.

Le lendemain matin, tôt, je me suis précipitée au chevet de ma mère, seule. J'ai délaissé le fauteuil pour m'asseoir à ses côtés, sur le bord du lit.

Gosse, je passais des heures à lui parler alors que je n'avais que le vide face à moi. Là, elle était à mes côtés et, j'en étais convaincue, elle m'entendait. Suzette, Marie… Ma mère ne m'avait pas que délivrée d'un monstre. Elle m'avait également libérée de mes démons. De toutes ces ombres qui venaient me chahuter lors de mes sommeils agités. Alors, toutes deux reliées par un fil invisible mais puissant, j'ai à mon tour cherché à l'arracher aux griffes de cette Ombre-là, celle d'une mort injuste qui m'est insupportable. Je lui ai ouvert mon cœur. Je lui ai parlé du vide immense qu'elle avait laissé à son départ, de la douleur indescriptible de l'abandon. Je lui ai confié ma colère. Je lui ai avoué ma souffrance. Je lui ai chuchoté mon pardon. Et je lui ai révélé combien je l'avais malgré tout toujours aimée.

Je ne sais combien de temps je suis restée à parler à voix haute, à marcher dans la chambre, à pleurer, l'interpeller, la raisonner, la supplier… Il me semble avoir aperçu Guy au travers de la paroi vitrée. Mais celui-ci n'est pas réapparu.

Lorsque je suis repartie, je me sentais plus forte que je ne l'avais jamais été. Je reste convaincue que ce sentiment d'accomplissement me vient de ma mère. Je sais qu'elle était avec moi, dans cette chambre.

Dès mon retour, j'ai annoncé à Guy et Vincent mon souhait de repartir pour Verdun. Vite.

Trois jours après, les constantes vitales de Suzette se stabilisaient. J'ai voulu y voir un espoir et j'ai aimé croire que le moment que nous avions partagé y était pour quelque chose.

Sa pression intracrânienne restant basse et stable, l'équipe médicale a proposé de diminuer progressivement les sédatifs, pour voir si ma mère était en mesure de respirer à nouveau sans machine. Juste avant de commencer, l'un des médecins nous a prévenus, Guy et moi, de la possibilité que Suzette ne sorte pas du coma. Ou qu'on l'y replonge en urgence.

Depuis, jour par jour, heure par heure, nous guettons le moindre signe. En vain.

Vincent s'est montré extraordinaire. Après m'avoir proposé de nous héberger le temps nécessaire pour nous permettre, à Nathan et à moi, de trouver un logement, il s'est occupé de mettre mon appartement en vente. Je n'aspire plus qu'à retrouver la ville de ma jeunesse. Quel paradoxe, après l'avoir ainsi fuie il y a une quinzaine d'années…

Il est 9 h 30. Au moment précis où je griffonne ces derniers mots sur mon journal, Nathan m'attend à l'appartement en compagnie de Guy. Dans une demi-heure, mon fils et moi prendrons la route pour Verdun. Un agent immobilier nous y a organisé plusieurs visites. Cela permettra à Nathan de démarrer sa prochaine rentrée scolaire dans une nouvelle école.

Une étape importante pour lui…

De mon côté, je cherche à me relever. C'est difficile. Il me faut réapprendre beaucoup de choses, et commencer à accepter l'idée d'avancer. J'ai certes perdu mon bourreau mais j'ai également perdu tous mes repères.

Nathan, lui, a perdu un père tout court. Plus que jamais il a besoin de mon amour. Et plus que jamais j'ai besoin de lui en donner.

Suzette m'a un jour soufflé que ce journal n'avait de sens que s'il prenait la forme d'un témoignage. Je le voyais pour ma part comme une longue missive dédiée à mon fils pour qu'il comprenne, quand il serait devenu assez grand et si je n'avais plus été là, que sa mère n'était pas celle dont il aurait peut-être conservé l'image. Je crois que Suzette avait raison. Je le vois désormais à mon tour comme un récit testimonial qui parlera à ces femmes qui subissent encore ce que j'ai moi-même enduré. Et j'ai donc décidé de déposer ce cahier dans la boîte aux lettres de l'association qui m'a un jour tendu la main, alors que je n'avais pas beaucoup d'espoir d'une vie meilleure. C'est donc à vous que je m'adresse, mesdames. À vous qui aurez eu le courage de franchir le seuil de cette association. À vous qui me lisez parce que quelqu'un, Dominique peut-être, vous aura remis ce cahier…

Je suis dans ma voiture, garée devant la fenêtre de son bureau, et je ne peux m'empêcher d'être profondément émue en me rappelant la peur qui me vrillait le ventre lorsque j'en ai franchi la porte pour la première fois.

De nombreux passants en longent le portail sans imaginer les vies fracassées qui cherchent refuge derrière ces murs. Gaëlle en a franchi le seuil de nombreuses fois avant de prendre la décision de partir. Combien de Gaëlle sont-elles venues ici pour confier leurs peurs, leurs espoirs parfois, leur résignation souvent ?

Je me rends compte de la chance que je vais avoir de vivre et de voir grandir mon fils. Je mesure combien il sera difficile de soigner nos plaies, à Nathan et moi. Celles du cœur. Celles de la pensée. Celles du souvenir. Mais nous serons libres.

Si Suzette n'était pas venue sonner à ma porte, ce jour tragique du 2 juin, ce cahier serait sans doute dans d'autres mains que les miennes. Je me suis également demandé comment les choses auraient évolué si Daniel n'avait pas été présent au moment où Nathan et moi sommes revenus chercher son doudou. Et je m'aperçois que ma décision de fuir, si elle était fondée, était en revanche trop précipitée. Mal préparée.

J'aurais pu compter pour « 1 » dans la comptabilité morbide des féminicides liés aux violences conjugales. Vous savez, ces chiffres relayés par la presse pour parler de toutes ces femmes assassinées par leur conjoint ou ex-compagnon depuis le début de l'année…

Je ne ferai donc pas partie de ce sinistre décompte. Une autre a payé à ma place. Que Suzette s'en sorte ou pas, elle ne viendra pas non plus grossir le score des homicides conjugaux. Elle restera une « victime collatérale » de ce fléau qui existe depuis que le monde est monde, et dont on commence seulement à mesurer l'ampleur et la gravité.

Je n'ai cessé de me reprocher ce satané demi-tour en me disant que j'aurais pu éviter ce qui est arrivé à Suzette. Est-il donc écrit que nous devons également porter la culpabilité des actes engendrés par nos bourreaux ?

Moi, je ne peux m'empêcher de me demander sur qui s'arrêtera cette terrible roulette russe la prochaine fois. Vous ? Votre voisine, peut-être ?

Je compare ce que j'étais à un fantoche. Pas au sens figuré du terme qui consiste à qualifier une personne sans consistance, ni volonté. Au sens propre. Vous savez, ces petites marionnettes articulées que l'on manipule par des fils... Daniel m'a longtemps contrôlée par ces fils invisibles : l'amour, la loyauté, le manque de confiance en moi, la gentillesse. Faiblesse peut-être. Puis il s'est amusé à désarticuler chacun de mes membres. Chacun d'eux restant relié à cette croix d'attelle qui me contrôlait complètement.

Je n'ai plus cette croix d'attelle au-dessus de moi. Plus de fil qui me relie à un contrôle permanent. Mais mes membres demeurent désarticulés. Je dois apprendre à me reconstruire. À me défaire de ce sentiment permanent de honte qui me colle telle la glu. Ça, c'est la deuxième étape, et je n'y échapperai pas.

Le point commun entre ces deux phases est que l'on ne peut y parvenir seule.

Qu'il faut à un moment savoir repérer et saisir les mains tendues. Difficile, lorsque le vide est fait autour de soi et que les consciences restent engourdies. Mais jusqu'à quand le resteront-elles ?

J'ai souvent, sans doute comme vous, entendu dire qu'il fallait avoir une personnalité particulière pour compter parmi les victimes de violences conjugales.

Je ne le crois pas.

Je crois que ce qui m'est arrivé avec Daniel, et ce qui arrive à bien d'autres, peut arriver à n'importe quelle femme.

Certes, nous avons sans doute une vulnérabilité que d'autres n'ont pas. Une faille autour de laquelle ces hommes-là parviennent à élaborer leur stratégie d'agresseur destinée à nous mettre sous emprise sans que nous nous en apercevions. Tout leur talent est là. Mais je crois néanmoins que ce qui différencie surtout celle à qui cela arrivera de celle à qui cela n'arrivera pas, c'est le « stop » que la seconde mettra au premier dérapage. Parce qu'après, il est trop tard : c'est l'engrenage. Une spirale sans fin. Et il n'est plus possible de réagir car les griffes de la culpabilité ou de l'espoir se sont refermées sur elle. À partir de là, elle n'est plus qu'un insecte autour duquel l'araignée tisse sa toile.

Mais tant qu'une femme n'a pas été confrontée à cela, elle ne peut l'imaginer. Et plus je m'éloigne de mon calvaire, plus je crois qu'il existe deux mondes.

D'un côté celui des femmes qui vivent en couple sans se poser de question particulière, et de l'autre celui des femmes qui vivent ce que nous vivons ou avons vécu. Et je crois que ces deux mondes-là ne peuvent se rencontrer. Parce que ce qui les sépare est la limite de ce que les premières imaginent que les secondes vivent.

Les coups que nous encaissons ne font pas que nous blesser physiquement. Mais leurs ravages en nous, dans notre tête, dans notre cœur, dans notre âme peut-être, nous brisent bien davantage.

Et lorsque les bleus s'effacent et que les fractures se consolident, le souvenir s'installe. Car le corps mémorise les coups.

Et en conserve parfois certaines traces, indélébiles. L'esprit aussi. Et cette mémoire se manifeste au moindre rappel.

Du jour où Daniel m'a frappée parce que j'avais bu la fin d'une canette de soda, je n'ai jamais plus pu en tenir une autre entre les mains sans y songer. Même une fois libre, s'il vous a un jour frappée au visage parce que vous aviez fumé la dernière cigarette d'un paquet, alors à chaque dernière cigarette que vous allumerez vous sentirez le poing s'abattre sur votre mâchoire.

Et plus nous attendons, plus nombreux sont les gestes qui nous ramènent à ces funestes souvenirs. Pourtant, nous restons.

Mais nous restons pour tellement de raisons qui n'en sont pas…

Nous nous trouvons toujours les bonnes excuses pour ne pas partir. Parce que nous avons peur. Parce que nous sommes liées à nos bourreaux. Parce que nous pensons les aimer. Parce que nous nous sentons responsables de ce qui nous arrive. Parce que. Parce que. Parce que…

Mais savez-vous, en vérité, sur quoi repose fondamentalement notre malheur ?

Sur la malédiction de l'espérance.

Parce qu'il existe tout d'abord une vérité qui écrase toutes les autres et que nous nous racontons lorsque nos paupières sont closes : celle de cet espoir démesuré qui continue à grandir malgré les coups de plus en plus rapprochés, de plus en plus douloureux, qu'un jour les choses changeront. Celle où nous croyons dur comme fer que le temps se chargera d'arranger les choses. Ou que notre bourreau se métamorphosera.

Mais le temps se charge juste d'endurcir notre carapace, d'épaissir les barreaux de notre prison et de rehausser le mur de nos hontes. La honte de ce que l'on vit, la honte de ce que l'on tait, la honte de ce que l'on ressent, la honte de ce que l'on est. La honte aussi de n'avoir su partir, de ne pouvoir imaginer le faire, de n'avoir rien vu venir, et de rien faire de plus pour éviter ce qui viendra.

Et finalement, notre calvaire a pour seule fin celle de l'horizon.

Cette réalité, nous ne pouvons la voir qu'une fois que nous en sommes extraites. La cruauté s'étant inscrite dans notre quotidien, nous finissons par la penser aussi inéluctable que légitime.

J'étais pour ma part devenue un parangon de résignation. Or lorsque je regarde désormais mon passé, je réalise que je ne méritais, pas plus qu'aucune autre femme, d'être ainsi piétinée.

Quel que soit cet enfer, ce qu'il faut garder en tête, c'est que l'on peut s'en sortir.

Pour cela, il ne suffit pas de partir. Il faut également être déterminée à ne plus jamais revenir. Et comprendre que le départ n'est que le début d'autre chose, plus difficile encore. Grâce à Suzette, je n'aurai pas à vivre terrée, la peur au ventre à l'idée que mon bourreau me retrouve. Je n'aurai pas à regarder constamment derrière moi pour m'assurer de l'inexistence d'une ombre qui me traquerait. Je n'aurai pas à trembler à chaque fois que Nathan ne sera pas à mes côtés en me demandant si son père ne va pas, au mieux me l'enlever, au pire…

Pourtant, aussi invraisemblable que cela puisse paraître, faire le deuil de celui qui fut mon mari a été douloureux. L'est encore parfois.

Aujourd'hui, j'apprends donc à recoller doucement les morceaux. Avec précaution. En douceur. J'essaie d'accepter l'idée que tout ce que Nathan et moi avons vécu est bel et bien fini.

Je sais que la guérison sera sans doute longue et douloureuse. Mais je sais également que chaque jour est un jour gagné.

Je marche beaucoup, souvent seule lorsque Nathan me réclame Guy pour entreprendre une nouvelle maquette. La solitude me fait du bien. Je ne perçois plus les choses de la même manière. Je vois en certains détails de la vie une beauté sur laquelle je ne m'attardais pas, et redécouvre le plaisir des choses simples. Un verre pris à la terrasse d'un café. La contemplation d'un coucher de soleil. Tous ces plaisirs de la vie qui ne m'étaient plus permis.

Même si les choses me semblent parfois laborieuses, je mesure le chemin déjà parcouru. Au fur et à mesure que j'avance dans le temps, il me tarde d'être à plus loin encore dans cette longue et progressive – mais fastidieuse – remontée vers la lumière. Et je me dis que la transformation de ma vie ne fait que commencer, même si je n'oublierai jamais.

En parallèle, je pense à ma mère en permanence, et j'espère…

Mes cartons sont prêts. Je n'ai pas conservé grand-chose. Les objets n'ont peut-être pas de mémoire, mais ils ont tous une histoire qui agite des souvenirs, dont nous restons parfois les otages.

Les déménageurs sont arrivés tôt ce matin. Ils vont stocker toutes mes affaires dans un garde-meubles. Je n'ai conservé avec moi que deux grandes valises et un sac à dos.

Guy a timidement demandé s'il pourrait nous suivre après. Cet « après » dont ni l'un ni l'autre ne savons de quoi il sera fait. Ni de qui. Quoi qu'il arrive, ni Suzette ni lui n'auront plus la moindre attache, ici. Alors, évidemment, je lui ai dit que j'y comptais bien. J'ai vu une petite lueur s'allumer au fond de ses yeux. Nathan, lui, était vraiment heureux.

Vincent sera également à mes côtés. Il me tarde de le retrouver. Il m'a été d'un tel secours depuis ma sortie de l'hôpital… Il est présent au moindre problème, me rassure quand je me sens dépassée, m'encourage dès qu'il me sent faiblir.

Il est bien trop tôt pour moi de parler de ma vie de femme. Je dois d'abord laisser la mère que je suis se redresser. Peut-être aurai-je un jour le désir et la capacité d'entamer une relation égalitaire avec un homme. Peut-être. Car, finalement, je crois qu'il est possible de se donner sans être possédée, et plus encore sans se déposséder de soi-même. Mais il est encore bien trop tôt pour ne serait-ce même que l'imaginer. Pour le moment, je veux rester une femme libre.

Dehors, je vois une femme s'arrêter devant le portail de l'association.

Elle ressemble à toutes celles qui poursuivent leur chemin, qui avancent dans la vie sans avoir à se soucier de ce temps qui passe.

Mais moi je sens quelque chose d'autre chez cette femme-là.

Elle s'est retournée et a regardé discrètement autour d'elle. De là où je suis, j'ai perçu sa peur jusque derrière mon pare-brise.

Et à cet instant, j'ai éprouvé une vraie compassion pour elle. Elle a posé la main sur la poignée du portail. Mais elle a retenu son geste, a virevolté encore et a à nouveau balayé la rue des yeux. Elle s'est arrêtée sur ma voiture, m'a vue. Nos regards se sont accrochés. Une éternité durant laquelle cette jeune femme a cherché à sonder pourquoi j'étais là. J'ai senti sa paranoïa gagner du terrain. J'allais lui sourire mais je n'en ai pas eu le temps. D'un geste vif, elle a pivoté sur elle-même et est partie sur sa gauche. Dans un réflexe stupide, j'ai pensé la rattraper pour lui dire qu'elle n'avait rien à craindre de moi. Mais je sais que cela n'aurait servi à rien.

Je comprends tellement ce que cette femme doit ressentir...

Il faut que j'y aille. Je crois ne plus avoir grand-chose à ajouter.

Comme je l'écrivais un peu plus haut, je ne sais qui lira ces pages. Peut-être ne voyez-vous en ces violences conjugales qu'un sujet politique. Peut-être vous dites-vous que ces situations vous dépassent et que cela ne vous arrivera jamais. Peut-être aussi comptez-vous quelqu'un dans votre entourage familial ou amical qui subit ces violences. Peut-être encore vous arrive-t-il d'être le témoin de ces scènes qui paralysent...

Vous pourriez également, tout comme moi, compter parmi ces victimes de violences conjugales. Je vous ai peut-être manquée le jour de ma venue, alors que j'étais perdue et affolée. Je vous ai probablement croisée au détour d'une rue, d'un rayon de supermarché, d'un échange sur un livre dont vous aviez besoin pour vous évader. Je ne vous ai pas reconnue. Vous non plus. Notre douleur est discrète. Elle sait se rendre invisible.

Peut-être même vous recroiserai-je un jour. Vous ne me reconnaîtrez pas. Moi non plus.

L'existence est ainsi faite de rencontres, de visages, d'histoires qui parfois se superposent. Mais chaque vie est unique. Chacune d'elles a une valeur. Et toutes méritent d'être sauvées. Qui que vous soyez, pensez-y.

Comme je l'écrivais au début de ce carnet, nous ne sommes que le produit de notre histoire. Et la mienne avait mal commencé.

Je m'appelle Valentine. Simone. Jacqueline. Marie. Léa. Manon. Louise. Rachel…

Je suis tour à tour brune, blonde, rousse, châtain…

Je n'ai pas d'âge, pas de visage.

Je suis invisible, mais je suis partout.

Je n'attends plus rien des autres.

Il suffirait pourtant d'une main tendue par un ami, un collègue, un voisin pour que ma vie change.

Pour que les masques tombent.

Car lorsque le mal vient de l'intérieur, le remède ne peut venir que de l'extérieur…

Chacune et chacun d'entre nous a un rôle à jouer.

Est-il seulement possible de récupérer un jour ce que la vie vous a confisqué ? Je ne le crois pas : mon innocence est loin derrière et il existe en moi une gravité qui restera ma dernière compagne de route.

Mais je vais vivre.

Valentine

Valentine glissa le cahier dans une grande enveloppe, y inscrivit « Dominique », sortit de la voiture, dépassa le portail. Arrivée aux interphones, elle appuya sur le bouton de l'association, s'engouffra dans l'immeuble. Elle venait de trouver la boîte aux lettres quand elle remarqua la femme qu'elle avait vue tout à l'heure. Celle-ci avait elle aussi franchi le portail et avançait d'un pas hésitant.

Elle avait des yeux magnifiques. Deux perles d'eau bleu clair dans un joli visage encadré par des cheveux bouclés, de couleur caramel.

Valentine retint l'enveloppe qu'elle avait commencé à introduire dans la fente. Portée par son instinct, elle retira le pli, sortit. Lorsqu'elle la vit, la jeune femme eut un geste de recul.

— Ne craignez rien ! Tenez, c'est pour vous ! lui dit Valentine avec douceur en lui tendant l'enveloppe.

Prise au dépourvu, la jeune femme avait tendu la main.

— Mais vous faites erreur ! Je ne m'appelle pas Dominique !

— Je me doute. Mais c'est bien à vous que je dois remettre ce pli. Vous comprendrez en lisant ce qui est à l'intérieur…

Elle lui adressa un grand sourire et, sans plus attendre, regagna sa voiture.

Elle se retourna une dernière fois : il y avait peu de temps, c'était elle qui se tenait devant cette même porte d'entrée, et Gaëlle venait lui tendre la main… Elle revit le visage de cette jeune femme qui, sans le savoir, lui avait aussi permis de croire en un avenir meilleur.

C'était une autre époque. Une autre vie.

Elle s'installa derrière le volant, démarra, puis s'élança sur la route qui la menait à un nouveau départ.

Épilogue

Valentine se gare au tout début de l'artère principale du centre-ville. Elle pose le pied sur le trottoir. Son premier pas sur le sol verdunois depuis plus de dix-sept ans.

Elle descend de la voiture avec Nathan, avance lentement sur la rue Mazel.

L'appartement qui les attend se trouve à deux cents mètres de là.

Elle s'étonne de voir autant de commerces en tous genres. Verdun lui semble bien plus animé qu'il ne l'était à son époque. À moins que ce ne soit son regard à elle qui ait changé.

Elle dépasse l'immeuble historique de *L'Est républicain*. Quelques pas encore et elle retrouve le monument de la Victoire, sur sa droite. Nathan et elle gravissent lentement l'escalier qui mène à la haute tour. Valentine se souvient des défis qu'elle se lançait avec Vincent pour celui qui arriverait le premier en haut de ces soixante-treize marches.

Elle a souvent engagé le pari, mais l'a rarement gagné. Vincent a toujours été plus endurant qu'elle.

Arrivés en haut, elle désigne à Nathan la sculpture qui se dresse au sommet de la tour. Fasciné, l'enfant contemple ce solide guerrier appuyé sur son épée, le regard porté vers les champs de bataille, à l'Est. Ils redescendent la pyramide, s'arrêtent devant la crypte. Valentine raconte à Nathan l'histoire du soldat inconnu et lui explique que chaque 1er novembre, la flamme de sa tombe est acheminée de l'Arc de triomphe à Paris, à cette crypte, où elle brûlera jusqu'au 11 Novembre, date de l'armistice de la Première Guerre mondiale.

Nathan a des étoiles dans les yeux.

Sans qu'elle se l'explique, Valentine se sent fière de l'histoire qu'elle vient de lui raconter.

Ils traversent la rue et rejoignent le grand jet d'eau.

Valentine sent progressivement de nombreuses émotions l'envahir. Elle ne saurait définir à quel registre elles appartiennent.

Nathan ne dit pas un mot. Malgré son jeune âge, il doit comprendre, il doit sentir que sa mère vit quelque chose d'important.

Ils rejoignent le quai de Londres, admirent une partie de la Coulée verte, qui longe la Meuse. Combien de fois a-t-elle arpenté ce quai avec sa mère ?

Une émotion plus intense que les autres l'envahit. Elle ferme les yeux. Elle croit voir une petite fille courir sur ce même quai, au côté de sa mère. Elle peut même entendre les grelots de son rire. Un parfum s'impose à elle. Un nuage aromatique qui lui évoque le Sud et le soleil. Elle vient de retrouver la fragrance qui volait dans les cheveux de sa mère lorsqu'elle était jeune : la lavande.

Elle conserve les yeux fermés pour ne rien perdre des réminiscences que Verdun lui souffle. Elle tend l'oreille à ces murmures de naguère. Et se laisse porter par les images qui affluent dans sa tête.

Elle se laisse pénétrer par la conviction que dorénavant, quoi qu'il arrive, Suzette demeurera près d'elle.

Dans le pire des cas, elle restera dans toutes ces étoiles qui viendront éclairer l'obscurité de ses nuits, dans tous ces champs qu'elle parcourra pour reprendre son souffle, dans chacune de ces racines que la terre découvrira les jours de grand vent, elle sentira sa présence, verra son sourire, et entendra sa voix.

Dans le meilleur, Suzette l'éclairera de ses sourires lumineux et de ses sages conseils, déambulera à ses côtés dans ces rues paisibles, apprendra dans un même temps à devenir mère et grand-mère.

Aucun pissenlit n'est à cet instant à sa portée, mais Valentine émet le vœu que le destin penchera en faveur de cette option-là.

Un vieillard passe devant elle et Nathan. Courbé sur sa canne, sa marche semble périlleuse. A-t-il senti son regard posé sur lui ? Il a tourné son visage abîmé par le temps et lui a souri. D'un sourire incroyablement doux et bienveillant.

— Quel temps magnifique, n'est-ce pas, jeune fille ?

Oui. Quel temps magnifique.

Ils reprennent le même chemin en sens inverse, longent à nouveau la rue Mazel jusqu'à la rue Edmond-Robin, dans laquelle ils s'engouffrent.

Enfin ils arrivent devant la librairie, bien plus grande que celle imaginée par Valentine. Elle admire un instant la devanture d'un joli rouge. L'enseigne, à la typographie élégante, s'en détache nettement avec ses lettres blanches.

Le portable de Valentine émet quelques notes cristallines au moment où ils arrivent devant la porte. « Guy » s'affiche sur l'écran du téléphone.

Instinctivement, Valentine se fige et serre un peu plus fort la main de Nathan. Son regard se pose sur leur reflet, dans la porte vitrée. Elle sait que les secondes qui vont suivre affecteront le reste de sa vie.

Elle décroche, ferme les yeux et écoute. Elle ne reconnaît pas immédiatement la voix de Guy, traversée par de multiples émotions. Mais elle retient l'essentiel : « Suzette a ouvert les yeux. » Elle bafouille quelques mots, peu importe lesquels.

Lorsqu'elle raccroche, elle doit ravaler les larmes qu'elle sent monter. Elle qui les a souvent retenues dans des moments de grande détresse se refuse à les laisser couler à un tel instant de joie.

Son regard glisse sur Nathan, qui a compris. Il garde les yeux rivés sur elle, tout son visage irradiant d'un amour inconditionnel.

À son tour, elle lui sourit.

Et pousse la porte.

Note de l'auteure

J'ai toujours été touchée par les personnes « ordinaires » soudainement confrontées à une situation qui sort justement de cet ordinaire, alors que rien ne les y préparait. Comment ces personnes abîmées par la vie vont-elles surmonter les aléas auxquels elles sont confrontées, comment se relèveront-elles de ces épreuves ?

À l'origine de ce roman, une femme, rencontrée dans une précédente vie professionnelle. Grande, dynamique, souriante, un poste à responsabilité dans un univers à forte créativité, trois enfants. Et plusieurs années à justifier d'absences inopinées, à forcer sur le maquillage pour que la réalité de son quotidien reste calfeutrée sous une épaisse couche de fond de teint, à faire bonne figure le jour en évitant de penser à ce qui l'attendait le soir… Cette rencontre, puis certains témoignages, m'ont inspiré l'écriture de *Celle que je suis*, qui aborde le sujet des violences conjugales.

Lorsque vous n'êtes pas sensibilisé à ce fléau, vous n'imaginez pas qu'il peut frapper à votre porte sous les traits d'un (e) voisin (e), d'un (e) ami (e), d'un (e) collègue, d'un (e) proche… Et les apparences, les alibis sont souvent si bien travaillés que l'on ne soupçonne même rien.

Seulement, voilà : 220 000…

220 000, c'est le nombre de victimes de ces violences, par an, et juste en France. Autant de vies passées dans la terreur.

Cela ne peut qu'interpeller.

Et pourtant, les nombreuses idées reçues sur ce mal sociétal témoignent de notre méconnaissance de la réalité de ce qu'endurent ces victimes…

Non, même si elles restent à subir des violences, cela ne signifie ni qu'elles les acceptent, ni qu'elles y consentent, et encore moins qu'elles y trouvent leur compte.

Non, elles ne se complaisent pas dans la victimisation, et ne versent pas davantage dans l'hystérie ou la folie.

Et, enfin, non, cela n'arrive pas qu'à « un certain type de femmes ». Nous avons toutes nos vulnérabilités. Toutes et tous. Car notons qu'il existe aussi des hommes battus, même s'ils ne représentent qu'une faible minorité des victimes. Ce sujet peut donc tous nous concerner un jour, sous une forme ou sous une autre. Nous, nos enfants ou nos ami (e) s. Que l'on soit ou pas entouré (e), quels que soient notre âge, notre catégorie sociale, notre personnalité, notre métier.

Avant de commencer l'écriture de cette histoire, j'ai lu, vu, écouté un nombre considérable de témoignages.

Tous m'ont bouleversée. Combien de nuits passées à revoir certains de ces visages, à réentendre la fêlure du timbre de leur voix à un moment précis de leur récit, qui en disait parfois plus long encore sur leur souffrance ? ...

C'est en pensant à elles toutes que le portrait de Valentine a commencé à se dessiner, avec deux questions de départ : « Comment une femme peut-elle en arriver là ? », et « Pourquoi resterait-elle avec son enfant près d'un homme qui la bat ? »

Mais si je voulais construire une histoire autour de ce thème, je voulais surtout que l'on ne retienne pas que cela de Valentine. Parce qu'on réduit trop souvent les femmes battues à la violence qu'elles vivent. On oublie qu'elles ont une histoire, des rêves, une famille et des amis. Et que si elles les maintiennent dans l'ignorance, c'est uniquement par pudeur, par peur, ou par crainte d'entraîner ceux qu'elles aiment dans leur propre chute.

Valentine a donc sa propre histoire, ses propres failles, sa propre résilience. Mais bien entendu, *Celle que je suis* reste un roman, et la manière dont elle va réchapper de cet enfer relève cette fois-ci de la pure fiction. Il en va malheureusement autrement, souvent, dans la « vraie vie ».

De fait, vous aurez peut-être trouvé certains des passages durs. Croyez bien que j'en ai allégé bon nombre, pourtant inspirés de scènes réelles. Mais il n'était pas possible d'édulcorer la réalité de ce que ces femmes vivent. Ce souci de rester au plus proche d'une vérité a toujours donné sens à mon écriture. Et je crois que cette vérité se trouve dans le cœur et l'histoire de celles qui l'ont vécue et ressentie dans leur chair. Sachez donc que je n'ai pris aucun plaisir, au sens littéral du terme, à écrire les scènes durant lesquelles le calvaire de Valentine prend forme. Je pense même avoir ressenti les mêmes haut-le-cœur que vous, parfois. Je me suis contentée de les écrire, vous de les lire. Les victimes, elles, les vivent.

Merci, donc, d'avoir accueilli ma Valentine et de l'avoir accompagnée tout le long de son chemin. Je n'avais d'autre but que de mettre des mots sur ses maux, et de nous rappeler que, face à ce fléau, nous avons tous un rôle à jouer. Celui d'écouter, celui d'alerter (police, gendarmerie, mais aussi numéros d'appel : 112, 3919...), ou celui d'orienter cette amie, cette voisine, cette collègue vers l'une des nombreuses associations qui œuvrent sans relâche pour les aider.

Et retenons peut-être que beaucoup de ces femmes ont juste un jour aimé au point d'oublier ce qu'elles valaient...

Bien chaleureusement,

Claire Norton

Remerciements

Un premier remerciement aux femmes qui ont accepté de partager leur vécu quotidien au travers de récits de vie aussi édifiants que poignants. À ce titre, j'ai une pensée très émue pour Gaëlle et Delphine, que je n'oublierai jamais.

Merci également aux professionnels régulièrement confrontés au sujet des violences conjugales, et qui ont bien voulu m'éclairer de leur expertise.

Côté édition, merci à toute l'équipe Robert Laffont, qui continue d'œuvrer pour que mes histoires prennent vie entre les mains des lecteurs.

Une reconnaissance toute particulière à mon éditrice Françoise Delivet pour ses relectures méticuleuses et ses conseils avisés, à Laetitia Beauvillain et Isabelle Votier pour leur soutien toujours aussi bienveillant.

Toute ma gratitude également à Perrine Brehon, des éditions Pocket, qui m'accompagne et m'encourage depuis le début de cette aventure éditoriale.

Je n'oublie pas Valérie Pillet, Nathalie Thomas et plus globalement les équipes de France Loisirs, qui sont à mes côtés depuis le début, et continuent à me soutenir…

Je n'oublie pas non plus ceux qui m'ont donné ma chance puis entourée durant presque quatre ans : une pensée spéciale à mon ami et ancien éditeur, Denis Gombert, et une autre, chaleureuse, pour Céline Chiflet, Antoine Caro et Cécile Boyer-Runge.

À mon « comité de lecture » personnel, toujours aussi précieux et essentiel, et par ordre d'intervention : Bruno, Pascal, Laureen, Maman, merci de me ramener là où il faut lorsque ma plume s'égare, merci de m'aimer juste ce qu'il faut pour consacrer autant de temps à me relire sans vous en plaindre…

Un message affectueux pour Jérôme Germondo, Jean-Loup Zamboni et Noëlline Bouchaud, de la librairie Entrée Livres, à Verdun. Invitée par eux fin 2018 pour ma toute première séance de dédicace, je suis repartie profondément touchée. Certaines alchimies ne s'expliquent pas. Mais si vous passez un jour par Verdun, je vous invite à vous arrêter quelques instants au 12, rue Edmond-Robin. N'hésitez pas à pousser la porte de cet antre dédié au Livre, tenu par de vrais passionnés. Je ne vous souhaite alors qu'une chose : que la magie opère, comme elle a un jour opéré pour moi.

Et puis, enfin et toujours, un immense merci à vous, libraires et lecteurs, qui continuez à me faire confiance. Casper, Théo, Charlène, Valentine… Grâce à vous, mes personnages restent animés par une flamme qui perdure.

La photocomposition de cet ouvrage
a été réalisée par
GRAPHIC HAINAUT
30, rue Pierre Mathieu
59410 Anzin

Imprimé en France par CPI
en mars 2021

MIXTE
Papier
FSC FSC® C003309

L'éditeur de cet ouvrage s'engage dans une démarche
de certification FSC® qui contribue à la préservation
des forêts pour les générations futures.

Pour en savoir plus :
www.editis.com/engagement-rse/

N° d'édition : 61509/01
N° d'impression : 162880